스무 살의 인생설계

일 · 사랑 · 행복

나남
nanam

나남신서 1645

스무 살의 인생설계
일 · 사랑 · 행복

2012년 8월 30일 발행
2012년 8월 30일 1쇄

지은이 · 최진호 외
발행자 · 趙相浩
발행처 · (주) 나남
주소 · 413-756 경기도 파주시 교하읍
출판도시 518-4
전화 · (031) 955-4601 (代)
FAX · (031) 955-4555
등록 · 제 1-71호(1979.5.12)
홈페이지 · http://www.nanam.net
전자우편 · post@nanam.net

ISBN 978-89-300-8645-5
ISBN 978-89-300-8001-9(세트)
책값은 뒤표지에 있습니다.

나남신서 1645

스무 살의 인생설계

일 · 사랑 · 행복

최진호 · 김중백 · 박희영 · 고영건 · 안귀여루 · 이선이
이여봉 · 신은주 · 성정현 · 민현주 · 황매향 · 류연규 지음

나남
nanam

머리말

지금 한국의 젊은이들은 어려운 시기를 겪고 있다. 세계적인 경기 불황 속에서 원하는 일자리가 충분치 않아 극심한 취업경쟁에 시달린다. 미래 경제전망도 밝지만은 않아 과거에 우리가 이룩했던 고도 경제성장을 이제는 다시 기대하기 어렵다. 잠재성장률도 점차 낮아지리라는 비관적인 예측마저 나오고 있다. 결혼을 앞두고 있지만 내 집 마련이 쉽지 않고 결혼비용도 만만치 않다. '삼포세대'(연애, 결혼, 출산을 포기한 세대)라는 말이 현 세태를 대변한다. 이런 쫓기는 삶을 사는 요즘의 젊은이들에게 위로가 필요하다. 청년들에게 용기와 위로를 주는 책들이 오랫동안 베스트셀러가 되고 언제부터인가 '힐링'이라는 외국어가 전혀 낯설지 않게 된 것이 이를 반증한다.

이런 우울한 전망을 가져오는 원인은 여러 가지가 있지만, 그중에서도 저출산과 고령화로 대표되는 인구변천은 가장 치명적이다. 저출산·고령화가 가져올 부작용은 이미 일본을 통해서 그 실상을 똑똑히 목격했으며, 지금 일본의 모습이 20~30년 후에 맞게 될 우리의 모습이 될 것으로 예측한다.

《스무 살의 인생설계》는 이와 같은 문제의식에서 기획되었다. 아무리 우리 사회가 비관적으로 변화하고 그 사회에 사는 개인이 영향을 받아 미래의 삶이 팍팍하리라고 예상되어도 이를 미리 알고 대비하면 얼마든지 피해나갈 방법이 있다.

이 책은 크게 4부로 구성되었다. 1부는 현재 한국에서 진행되는 급격한 인구변화를 조망하고, 이로 인해 발생할 중요한 장래의 문제를 정리하였다. 그래서 젊은이들이 인구변화가 초래할 우리사회의 문제를 가감 없이 정확하게 이해하는 데 도움을 주고자 하였다.

2부는 행복과 관련된 담론을 담았다. 행복은 과연 무엇이며, 어떻게 행복을 얻을 수 있는가 하는 보다 구체적인 지침을 제시하였다.

3부와 4부는 젊은이들이 당면한 사랑과 결혼, 일의 문제를 다루었다. 사랑과 성은 무엇이며, 결혼과 더불어 이루게 되는 가족 내에서의 부부관계, 부모와 자녀관계의 모습을 살폈다. 또 취업과 평생 종사하게 될 일, 이를 위해서 필요한 진로의 선택, 마지막으로 일과 가족의 양립문제도 심도 있게 논의하였다.

이 책은 대학생을 위한 인생설계 교육교재로 기획되었다. 그러나 그저 지식만을 전달하기보다 젊은이들로 하여금 우리나라의 장래를 조망하고 일, 사랑, 행복에 대해서 스스로 생각해 보는 기회를 제공하는 것이 목적이다.

책이 나오기까지 여러분의 도움이 있었다. 처음 아이디어를 내고 재정지원을 해주신 경기도와 책의 출판을 흔쾌히 수락해주신 '나남'의 조상호 사장님, 편집을 맡아 수고해주신 방순영 부장님, 정다솔 선생님께 깊이 감사드린다.

《스무 살의 인생설계》를 통해 우리 젊은이들이 현재 한국에서 진행되는 급격한 인구변천으로 초래될 한국의 미래사회 모습을 정확히 인식하고, 변화된 사회에서 자신의 인생을 설계하는 데 실제적으로 큰 도움을 얻기 바란다.

2012년 8월
필자들을 대표해서
최 진 호

차 례

2부 마음

3부 관계

4부 일

10 직업변화와 취업 / 민현주

11 진로의 선택과 개발 / 황매향

12 일과 가족의 양립 / 류연규

1부

사람

01 한국 인구변화와 미래전망

최진호

1. 들어가며

한국은 현재 세계에서 가장 빠른 인구변천을 경험하고 있다. 만약 인구변천의 여러 종목들로 구성된 '인구올림픽'이 있다면 한국은 적어도 금메달 세 개는 확실하게 확보하고 있다고 말할 수 있다. 즉, 세계에서 가장 낮은 수준의 출산력, 단기간에 가장 빠르게 하락한 출산율, 그리고 세계에서 가장 빠르게 진행되는 고령화, 바로 이 세 종목의 금메달을 차지할 수 있을 것이다. 이와 같은 매우 급격한 인구변천은 한국 사람들의 빠른 것을 좋아하는 성정을 그대로 빼닮았다. 우리가 일상생활에서 '빨리 빨리'라는 말을 얼마나 자주 사용하는지는 한국에 처음 온 외국인이 한국에 와서 제일 먼저 배우는 말이 바로 이 '빨리 빨리'라는 것에서 여실히 드러난다.

보통, 올림픽에서는 금메달이 많을수록 좋지만 인구올림픽에서는 반드시 그렇지만은 않다. 인구현상도 사회현상의 하나라고 보았을 때 사회가 너무 급격하게 변화하면 미처 이 변화에 제대로 대처하지 못해 여러 가지 심각한 부작용을 초래하게 된다. 현재 우리가 바로 이러한 상황에 처해 있어, 한국사회는 앞으로 급격한 인구변천으로 인하여 많은 사회문제를 겪게 될 것으로 예측된다. 먼저 이 장에서는 지금 매우 빠르게 진행되고 있는 인구변천의 내용을 살펴보고 이러한 인구변천이 왜 일어나고 있는지 그 원인을 밝히려 한다. 이와 같은 빠른 인구변천이 앞으로 한국사회에 어떠한 영향을 미치게 될 것인가에 대해서는 2장에서 자세히 다루게 될 것이다.

2. 세계에서 가장 낮은 출산력

1) 한국의 출산율 변화

현재 우리나라의 출산율은 세계에서 제일 낮다. 보통 세계 여러 나라의 출산력 수준을 비교하는 지표로는 합계출산율을 사용한다. 합계출산율(*total fertility rate*)은 현재와 같은 모습으로 결혼한 여자가 아이를 출산하면 한국의 모든 여성들이 평생에 걸쳐 평균 몇 명의 아이를 낳을 것인가를 나타내는 지표이다. '현재와 같은 모습'의 의미는 어머니의 연령에 따라서 몇 명의 신생아가 태어나는지를 현재의 상태로 고정시켰다는 뜻이다.

〈표 1-1〉은 1970년부터 최근 2011년까지 한국의 합계출산율을 포함한 주요 출산율지표를 정리한 표이다. 1970년에는 우리나라에서 1년 동안 약 100만 명의 신생아가 태어났고 합계출산율은 4.53이었다. 이는 당시 한국의 모든 여성이 평생에 걸쳐 평균적으로 4.5명의 자녀를 낳았다는 의미이다. 이 합계출산율은 이후 빠르게 감소해 1980년에는 2.87로, 그리고 1990년에는 1.59, 2000년에는 1.47로 급감하였다.

〈표 1-1〉 주요 출산력 지표			
	출생아 수 (천 명)	*조출생률 (인구 천 명당)	합계출산율 (여자 1명당)
1970	1,006	31.2	4.53
1975	874	24.8	3.47
1980	865	22.7	2.87
1985	662	16.2	1.67
1990	658	15.4	1.59
1995	721	16.0	1.65
1996	695	15.3	1.58
1997	678	14.8	1.54
1998	643	13.8	1.47
1999	616	13.2	1.42
2000	637	13.4	1.47
2001	557	11.6	1.30
2002	497	10.3	1.17
2003	493	10.2	1.19
2004	476	9.8	1.16
2005	438	9.0	1.08
2006	452	9.2	1.13
2007	497	10.1	1.26
2008	466	9.4	1.19
2009	445	9.0	1.15
2010	470	9.4	1.23
2011	471	9.4	1.24

출처: 통계청, 〈출생·사망통계〉, 각 년도.

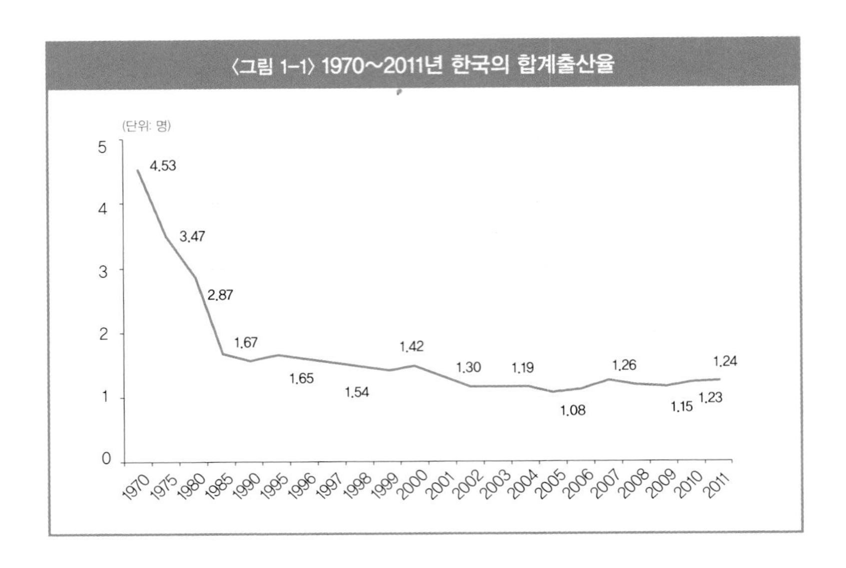

〈그림 1-1〉 1970~2011년 한국의 합계출산율

일반적으로 합계출산율이 2.1이면 장기적으로 전체 인구가 늘지도 줄지도 않고 현 상태를 유지하는 것으로 보는데, 이를 대체출산율이라고 부른다. 정확히 우리나라는 1983년에 이 대체출산율 수준을 지났고 2002년까지 출산율이 매우 가파르게 감소하였다. 한국은 지난 2005년에 역사상 가장 낮은 합계출산율인 1.08을 기록한 바 있다. 이는 당시 홍콩, 싱가포르 등 일부 도시국가를 제외하고는 세계에서 가장 낮은 수준이었다. 2005년에 태어난 출생아 수는 약 44만 명으로 1970년의 절반도 안 되었다.

2005년 이후 우리나라의 합계출산율은 다소 높아져 2006년에는 1.13, 그리고 2007년에는 1.26을 기록하였는데 이는 쌍춘년과 황금돼지해 등의 영향으로 이때 아이를 낳으면 좋다는 민간의 속설이 어느 정도 작용한 것으로 보인다. 그러나 그 이후 합계출산율은 다시 감소해 2008년 1.19, 2009년 1.15로 감소하다가, 2010년 1.23, 최근

2011년에는 1.24로 약간 증가하였다.

2000년 이후 한국의 출산율 추이를 감안해서 향후 출산율을 조망해 보면 우리나라 출산율은 당분간 크게 증가하기는 어려워 보이며 합계출산율이 대체로 1.2와 1.3 사이에서 미미한 증가와 감소를 나타낼 것으로 예측된다.

한국의 낮은 출산율 수준과 관련해서 한 가지 흥미로운 사실은 전 세계적으로 출산율이 낮은 국가들이 모두 다 아시아에 속해 있다는 점이다. 최근 발표된 자료에 의하면 전 세계의 222개 국가 가운데 출산율이 제일 낮은 국가는 마카오이며 그 다음으로 홍콩, 싱가포르, 대만, 일본, 한국 등의 순서로 출산율이 낮다. 이 중 마카오, 홍콩, 싱가포르는 도시국가로서 이들을 제외하면 결국은 우리나라와 일본, 대만이 서로 번갈아 가면서 세계에서 가장 낮은 출산율을 보이는 셈이다.

2) 한국 초 저출산의 원인

그러면 우리나라가 이렇게 세계적으로 낮은 출산율을 보이는 원인은 무엇인가? 인구학적으로 이 원인은 크게 두 가지로 나누어 설명해 볼 수 있다. 하나는 결혼을 늦게 하거나 혹은 아예 결혼을 안 하고 혼자 사는 독신자가 증가했기 때문이고, 그리고 또 다른 원인은 결혼한 부부가 자녀를 적게 낳기 때문이다. 여러 연구결과에 의하면 현재 우리나라에서는 그중에서도 특히 만혼이 출산율 저하에 미치는 영향이 큰 것으로 분석된다. 그러면 현재 한국의 만혼화 경향은 어디까지 와 있는가?

과거 1980년에 한국인의 평균 초혼연령은 남자가 26.4세, 여자가

〈표 1-2〉 연도별 초혼연령

단위: 세

	1980	1990	1995	2000	2005	2006	2007	2008	2009	2010	2011
남	26.4	27.8	28.4	29.3	30.9	30.9	31.1	31.4	31.6	31.8	31.9
여	23.2	24.8	25.4	26.5	27.7	27.8	28.1	28.3	28.7	28.9	29.1
차이	3.2	3.0	3.0	2.8	3.2	3.1	3.0	3.1	2.9	2.9	2.8

출처: 통계청, 〈결혼·이혼통계〉, 각 년도.

〈그림 1-2〉 연령별 미혼여성 비율

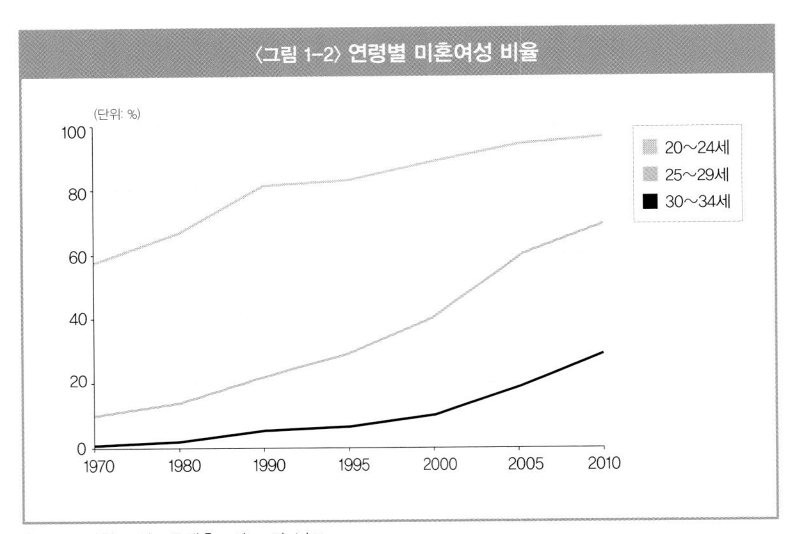

출처: 통계청, 〈인구주택총조사〉, 각 년도.

23.2세였다. 이 평균 초혼연령은 시간이 지날수록 점점 늘어나 2000년에는 남자, 여자가 각각 29.3세, 26.5세였고, 최근 2011년에는 각각 31.9세, 29.1세가 되었다. 1980년과 비교하면 현재 남자의 초혼연령은 5.5세, 여자는 5.9세가 늦어진 셈이다. 최근 2000년부터 보면 남자, 여자 똑같이 2000년에 비해 2.6년이 늦어져 1년에 평균 0.2년 정도씩 결혼연령이 늦어지고 있음을 알 수 있다.

이처럼 결혼연령이 늦어지면서 결혼 적령기의 미혼율도 매우 급격히 늘고 있다. 우리나라 여성의 연령별 미혼율을 보면, 1970년에는 20~24세 사이의 한국여성 중 결혼을 하지 않은 비율이 57.2%였으나 1990년과 2000년에는 각각 80.5%, 89.1%로 늘어났고 최근 2010년에는 96.0%로 증가하였다. 마찬가지로 25~29세 여성의 경우, 미혼율이 1970년에는 9.7%에 불과했으나 2000년에는 40.1%, 2010년에는 69.3%로 늘어나 이 연령층의 3분의 2 이상이 결혼하지 않은 것으로 나타난다.

한편 30대 초반과 후반 연령의 경우, 과거에는 거의 대부분이 이 연령층에서는 결혼을 하였으나 2010년에 보면 30대 초반의 29.1%가 그리고 30대 후반의 12.6%가 미혼인 것으로 나타나 평생 독신자의 비율도 급속도로 늘어나고 있음을 알 수 있다.

이처럼 결혼연령이 늦어지면 자연히 자녀를 많이 출산하기가 어려워지는데 이는 아이를 낳을 수 있는 가임연령이 정해져 있기 때문이다. 인구학적으로는 자녀를 출산할 수 있는 연령을 15세부터 49세까지로 보고 있으나 이는 최소와 최대 연령으로, 대체로 자녀 출산은 30대 초반까지가 적당한 것으로 본다. 따라서 결혼연령이 늦어지면 자녀를 출산할 수 있는 기간 역시 그만큼 줄어든다.

3. 세계에서 가장 빠른 고령화

우리나라 인구변천의 두 번째 특징으로는 세계에서 그 유례를 찾아보기 힘들 정도로 매우 빠른 고령화를 들 수 있다. 고령화란 전체 인구 중에서 65세 이상 되는 노인의 비율이 점차 높아지는 현상을 말하는데, 일반적으로 한 사회에서 노인 비율이 7%가 넘으면 고령화 사회, 14%가 되면 고령사회, 그리고 20%가 넘으면 초 고령사회로 분류한다.

한국은 2000년에 65세 이상 노인의 비율이 7.2%로 고령화 사회에 진입하였고 2010년에 이 비율은 11.3%가 되었다. 만약 현재와 같은 추세로 고령화가 진전되면 우리나라는 2018년에 노인 비율이 14%가 되어 고령사회가, 그리고 2026년에는 20.8%로 초 고령사회가 될 전망이다. 한국의 이와 같은 고령화 속도는 다른 나라와 비교했을 때 가장 빠르다.

고령화 속도는 앞에서 분류한 고령화 사회에서 고령사회로, 고령사회에서 초 고령사회로 이행하는 데 각각 몇 년이 소요되는가 하는 것으로 측정할 수 있다. 예를 들면, 프랑스는 노인 비율이 7%에서 14%가 되는 데 115년이 걸렸고 14%에서 20%가 되는 데는 39년이 걸릴 것으로 예측된다. 같은 방법으로 스웨덴은 고령화 사회에서 고령사회가 되기까지 85년이 걸렸고, 초 고령사회까지는 42년이 걸릴 것으로 추정되며, 미국은 각각 73년, 21년이 소요될 것으로 예측된다. 현재 세계에서 고령화의 수준이 가장 높은 일본도 각각 24년과 12년이 필요하였다. 그런데 우리나라는 7%에서 14%로 되는 데 18년, 그리고 14%에서 20%가 되는 데는 불과 8년밖에 걸리지 않을 것으로 예상되어 유례없는 초고속 고령화가 진행 중임을 알 수 있다.

〈표 1-3〉 고령화의 속도					
	도달 연도			증가 소요 연수	
	7%	14%	20%	7%→14%	14%→20%
프랑스	1864	1979	2018	115	39
스웨덴	1887	1972	2014	85	42
미국	1942	2015	2036	73	21
이탈리아	1927	1988	2006	61	18
독일	1932	1972	2009	40	37
일본	1970	1994	2006	24	12
한국	2000	2018	2026	18	8

출처: 통계청(2006), 〈장래인구추계〉.

〈그림 1-3〉 노인인구 비율

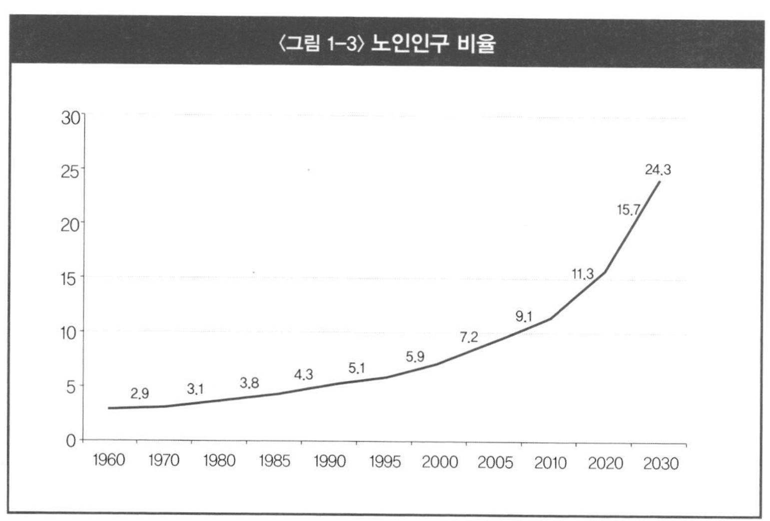

출처: 통계청(2011), 〈장래인구추계〉.

〈표 1-4〉 한국인의 기대수명

	1970	1980	1990	2000	2005	2006	2007	2008	2009	2010	증감 (10-00)
전체	61.9	65.7	71.3	76.0	78.6	79.2	79.6	80.1	80.5	80.8	4.8
남성(A)	58.7	61.8	67.3	72.3	75.1	75.7	76.1	76.5	77.0	77.2	4.9
여성(B)	65.6	70.0	75.5	79.6	81.9	82.4	82.7	83.3	83.8	84.1	4.5
차이(B-A)	6.9	8.3	8.2	7.3	6.8	6.6	6.6	6.7	6.8	6.9	-0.5

출처: 통계청(2011), 《2010 생명표》.

이처럼 한국에서 고령화가 급속하게 이루어지는 이유는 두 가지인데 하나는 앞에서 설명한 초 저출산이고 다른 하나는 평균수명의 연장이다. 2010년 현재 우리나라의 평균수명은 남자가 77.2세, 여자는 84.1세이다. 1970년의 남녀 평균수명인 58.7세 65.6세와 비교했을 때, 지난 40년 동안 우리나라 국민의 평균수명은 남녀 모두 18.5세가 증가하였다. 2000년과 비교하면 남자는 4.9세, 여자는 4.5세가 각각 늘어나 연평균 0.2~0.3세씩 증가하는 추세에 있다. 평균수명에서 한 가지 흥미로운 사실은 우리나라에서 여성이 남성보다 평균적으로 약 7년 정도 더 오래 산다는 것이다.

저출산과 고령화는 동전의 양면처럼 동시에 일어나는 현상인데 만약 현재 추세대로 저출산 현상이 지속되고 평균수명이 연장된다고 가정하면 앞으로 고령화는 어느 정도까지 진전될 것인가. 2011년에 발표된 통계청의 장래 인구예측에 따르면 2010년 우리나라의 노인인구는 약 545만 명이고, 2030년이 되면 약 1,270만 명이 되어 그 비율이 24.3%가 되며, 2050년에는 그 수가 약 1,800만 명에 이르러 비율은 37.4%에 달할 것으로 예측된다. 따라서 현재는 일본이 세계에서 가장 고령화 수준이 높은 나라이지만 2050년에는 한국이 일본을 추월하여 세계에서 가장 고령화된 나라가 될 전망이다.

4. 저출산의 덫

1) 저출산의 덫 가설

그러면 현재 한국의 초 저출산 경향은 장래 어떻게 될 것인가? 앞으로 회복될 수 있을 것인지, 아니면 오히려 더 떨어질 것인지, 혹은 현재의 추세가 그대로 지속될 것인지 많은 사람들이 궁금해 할 것이다.

서유럽의 여러 나라에서는 우리나라보다 훨씬 오래전부터 저출산 현상이 나타났다. 그중의 어떤 나라는 저출산을 극복하여 출산력이 상당히 회복된 나라도 있는가 하면, 아직도 출산력이 오랫동안 매우 낮은 수준에서 지속되고 있는 나라도 있다. 이와 같은 장기간 지속되는 저출산 현상을 놓고 일단의 학자들이 이들 국가에서 장래 출산율이 어떻게 변화할지에 관심을 가지고 나름대로의 예측을 시도하였고, 그중 하나가 바로 '저출산의 덫'이라는 가설로 발표되었다.

저출산의 덫 가설을 요약하면 합계출산율이 1.5 미만으로 떨어져 그 수준이 상당 기간 지속되면 합계출산율이 1.5 이상으로 회복되기 매우 어렵다고 하는 가설이다. 마치 동물이 일단 덫에 걸리면 좀처럼 그 덫에서 빠져나오기가 어려운 것과 같은 이치이다. 이 가설은 그 근거로 인구학적, 사회학적, 경제학적 세 가지 메커니즘을 제시한다.

실제로 OECD 국가들 중에서 합계출산율이 1.5 미만으로 떨어진 나라들을 대상으로 2008년까지 출산율 추이를 비교해 보면 이 가설의 타당성이 어느 정도 인정된다. 서유럽 국가 중에서 합계출산율이 1.5 미만으로 제일 먼저 떨어진 나라는 독일이다. 독일의 합계출산율은 1983년에 1.43, 2008년에는 1.38로, 26년간 합계출산율이 1.5

미만에 머물고 있다. 마찬가지로 이탈리아는 1984년에 1.48로 떨어졌고 2008년에는 1.41로 25년간 저출산 상태에 있으며, 오스트리아 24년, 스페인 21년, 그리스는 20년간 저출산 현상이 지속되고 있다. 한국은 유럽의 나라들과 비교했을 때 비교적 늦은 1998년 합계출산율이 1.45로 떨어졌고, 저출산 상태가 2008년까지 11년간 지속되고 있다.

그러면 왜 저출산이 오래 지속되면 마치 덫에 걸린 것처럼 출산율이 회복되기가 어려운가? 우선 인구학적 측면에서 보면 저출산 현상의 지속이 초래한 출생아 수의 감소는 다음 세대를 재생산할 가임여성의 감소를 의미하며, 이는 결국 출생아 수의 감소라는 악순환을 반복하여 낮은 출산율을 유지하게 한다. 따라서 실제 인구학적으로

〈표 1-5〉 저출산 국가의 저출산 지속기간

	연도 (TFR < 1.5)	지속기간 (년)	2008 TFR
독일	1983 (1.43)	26	1.38
이탈리아	1984 (1.48)	25	1.41
오스트리아	1985 (1.47)	24	1.41
스페인	1988 (1.45)	21	1.46
그리스	1989 (1.40)	20	1.51
체코	1994 (1.44)	15	1.50
러시아	1995 (1.34)	14	1.30
일본	1995 (1.42)	14	1.37
슬로바키아	1996 (1.47)	13	1.32
헝가리	1996 (1.46)	13	1.35
폴란드	1997 (1.47)	12	1.39
한국	1998 (1.45)	11	1.19

출처: OECD(2008), *OECD Statistics: Total Fertility Rate*.

덫에 걸렸는지를 검증하려면 출생아 수와 가임여성 수의 장기 변화를 살펴보면 된다.

한편 사회학적인 설명은 사람들은 결혼을 해서 가정을 이루면 몇 명의 자녀를 두는 것이 바람직한지 생각하게 되는데 이 바람직한 자녀수를 결정하는 데 두 가지 요인이 영향을 미치게 된다는 것이다. 즉, 하나는 성인이 되기 전에 자라나면서 주위의 가정들이 보통 몇 명의 자녀들로 구성되는가 하는 것을 보는 것이고, 다른 하나는 본인들이 부모에 의존하여 살 때 형성된 소비열망으로, 이 두 가지 요인의 영향을 받는다. 따라서 어린 시절, 주위에서 적은 자녀로 구성된 가정을 더 많이 보면서 자랄수록, 그리고 본인의 소비열망이 높을수록 '소(少) 자녀 가치관'이 형성되어 자녀를 적게 낳으려 한다는 것이다. 실제로 이 사회학적인 측면은 구체적으로는 장기간에 걸친 이상(理想) 자녀수의 변화추이를 분석함으로써 덫에 걸렸는지 여부를 판단할 수 있다.

마지막으로 경제학적인 메커니즘은 저출산이 오래 지속되면 고령화가 진전되고, 높은 수준의 고령화는 경제성장을 둔화시키게 된다는 것이다. 그렇게 되면 젊은 층이 미래에 대해 비관적 전망을 갖게 되고 이는 본인들이 갖고 있는 소비열망과 장래 기대소득의 격차를 심화시켜 자연히 자녀를 적게 낳게 된다는 설명이다. 이때 경제학적인 측면에서 덫에 걸렸는지의 여부는 젊은 층의 소비열망과 장래 기대소득의 격차를 분석해 판단할 수 있다.

2) 한국은 저출산의 덫에 걸려 있는가?

그러면 현재 한국은 저출산의 덫에 걸렸다고 말할 수 있는가? 이를 판단하기 위해 앞서 설명한 세 가지 측면의 구체적 자료에 근거해서 이를 검증해 보려고 한다. 먼저 인구학적 측면에서 출생아 수와 가임여성 수의 장기적 변화를 보면 이 두 지표 모두 지속적인 감소경향을 보인다. 먼저 가임여성의 수는 실제 아이를 출산할 수 있는 가임연령을 20세에서 39세로 좁혀 보았을 때, 1996년의 약 860만 명을 정점으로 이후 지속적으로 감소해서 2010년에는 약 742만 명 수준으로 줄어들었다.

또 출생아 수도 1971년에는 한 해에 100만 명이 넘었으나 지속적으로 줄어들어 2010년에는 약 47만 명 수준으로 감소하였다. 물론 이 감소추세는 전년에 비해 일관성 있게 감소한 것은 아니고 증가한 해도 있는데 이는 가임기 여성의 연령구성 차이에 기인한 것이다. 그러나 장기적 추세를 보았을 때는 감소하고 있는 것이 틀림없다. 따라서 현재 한국은 인구학적 측면에서 보았을 때 저출산의 덫에 걸려 있다고 판단할 수 있다.

두 번째로 이 가설의 사회학적인 측면을 검증하기 위해서는 이상자녀수의 변화를 살펴보면 된다. 1976년부터 2006년까지 한국의 15~44세 사이의 기혼여성이 생각하는 이상 자녀수는 1976년에는 평균 2.7명, 1982년에는 2.5명이었으나 그 이후에는 다소 감소해 최근 2006년까지 2.0명에서 2.3명 사이에 이르렀다. 이와 같은 설문조사 결과는 매우 흥미로운 것이었는데 왜냐하면 우리나라의 합계출산율은 이미 1998년에 1.5 미만으로 떨어져 초 저출산 현상을 보이는 데 반하여 사람들은 아직까지도 자녀는 적어도 둘 이상이 되어야 한다

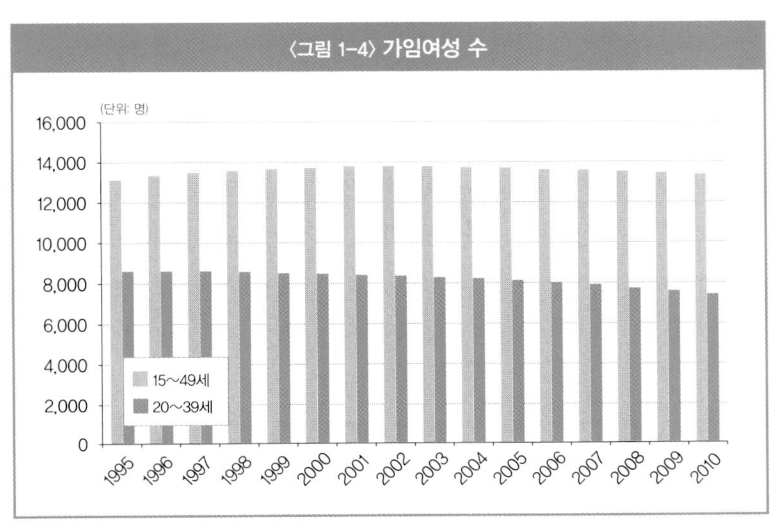

〈그림 1-4〉 가임여성 수

출처: 통계청, 〈출생 · 사망통계〉, 각 년도.

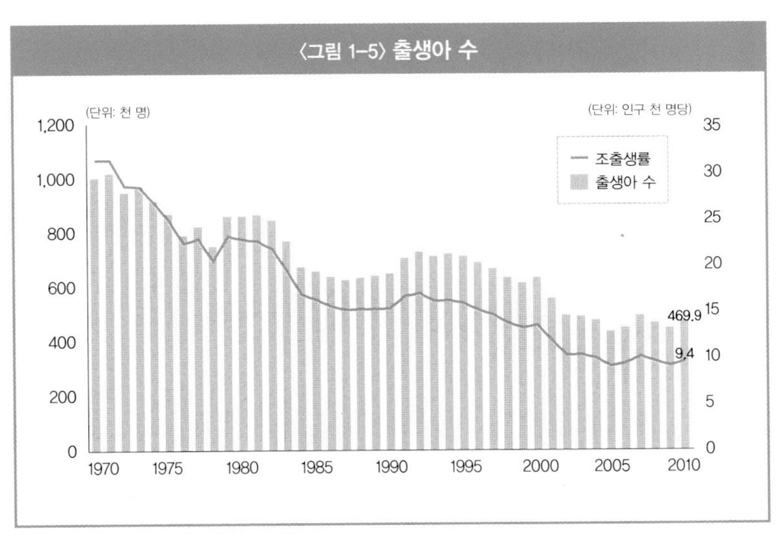

〈그림 1-5〉 출생아 수

출처: 통계청, 〈출생 · 사망통계〉, 각 년도.

고 생각하는 것으로 나타났기 때문이다. 따라서 적어도 2006년까지는 이 이상 자녀수에 근거해 자녀를 낳고 키우는 데 따르는 어려움만 정부가 해결해 주면 출산율이 회복되리라는 기대를 가질 수 있었다.

그런데 2009년에 실시된 조사 자료에서는 그동안 꾸준히 2명 이상을 유지하던 이상 자녀수가 2명 미만으로 떨어진 것으로 나타났다. 즉, 20~44세 사이의 미혼남녀의 경우 2005년 조사에서 이상 자녀수로 남자는 2.06명, 여자는 2.05명이라고 답했는데 2009년 조사에서

〈표 1-6〉 미혼남녀의 이상 및 기대 자녀수

	이상 자녀수		기대 자녀수	
	남	여	남	여
2005	2.06	2.05	2.13	2.07
2009	1.87	1.79	1.90	1.81

출처: 한국보건사회연구원(2009), 〈전국 결혼 및 출산동향 조사〉.

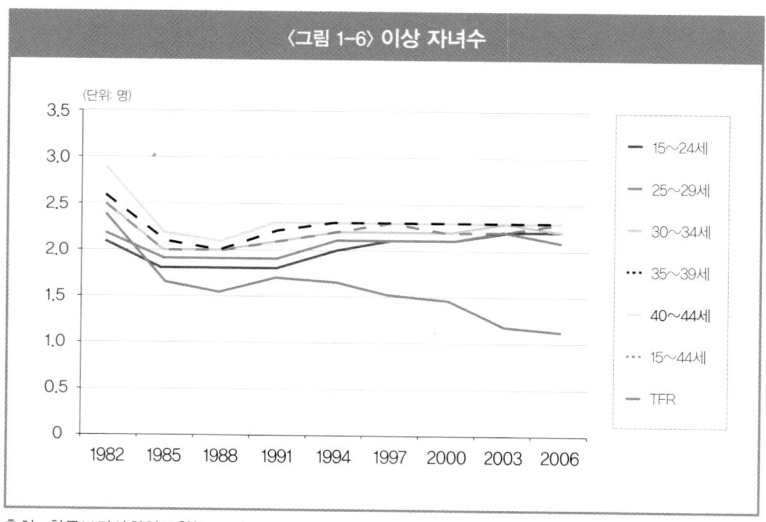

출처: 한국보건사회연구원(2009), 〈2009년 전국 출산력 및 가족보건·복지실태조사〉.

는 남녀 각각 1.87명, 1.79명으로 드러나 지난 30여 년간 지속된 이상 자녀수에 변화가 나타났다. 이와 같은 이상 자녀수의 감소는 20~44세의 기혼여성에게서도 마찬가지로 나타나 평균 1.97명으로 답하고 있다. 따라서 이와 같은 이상 자녀수의 감소현상에 비추어 볼 때 우리나라는 사회학적 측면에서도 저출산의 덫에 걸렸다고 판단할 수 있다.

저출산의 덫을 설명하는 세 번째 메커니즘인 경제학적 측면의 검증은 현재로는 적절한 자료가 부족하여 이를 경험적으로 판단하기 어렵다. 그러나 경제학적 측면의 판단 근거인 젊은 층의 소비열망과 장래 기대소득 간의 격차는 현재 우리 사회에서 볼 수 있는 고학력화 현상과 이로 인해 만연한 젊은 층의 실업현상으로 어느 정도 간접적으로 추론해 볼 수 있다.

5. 한국의 고학력화와 저출산

한국의 교육열이 유별나다는 것은 이미 세계적으로 정평이 나 있다. 사실 우리나라가 오늘 이 정도의 경제수준을 유지할 수 있는 것도 다 높은 교육열에 기인한다. 그런데 최근 우리 사회의 교육열은 그 도가 지나쳐 오히려 국가적으로 큰 부담이 될 지경에 이르렀다. 교육에 대한 열망이 높아서 대부분의 젊은이들이 고등교육을 받는 것은 많은 양질의 노동력을 확보할 수 있다는 측면에서는 매우 바람직하다. 그런데 또 다른 한편에서는 우리의 노동시장이 매년 쏟아져 나오는 고학력자들에게 걸맞은 일자리를 충분히 제공해 주지 못할 때 자발적 실업자를 양산하게 되는 부정적인 영향도 무시할 수 없다.

〈그림 1-7〉 주요 OECD 국가 고등교육 이수율

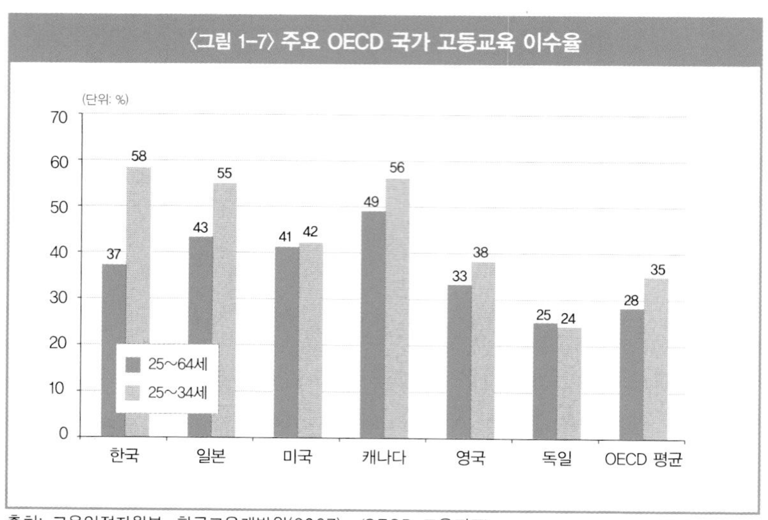

출처: 교육인적자원부, 한국교육개발원(2007), 〈OECD 교육지표〉.

이것이 현재 한국의 딜레마이다. 한국의 고등교육기관 진학률은 세계에서 가장 높다. 2008년의 통계에 의하면 우리나라 고등학교 졸업자의 83.8%가 전문대학 이상의 고등교육기관에 진학하는 것으로 드러났다. 일반계 고등학교 졸업자는 말할 것도 없고 전문계 고등학교 졸업자 중에서도 72.9%가 대학에 진학했다. 2008년을 정점으로 고등교육기관 진학률은 다소 감소하는 추세에 있기는 하지만 다른 나라와 비교했을 때 여전히 매우 높다.

〈그림 1-7〉은 주요 OECD 국가의 고등교육 이수율을 보여준다. 그림에서 25~34세 젊은 층의 고등교육 이수율을 보면 우리나라는 58%로 비교하는 국가 중에서 가장 높다. 우리나라 다음으로 높은 국가는 캐나다, 일본이며 독일은 24%로 가장 낮다. OECD 평균은 35%이고, 영국이 38%로 OECD 평균과 가장 비슷하다. 이 통계는 2008년 자료에 기초한 것으로 시간이 지날수록 한국의 고등교육 이수율은 가파르게

상승할 것이다.

그런데 문제는 이 세상의 어느 나라도 이렇게 매년 시장에 쏟아져 들어오는 많은 수의 대학 졸업자에게 학력수준에 걸맞은 일자리를 제공해 줄 수가 없다는 것이다. 한국 직업능력개발원의 추정에 의하면 대학졸업자의 학력에 어울리는 일자리는 전체 일자리의 최대 30% 정도밖에는 안 된다. 그렇다면 나머지 대졸자들은 어떻게 될 것인가. 본인의 학력수준보다도 낮은 수준의 능력이 요구되는 일자리에 하향지원하거나, 자발적인 실업을 택할 수밖에 없다.

실제로 한국고용정보원(2006, 2007)의 조사자료에 의하면 우리나라의 전문대학 이상 학력자 중에서 본인의 학력수준보다 낮은 수준의 일을 하고 있는 비율이 20~27%에 이르는 것으로 나타난다. 이는 2000년에 조사된 EU 주요국과 비교하면 매우 높은 수치로 EU 주요국의 평균은 7%에 불과하다. 특히 스웨덴이나 노르웨이의 경우 하향취업 비율이 0%이며 핀란드의 경우에도 2%에 불과해 우리와는 많은 격차를 보인다. 주요 선진국 중 이 비율이 높은 나라는 영국(18%), 프랑스(15%), 일본(14%) 등으로 나타나나 여전히 우리보다는 낮은 수준이다.

그렇다면 자발적 실업상태에 있는 청년들은 얼마나 되는가. 〈그림 1-8〉은 2000년부터 2010년 사이 우리나라 20대 청년층의 비취업 현황을 보여준다. 우선 일을 할 의사가 있고 적극적으로 일을 찾아보았으나 일자리가 없어 놀고 있는 실업자는 대체로 30~40만 명 정도 된다. 그냥 아무것도 하지 않고 쉬었다고 답한 20대는 20~30만 명쯤 된다. 그리고 가장 많은 수를 보이는 것은 취업을 준비 중에 있는 사람들로 2010년에는 62만 5천 명이다. 여기에서 취업 준비 중이라는 카테고리는 연령별로 구분이 되어 있지 않아 전 연령층을 다 합

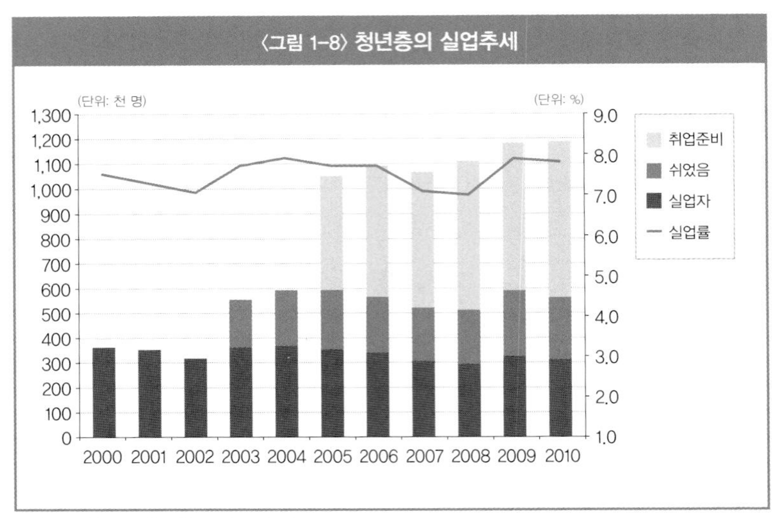

〈그림 1-8〉 청년층의 실업추세

출처: 통계청, 〈고용동향 조사〉, 각 년도.

친 것인데, 현실적으로 이들 중 상당수는 20대일 가능성이 높다.

따라서 이렇게 본다면 2010년에 공식적인 실업자를 포함하여 약 120만 명에 달하는 20대 청년들이 일을 하지 않고 있는 것으로 나타난다. 또 여기에 취업 중에 있는 임금 근로자 중에서도 약 3분의 1은 비정규직으로 드러나 현재 우리나라 20대 청년층의 고용은 매우 불안정한 상태에 있는 것을 알 수 있다. 그렇다면 현재 우리나라의 고학력화 현상은 저출산을 지속시키는 데 일조하고 있다고 보아도 무방하겠다.

6. 다문화사회의 진전

1) 외국인 거주자

저출산, 고령화와 더불어 현재 한국사회에서 발견되고 있는 인구 변천의 또 다른 모습으로는 활발한 국제인구이동의 결과로 나타나는 다문화사회의 진전을 들 수 있다. 한국은 전통적으로 단일민족사회로서 외국인 거주자가 그리 많지 않았으나 최근 들어 외국인 거주자가 늘어나면서 점차로 다문화사회로 변모하고 있다.

2010년 말 우리나라에는 약 126만 명의 외국인이 거주하고 있어 총인구의 2.6%를 차지하고 있다. 외국인 거주자는 1990년 약 5만 명에 불과하였으나 그 이후 빠른 속도로 증가하였다. 2000년에는 약 49만 명으로 늘어나 전체 한국인구의 1%를 넘었고, 2007년에는 약 107만 명으로, 전체 인구의 2.2%가 되었다. 2010년 현재 이들 외국인 거주자를 체류자격별로 보면 취업외국인이 55만 8천 명으로 가장 많고 결혼 이민자가 14만 2천 명, 유학생도 8만 7천 명에 이르렀다.

〈그림 1-9〉에서 알 수 있는 것처럼 전체 외국인 거주자 수는 특히 2005년부터 2008년 사이에 매우 가파르게 증가하였는데 이는 주로 정부의 정책에 따른 외국인 근로자의 급격한 증가에 기인한 것이다. 외국인 근로자 수는 2005년에는 그 전 해에 비해 감소하는 등 부침을 보였으나 결혼 이민자는 2001년 이후 꾸준히 증가하는 것으로 나타난다.

2010년 현재 외국인 거주자를 국적별로 보면 중국인이 약 60만 9천 명으로 압도적으로 많아 전체 외국인 거주자의 48.2%를 차지한다. 이 중에서 한국계 중국인은 약 41만 명으로 전체 외국인 거주자의 32.4%를 점한다. 한국계 중국인 다음으로는 중국인이 20만 명

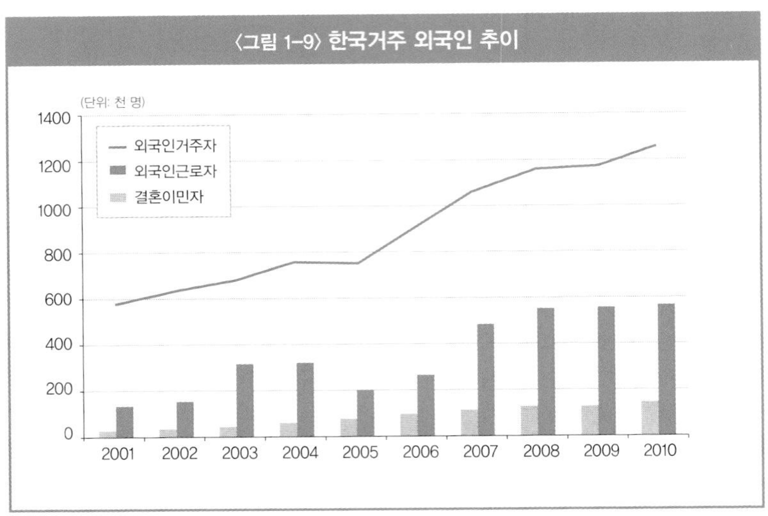

〈그림 1-9〉 한국거주 외국인 추이

출처: 법무부, 〈출입국 · 외국인정책 통계연보〉, 각 년도.

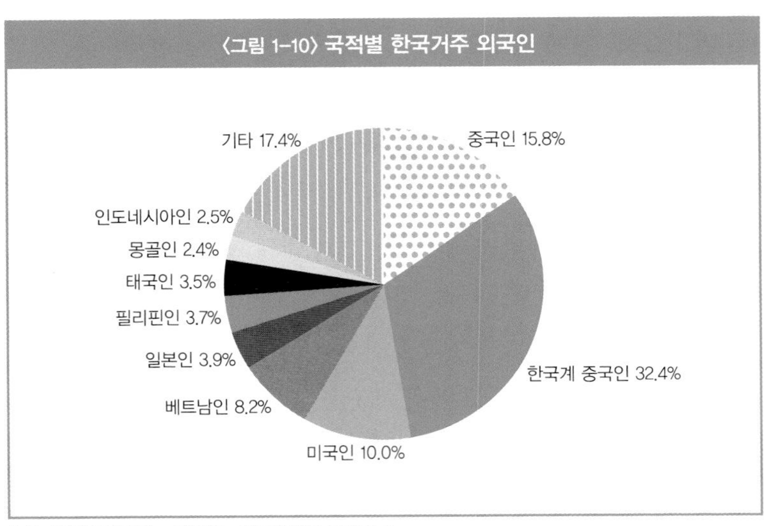

〈그림 1-10〉 국적별 한국거주 외국인

출처: 법무부(2010), 〈출입국 · 외국인정책 통계연보〉.

(15.8%), 미국인이 12만 7천 명(10.1%), 베트남인이 10만 3천 명(8.2%), 그리고 일본인이 4만 9천 명(3.9%) 등의 규모를 보인다.

이처럼 한국계 중국인이 압도적인 비중을 차지하게 된 것은 2007년부터 시행된 방문취업제도의 도입 때문이다. 이 제도는 중국과 구소련 연방국가에 거주하는 한국인 동포를 대상으로 최대 5년 동안 한국을 방문해 취업할 수 있도록 허용하는 제도로, 이 제도의 시행으로 많은 이 지역 거주 동포가 혜택을 받게 되었다.

2) 결혼 이민자

현재 외국인 거주자의 약 절반을 차지하는 외국인 근로자는 한국 정부의 정책에 의해서 최대 5년까지만 한국에서 체류할 수 있고 총 체류 근로자 수도 일정 수준에서 통제되고 있어 한국사회에 미치는 영향은 그리 크지 않다. 그런데 이와 대조적으로 결혼 이민자는 아직은 그 수가 외국인 근로자에 비해서는 적지만 거의 대부분이 영구적으로 한국에 거주하면서 자녀들을 출산하게 될 것이기 때문에 한국사회에 미치는 영향은 훨씬 더 크다.

〈그림 1-11〉은 1990년부터 2010년까지의 국제결혼 건수를 정리한 것이다. 그림과 같이 우리나라의 국제결혼 건수는 2002년까지 2만 건 미만으로 그리 많지 않았으나 그 이후, 특히 외국인 신부와의 국제결혼 건수가 급증하여 2005년에는 4만 건을 상회하게 되었다. 2010년에 우리나라에서는 총 32만 6천 쌍이 결혼하였는데 이 중 10.5%가 국제결혼이었고 8.1%는 한국인 신랑이 외국인 신부와, 그리고 2.4%는 한국인 신부가 외국인 신랑과 결혼한 경우였다.

〈그림 1-11〉 국제결혼 건수

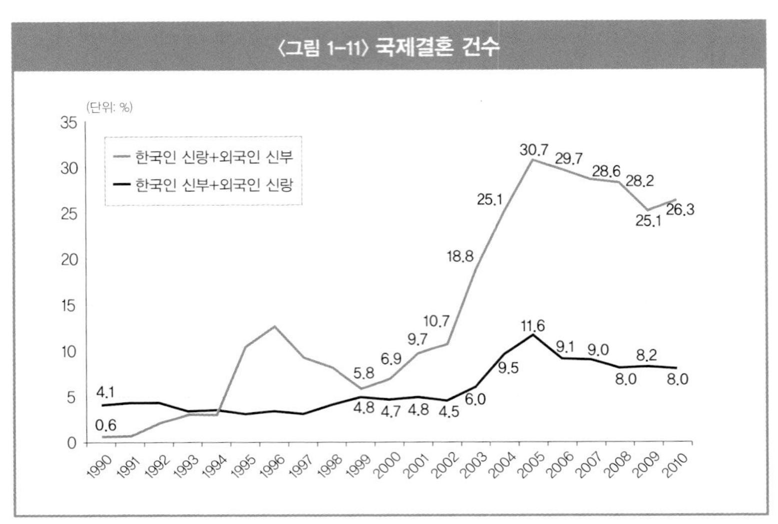

출처: 통계청, 〈결혼 · 이혼통계〉, 각 년도.

따라서 국제결혼의 75%는 외국인 신부를 맞이한 것인데 이는 특히 농촌에 거주하는 신랑이 한국인 배우자를 구하지 못해서 이루어진 국제결혼이다. 한 예로 2008년에 결혼한 농업에 종사하는 신랑 중 38.3%는 외국인 신부와 결혼한 것으로 집계되었다.

이러한 국제결혼 건수의 증가로 결혼 이민자 수도 지속적으로 증가하고 있다. 결혼 이민자의 국적을 보면 2010년의 경우 중국인과 베트남인이 각각 25%로 가장 많고, 그 다음으로 한국계 중국인이 22%, 그리고 일본인이 7%, 필리핀인이 5%의 순으로 높은 비율을 점하고 있다. 그런데 이와 같은 결혼 이민자, 그중에서도 특히 외국인 신부들은 학력수준이 대체로 낮고 한국어 구사가 미숙하다는 등의 이유로 한국사회 적응에 어려움을 겪고 있어 앞으로 이들의 증가는 우리 사회에 큰 부담으로 작용할 가능성이 높다.

그러면 앞으로 결혼 이민자, 그중에서도 특히 외국인 신부의 유입

〈표 1-7〉 한국의 결혼 적령기 인구의 성비			단위: 천 명
연도	27~31세 여성 수	30~34세 남성 수	성비
2000	2,177	2,177	100.0
2010	1,850	1,977	106.9
2020	1,506	1,631	108.3
2030	1,288	1,631	126.6
2040	971	1,088	112.0

출처: 통계청(2006), 〈장래인구추계〉.

은 언제까지, 얼마만큼이나 더 지속될 것인가? 기본적으로 외국인 신부의 유입은 결혼 적령기의 성비 불균형으로 인한 한국인 신붓감 부족 때문에 일어난다. 따라서 장래 결혼 이민자의 추세는 결혼 적령기의 성비가 어떻게 되는가에 좌우된다. 〈표 1-7〉은 대체로 신랑과 신부의 나이차를 세 살로 보고 결혼 적령기를 여성은 27~31세로, 남성은 30~34세로 가정했을 때 2040년까지의 결혼 적령기 인구의 성비를 비교한 것이다.

〈표 1-7〉에서 보면 2010년에 결혼 적령기 인구의 성비는 106.9로 모든 사람이 다 결혼한다고 가정하면 신랑이 신부보다 100명당 7명가량 많다. 그런데 이 성비는 2030년까지는 지속적으로 늘어나 2020년에는 108.3으로, 그리고 2030년에는 126.6까지 증가하는 것으로 드러난다. 따라서 2030년까지는 외국인 신부의 유입으로 인한 결혼 이민자가 지금보다 훨씬 더 많아질 것으로 예측된다.

7. 나가며

우리나라는 현재 다른 나라에서 그 예를 찾기 힘들 정도의 급격한 인구변천을 경험하고 있다. 이 인구변천은 한마디로 세계에서 가장 낮은 수준인 초 저출산의 지속과 이로 인한 빠른 고령화로 요약할 수 있다. 인구는 사회의 근간이 되는 기본적 요소로서 인구가 급속도로 변화한다는 것은 바로 그 사회가 빠르게 변화한다는 것을 의미한다. 사회가 너무 급격하게 변화하면 미처 그 변화에 대처할 시간적인 여유를 갖지 못해 여러 심각한 부작용이 발생한다. 한국은 이러한 변화의 소용돌이 한가운데 있으며 이에 적절하게 대처하지 못하면 장래 큰 어려움에 봉착할 것이다. 이 장에서는 한국에서 현재 어떤 인구변천이 일어나고 있으며, 그 원인은 무엇이며, 장래 이 변화가 어떻게 진행될 것인가에 대해서 살펴보았다. 이러한 인구변천이 우리 사회에 미칠 여러 부정적 영향에 대해서는 다음 장에서 논의할 것이다. 지금 우리에게 중요한 것은 바로 이러한 부정적인 영향을 정확히 인식해서 지금부터 효과적으로 그 변화에 대처하는 것이다. 한국 사회의 미래는 전적으로 지금부터 우리가 어떻게 대응해 나가는가에 달려있다.

참고문헌

교육인적자원부(2007), 〈OECD 교육지표〉, 한국교육개발원.

법무부, 출입국·외국인정책본부, 〈출입국·외국인정책 통계연보〉.

채창균(2009), "노동시간과 대학 배출인력 간의 전공 불일치", 《한국의 사회동향》, 통계청, 통계개발원.

통계청, 〈고용동향 조사〉.

______, 〈결혼·이혼통계〉.

______, 〈인구주택총조사〉.

______, 〈장래인구추계 2006, 2011〉.

______, 〈출생·사망통계〉.

______(2011), 〈2010년 생명표〉.

한국보건사회연구원, 〈전국 결혼 및 출산동향 조사〉.

______(2009), 〈2009년 전국 출산력 및 가족보건·복지실태조사〉.

OECD(2008), *OECD Statistics: Total Fertility Rate*.

02 인구변천의 영향

김중백

1. 들어가며

모든 인간은 집단생활을 하는 사회적 동물이다. 인구는 '어느 한 시점에 일정한 지역에 거주하는 사람의 수'를 의미하며 집단의 속성을 보여주는 가장 기본적 정보이다. 따라서 대한민국의 인구를 사전적 정의로 본다면 현재 대한민국 영토에 거주하는 사람의 수를 뜻한다. 2010년에 통계청이 실시한 인구주택총조사에 의하면 우리나라의 인구는 약 4,941만 명이며 2년이 경과한 2012년 6월 현재 5천만 명을 돌파했다는 소식이 전해졌다. 하지만 5천만이라는 대한민국 인구의 의미를 실생활에서 느끼는 사람은 많지 않다. 왜냐하면 우리의 사회적 삶의 영역은 매우 제한되어 있고 평생에 걸쳐 소통하고 교류할 수 있는 사람의 수는 전체 인구의 측면에서 본다면 극소수이기 때문이다.

하지만 인구는 결코 우리의 삶과 무관한 이야기가 아니다. 이 책의 1장 "한국의 인구변천"에서 잘 나타나 있듯이 2012년 현재 인구는

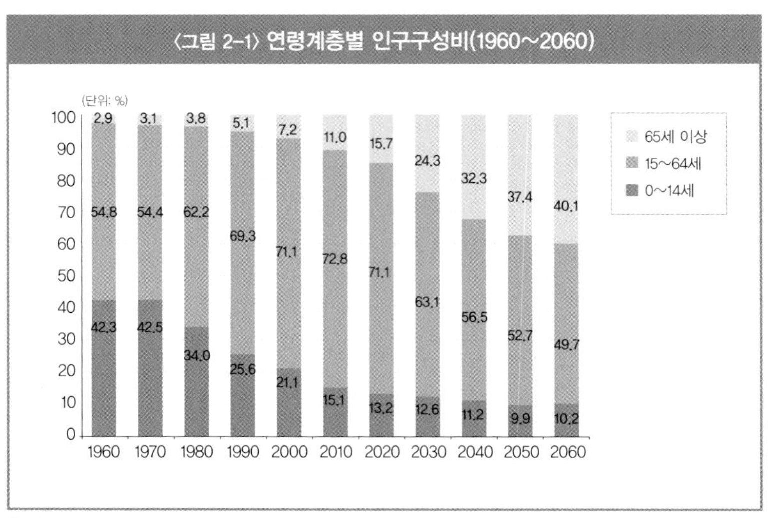

〈그림 2-1〉 연령계층별 인구구성비(1960~2060)

출처: 통계청(2011), 〈장래인구추계: 2010~2060〉, p.8.

가장 중요한 사회적 논제 가운데 하나이며 향후 대한민국의 발전방향에 큰 영향을 미칠 것이다. 특히 그 가운데서도 가장 큰 사회적 이슈는 출산력 감소와 기대수명 증가에 따른 인구구조의 변화이다. 통계청에 따르면 우리나라의 인구는 2030년을 정점으로 마이너스 성장을 보일 것으로 추정된다. 〈그림 2-1〉에서 알 수 있듯이 낮은 출산율과 기대수명의 증가는 생산가능인구의 상대적 감소와 노년층의 상대적 증가로 귀결되어 연령계층별 인구 구성비의 변화를 가져올 것으로 예측된다. 물론 미래 한국의 인구변화가 통계청의 예측대로만 진행되지 않을 수도 있다. 그런데 만약 인구구조가 추계와 같이 변한다면 발생하게 될 사회적 변화를 바르게 이해하는 것은 미래의 주역이 될 대학생들에게 매우 중요한 과제이다.

인구가 감소하는 것을 긍정적으로 보는 입장도 있다. 주요한 사회문제로 인식되는 여러 사회현상들은 표면적으로는 과도한 인구에서 기인하는 것처럼 간주된다. 가령 청년실업, 수도권의 과밀화, 환경 문제 등은 인구가 너무 많아서 발생한 사회문제인 것처럼 보인다. 인구가 줄어들게 되면 실업문제도 해결될 것이고, 수도권의 인구도 줄어 부동산 투기나 교통문제가 해결될 것이며, 또한 환경을 파괴하는 행위도 줄어들 것으로 생각할 수 있다. 이러한 상황으로 보았을 때 인구 감소는 일부 사회적 병리현상들을 해결해 줄 것처럼 보인다. 하지만 여러 연구에 따르면 저출산과 그 결과로 나타나는 인구 구조의 변화는 우리 사회 전반에 부정적 영향을 줄 것으로 보인다. 다음에서는 인구구조의 변화가 가져올 사회문제와 해결해야 할 과제를 경제구조, 재정, 복지, 가족, 이민, 교육 분야 등을 통해 살펴보고자 한다.

2. 미래의 산업 역군은 노인?

우리나라의 변화되는 인구구조가 미칠 가장 큰 영향은 경제 측면에 잘 나타난다. 2030년 이후 우리나라의 생산가능인구는 급격하게 줄어들 것으로 예측된다. 이는 낮아진 출산율의 직접적인 결과이며 2010년부터 2030년까지 계속해서 유소년 인구가 줄어든 영향이 2030년 이후에 생산가능인구의 감소로 나타날 것으로 예측된다. 2010년 72.8%로 최고 수치를 보였던 생산가능인구는 2060년도에는 49.7%로 전체 인구의 절반도 안 되는 비율을 보일 것으로 추정된다. 이렇게 생산가능인구의 감소가 경제적인 측면에 미칠 핵심 영향은 노동력의 부족과 이에 따르는 경제성장률과 성장잠재력의 하락으로 요약된다.

사실 생산가능인구 감소의 부정적 측면은 우리에게 쉽게 와 닿지 않는 이야기일 수 있다. 정보화, 세계화로 특징지어지는 현대사회에서 단순히 생산가능인구의 감소는 큰 의미를 주지 않는다는 견해도 있다. 특히 아웃소싱이 점차 일반화되면서 생산력을 유지하기 위해 필요한 생산가능인구는 어차피 감소할 것이기 때문에 저출산으로 인한 15~64세의 생산가능인구의 감소는 오히려 실업문제를 감소시킬 수 있는 긍정적 측면이 있다고 주장하는 쪽도 있다. 왜냐하면 최근의 노동관련 이슈로 노동력 부족현상보다 실업현상이 더 대두되고 있기 때문이다.

그러나 이미 노동력 부족현상은 중소기업을 중심으로 나타나고 있다. 최근의 언론기사에 따르면 외국인 근로자를 고용하고 있는 중소기업들이 필요한 인력은 11만 명에 달하는데 도입 쿼터가 4만 명에 불과하여 정부에 큰 폭의 조정을 요구하였다고 한다. 그리고 이렇게 외국인 근로자를 더 고용하려는 가장 큰 이유로 중소기업을 운영하는 사업주는 "내국인을 구할 수 없기 때문"이라고 전하였다. 이러한 노동시장의 수요와 공급의 불일치는 대학진학이 지나치게 일반화되어 버린 학력 인플레에 기인한다. 다시 말하면 대학 졸업자들이 희망하는 안정적인 고소득 직장의 수는 매우 제한되어 있는데 대학진학 비율이 지나치게 높다보니 실업문제가 불거지는 것이다. 이는 다른 나라와의 비교에서도 잘 나타난다. OECD 평균 고등교육(전문대학 + 대학) 진학률은 2007년 통계로 56%인 데 반해 우리나라는 61%를 보였으며 2011년에는 이 수치가 72%에 달하고 있다. 따라서 현재의 실업문제는 산업구조와 교육구조 간의 불균형에서 크게 기인한다고 할 수 있다.

그러나 인구의 감소로 인한 노동공급의 축소는 장기적으로 경제성장의 감소를 가져오는 것으로 국내 연구기관의 주요 보고서를 통해 나타나고 있다. 한국개발연구원(KDI)에서 2006년 발간한 〈인구구조 고령화의 경제·사회적 파급효과와 대응과제〉에 따르면 여러 가지 장래 예측 시나리오를 가정할 수 있지만 현재의 합계출산율 수준인 1.2가 향후 2040년대까지 지속되는 경우 잠재성장률은 2010년 4.56%에서 2040년에는 0.74%로 실질적인 마이너스 성장을 보일 것으로 전망하고 있다. 출산율이 낮아지면 실업이 줄어드는 것이 아니라 피부양인구인 고령인구의 비중이 상대적으로 크게 증가하여 마이너스 성장을 할 것으로 예측된다. 또한 노동공급이 점차 축소됨에 따라 노동생산성 역시 2015년 이후에는 차츰 감소될 것으로 예측된다. 한국은 특히 필수적인 기술과 노하우를 작업 현장에서 직접 전달하는 제조업의 고용 비중이 높은데 이러한 노동력공급의 감소는 숙련기술 단절의 결과를 낳을 수도 있다. 삼성경제연구원(SERI) 역시 향후 경제성장률이 노동력공급의 부족과 이로 인한 65세 이상 인구 부양비용 증가에 따라 점차 감소할 것으로 예측하고 있으며 2030년부터는 실질적으로 마이너스 성장을 보일 것으로 전망한다.

이러한 경제활동인구의 감소를 노년층의 경제활동 참여를 증가시킴으로써 극복할 수 있다는 주장은 일면 타당하다. 특히 교육수준이 증가하고 고령인구의 건강도 점차 증진되어 통계적으로는 65세 이상을 노인으로 분류하더라도 앞으로 고령인구의 활발한 경제활동 참여는 저출산에서 기인하는 생산가능인구의 부족을 메울 수 있다는 것이다. 그러나 여기에는 한계가 있다. 이미 우리나라의 65세 이상의 경제활동참가율은 2009년 현재 30.1%로 OECD 국가 가운데 두 번째로 높다. 또한 고령인구 취업은 단순 노무직에 집중되어 있고 재교육의 기회도 충분히 제공되지 않는다. 고령인구의 참여가 앞으로 증가할 가능성이 있지만 고령인구의 증가로 노동인구 부족 현상을 타개하기에는 한계가 있는 것이 분명하다.

결론적으로 말하자면 저출산에 기인한 인구의 감소는 실업문제를 해결하는 대신 경제성장을 저해하는 요인으로 향후 작용할 것으로 보아야 한다. 생산가능인구의 감소는 경제의 활력을 떨어뜨리고 노동생산성을 약화시킬 것이며 국가 차원에서 발전동력을 감소시키는 부정적 영향을 가져올 것으로 전망된다.

3. 나의 노후는 누가 돌봐줄 것인가?

요즘 정치권의 화두는 누가 뭐라 해도 복지다. 복지의 확대는 가깝게는 2012년에 열릴 대선에 큰 영향을 미칠 사회이슈이며 길게 보면 21세기 대한민국의 사회·정치 지형을 바꾸어놓을 수 있는 핵심 논제이다. 유례없이 빠르게 진행된 근대화 과정에서 복지라는 단어는 어찌 보면 조금은 사치스런 단어이기도 했다. 부를 나누고 노후를 대비하고 도움이 필요한 사람들을 보듬어주는 일을 전부 개인이 담당할 수는 없기에 국가나 사회가 이의 일부를 담당하는 것은 당연한 일이지만 우리 사회에서 복지의 개념과 제도적 확충이 본격적으로 시행된 것은 그리 오래되지 않았다. 다행히도 전국민 의료보험제가 시행되고 있고 국민연금을 통해 일반 국민들이 보편적 복지의 혜택을 입을 기회가 점차 증가하는 것은 매우 반가운 현상이다. 그러나 복지는 결코 하늘에서 갑자기 떨어지는 시혜가 아니다. 우리가 낸 돈을 토대로 공공기관을 통해 운영되며 시행되는 것이 기본 운영 원리이다. 더구나 우리나라는 산업화, 민주화의 역사가 짧고 좁은 영토에 상대적으로 많은 국민이 거주하며, 주변에 위치한 강대국과의 긴장이 존재하기 때문에 국가 예산에서 복지에 할당된 부분이 매우 제한될 수밖에 없는 환경에 처해있다.

복지와 인구구조는 밀접한 관계를 가진다. 이는 특히 복지의 가장 큰 축을 담당하는 국민건강보험과 국민연금의 운용과 시행이 인구구조의 변화와 필연적으로 연결될 수밖에 없기 때문에 더욱 그러하다. 따라서 향후 저출산의 지속에 따른 생산가능인구의 감소와 65세 이상 고령인구의 증가가 국민건강보험과 국민연금의 미래에 가져올 영향을 살펴보는 것은 매우 중요한 의미를 지닌다.

1) 국민건강보험

우리나라는 전반적인 사회복지 제도가 다른 OECD 국가에 비해 미비함에도 불구하고 1963년도 의료보험법 제정에서 출발한 건강보험제도는 상대적으로 잘 정립되어 있다고 하겠다. 특히 1989년에는 도시지역 의료보험을 실시함으로써 사실상 전국민 의료보험제도를 실행하고 있다. 그러나 전국민 의료보험이 모든 의료비를 국가가 책임진다는 의미는 결코 아니다. 최근 정치권에서 무상의료 얘기가 복지 포퓰리즘을 타고 조금씩 흘러나오고는 있으나 아직까지 우리나라의 사정에서 모든 의료를 무상으로 국가가 공급하는 것은 시기상조이기 때문에 현재의 건강보험제도가 앞으로도 상당 기간 유지되리라 전망된다. 그렇다면 우리나라의 국민들은 의료비로 과연 얼마나 지출하고 있는가? 〈표 2-1〉을 보면 GDP 대비 2008년 현재 약 6.5%가 국민의료비로 사용되고 있다. 국민의료비는 의료에 사용되는 재화, 서비스, 그리고 자본투자를 모두 합친 금액이다. 이는

OECD 평균인 9.0%에 비해서는 약 30% 낮은 수준이다. 그리고 의료비 가운데 공공의료비, 즉 정부와 사회보장 영역에서 재원을 담당하는 비율이 약 55%가량을 차지한다. 이는 곧 우리나라가 아직은 의료비용에 지출하는 정도가 다른 나라에 비해서는 적으며 그 가운데 공공의료비가 국민의료비의 절반을 조금 넘는 비중을 차지하고 있음을 의미한다.

사회적 약자에 더 큰 혜택을 주는 기본 취지를 가진 국민건강보험은 여타 사회복지제도와 유사하게 인구구조의 영향을 많이 받는다. 왜냐하면 생물학적 특성상 인간의 건강은 나이의 증가와 매우 밀접하게 연관되므로 고령인구가 청·장년층에 비해 더 많은 의료혜택

〈표 2-1〉 GDP대비 국민의료비 지출

단위: 조 원, (%)

	2005	2006	2007	2008	OECD 평균 (2008)
국민의료비[1] (GNP대비)	49.6 (5.7)	55.3 (6.1)	61.8 (6.3)	66.7 (6.5)	- (9.0)
공공의료비[2] (구성비*)	25.8 (52.1)	30.3 (54.7)	34.1 (55.2)	36.9 (55.3)	- (72.5)
민간의료비[3] (구성비*)	23.7 (47.9)	25.1 (45.3)	27.7 (44.8)	29.8 (44.7)	- (25.7)
1인당 국민의료비 (천 원)	1,030	1,145	1,276	1,372	3,060 (US $)

주: 1) 국민의료비: 보건의료 재화와 서비스의 최종소비(즉, 경상의료비)와 보건의료의 하부구조에 대한 자본투자를 합한 지표.

2) 공공의료비: 국민의료비 중 정부와 사회보장 부문에서 재원을 부담한 지표(중앙 및 지방정부 재정, 공보험 등).

3) 민간의료비: 국민의료비 중 민영사회보험, 가계본인부담 및 기타부문에서 재원을 부담한 지표(개인본인부담, 민간보험 등).

* 구성비는 국민의료비에 대한 구성비임.

출처: OECD, *OECD Health Data 2010*.

이 필요하기 때문이다. 물론 과거에 비해 전반적인 건강수준이 향상되어 기대수명이 80세를 넘는 것도 사실이다. 하지만 수명의 증가가 반드시 질병의 부재를 의미하는 것은 아니고 오히려 의학기술의 발달과 맞물려 수명은 연장되었지만 질병기간도 길어질 수 있음을 의미한다. 또한 전술하였다시피 65세 이상 인구가 전체 인구에서 차지하는 비율이 생산가능인구에 비해 빠른 속도로 증가하고 있다. 이에 따른 결과로 전체 진료비 가운데 노인진료비의 비중이 최근 10여 년 동안 빠르게 증가하고 있음을 확인할 수 있다. 2003년에는 65세 이상 인구에 사용된 진료비가 전체 진료비의 21.2%를 차지하였는데 2010년에는 불과 8년 사이에 그 비율이 32.2%로 상승하였다. 이는 의료기술의 발달로 인해 과거에는 치료받기 어려웠던 질병이 치료됨에 따라 이에 대한 지출이 늘어났다고도 볼 수 있으나 가장 중요한 원인은 그 기간에 고령인구의 비율이 7.5%(2003년)에서 10.2%(2010년)로 늘어났다는 점에서 찾을 수 있다. 즉, 고령인구의 상대적 증가와 이에 근거한 기대수명의 증가는 건강보험의 재정에 가장 큰 위협이 되어가고 있는 것이 현실이다.

저출산 고령화로 인해 실질성장률이 마이너스 성장을 할 것으로 예상되는 경제성장 전망에 따르면 앞으로 건강보험의 재정문제는 더 심각해질 가능성이 높다. 건강보험의 재원 중 국고지원이 11.7%, 담배부담금이 5.0%를 담당하는 것에 비해 보험료가 전체 83.3%를 차지하고 있기 때문에 생산가능인구의 감소는 건강보험의 재정에 치명적 영향을 미칠 것으로 예측된다. 최근 통계청의 장래인구추계에 근거한 국민건강보험의 재정전망은 저출산에 따른 고령화의 효과가 특히 국민건강보험에 어떠한 영향을 미칠지 예측하고 있다. 이에 따르면 저출산에 따른 고령화로 인해 건강보험 지출이 2011년 37조 4천

억 원에서 2030년에는 132조 6천억 원으로 급증할 것으로 전망했다. 또한 노인진료비 역시 2030년에는 93조 원으로 증가할 것으로 예측하여 전체 지출 가운데 70% 이상을 차지할 것으로 내다봤다. 그런데 건강보험료를 납부하는 생산가능인구의 비율은 점차 줄어들기 때문에 보험료 부담이 지금보다 70% 이상 늘어날 것이라고 한다.

고령인구의 증가는 필연적으로 의료보험을 넘어서 전반적 복지의 확대와 연결된다. 〈표 2-2〉에서 보건사회연구원이 발표한 복지지수에 따르면 우리나라의 종합적인 복지수준은 OECD 국가들 가운데 최하위권에 위치한다. 따라서 최근 정치권과 시민사회를 중심으로 복지중심의 사회를 만들자는 논의가 활발히 제기되고 있고 향후 복지에 더 많은 재정이 투입될 것은 분명하다. 그러나 복지에 투입될 재정의 증가는 세금의 증가로 이어지게 될 것이다. 더구나 2030년을 기점으로 인구가 감소하는 과정에서 생산가능인구의 비율은 더욱 줄어들 것이기 때문에 국가재정의 가장 큰 부분을 담당할 생산가능인구의 세금부담은 더욱 커질 수밖에 없다. 이러한 세금의 증가는 생산가능인구의 경제상황을 더욱 어렵게 하여 경기가 침체될 가능성을 높이며 그 결과로 복지혜택이 필요한 인구가 증가하는 악순환에 빠질 가능성이 높다. 따라서 저출산에서 비롯된 고령인구의 증가와 생산가능인구의 감소는 복지수요가 증가하는 한국의 미래에 어두운 그림자를 드리우고 있다. 의료보험도 세금의 경우와 비슷한 양상으로 나타날 것이다. 앞으로 현재의 저출산 고령화 추세가 지속된다면 개인의 의료보험료 지출이 빠른 속도로 증대될 것이 확실하다. 이러한 지출의 상승을 막기 위해서는 건강보험금의 지급과 혜택범위를 줄일 수밖에 없으며 이는 곧 국민건강의 악화라는 결과를 필연적으로 초래한다. 평균수명 증대에 따른 복지수요가 빠르게 증가할 미래 한국

사회에서 세금과 의료보험에 대한 지출이 증가한다면 앞으로 우리의 삶은 더욱 팍팍해질 것이다.

〈표 2-2〉 한국보건사회연구원-조선일보 복지지수(KCWI*)

순위	국가	종합점수	순위	국가	종합점수
1	노르웨이	0.734	16	벨기에	0.588
2	룩셈부르크	0.705	17	스페인	0.588
3	네덜란드	0.675	18	체코	0.588
4	덴마크	0.674	19	그리스	0.549
5	스웨덴	0.668	20	포르투갈	0.544
6	스위스	0.661	21	슬로바키아	0.543
7	오스트리아	0.641	22	아일랜드	0.541
8	핀란드	0.633	23	일본	0.540
9	호주	0.628	24	미국	0.533
10	프랑스	0.627	25	이탈리아	0.521
11	영국	0.613	26	한국	0.499
12	뉴질랜드	0.612	27	헝가리	0.493
13	캐나다	0.606	28	폴란드	0.486
14	아이슬란드	0.603	29	멕시코	0.443
15	독일	0.592	30	터키	0.389

출처: 한국보건사회연구원(2011), 〈OECD 국가의 복지지표 비교연구〉, p.62.

* KCWI는 KIHASA-Chosun-Welfare Index로 한국보건사회연구원과 조선일보가 공동으로 개발한 복지지수를 뜻한다.

2) 국민연금

우리나라 국민연금의 역사는 매우 짧다. 1988년 처음 본격적으로 시행되기 시작한 국민연금은 강제적 가입의 채찍과 물가연동이라는 당근을 양손에 들고 전 국민이 가입하는 국가제도로 시작되었다. 국민연금은 그 시작부터 모든 연령계층이 가입하였기 때문에 개인이 납입한 보험료를 향후 연금 수령시점에 받는 개념이 아니라 납입한 보험료는 현재 연금 수령시점에 도달한 인구가 연금으로 우선 수령하며 향후 연금 수령시점이 되면 그 당시 납부되고 있는 보험료를 수령하는 방식이다. 따라서 국민연금이 제대로 운영되기 위해서는 보험료를 납입하는 사람과 수령하는 사람들 간의 비율을 유지하는 것이 매우 중요하다. 왜냐하면 전체 인구에서 보험료를 납입하는 사람의 비율보다 기금을 수령하는 사람의 비율이 커지면 납입해야 하는 비용이 증가할 것이며, 그 반대로 기금을 수령하는 사람의 비율이 적어지면 납입해야 하는 비용이 감소할 것이기 때문이다. 또한 국민연금은 물가와 연동되는 방식을 채택하고 있기 때문에 연금을 수령하는 사람들이 상승되는 물가에 상응하는 연금을 받기 위해서는 꾸준한 경제성장이 반드시 수반되어야 한다.

그런데 이미 앞에서 보았던 것처럼 우리나라의 인구구조 변화는 저출산 고령화의 결과로 15~64세의 생산가능인구는 감소하고 65세 이상의 고령인구는 급격히 증가할 것으로 예측된다. 그리고 이 과정에서 노동생산성이 떨어지고 국가수준의 성장률이 점차 저하되어 마이너스 성장을 경험할 것으로 보인다. 이러한 환경은 국민연금의 운영에 매우 심각한 위협요인으로 작용할 수밖에 없다.

먼저 고령인구의 증가가 국민연금과 관련된 측면을 노령연금 수급자 수의 변화를 통해서 알 수 있다. 〈표 2-3〉을 보면 65세 이상 국민연금 노령연금 수급자 수에 대한 전망이 나와 있다. 이 표에 의하면 2010년 현재 65세 인구 가운데 연금 수급자 수는 약 22.4%를 나타내나 이 비율은 점차 증가하여 2030년 이후에는 65세 인구 가운데 연금 수급자 수가 50%를 넘을 것으로 예측되며, 2060년에는 거의 70%에 달할 것으로 보인다. 즉, 이는 현재 생산가능인구가 향후 65세 이상이 되면, 노령연금을 받을 자격이 생기는 인구가 크게 증가

〈표 2-3〉 65세 이상 국민연금 노령연금 수급자 수 전망

연도	65세 이상(천 명)		인구수 대비 연금 수급자 수 (나/가)
	인구 수(가)	노령연금 수급자 수(나)	
2010	5,354	1,200	22.4%
2015	6,445	1,755	27.2%
2020	7,821	2,853	36.5%
2025	9,920	4,409	44.4%
2030	11,899	6,095	51.2%
2035	13,542	7,697	56.8%
2040	14,941	9,050	60.6%
2045	15,547	9,945	64.0%
2050	15,793	10,422	66.0%
2055	15,017	10,296	68.6%
2060	14,583	10,197	69.9%
2065	13,996	9,720	69.5%
2070	12,925	8,917	69.0%

출처: 한국보건사회연구원(2010), 〈저출산·고령화에 따른 사회보험제도 개편방안〉, p.37.

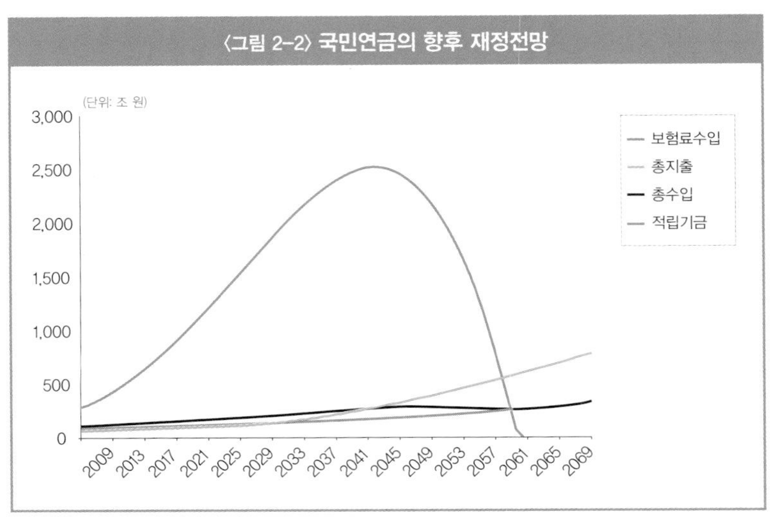

〈그림 2-2〉 국민연금의 향후 재정전망

출처: 한국보건사회연구원(2010), 〈저출산 · 고령화에 따른 사회보험제도 개편방안〉, p.36.

할 것으로 예측되는 것이다. 이는 곧 생산가능인구의 감소와 이에 따른 경제성장의 둔화와 맞물려 국민연금 운영에 장애가 될 것이 분명하다.

그렇다면 앞으로 우리의 국민연금은 어떻게 될 것인가? 비록 예측이긴 하지만 그 전망은 매우 암담하다. 〈그림 2-2〉는 2006년 발표된 장래인구추계에 근거해 국민연금의 재정전망을 나타내는 주요 요소들의 향후 전망을 나타낸다. 가장 중요한 적립기금은 2040여 년까지 꾸준히 증가하다가 그 이후에는 점차 줄어들어 2050년대에는 모두 소진될 것으로 예측된다. 총지출과 총수입을 보면 총지출은 2040년이 지나면 총수입보다 커져 재정건전성이 급속도로 악화될 것이다. 앞날을 더욱 어둡게 하는 것은 2011년에 발표된 장래인구추계에 대한 전망이다. 이에 따르면 국민연금 재정의 고갈시기는 더욱 앞당겨져서 2058년이 아닌 2056년이 될 것으로 예측된다.

저출산과 고령화는 단순한 인구구조의 변화에서 그치는 것이 아니라 경제성장과 이에 따르는 복지제도 운영까지 큰 연관이 있음을 확인할 수 있었다. 아기를 낳지 않는 데에는 여러 가지 복잡한 배경이 얽혀 있기 때문에 모든 것을 경제적인 측면에서 바라볼 수는 없다. 하지만 경제적 이유 때문에 한 명 이상의 자녀 낳기를 꺼리는 사람들은 장기적 측면에서 다시 생각해 볼 필요가 있다. 왜냐하면 둘째를 낳지 않아 심화될 생산가능인구의 감소가 가져오는 사회적인 부담은, 결국 자신의 하나뿐인 자녀가 짊어질 부담이 될 것이기 때문이다.

4. 가족의 구성과 역할은 어떻게 변할 것인가?

앞으로 한국사회는 점차 고령화될 것이며 이러한 추세를 가져올 가장 큰 원인은 역시 출산력 감소이다. 만약 출산력 감소 문제가 빠른 시일 내에 큰 변화를 보이지 않는다면 줄어든 성장동력과 노동력을 보완할 수 있는 방안은 과연 무엇이겠냐는 질문에 봉착하게 된다. 미국 인구학회장을 역임했던 필립 모건 듀크대 교수가 언급한 한국의 저출산 추세와 장래 인구전망은 시사하는 바가 크다. 모건 교수에 따르면 대가족제도를 강화하고 해외이민을 증가시키는 것이 현재의 저출산 현상을 해결하고, 앞으로 야기될 사회적 문제를 해결하는 방법이다. 이는 전술한 경제적 측면, 복지의 측면과는 또 다른 도전이자 새로운 문제의 출발이 될 수도 있다. 좀더 자세히 알아보자.

1) 이민이 해법인가?

한국에서 외국인에 대한 뉴스를 접하는 것은 더 이상 어색한 일이 아니다. 가장 대표적인 9시 TV 뉴스를 보면 하루에 적어도 한두 꼭지 정도는 한국에 거주하거나 체류하는 외국인에 대한 뉴스를 접할 수 있다. 뉴스의 종류도 매우 다양하다. '외국인 노동자 문제', '외국인 학생 문제', '다문화가정 문제', '외국인 영어강사 문제' 등 여러 사회적 이슈가 외국인의 상황과 엇물려있음을 쉽게 알 수 있다. 독일 출신 귀화 한국인으로서 한국관광공사 사장이 된 이참 씨는 외국인이 우리나라에서 더 이상 이방인만은 아니라는 것을 보여주는 단적인 예이다. 단일민족국가의 기준을 어느 정도 수준에서 정해야 하는지는 논란의 여지가 있지만 최소한 대한민국이 더 이상 단일민족국가라고 불리기 어렵다는 것은 분명한 사실이다.

이렇게 일상화된 국내 거주 외국인이 우리 인구구조와 어떤 관련성을 가지는지 이해하기 위해서는 국내 체류 외국인이 어떤 자격으로 오는지 살펴보는 것이 중요하다. 〈그림 2-3〉은 지난 10년간 체류자격별 외국인 입국자 추이를 보여준다. 2000년대 초반만 해도 연수와 단기거주의 목적으로 입국한 사람의 비율이 상대적으로 높았으나 최근에는 유학, 취업, 그리고 거주 및 영주의 목적으로 입국한 사람의 비율이 점차 증가하고 있다. 더구나 유학을 목적으로 체류하는 외국인 가운데 상당수는 유학 후 한국에서 직장을 얻으려는 의도를 가지고 있기 때문에 최근의 외국인 증가는 단순히 숫자의 증가만을 의미하는 것이 아니라 저출산 고령화 현상에 수반되는 생산가능인구 감소를 완화할 수 있는 가능성을 내포하고 있다고도 볼 수 있다. 출산력이나 사망력에 비해 인구이동은 인구추계에서 정확히 예측하

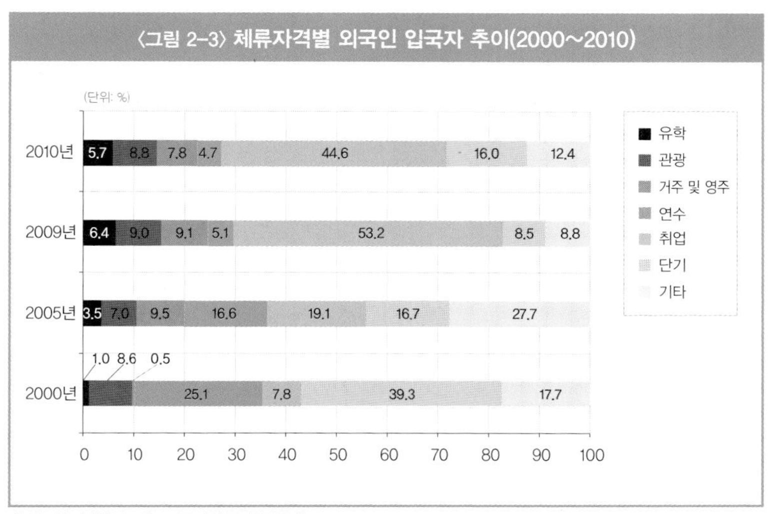

〈그림 2-3〉 체류자격별 외국인 입국자 추이(2000~2010)

출처: 통계청(2010), 〈국제인구이동통계〉, p.11.

기가 힘들어서 앞으로의 전망이 어떻게 될지 파악하는 데 각별한 주의가 필요하다. 다만 최근의 추세와 여러 가지 상황을 고려할 때 국제순이동은 계속해서 국내입국이 출국보다 많을 것으로 예측된다.

그러나 외국인 국제이동을 좀더 자세히 살펴본다면 국제이동이 우리가 기대하는 생산인구 증대를 통한 경제활력 증진에 기여하지 못할 가능성도 있다. 국적별로 본다면 외국인의 유입이 반드시 우리가 기대하고 있는 방향으로만 진행되지 않기 때문이다. 2010년 외국인 순유입 가운데 가장 많은 비중을 차지하는 것은 중국(6만 4천 명)이며 베트남(1만 3천 명)과 미국(6천 명)이 그 뒤를 따르고 있다. 외국인의 입국 목적을 보면, 중국 입국자는 취업(44.7%)이 상대적으로 비중이 높고 베트남 입국자는 거주 및 영주(37.1%)가 비중이 큰 편이다. 이러한 지역에서 이주하는 외국인들은 대부분 낮은 기술수준을 필요로 하는 산업에 취업할 가능성이 매우 크다. 비숙련 육체

노동이 대부분을 차지하는 직종에 집중적으로 근무하는 외국인들이 받는 임금은 매우 적으며 임금의 상당부분은 본국으로 송금되기 때문에 실질적 경제성장에 크게 기여하지 못할 가능성이 적지 않다. 상대적으로 낮은 사회경제적 상태에서 이러한 체류 외국인이 빈곤층으로 전락한다면 오히려 복지재정에 부담이 될 수 있다. 또한 아직은 체류 외국인이 전체 인구의 3% 수준이라 표면으로 드러나지는 않지만 앞으로 이민이 더욱 증가한다면 우리나라의 단일민족 전통에 비추어 보았을 때 언어, 문화, 종교의 차이에 따른 갈등이 대두될 가능성도 크다. 따라서 국제이민으로 부족한 생산가능인구를 대체할 수 있으리라는 기대는, 실현되기에는 고려해야 할 사항이 여러 가지로 존재한다.

2) 이민과 가족

국내로 이동하는 외국인의 증가는 여러 가지 사회현상과 관련된다. 그 가운데서도 한국인과 외국인의 혼인으로 형성되는 다문화가정의 증가는 이제 일반적 사회현상 가운데 하나로 인식된다. 이미 총 혼인건수 가운데 국제결혼은 약 10% 정도를 차지한다. 과거에는 추석이나 설과 같은 명절 때마다 아침에 방송되는 파일럿 프로그램 가운데 빼놓을 수 없는 것이 다문화가정의 이야기였다. 한국인과 결혼하기 위해서 자국을 떠나 멀리 새로운 문화와 사회구조 안에서 힘들게 살아가는 다문화가정의 이야기는 때로는 우리의 눈시울을 적시기도 한다. 하지만 더 이상 다문화가정의 이야기는 휴먼스토리로 간주되지 않는다. 왜냐하면 국제결혼은 이제 일반적인 결혼의 한 형태로 인정받고 있기 때문이다. 그런데 이러한 다문화가정의 증가는

〈그림 2-4〉 다문화 이혼 건수 추이

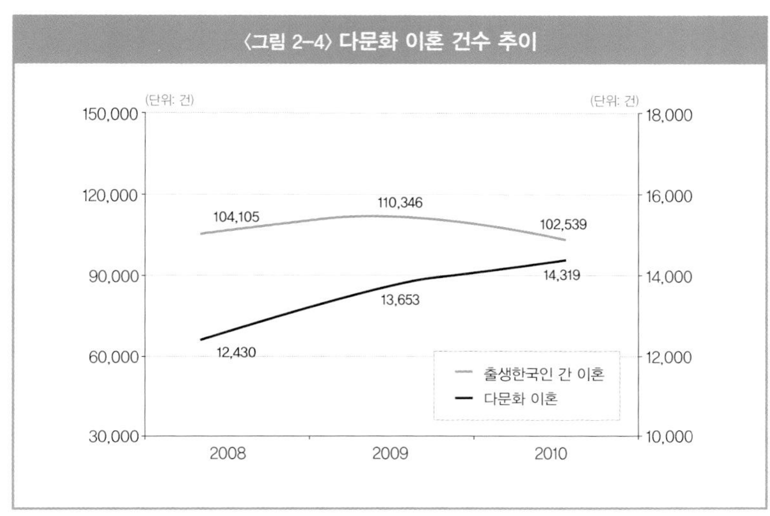

출처: 통계청(2011), 〈다문화인구동태통계〉 보도자료, p.11.

인구구조의 측면에서 본다면 긍정적이다. 구체적으로 살펴보면, 2010년 통계에 따르면 약 77%의 국제결혼이 한국남성과 외국여성 사이에 이루어지고 있는데, 그중에서도 특히 결혼시장에서 가장 불이익을 받는 비도시지역 한국 남성의 혼인이 큰 비중을 차지한다. 따라서 국제결혼의 증가는 결혼시장에서 소외된 한국남성들에게는 매우 긍정적인 기회를 제공하고 있으며 이는 더 나아가 출산율의 증가로 이어질 수 있는 가능성이 있다.

그러나 다문화가정을 심층 연구한 보고서에 따르면 다문화가정은 가족의 정상적 기능을 제대로 수행하지 못할 가능성이 매우 큰 것으로 보인다. 당연히 발생할 수밖에 없는 의사소통의 어려움이나 문화적 갈등 이외에도 경제문제, 부부간 폭력문제, 의사결정권의 독단문제 등이 다문화가정에서 널리 발견되고 있다. 이는 곧 이혼율의 증가로 나타나는데 전체 이혼 대비 다문화 이혼 비중은 매해 증가하고 있음을 〈그림 2-4〉에서 알 수 있다. 그리고 다문화 이혼 가운데 미성년자녀가 있는 경우의 이혼도 16%에 달해 다문화가구가 한국인으로 구성된 가구에 비해 가정의 안정성이 더 낮음을 알 수 있다. 이는 다문화가정의 증가가 한 측면에서는 외국인의 순이동과 출산율 제고에 긍정적 역할을 함에도 불구하고 가족의 역할수행 측면에서는 부정적 측면도 있음을 알 수 있다. 따라서 현재 일각에서 다문화가정의 증가, 외국이민의 증가가 저출산 현상을 타개할 수 있는 유일한 방안인 것처럼 주장하는 입장에 대해서는 더욱 신중하게 접근할 필요가 있다.

3) 저출산과 가족

저출산 현상은 가족구조에도 영향을 미친다. 자녀를 점차 덜 낳을 뿐만 아니라 결혼하는 인구 자체가 줄어들고, 고령인구가 증가함에 따라 가족구조의 일반적 특징이 점차 변화될 것임을 쉽게 예측할 수 있다. 앞으로 한국의 가족은 변화를 경험할 것으로 전망된다. 우선 가구가 더욱 분화되어 1~2인 가구가 증가할 것으로 예측된다. 〈표 2-4〉에서 보듯이 이러한 1~2인 가구의 증가는 특히 미혼과 고령층에서 집중적으로 발견될 것이다. 또한 〈그림 2-5〉에서 보듯이 유자녀가족의 비율 역시 계속해서 줄어들 것으로 예측된다. 유자녀가족의 감소는 혼인과 출산으로 규정되어 왔던 기존의 가족규범이 점차 해체됨을 의미하며 가족의 개념이 새롭게 정의될 가능성이 높다. 따라서 사회화의 1차기관이자 정서적, 경제적 자원의 공급처였던 가족의 기능이 점차 약화될 것으로 예상되며 이렇게 약화된 가족의 기능을 사회가 대신 떠맡아야 하기 때문에 더 큰 사회적 비용이 소모될

〈표 2-4〉 1~2인 가구 비율

단위: 천 가구, %

구분	1990	2000	2010
일반가구 수	11,355	14,312	17,339
1인 가구 비율	9.0	15.5	23.9
2인 가구 비율	13.8	19.1	24.3

출처: 김승권(2011), "미래 한국가족의 전망과 정책과제", 〈보건복지포럼〉, 175권, p.15.

〈그림 2-5〉 유가족자녀 비율의 추이 및 전망

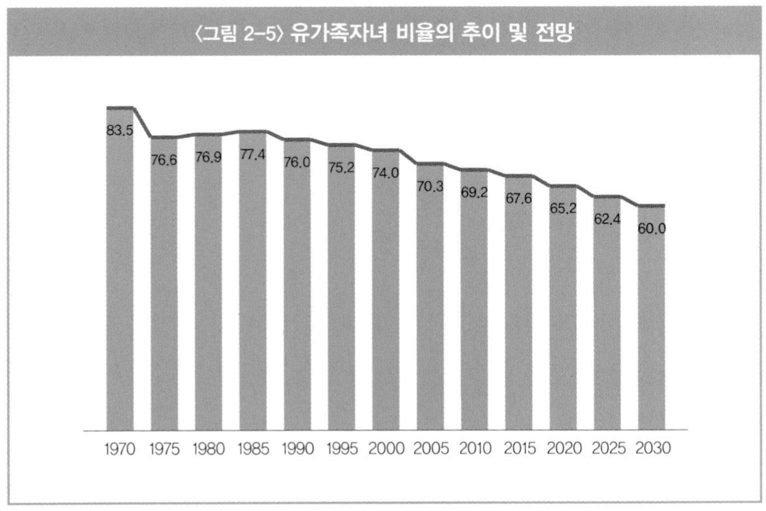

주 1) 1인 가구 및 비혈연가구를 제외한 혈연가구 대비 비율임.
2) 유자녀가족은 부부+자녀, 한부모+자녀, 부부+양(편)친+자녀 가족을 의미함.

자료: 1970~2000년은 통계청(각 년도) 〈인구총조사〉, 2005년 이후는 통계청(2007), 〈장래가구추계〉 에서 사용된 값임.

출처: 한국보건사회연구원(2010), 〈저출산 원인과 파급효과 및 정책방안〉, p.563.

것으로 보인다.

또한 저출산에 따른 생산가능인구의 감소는 고령인구 증가와 결합되어 가족돌봄의 갈등을 유발할 가능성이 매우 크다. 출산율에 크게 변화가 있지 않는 한 자녀세대가 부모세대를 부양해야 하는 책임이 앞으로 더욱 증가하여 사회 전반적으로 고령층을 위한 복지비용의 부담에 부모 부양의 부담이 더해져 이중으로 부담이 발생하며, 이 때문에 세대갈등이 일어날 가능성이 충분하다. 또한 부부 사이에도 여성의 기대수명이 더 길기 때문에 남편돌봄 부담에 따른 갈등이 생길 수 있다. 따라서 저출산 고령화 현상은 우리의 가족구조 변화와 가족성원들의 역할분담에도 영향을 미칠 것으로 전망된다.

5. 학생 없는 학교

우리나라가 여러 가지 어려운 지리학적, 국제적 여건을 딛고 지금의 경제발전을 이루게 된 가장 중요한 원동력을 꼽으라면 누가 뭐라해도 인력자원이며 이는 높은 교육열과 밀접한 관련을 가진다. 그런데 교육환경이 저출산 추세와 함께 변해가고 있다. 저출산은 곧 학생 수의 감소를 의미한다. 학생 수의 변화는 수학능력시험 응시자 수의 변화에서 단적으로 나타난다. 1999년도에 약 89만 6천여 명의 응시자가 접수해 최고치를 기록했던 데 반해 2011년도에는 약 69만 3천여 명만이 접수하여 불과 12년 만에 거의 20여만 명의 응시자가 줄었음을 알 수 있다. 한편으로 과거의 콩나물 교실을 생각해 본다면 학생 수의 감소는 교육의 질을 향상시키는 결과를 가져올 수도 있다. 한 명의 선생님이 1970~80년대처럼 60~70명을 가르치는 것보다는 20~30명을 가르치는 것이 더 효율적이며 개개인의 특성에 따라 차별화된 교육을 제공할 수 있기 때문이다. 하지만 현재의 낮은 출산율 수준이 계속 유지된다면 과거에 구축된 물적·인적 교육 인프라는 상당 부분 잉여자원이 되어버릴 가능성이 생긴다. 다르게 표현하면 저출산으로 인해 가르칠 학생이 없는 교사, 수용할 학생이 없는 학교가 점차 증가하게 되는 것이다. 산간벽지에 위치한 학교들이 폐교되거나 펜션과 같은 용도로 변경되어 사용되는 상황이 도시까지 확산될 가능성이 있다. 따라서 현재의 교원인력 양성수준을 유지하며 교사의 퇴직연령을 낮추지 않는다고 가정했을 때 신규교원의 채용규모는 점차 감소할 것으로 예상되며 이는 초중등 교원인력을 양성하는 고등교육기관의 규모 감소를 가져올 전망이다.

이러한 교육수요와 교육공급의 불균형은 초중등 교육에만 그치는 것이 아니라 고등교육에까지 영향을 미칠 것이다. 지난 30여 년 동안 대학교의 수는 213개에서 314개로 52% 증가하였으며 대학생 역시 57만 명에서 280만 명으로 392% 증가하였다. 이는 교육에 큰 가치를 부여했던 전통적 사고방식, 산업화를 뒷받침하기 위한 인력양성의 요구, 그리고 1990년대 중반에 대학설립을 준칙주의로 바꾸면서 대학정원을 자율화한 정부 정책의 종합적 결과라고 할 수 있다. 그러나 인구 증가율에 비해 대학생 증가율이 더 빠른 속도로 증가하면서 장기적 관점에서 필요한 고등교육 인프라에 비해 지나치게 많은 자원이 투자되었다. 따라서 교육과학부 자료에 따르면 전국의 2년제 이상 대학의 2011년도 총 입학정원은 약 58만 명에 달하며, 이는 수학능력시험 응시자의 약 84%가 입학할 수 있는 수준이다. 물론 수학능력시험을 치른 모든 학생이 다 고등교육기관에 진학하는 것은 아니지만 2011년 현재 25세에서 34세 사이의 청년층 가운데

63%가 대학교육을 받고 있고, 이 수치는 OECD의 37%를 훨씬 상회하는 세계 최고의 수준이다. 이미 많은 대학들은 신입생 유치에 곤란을 겪고 일부 부실대학들은 퇴출되고 있다. 따라서 앞으로 학생 수가 지금의 추세를 이어 더욱 줄어들면 고등교육에 대한 수요가 줄어들며 동시에 이미 투자된 시설들이 더 이상 필요 없게 되는 상황이 발생할 것이다. 이와 같은 예측으로 볼 때 저출산으로 감소할 학생 수는 우리의 교육환경에 큰 영향을 줄 것으로 예상된다. 이러한 상황에서 향후 교원의 역할과 교육 인프라 투자에 대한 새로운 패러다임이 형성되어야만 앞으로 다가올 위기를 극복할 수 있을 것으로 보인다.

또한 이러한 교육계의 변화는 교원들의 노후를 책임져줄 공무원연금과 사학연금이라는 공적연금의 위기와도 연결될 수 있다. 공무원연금과 사학연금은 보험료 대비 급여수준이 상당히 높게 설정되어 있고, 예상했던 기대수명이 점차 증가함에 따라 소득대체율을 점차 낮추고 있지만 공무원연금은 이미 재정적자 상태에 있으며 사학연금은 2021년에 재정적자로 돌아설 것으로 예측된다. 이러한 상황에서 저출산에 따른 학생 수의 감소는 향후 교원 수의 감소를 가져올 것이며 이에 따라 교원들이 부담해야 하는 보험료가 증가해 연금운영이 더욱 곤란해질 가능성이 높다. 따라서 저출산 고령화는 우리 교육에 전반적인 영향을 줄 것으로 판단된다.

6. 나가며

지금까지 우리나라가 최근 경험하는 저출산 고령화 현상과 이에 근거한 장래인구추계에 따라 우리의 미래가 어떻게 펼쳐질지 살펴보았다. 대한민국이 지금까지 보여주었던 빠른 속도의 사회 변동과 남북대치 상황이라는 돌발변수를 감안해 보았을 때 앞에서 예측한 상황들이 그대로 우리 눈앞에 펼쳐질지는 불투명하다. 삶에는 무한한 가능성이 존재하며 세계는 빠르게 변하고 있기 때문에 앞에서 살펴본 부정적 전망이 예상과는 다른 결과를 가져올 가능성도 배제할 수는 없다. 하지만 현재의 저출산 현상과 이에 따른 인구구조의 변화가 지속된다면 2050년 이후에 우리나라는 사회 전반에 걸쳐 활력을 잃고 무기력해지는 상황을 맞을 것으로 보인다. 그리고 이러한 사회적 변화에 효과적으로 대처하기 위해서는 정부차원의 노력뿐만 아니라 사회 전반의 문화와 가치관, 사회구조의 변화가 요구된다. 사실 우리나라의 저출산 현상은 우리가 인지하지 못하고 있었을 뿐이지 1980년대 중반에 인구대체 출산율이 2.1명 이하로 떨어진 시기부터 시작되었다. 그만큼 오래된 현상이기 때문에 하루아침에 저출산 현상을 바꿀 만한 뾰족한 방법이 있다고 볼 수 없다.

결혼 적령기 때 경험하게 되는 경제적 곤란을 결혼의 지연과 결혼 후 임신의 회피 혹은 지연의 원인으로 보고 보조금을 지급하는 것이 저출산 현상을 타개하는 방안이라고 제시하는 최근 복지정책의 방향은 저출산 문제의 단편적 측면만을 바라보고 있는 것이다. 근본적으로 출산, 결혼, 그리고 가정이 가지는 본연의 가치와 중요성을 사회 차원에서 강조하고 어릴 때부터 교육하여 우리 스스로가 결혼과 임신, 그리고 가족의 가치를 귀하게 여기는 문화를 확산시키는 것이 사실 가장 중요한 부분이다. 결혼을 하고 아기를 낳아 한 가정을 이루는 것이 얼마나 소중한 일인지를 되새기는 것이 무엇보다도 우선되어야 할 것이다. 따라서 고등교육기관인 대학교에서 저출산, 결혼, 가족의 의미를 심도 있게 다루고 우리가 현재 처한 상황을 정확히 이해하고 앞으로 다가올 미래가 어떻게 펼쳐질 것인지 수업을 통해서 배우고 이해하는 것은 매우 큰 의미가 있다.

예로부터 가화만사성(家和萬事成, 가족이 평안해야 모든 일이 형통하다)이란 말이 있듯이 가족은 과거에도 중요했지만 현대사회에도 여전히 중요한 의미를 가진다. 가족은 결혼과 출산으로 구성된다. 결혼하지 않고 출산하지 않으면 가족이 형성되지 않으며 이는 개인의 문제에서 끝나는 것이 아니라 우리가 사는 공동체를 위협한다. 바로 지금이 가족의 중요성을 다시 한 번 되돌아보며 가족이 나에게 주는 의미, 내 자손에게 주는 의미, 그리고 우리의 미래 후손에게 주는 의미를 생각해 볼 시기이다.

참고문헌

김승권(2011), "미래 한국가족의 전망과 정책과제", 〈보건복지포럼〉 175: 5~22.

보건복지부(2011), 〈길잡이통계〉.

오정일(2011), "학력 과잉의 원인과 대학 구조조정 방안", 〈KERI Brief〉 11~20.

통계청(2010), 〈국제인구이동통계〉.

______(2010), 〈고령자통계〉, 보도자료.

______(2011), 〈다문화인구동태통계〉, 보도자료.

______(2011), 〈장래인구추계: 2010~2060년〉.

______(2011), 〈2010년 인구총조사 전수집계 결과(인구부문)〉.

한국보건사회연구원(2008), 〈국민건강보험제도의 체계개편 방안〉.

______(2008), 〈다문화시대를 대비한 복지정책방안 연구: 다문화가족을 중심으로〉.

______(2010), 〈저출산 원인과 파급효과 및 정책방안〉.

______(2010), 〈저출산·고령화에 따른 사회보험제도 개편방안〉.

______(2011), 〈OECD 국가의 복지지표 비교연구〉.

KDI(2006), 〈인구구조 고령화의 경제·사회적 파급효과와 대응과제〉.

OECD, *OECD Health Data 2010*.

SERI(2010), 〈다문화사회 정착과 이민정책〉.

2부

마음

03 행복이란? / 박희영

04 행복의 조건 / 고영건

05 행복의 추구 / 안귀여루

03 행복이란?

박희영

1. 들어가며

무릇 모든 인간은 행복한 삶을 살기를 열망한다. 그러나 모든 사람이 그러한 삶을 열망함에 비해서, 정작 자신이 행복한 삶을 살고 있다고 믿는 사람은 의외로 많지 않다. 어떤 사람은 경제적 사정이 넉넉하지 못해서, 건강이 안 좋아서, 사회적 지위가 낮아서 불행하다고 믿는가 하면, 어떤 사람은 그러한 조건들을 모두 갖추었는데도 불행하다고 믿는다. 이러한 현상이 일어나는 이유는 무엇일까? 그것은 많은 사람들이 그저 막연하게 행복만 추구할 뿐, 진정한 행복이란 도대체 무엇인지 그 의미를 정확하게 알지 못할 뿐만 아니라 그것을 알려고 하지도 않기 때문이다.

행복에 대한 막연한 관념만을 지니고 있기에, 많은 사람들은 행복이란 것이 자신의 노력과는 상관없이 외부에서 저절로 주어지는 것으로 착각하기 쉽다. 그러나 행복은 인간 자신이 그것을 누릴 만한 자격 내지 인품을 갖추고자 노력하고, 그러한 존재가 되고자 하는 노력 속에서 만족을 느낄 때, 비로소 형성되는 감정이다. 따라서 우리는 이 장에서 진정한 행복이 무엇인지를 보편적 가치로서의 행복이 자의식 · 쾌락 · 지혜로움 · 도덕 내지 종교와 맺고 있는 관계들을 중심으로 살펴볼 것이다.

2. 행복에 대한 정의

행복에 관한 정의는 각각의 시대와 사회에 따라 서로 다르게 규정될 수밖에 없다. 사실 먹을 것조차 없는 삶, 전쟁이나 혁명의 소용돌이 속의 삶을 사는 사람이 어떻게 먹을 것이 풍부하고 평화로운 시대나 사회에 사는 사람과 행복을 똑같게 생각할 수 있겠는가? 그럼에도 불구하고, 행복에 관한 다양한 정의들은 모두 '본인이 만족스러워하는 삶'이라는 공통분모를 간직하고 있다. 바로 이러한 '만족스러운 삶'이라는 공통분모 때문에, 흔히 우리는 어떠한 종류의 행복이든 그것들의 가치를 구별하지 않고, 모든 행복이 대등한 것으로 생각하기 쉽다. 그러나 우리는 행복에 대하여, 적어도 피상적 의미의 행복과 진정한 의미의 행복을 구별할 필요가 있다. 피상적 의미의 행복이란 주로 먹고 사는 데 지장이 없고 자신이 원하는 즐거움을 마음껏 누릴 수 있는 충분한 경제력과 건강 그리고 사회적 성공과 같이 주로 일상생활의 외적 조건들이 충족되었을 때 느끼는 외면적으로 '만족스러운 삶'을 의미한다. 그러나 이러한 피상적 의미의 행복은 인간의 내면적 자의식 차원에서만 성립하는 정신적 행복의 개념에 대해서는 자각하지 못한다는 점에서, 진정한 의미의 행복이라고 할 수 없다.

진정한 의미의 행복은 한 사람의 의식수준이 이미 '나는 왜 사는가? 삶의 의미는 무엇인가?'와 같은 철학적 물음을 던질 수 있는 단계에 도달했을 때 비로소 얻을 수 있는 관념이다. 그런데 이러한 종류의 물음을 던질 만큼 정신이 성숙되는 것은 일반적으로 대학생활이 시작되는 청년기에 이르러서이다. 루소는 일찍이 이러한 청년기를 특별히 제 2의 탄생기, 즉 정신적 재탄생(*Renaissance*)의 시기라고 불렀다. 그가 청년기를 이러한 명칭으로 부른 것은 청년기 전 단계까지의 삶이 단순히 피상적 행복만을 추구하는 삶의 연속이었다면, 이 시기부터는 진정한 행복을 추구하기 시작하는 시기라고 생각했기 때문이다. 그러나 육체적 나이가 청년기에 도달했다고 해서 아무나 이러한 정신적인 다시 태어남을 겪는 것은 아니다. 그것은 오직 바람직한 삶이 무엇인지를 탐구하고 그러한 탐구에 근거하여 인생의 목적을 설정하며, 그 목적을 실현하기 위해 절실하게 노력하는 사람에게만 일어날 수 있는 것이다. 대학생활을 포함해 청년기는 이렇게 정신적으로 다시 태어나 존재론적 변신(變身, *Metamorphosis*)을 겪을 수 있는지 여부를 결정짓는 시기이고, 그러한 변신의 여부가 진정한 의미에서 행복한 삶의 실현 가능 여부를 판가름해 주는 것이기 때문에, 한 사람의 평생에서 가장 중요한 시기라 할 수 있다.

인생의 목적 설정과 연관하여 1953년도에 미국 예일 대학생을 대상으로 실시된 조사연구는 이러한 사실을 단적으로 증명해 준다. 이 조사에 의하면, 그때그때 실천해야 할 단기간의 목표는 갖고 있지만 장래에 실현하고 싶은 평생의 꿈 내지 장기간의 목적은 설정하지 않은 학생이 70%, 그러한 꿈 내지 목적을 설정한 학생은 30%였다. 그 30%의 학생 중, 그 꿈이나 목적을 마음속에 품기만 한 학생은 27%, 그것을 글로 써놓고 실천에 옮긴 학생은 3%였다. 같은 학생들을 대상으로 20년 후 1973년에 다시 실시한 조사에 의하면, 인생의 꿈 내지 목적을 글로 써서 실천에 옮겼던 3%의 학생이 지닌 재산이 97%의 학생들이 지닌 재산의 합보다도 많았다. 물론 경제적 소득의 많고 적음이 한 사람의 행복과 불행을 가름하는 기준이 될 수는 없다. 그럼에도 불구하고, 이 예를 통해 우리가 확실히 알 수 있는 것은 청년기에 인생의 목적을 어떻게 설정하고 그 목적 달성을 위하여 얼마만큼 노력하였느냐에 따라 성공적인 삶의 실현 여부가 결정된다는 사실이다. 그러한 성공적 삶은 단순히 사회적·경제적 성공을 통해 외적 조건을 충족시켰다는 의미에서가 아니라, 자신이 청년기에 설정하였던 바로 그 목적을 성취하여 내면적 만족감을 충족시켰다는 의미에서 행복한 삶이라 할 수 있다.

이러한 자아 성취에서 오는 정신적 만족감을 최대의 행복으로 느끼는 것은 인간이 다른 동물들과 달리 이성적 동물이기 때문이다. 사실 인간은 이성적 동물이기에, 단순하게 먹고 자고 종족 보존만을 위해 사는 동물적 삶에 만족하지 않고, 인간다운 삶 내지 보다 가치 있는 삶을 영위하기를 갈망한다. 따라서 가치 있는 삶이 무엇인지 알기 위해 많은 사람들은 유명한 사상가나 종교가들이 가치 있는 삶 또는 행복한 삶에 대하여 설명하는 책들을 읽고자 한다. 그러나 우리는 선현들의 행복론을 아무리 많이 읽어도, 그러한 독서를 통해 얻은 지식으로부터 행복한 삶에 대한 만족스러운 답을 얻지는 못한다. 그것은 행복이란 것이 객관적 지식에 대한 앎과 같이 단순한 수동적 인식작용을 통해 획득되는 것이 아니라, 오직 본인의 주관적 깨달음에 근거하여, 그 깨달음을 실천하는 능동적 행위를 통해서만 얻어질 수 있는 것이기 때문이다.

우리는 흔히 왜 한국인은 세계 10위의 경제대국을 이루었음에도 불구하고, OECD 32개국 중 자살률 1위, 삶의 질에 대한 만족도 31위를 기록하고 있는지에 대해 의아해한다. 똑같은 이유에서, 우리는 방글라데시인이 왜 그토록 어려운 경제적 조건 속에서도 행복지수 1위를 기록하고 있는지에 대해서도 의아해한다. 그러한 의아함은 우리가 진정한 행복이 단순히 물질적 풍요로움이나 사회적 지위와 같은 외적 조건들이 아니라, 인간의 삶을 이루는 모든 것들에 각각 가치를 부여할 수 있는 가치관과 그에 따른 실천을 통해 얻어지는 정신적 만족감 같은 내면적 조건들로부터 오는 것임을 알 때 저절로 해소될 수 있다. 이러한 기본적 진리를 알고 출발해야만 우리는 비로소 자신만의 행복한 삶은 어떤 것이어야 하는지 깨닫고 그것을 구현하는 방법을 찾을 수 있게 된다. 행복한 삶에 대한 인식과 그 구현방법을 터득함은 결국 청년기에 인생의 목적을 어떻게 정립하고 그 목적을 실현하기 위하여 자신의 삶을 얼마만큼 불태웠는지에 따라 달라진다.

1) 행복과 자의식

인생의 목적을 정립하고 그 목적을 실현하기 위해 노력하는 삶 속에서 '진정한 의미의 행복'을 누릴 수 있는 경지에 오르려면, 인간은 일차적 대상을 인식하는 주체인 자기 자신을 이차적 대상으로 삼을 수 있는 자의식(自意識, *con+scientia*)을 지녀야만 한다. 이러한 자의식을 지닐 때 비로소 우리는 먹고 사는 문제에 대해, 그리고 돈은 어떻게 벌고 어떠한 직장을 얻을까에 대해 고민하는 이른바 생존전략을 탐구하는 존재의 단계를 넘어, '어떠한 인간이 되어야 인간다운 인간인가?'를 묻는 가치탐구적 존재가 될 수 있다. 그렇다면 인간다운 인간이 영위하는 삶은 과연 어떠한 삶인가? 사실 인간다운 삶이란 '인간의 본질에 따르는 삶'을 의미한다. 그러나 인간의 본질은 무엇인가? 일찍이 철학자들은 인간의 본질을 바라보는 관점에 따라, 인간을 '정치적 동물'(*homo politicus*), '놀이 하는 동물'(*homo ludens*), '언어를 사용하는 동물'(*homo loquens*), '도구를 사용하는 동물'(*homo faber*) 등으로 규정하였다. 물론 이러한 하위규정들은 동물로부터 구별되는 인간 고유의 여러 특성들을 잘 드러내지만 이는 부분적인 면에 그칠 뿐 인간 전체를 포괄하지 못한다. 이 모든 하위단계의 규정들을 전체적으로 포괄하는 상위단계의 규정은 '사유하는 동물' (*homo sapiens*) 이다. 인간은 바로 이러한 '사유하는 동물'이기에, 자연환경 속에서 자신의 생명을 유지하기 위해 필요한 일차적 문제들을 해결하려는 '동물적 · 본능적 존재'로부터, '나는 왜 사는가?', '삶의 의미는 무엇인가?'와 같은 이차적 물음을 던지는 '인간적 · 가치탐구적 존재'로 상승하게 되었던 것이다. 이러한 이차적 물음은 자의식 차원에서만 던질 수 있기 때문에, 진정한 행복은 항상 자의식을 지닌 자에게만 다가온다.

'배부른 돼지가 되느니, 차라리 배고픈 소크라테스가 되겠다'는 말은 인간이 그러한 가치탐구적 자의식을 지닌 존재임을 단적으로 표현한다. 물론 이러한 말은 피상적 행복만을 누리려는 사람에게는 아무런 감흥을 불러일으키지 못하고, 오직 진정한 행복을 추구하려는 사람에게만 의미 있게 다가온다. 아무리 어렵고 힘이 들더라도 가치 있는 행위를 실천하면서 행복을 느낄 수 있는 사람은 바로 이러한 자의식을 지니고 있기 때문이다. 사실 자의식을 지니지 못한 사람은 '배부른 돼지'의 이미지 속에서 육체적 안락의 풍요로움밖에 보지 못한다. 왜냐하면 그는 그러한 종류의 풍요로움 속에서 정신적

빈곤을 읽어낼 수 있는 안목을 갖고 있지 못하기 때문이다. 진정한 의미의 행복을 추구하는 사람은 바로 이러한 정신적 안목을 지닌 사람이기에, 아무리 배가 고프더라도 가치 있는 일을 실현하는 과정에서 행복감을 느낄 수 있는 것이다. 바로 이 같은 문맥에서, 우리는 행복이란 개념을 인간에게만 적용할 뿐, 동물이나 사물에는 적용하지 않는다. 우리는 심지어 어린이에게조차 '진정한 의미의 행복'이란 개념을 적용하지 않는다. 물론 어린이는 아무런 걱정 없이 살아갈 수 있다는 점에서 그 누구보다 행복한 존재로 보일 수도 있다. 그럼에도 불구하고 우리는 그러한 행복을 진정한 행복이라고 부르지 않는다. 왜냐하면 그러한 행복은 부모의 보호와 같이 외부로부터 주어지는 타율적인 편리함 내지 안락함일 뿐이지, 자의식의 자율적 판단에 따라 가치 있는 것을 실현하기 위해 고생하는 가운데 얻어지는 참된 즐거움이 아니기 때문이다.

2) 행복과 쾌락

행복이 이렇게 자의식 차원의 가치탐구적 노력으로부터 나오는 즐거움임을 자각하지 못하는 사람들은 대부분 행복을 단순히 감각적 즐거움 속에서 찾기 마련이다. 사실 훌륭한 음식과 명품 옷, 넓은 집과 고급 차, 화려한 여가 등을 향유하는 쾌락만큼 일반인이 원하는 것도 없다. 그러나 이러한 일상의 감각적 쾌락들은 가치판단의 주체인 자의식에 정신적 즐거움을 가져다주지는 못하기 때문에, 진정한 행복감을 느끼게 하지는 못한다. 왜냐하면 그러한 쾌락은 일반적으로 욕망에 기초하고, 그러한 욕망은 언제나 기존의 쾌락보다 양적으로 더 많고 질적으로 더 강한 것을 원하게 되기 때문이다. 따라서 자신이 원하는 만큼의 욕망이 채워지지 못할 경우, 사람들은 필연적으로 불행을 느낀다. 사실 쾌락을 욕망으로 나눈 값인 쾌락지수는 대부분의 경우 극히 낮을 수밖에 없다. 그 이유는 우리 인간이 현실적으로 얻을 수 있는 욕망의 대상들은 한정된 반면, 욕망 자체는 그 본질상 한정되지 않고 끊임없이 확장되기 때문이다. 바로 이러한 사실 속에 행복을 쾌락과 동일시하는 쾌락주의가 안고 있는 문제의 가장 근본적 원인이 있다. 그러한 문제에 대한 유일한 해결책은 감각적 욕망 자체를 조절하거나 최소한으로 줄이는 길밖에 없다. 에피쿠로스의 쾌락주의가 쾌락을 무한정 추구하는 삶이 아니라, 이성에 의해 절제된 쾌락만을 추구하는 삶을 진정한 행복으로 간주했던 것도 바로 그 같은 이유에서이다.

에피쿠로스학파의 사상이 감각적 욕망을 이성에 의해 적절히 조절함을 통해 쾌락을 얻고자 하는 적극적 방식을 채택하는 쾌락주의라면, 스토아학파의 금욕주의는 그러한 욕망 자체를 없애버림으로써 오히려 정신적 즐거움을 찾으려는 소극적 방식을 채택하는 쾌락주의라 할 수 있다. 물론 피상적 행복만을 추구하는 사람들은 행복을 감각적 쾌락 속에서 찾는 데 길들여져 있기 때문에, 에피쿠로스학파의 절제적 쾌락주의를 선호할 것이다. 반면에 진정한 의미의 행복을 추구하는 사람들은 행복을 정신적 쾌락 속에서 찾고자 노력하기 때문에, 오히려 스토아학파의 금욕주의를 선호할 것이다. 사실 이 학파가 최고선으로 간주하는 평정심(*apatheia*)은 욕망을 불러일으키는 모든 정념(*pathos*)을 무화(無化)시킨 상태로, 그들은 이러한 경지에 도달했을 때 자신이 그 경지에 도달할 능력을 지닌 존재임을 발견함으로써 특별한 행복감을 느끼게 된다. 그런데 이러한 정념에 대한 무화는 자신을 대자화(對自化)시킬 수 있는 이성을 통해서만 가능한 것이기 때문에, 우리는 행복을 논할 때 항상 이성적 사유를 중시하게 되는 것이다. 인류는 바로 이러한 이성적 사유의 성찰을 통해 인간다운 품격을 고양시키고 그 과정에서 문화인이 지녀야 할 진정한 행복을 찾아왔기에, 문화사적으로 야만과 구별되는 문명의 길을 개척하고, 그 길 위에서 행복을 비롯한 여러 보편적 가치들을 창출해낼 수 있었던 것이다.

3) 보편적 가치로서의 행복

우리는 흔히 문명사회에서 창출된 보편적 가치로 자유·평등·인권·정의·민주주의 등을 열거한다. 이 가치들은 오늘날 대부분의 사회에 보편적으로 전파되어 너무나 당연하게 여겨지기 때문에, 우리는 그것들이 마치 자연적으로 발생한 것처럼 착각하기 쉽다. 그러나 이 가치들은 본래 특정한 시대와 사회 속에 살았던 특정 사람들의 노력에 의해 어렵게 얻어진 것으로 고귀한 사회적 의미를 지닌다. 따라서 우리가 그러한 가치들이 어떠한 노력을 통해 형성된 것인지에 대해 의식하지 못한다면, 우리는 그 진정한 의미를 알 수 없을 뿐만 아니라, 그것을 지키기 위한 노력도 기울이지 않게 된다. 예를 들어, 한국의 민주화 운동은 그것을 얻기 위해 얼마나 많은 사람들이 피와 땀을 흘렸는지 모른다면, 어느 누구도 그것을 지키기 위하여 노력하지 않을 것이다. 이러한 개념들이 존재한다는 사실 자체를 몰라서, 또는 그것의 존재는 알아도 그것을 실현하려는 노력을 기울이지 않아서 그 소중한 가치들을 누리지 못하고 있는 나라들이 지구상에 아직도 많이 현존하고 있음이 그 좋은 반증이다.

진정한 의미의 행복은 바로 이러한 보편적 가치들 중 하나이다.

행복이 하나의 가치라는 사실은 그것이 개인적 차원의 노력뿐만 아니라 사회적 의식에 근거한 노력도 병행할 때에 얻어지는 것이지, 자연에 의해 저절로 주어지는 것이 아님을 의미한다. 프랑스 대혁명의 인권선언문에 의하면, '모든 사람은 동등하게 행복을 추구할 권리'를 지닌다. 그러나 프랑스 혁명정신에 내재한 평등성의 신화에 근거한 이 선언은 '모든 사람이 동등하게 행복해질 권리가 있다'는 하나의 이데올로기적 이상을 제시할 뿐, 있는 그대로의 현실을 반영하는 것은 아니다. 사실 현실세계에서는 평등이 아니라, 불평등이 더 강력한 지배력을 지닌다. 자신을 불행하다고 생각하는 사람이 자신을 행복하다고 생각하는 사람보다 훨씬 더 많은 현실이 이를 단적으로 증명한다. 이러한 불평등에 대한 관념은 1%의 사람이 99%의 부를 지니게 되는 금융 자본주의 체제가 점점 더 고착화되고, 빈부격차가 심화되는 사회 속에서 더욱 심각하게 느껴진다. 그렇기에 진정한 행복이라는 가치를 수호하기 위해 우리는 과거 그 어느 때보다 더 정치적·경제적으로 평등한 사회를 실현하기 위한 개인적·사회적 차원의 노력을 경주해야 한다.

진정한 의미의 행복이 이렇게 개인적·사회적 차원의 노력을 필요로 한다는 말은 물론 '나만 잘 살면 된다'고 생각하는 이기적인 사람들에게는 우이독경(牛耳讀經)일 수 있다. 그것은 이른바 님비(*Not In My Back Yard*) 정신에 빠져 있는 사람들에게 행복이란 자기 자신의 이익이나 쾌락만을 뜻하는 개인적 차원의 문제로 여겨질 것이기 때문이다. 그러나 개인적 차원의 행복도 모든 가치들이 함께 구현되는 사회의 구축이 선행되지 않으면, 결코 얻어질 수 없다. 사실 모든 보편적 가치들은 사회적 그물망 안에서 서로 얽혀 있기 때문에, 결코 하나의 원자들처럼 독립적으로 존재할 수가 없다. 즉, 자유와 평등 그리고 정의와 행복 등은 비록 이론적 차원에서는 각각의 독립적 가치를 지닌 것으로 규정될 수 있지만, 현실적 차원에서는 그 모든 가치들이 함께 구현될 때, 비로소 그 각각의 가치들도 본래의 의미를 다한다. 바로 그러한 이유에서 우리는 진정한 의미의 행복을 구현하기 위해, 행복 이외의 다른 모든 가치들도 함께 실현하려는 사회적 차원의 노력을 기울여야 하는 것이다. 예를 들어, 개인적 행복만을 추구하는 사람들이 행복의 조건으로 가장 중시하는 경제적 부를 살펴보자. 만약에 그러한 사람들이 살고 있는 사회의 경제적 체제 자체가 부를 얻을 수 없는 체제라든가 또는 일한 만큼의 정당한 대가를 받는 경제적 정의가 실현되어 있지 못한 체제라면, 그 사람은 아무리 개인적 차원에서 열심히 일을 하여도 경제적 부를 얻을 수 없을 것이다.

4) 행복과 지혜로움

진정한 의미의 행복이 보편적 가치들 중 하나라고 할 때, 그 보편적이란 말은 과연 어떠한 의미를 지닌 것인가? 일반적으로 우리는 행복이 보편적 가치라는 말을 들으면, 곧장 그것이 한 개인 각각이 고유하게 느끼는 특수한 감정과 전혀 상관없는 것으로 받아들이기 쉽다. 그러나 만약에 행복에 관한 모든 이론들이 보편성의 이름으로 각 개인이 느끼는 특수한 행복감을 전혀 고려하지 않는다면, 이는 아무리 훌륭하여도 우리에게 공감을 주지 못할 것이다. 실제로 행복에 관한 대부분의 이론들은 이성적 인지능력에 전적으로 의존하는 보편적 원리들만을 주로 이야기하기 때문에, 우리의 본능적 감정 내지 현실과는 너무나 동떨어진 것은 아닌가 하는 느낌을 갖게 만든다. 예를 들어, 특정 상품에 대한 소비를 단순한 사치로 보는 것이 아니라 자신의 존재가치를 드러내기 위한 기호학적 행위로 여기며 그 속에서 나름대로의 행복감을 느끼는 현대인에게 '물질적인 것들을 경시하라'는 과거 선현들의 말씀은 과연 얼마나 와 닿을 것인가? 아마도 오늘날 대부분의 사람들은 이러한 선현의 말씀을 들으면, '정신적인 것도 중요하지만, 물질적인 것 또한 중요한 것'이라 생각하며, 그러한 말씀은 시대착오적인 것이라 평가할 것이다. 물론 현대인 중에도, 자의식의 차원에서 진정한 행복을 추구하는 사람들은 내면세계의 깊은 심연 속에서 물질적인 것을 좋아하는 본능적 욕망을 어떻게 도덕적 이성(칸트가 말하는 실천이성)으로 제어해야 할지에 대하여 갈등을 느끼게 될 것이다. 그렇다면 진정한 행복을 추구하는 사람은 이러한 종류의 갈등을 어떻게 해결할 수 있을까? 그에 대한 최선의 해결책은 시공을 초월하여 보편타당한 절대적 가치를 특수한 시대와 사회에 속한 개인적 차원의 상대적 가치와 조화시킬 수 있는 현명함 내지 지혜로움을 갖추는 것이다.

그러한 지혜로움은 과연 어떠한 것인지를 알기 위해, '황금을 돌같이 보라'(見金如石)는 격언을 현대사회에서 어떻게 해석해야 할지를 살펴보도록 하자. 행복을 얻을 수 있는 마음 자세와 생활신조의 본질을 단적으로 표현하고 있는 이 격언은 서양의 기독교 문화권뿐만 아니라, 동양의 불교 또는 유교 문화권에서도 똑같이 전통적으로 중시되었다. 사실 이러한 격언은 빈부의 차가 별로 없었던 시절, 물질적 재산보다 정신적 가치가 훨씬 더 중시되었던 농경문화 속에서는 행복한 삶을 인도하는 금과옥조와 같은 역할을 하였을 수도 있다. 그러나 이 격언은 오늘날의 자본주의・소비주의 문화 속에서는 그러한 역할을 수행하지 못한다. 그렇다면 지혜로운 사람은 어떻게 하면 이 격언을 문자 그대로 해석하지 않고, 오늘날에 맞게 새롭게 해석하고 그것을 생활신조로 삼을 수 있을 것인가?

물질적 재산에 대한 중시는 인류 문명이 발생된 이래 동서고금을 망라하고, 오늘날까지도 여전히 모든 사람의 무의식적 본능 속에서 지속적으로 이어져 오고 있다. 그럼에도 불구하고 이러한 본능은 우리 사회 속에서 의식적 차원의 유교적 가치관에 의해 이데올로기적으로 억압되고 무시당했다. 사실 우리는 명분만을 중시하고 실질을 천시하였던 남산골 선비의 딸깍발이 정신을 자랑하며, 본능적 욕망과 이성적 가치판단 사이에서 발생하는 갈등을 정면으로 맞닥뜨려 극복하기보다는 오히려 위선적 이중성의 가면 속에서 회피하였다. 물론 유교의 발상지인 중국의 경우, 명분과 실질에 대한 중시는 의식의 차원에서도 대등하게 이루어지기 때문에, 이러한 갈등이 일어나지 않는다. 이러한 사실을 염두에 두어야만, 우리는 왜 예나 지금이나 중국인들의 물질적 재산과 사회적 지위에 대한 선호도가 우리의 상상을 초월할 만큼 강한지 그 이유를 이해할 수 있다. 거의 모든 중국인들이 재물신 내지 복신으로서 관운장을 신상으로 모시는 것이나, 이념보다 실제를 더 중시한 등소평의 흑묘백묘론(黑猫白猫論, 검은 고양이든 흰 고양이든 쥐만 잘 잡으면 된다는 주장)이 그 단적인 예이다.

그렇다면 과연 우리의 조상들은 재물을 경멸하기만 하였는가? 우리는 조선시대 유명 가문의 가산관리 목록을 통해, 조선의 선비들도 실제로는 일반 평민보다 훨씬 더 철저하게 재산관리를 했음을 알 수 있다. 이러한 사실로부터 우리는 재물에 대한 유교사상의 핵심이 재물 자체를 경시하는 태도에 있는 것이 아니라, 그 재물을 어떻게 사용해야 하는지에 대한 윤리적 규범을 제시하는 정신 속에 있는 것임을 알 수 있다. 기근이 들었을 때 매점매석을 통해 이익을 취하는 행위를 절대적으로 금지시키고 더 나아가 가난한 자에게 쌀을 무상으로 나누어주었던 경주 최 부자 집의 가내 규범이 그 좋은 예이다. 이러한 예를 통해서 우리는 견금여석(見金如石)이라는 격언을 문자 그대로 물질적 재산을 경멸하라는 것이 아니라, 재산을 올바르게 모으고 사용하라는 가르침으로 받아들이는 것이 지혜로운 해석임을 알 수 있다. 시대착오적으로 보일 수도 있는 옛 격언도 현대사회에 맞게 해석하는 지혜로움을 지니게 될 때, 우리는 행복에 관한 모든 추상적 차원의 도덕적 이론 및 계율들을 현실적 관습 내지 생활 속에서 구체화할 수 있는 혜안을 지니게 될 것이다.

5) 행복과 종교

보편적 가치나 격언을 현실에 알맞게 적용할 수 있는 지혜로움을 갖춘 사람은 종교와 행복을 어떻게 연결시킬까? 우리가 이러한 물음을 던지는 이유는 종교가 다른 어떠한 문화적인 것들보다도 특히 행복 구현의 방법을 실생활 속에서 가장 구체적으로 제시해 주기 때문이다. 사실 종교는 한편으로 자의식의 차원에서, 다른 한편으로는 생활규범의 차원에서 우리의 사유와 행위를 심층적 차원에서 지배한다. 서양의 종교를 지칭하는 라틴어 religio의 어원적 의미는 단순하게 '신과 인간을 다시(*re*) 묶어준다(*ligare*)'는 것이 아니라, '다시 선택한다(*legere*)'는 것이다. 우리는 일반적으로 자연적 삶을 살아가다가 어느 특정 순간에 어려움 — 예를 들어, 죽음이나 불치병, 전쟁, 충격적 실패 등 — 을 맞닥뜨리게 되면, 그때까지 자신이 살아온 삶에 대하여 자의식의 차원에서 되돌아보게 된다. 이렇게 자신이 살아온 과거의 삶을 되돌아보고, 그 삶이 과연 어떠한 의미를 지닌 것이었는지를 반추하면서, 모든 사람은 아니지만 적어도 지혜로운 사람은 자신이 지금까지 살아왔던 방식과는 전혀 다른 새로운 삶을 선택하게 된다. religio의 어원적 의미는 바로 이러한 자의식의 차원에서 새로운 삶을 선택하는 순간에 종교적 삶이 시작됨을 극명하게 밝혀주고 있다. 종교는 이렇게 '어떻게 사는 것이 가장 가치 있는 새로운 삶'일지를 묻는 순간에 시작된다는 관점에서, 항상 행복의 문제와 가장 본질적으로 연관된다.

그렇다면 종교는 어떠한 삶을 행복한 삶으로 규정하는가? 일반적으로 모든 종교는 각각의 종교에서 권장하는 특별한 삶을 최고의 선으로 여기기 때문에, 특정의 종교적 계율을 지키는 삶을 가장 행복한 삶으로 규정한다. 그런데 모든 종교는 물질적 가치보다는 정신적 가치를 중시하기 때문에, 종교적 계율도 자연스럽게 적극적 금욕주의에 가까운 생활을 권장하기 마련이다. 오직 신의 뜻에 살 것을 요구하는 기독교가 인간의 육체적 욕망에서 비롯되는 현실적 쾌락을 멀리하라 가르치는 것은 바로 그러한 이유에서이다. 생로병사의 고통 자체를 무화(無化) 시켜, '모든 번뇌로부터의 해탈' 속에서 행복을 찾는 불교가 현실적 쾌락을 중시하지 않는 것도 마찬가지 이유에서이다. 기독교와 불교가 현세보다는 내세를 중시하는 종교임을 고려하면, 이 두 종교 안에서 행복한 삶을 보장해 줄 종교적 계율의 성격이 비슷하게 나타남은 당연한 현상이다. 이 같은 사실을 염두에 두면, 우리는 종교적 계율에 따르는 삶과 현실적 삶의 괴리문제와 연관하여 종교인들이 왜 진정한 행복을 추구하는 사람들과 비슷한 고민에 빠지는지 이해할 수 있다. 물론 성직자나 독실한 종교인은 이러한 고민에 빠지지 않을 수도 있다. 그럼에도 불구하고 현실 속에서 살아가는 보통의 종교인들은 종교적 계율에 충실하려고 하면 할수록 본능적 욕망이 지배하는 현실과의 괴리감을 비종교인에 비하여 훨씬 더 심각하게 느낄 수밖에 없다. 그에 대한 해결책은 앞서 언급되었듯이, 종교에서 권장하는 절대적 가치를 현실의 상대적 조건 속에서 어떻게 해석하고 생활 속에서 실천할지를 인식하는 지혜로움을 갖는 것이다.

종교적 지혜로움이 어떠한 것인지를 이해하기 위하여 우리나라의 기독교를 예로 들어 보자. 일반적으로 모든 종교는 다른 나라의 이질적 문화권에 유입되는 경우, 그 문화권의 특수한 토양에 알맞게 변형되기 마련이다. 그렇다면 본질적으로 내세 중심인 이 외래 종교는 현세를 중시하는 우리의 무의식적 사유구조 속에서 어떠한 특색을 지닌 종교로 토착화되었을까? 중국이나 일본 등 여러 동양문화권 중 유일하게 한국에서 기독교가 번성한 현상은 세계의 종교학자들이 관심 있게 연구하는 주제임은 잘 알려진 사실이다. 여기에서 그러한 현상의 원인들을 상세히 열거하기보다는, 서구의 기독교가 한국인의 의식구조 어느 부분에서 서로 맞닿아 번성할 수 있었는지를 알아보자.

사실 기독교는 절대적 초월자로서의 유일신 · 세계창조 · 삼위일체 · 부활 사상을 기본적 교리로 삼으며, 자기를 완전히 버리는 희생정신 · 이타적 사랑에 근거한 십계명을 그 계율로 정한다. 그러나 평범한 기독교인은 이러한 추상적 차원의 신학적 · 철학적 교리보다는 자신의 현실적 삶과 직결되는 구체적 차원의 신앙생활에 더 관심을 기울인다. 게다가 한국인의 의식구조 심층에는 돈과 성공, 건강 등과 같이 자신이 원하는 것을 초자연적 힘을 빌려 얻고자 하는 기복신앙의 뿌리가 깊게 박혀 있다. 이러한 기복신앙의 뿌리는 현실적 · 물질적 행복에 관한 관념을 직접적으로 좌우하기 때문에, 비록 교리연구와 같은 추상적 탐구영역에서는 그 진가를 발휘하지 못하더라도, 구체적 신앙생활의 영역에서는 강력한 영향력을 발휘한다. 명분 외에도 실질을 숭상하는 유교 정신 속에서도 번창하였던 그 뿌리가 오늘날의 한국 사회에서 근면과 노동을 통한 부의 축적을 신성시하는 건전한 자본주의 정신에 기초한 프로테스탄티즘을 꽃피움은 당연한 현상이다.

한국인이 종교에 대해 지니는 이러한 태도는 한편으로 종교를 확장시키는 긍정적 요소로 작용하기도 하지만, 동시에 다른 한편으로 종교인답지 못한 행위에 대해서 전혀 무감각하게 만드는 부정적 요소가 되기도 한다. 사실 어떤 사람이 종교인임에도 불구하고 거짓과 부정을 일삼는다든지, 게다가 그러한 행위를 하고도 아무런 죄의식을 느끼지 못한다면, 그는 '지금까지와 전혀 다른 새로운 삶에 대한 재선택'이라는 의미에서의 진정한 종교인이라 할 수 없다. 왜냐하면 그러한 비종교적 행위를 저지르고도 그것을 자각하지 못하는 종교인은 자의식의 차원에서 대자적 자아에 대해 되돌아보는 경험을 한 번도 해본 적이 없기 때문에, 당연히 진정한 의미의 행복에 대해서도 모른다.

따라서 진정한 종교인이라면 본인의 행복뿐만 아니라 타인의 행복에 대해서, 그리고 최대한 많은 사람이 행복을 누릴 수 있는 사회제도에 대해서도 생각할 수 있어야 할 것이다. 지혜로운 종교인은 사랑과 헌신을 통해 사악한 사람보다 선한 사람이 존중되고, 거짓보다 진실이 중시되는 사회를 형성하는 데에 선구자적 역할을 할 때, 종교적 계율에 따르는 삶을 오히려 행복구현의 가장 구체적인 방법과의 연관 속에서 실천하게 될 것이다.

3. 행복에 관한 담론

지금까지 우리는 행복이란 과연 무엇인지 그것에 대한 정의를 류(類) 개념의 차원에서, 그리고 그 정의가 종(種) 개념의 차원에서 어떻게 적용될 수 있는지 살펴보았다. 이 장은 행복이 특히 우리 한국 사회의 실생활에서 어떠한 문제들과 연관되어 구체적으로 논의될 수 있는지 살펴볼 것이다. 학생들은 주어진 질문에 대한 답을 찾기 위해 사유하는 가운데, 행복이 개인적 차원에서는 어떠한 노력을 기울여 얻을 수 있는지, 더 나아가 그러한 노력이 어떻게 정의로운 사회 구현의 길로 연결되는지를 철학적으로 성찰하는 기회를 갖게 될 것이다.

1) '너 자신을 알라!'의 의미

고대 그리스의 철학자 소크라테스는 '너 자신을 알라!'(*Gnothi seauton!*) 고 말하였다. 이 말은 본래 직업적으로 돈을 받고 지식을 파는 소피스트들에 대하여 또는 그러한 세속적 지식에 현혹되는 아테네의 젊은이들에 대하여 오직 자신의 이성적 판단에 따라 진리를 깨달을 것을 촉구하는 외침이었다. 그러나 이 외침은 오늘날 정신적으로 다시 태어날 준비가 된 젊은 대학생들이 자신이 세운 인생의 목적지를 향해 새로운 항해를 떠날 때, 가장 훌륭한 나침반 역할을 해줄 것이다. 왜냐하면 아테네의 젊은이들을 참된 애지자(愛知者) 로 빚어내려는 정신적 조각가 소크라테스에 의해 제작된 이 나침반은 젊은이들이 대중의 무의식적이고 무반성적인 집단적 편견이라는 거친 파도 때문에 본래의 항로를 이탈할 때마다, 각자가 지닌 이성에 의한 내면적 성찰의 안광 — 마치 백 개의 눈을 지닌 아르고스처럼 — 을 통해 본래의 항로로 되돌아오도록 만들어 주기 때문이다. 사실 우리나라의 젊은이들은 요즈음 유행하는 페이스북이나 트위터 등 SNS를 통해 사실의 진위와 상관없이 무차별적으로 순식간에 퍼져버리는 집단적 편견을 아무런 비판 없이 쉽게 맹신하는 경향이 있다. 그러한 맹신의 습관은 조선시대부터 내려온 붕당적(朋黨的) 편 가르기의 악습 — 내 편의 견해는 무조건 올바르고 좋으며, 반대편의 견해는 무조건 틀리고 나쁘다고 확정짓는 — 과 연결될 경우 더욱 심각한 사태를 초래한다. 소크라테스의 '너 자신을 알라'라는 말은 바로 자신의 냉철한 이성적 판단을 통해 이러한 집단적 편견을 깨뜨리라는 뜻이기에, 다른 어떠한 사회보다도 우리 사회에서 절실히 요구되는 도덕적 좌우명이 된다. 이러한 깨트림은 마치 불교에서 대중의 관습적 가치관에 따라 사유하고 판단하는 소아(小我)를 죽이는 것과 같다. 이러한 소아를 죽여야만 우리는 비로소 자신의 정신적 혜안을 따라 사유하고 판단하는 대아(大我)를 탄생시킬 수 있다. 그렇다면 이러한 정신적 자각으로부터 다시 태어나게 되는 대아는 과연 소아의 입장에서 바라보던 행복을 어떻게 변형시킬 것인가?

행복을 지칭하는 그리스어 eudaimonia의 어원적 의미는 '좋은(*eu*) 정령(*Daimon*)의 보호를 받는 상태'이다. 이러한 어원적 의미로만 보자면, 그리스인들에게 행복이란 자기 자신의 자각이나 노력과 상관없이, 외부에서 우연적으로 주어지는 행운일 뿐이다. 그러나 이러한 행운은 소아만을 지닌 사람들이 생각하는 행복이다. 따라서 행복을 바로 그러한 우연적 행운에 의해 주어진 외적 조건들과 동일시하는 대부분의 그리스인들은 스스로 깨달으려는 노력은 기울이지 않고, 그러한 행운을 얻기 위해 그것들을 가져다준다고 여겨지는 수많은 종류의 전통적 정령들 내지 신들에게 기도하고 제물을 바쳤던 것이다.

그러나 소크라테스는 무비판적인 집단적 편견에 따라 행동하는 일반인들과 다르게, 그러한 정령들 내지 신들에게 기도하지 않았다. 그것은 그가 행복이란 '인간다운 삶을 실천할 때에만 이루어질 수 있는 것'이고, 그러한 인간다운 인간이 실천해야만 할 행위의 근거를 외부에 존재하는 타자로서의 다이몬(*Daimon*)[1]이 아니라, 자신의 내부에 존재하는 다이몬 속에서 찾아야만 한다고 생각했기 때문이다. 그는 이렇게 다이몬 개념을 기존의 것과 전혀 다르게 해석하여 행복에 관한 철학적 성찰의 새로운 장(場)을 열게 된다. 다시 말해, 행복에 관한 성찰의 장은 그에 의해 타율성의 차원에서 자율성의 차원으로 넘어가게 된 것이다. 이 같은 관점에서 볼 때, '너 자신을 알라!'는 외침은 삶과 행복에 관한 모든 탐구들이 결국 자의식의 판단과 그 판단에 근거한 실천의 노력 속에서 이루어지는 것이지, 외부의 조건이나 행운에 의해 이루어지는 것이 아니라는 진리를 깨달으라는 외침이 된다. 그의 외침이 이렇게 인간의 내면적 깨달음과 직결된 것임을 알게 되는 순간, 우리는 그가 왜 사형을 받아가면서까지 기존의 모든 전통적 관습과 가치관을 무의식적으로 따라가기만 하는 일반인들의 정신에 마치 등에의 침과 같이 날카로운 비판의 화살을 꽂으며 온몸을 불살랐는지를 이해할 수 있게 된다.

도덕철학의 창시자가 지닌 바로 이러한 비판적 정신을 염두에 두

---

1 주로 '정령'으로 번역되는 다이몬(*Daimon*)은 '각자에 알맞은 몫을 할당하다'를 뜻하는 동사 daiomai에서 유래했기 때문에, 엄밀히는 '신적인 힘, 신, 운명'을 뜻한다. 그러나 이것은 특정 기능만을 수행하는 신(*theos*)과 달리, 무규정적이고 일반적인 '신적 힘' 전체를 지칭한다.

면, 우리는 베이컨이 왜 진리를 깨닫기 위해서는 네 가지 우상들, 그중에서도 특히 '극장의 우상'(*idola theatri*)을 타파할 것을 주장하였는지도 어렵지 않게 이해할 수 있다. 사실 극장에서 공연되는 인형극의 주인공인 인형들은 자신의 의지에 따라 움직이는 자율적 존재가 아니라, 줄을 통해 인형을 조작하는 연출자의 의지에 따라 움직이는 타율적 존재이다. 우리 인간도 자의식에 의해 자율적으로 행동하지 못하는 경우, 마치 극장의 인형처럼 전통과 관습이라는 눈에 보이지 않는 줄에 의해서 좌지우지되는 타율적 존재가 될 수밖에 없다. 극장과 같은 현실세계 속에서 세속적 가치관이라는 줄에 의해 타율적으로 움직이는 꼭두각시가 되지 않기 위해 자신의 자의식에 의거하여 행동할 때에만, 비로소 우리는 진정한 행복을 찾을 수 있게 된다. 세속적 가치관이라는 보이지 않는 줄을 끊게 되는 순간, 우리는 비로소 칸트가 말하는 '저 하늘의 별과 같이 내 마음 속에 빛나는 도덕률'에 따라 행동할 수 있게 된다. 물론 이 도덕률은 개인의 자의식에 근거하여 확립된 것이기 때문에, 전적으로 주관적인 것으로만 보일 수도 있다. 그러나 도덕률은 이성적 판단에 근거해서만 정립될 수 있고, 이성적 존재로서의 인간이 내리는 판단들은 모두 보편성을 지닐 것이기 때문에, 저 하늘의 별처럼 객관성을 띠게 된다.

2) 도덕적으로 악한 사람은 과연 진정으로 행복한가?

소크라테스의 '자기 자신을 아는 사람', 베이컨의 '극장의 우상을 타파한 사람', 칸트의 '이성에 근거하여 확립된 도덕률에 따라 행위하는 사람'은 그렇다면 모두 행복할 수 있을까? 다시 말해, 자신의 자의식에 근거하여 도덕적으로 훌륭한 행위를 실천하는 사람은 현실적 생활 속에서도 실제로 행복한 삶을 영위할 수 있을까? 우리가 이러한 질문을 던지게 되는 이유는 우리 사회에서 '정직하고 착한 사람은 불행하고, 도덕적으로 사악한 사람은 오히려 행복하다'고 말하는 것을 자주 듣기 때문이다. 사실 우리 사회에서는 '무전유죄, 유전무죄'라는 말이 유행할 정도로, 특히 지도층에 속하는 사람들이 부정을 저지르고도 그 행위에 합당한 처벌을 받지 않고 무죄를 선고받는 일이 실제로 빈번하게 일어난다. 물론 이러한 현상이 우리나라에서만 일어나는 일은 아니다. 예를 들어, 함무라비 법전에 나오는 '눈에는 눈, 귀에는 귀'라는 법규가 현실세계의 실제 법규가 아니라, 공정한 처벌에 기초한 정의가 실현되는 이상세계에 대한 갈망을 나타내듯이, 정의로운 사회 구현은 결코 쉬운 일이 아니다. 그럼에도 불구하고, 우리나라는 부패지수 세계 47위라는 기록이 단적으로 보여주듯이, 다른 나라에 비해 부정을 저지르는 사람이 유난히 많다. 이는 우리나라 사람들의 의식이 부정을 저지르는 사람에 대해서 지나치게 관대할 정도로 도덕적 기준에 대하여 무감각하고, 그 결과로 도덕적 삶과 행복을 별개의 차원에서 생각하는 습관에 젖어 있기 때문이다. 그러한 습관에 젖어 있어서 사람들은 한 인간에 대해 그가 지닌 인격이나 도덕성이 아니라, 재산과 사회적 지위로 평가하기 마련이다. 유죄 판결을 받은 국회의원을 또다시 국회의원으로 선출한다거나, 살인자의 살인 행위에 대한 비난보다도 그가 입었던 명품 옷을 사는 데 열을 올리는 현상이 일부 젊은이들에게 나타나는 것이 그에 대한 좋은 예이다.

바로 그러한 의식구조의 모순성을 직시할 때 비로소 우리는 우리 사회가 아직 정의로운 사회로 성숙하지 못했다는 불편한 진실을 솔직하게 인정할 수 있다. 그리고 그러한 진실을 인정할 때만, 우리는 또한 그에 대한 해결책을 찾을 수 있다. 사실 정의로운 사회 실현의 첫째 조건은 그 사회의 구성원 각 개인이 우선 정의로운 사람이 되는 것이고, 둘째 조건은 정의로운 사람이 제대로 대접을 받을 수 있는 사회적 제도를 제정하고 그러한 분위기를 형성하는 것이다. 그러나 이 두 조건은 서로가 상보적이기 때문에, 정의로운 사회의 실현은 이 두 조건을 동시에 충족시키려는 노력을 통해서만 이루어질 수 있다.

이러한 관점에서 보면, 우리는 행복의 조건을 논하기에 앞서, 소크라테스의 '너 자신을 알라'라는 외침이 말해 주듯이, 우리 자신의 내면으로 들어가 우리가 지닌 도덕관 자체를 되돌아보는 노력을 기울여야 한다. 그것은 개인적 차원에서 그러한 자각을 했을 때만, 사회적 차원에서도 정의로운 사회를 구축할 수 있는 길을 개척할 수 있을 것이기 때문이다. 그러한 사회가 구축되었을 때에만, 우리는 비로소 도덕적으로 악한 사람을 그가 재산과 사회적 지위를 갖고 있다는 사실만으로 행복하다고 부러워하지 않을 수 있게 될 것이다.

3) 행복은 인생의 목적인가 아니면 수단인가?

행복이란 것이 이렇게 개인적 차원의 도덕적 환골탈태 내지 존재론적 변신뿐만 아니라 사회적 차원의 제도적 개선과도 깊이 연결되어 있음을 자각하게 되면, 우리는 행복을 인생의 목적으로 볼 것인지 아니면 수단으로 볼 것인지에 대한 물음에 답할 수 있다. 이러한 물음이 중요하게 대두되는 것은 우리 사회가 중국의 '손자병법' 사상의 영향 때문에 '자신이 원하는 것을 얻기 위해서는 수단과 방법을 가리지 않아도 좋다'는 믿음이 너무나 광범위하게 퍼져 있기 때문이다. 이러한 믿음은 특히 세속적 성공을 인생 제일의 목표로 삼는 사람들에게서 더 강하게 나타난다. 이러한 사람들은 흔히 과정 자체는 무시하고 결과만을 중시하기 때문에, 인생의 본래 목적은 잊어버린 채 그 목적 달성의 도구에 지나지 않는 수단에만 집착하게 된다. 그러나 우리 인생의 본래 목적은 무엇인가? 만약에 우리 인생의 궁극적 목적이 진정한 의미의 행복을 얻는 데 있다면, 이러한 수단과 방법을 가리지 않는 태도는 과연 우리 인생의 본래 목적을 실현함에 어떠한 영향을 끼칠까?

이러한 문제와 관련하여 일찍이 아리스토텔레스는 다음과 같이 말하였다. "우리는 다른 어떤 것 때문에 추구하는 것보다 그 자체 때문에 추구하는 것을 더 궁극적인 것으로 보고, 다른 어떤 것 때문에 선택하는 것보다 그 자체 때문에 선택하는 것을 더 궁극적인 것으로 본다. 행복은 다른 무엇보다도 더 궁극적인 것이다. 왜냐하면 우리는 행복을 그 자체 때문에 선택하지, 다른 것 때문에 선택하지는 않기 때문이다."[2]

아리스토텔레스는 여기에서 행복이 인생의 목적 그 자체이지 수단이 아님을 단적으로 표현해 주고 있다. 사실 우리 주변에는 행복이라는 목적을 실현하는 데 필요한 수단을 목적 자체로 착각하는 사람들이 많이 있다. 바로 그러한 착각 때문에, 많은 사람들은 본래의 목적인 행복보다는 그 목적에 도달하기 위한 수단인 재산이나 사회적 성공을 얻기 위하여 모든 삶을 바치느라 불행에 빠지기도 한다. 이러한 착각에 빠지지 않는 길은 지금까지 살아온 삶 또는 현재의 삶이 과연 자신이 세운 목적을 실현하기 위한 삶이었는지 여부를 끊임없이 성찰하는 습관을 기르는 것이다. 그러한 습관을 기르는 방법은

2 아리스토텔레스, 《니코마코스 윤리학》.

우리생활의 주변에서 일어나는 아무리 사소한 문제라도 그것이 어떠한 의미를 지니는 것인지를 깊이 생각해 보는 연습을 게을리 하지 않는 것이다.

그러한 사유 훈련의 한 예로, 요즈음 우리 주위에서 빈번히 회자되고 있는 '목표관리'(*Management by Object*) 라는 개념을 사람들은 실생활 속에서 과연 어떻게 받아들이고 있는지에 대하여 살펴보도록 하자. 본래 경영학의 전문용어인 이 개념은 문자 그대로 모든 행동의 초점을 주어진 목표를 달성하는 일에 맞추는 것을 의미한다. 예를 들어, 모든 대학들은 '훌륭한 교육 실시'라는 장기적 목적을 실현하기 위하여, 그것에 필요한 수단인 '재원 확보'라는 단기적 목표 실현에 많은 노력을 기울인다. 그러나 만약에 어떤 대학이 재원을 충분히 확보했는데도, 훌륭한 교육 실시라는 장기적 목적 자체를 망각한 채 여전히 재원 확보라는 단기적 목표에만 총력을 기울인다면, 그 대학은 목표관리 개념을 잘못 적용하고 있는 셈이다. 이는 마치 불교에서 비유적으로 말하는 견지망월(見指望月)의 어리석음[3]과 같다. 우리는 이러한 어리석음을 깨달을 수 있는 사유 훈련의 기회를 우리 주변의 가까운 것들에서 얼마든지 발견할 수 있다. 따라서 우리는 이 같은 깨달음의 끊임없는 훈련을 통해, 행복이라는 인생의 목적 자체에 온 정신적 시선을 집중시켜 목적 달성의 수단에만 집착하는 오류에서 벗어날 수 있도록 노력해야 한다.

---

3 스승이 진리를 상징하는 달을 손가락으로 가리킬 때, 제자가 달은 보지 못하고, 그 달을 가리키는 스승의 손가락만 보는 어리석음.

4) 꽃 이름을 하나 더 아는 것이 행복한가, 아니면 애플리케이션 이름 하나를 더 아는 것이 행복한가?

우리의 정신적 시선을 행복이라는 인생의 목적에 집중시키면서 그 목적 실현에 알맞은 행위를 실천하는 삶을 영위하게 되면, 우리는 이 세상 곳곳에 의외로 조그마하면서도 소박한 행복을 느끼게 하는 것들이 많음을 발견한다. 물론 이런 사소한 발견들이 모두 커다란 행복을 보장하지는 않는다. 그러나 어떠한 커다란 행복도 이러한 조그만 행복들이 쌓여 이루어진 지층으로부터 피어오르는 것이지, 어느 날 갑자기 하늘에서 우연히 떨어지는 것은 아니다. 이러한 사실을 염두에 두면 우리는 영국의 철학자 러셀이 왜 동시대의 젊은이들에게 풀 이름 하나 꽃 이름 하나를 더 아는 것이 조그만 행복의 출발임을 역설하였는지 이해할 수 있다.[4] 그렇다면 우리는 게임 애플리케이션 이름을 하나 더 아는 것에서 행복을 찾을 수 있다고 생각할 요즈음의 한국 젊은이들에 대해서도 똑같이 이야기할 수 있을까? 물론 행복을 느끼는 감정은 기호품처럼 각자의 취향에 따라 천차만별이고, 행복감은 각자의 인생관과 각 시대의 가치관에 따라 상대적인 것이기 때문에, 우리는 행복의 질에 대하여 순위를 매길 수는 없다.

그럼에도 불구하고, 대학생이라면 새로운 애플리케이션 하나를 더 앎으로써 얻는 행복감이 과연 정신적 탄생의 시기를 맞은 젊은이가 추구해야 할 행복의 격(格)에 맞는 것인지에 대해서는 진지하게 성찰해 볼 필요가 있다. 사실 풀 이름이나 꽃 이름 하나를 더 아는 행위가 지닌 의미는 단순히 지식의 범위를 확장하는 데 있는 것이 아니

4 버트런드 러셀, 《런던통신 1931~1935》.

라, 그러한 앎을 통해 생명의 신비와 자연의 조화로움을 깨닫는 데 있는 것이다. 이러한 관점에서 보면, 새로운 애플리케이션 하나를 더 알아 게임 하나를 더 즐길 수 있음이 과연 대학생들에게 그러한 깨달음을 가져올 수 있는 것인지는 의심스러울 수도 있다. 왜냐하면 잡다한 평면적 정보들에 대한 검색으로부터 얻는 박학다식적 지식은 인생과 세계의 진리에 대한 심층적 깨달음을 가져올 수 없고, 더구나 게임을 통한 즐거움은 단순한 습관적 즐거움의 반복이어서 진정한 자아 성찰로부터 얻어질 행복과는 너무나 거리가 멀기 때문이다. 바로 그러한 이유에서, 많은 선현들은 대학생들에게 불멸의 가치를 지닌 고전에 대한 독서와 그 속에서 다루어지는 주제에 대한 성찰 속에서 행복감을 찾기를 권유하는 것이다.

5) 사랑은 행복과 무슨 관계를 지니는가?

고전에 대한 독서가 어떠한 의미에서 행복을 구현하는 길을 제시하는지를 알아보기 위해, 우리는 수많은 고전들 가운데 특히 진정한 사랑의 정신을 주제로 다루는 셰익스피어의 《로미오와 줄리엣》을 살펴볼 필요가 있다. 물론 이 작품 속에서 사랑은 이뤄지지 못하고, 죽음이라는 비극적 결말로 끝난다. 그러나 이 작품의 의의는 이루어지지 못한 사랑의 결과에 있는 것이 아니라, 목숨까지 바칠 수 있는 사랑의 과정 자체에 들어 있다. 우리는 그러한 과정 속에서, 어려운 현실적 조건을 극복해 나가는 불멸적 사랑의 원형(原型, *archetypus*)을 찾을 수 있다. 사랑의 원형은 마치 만유인력의 법칙이 언제 어디에서나 모든 존재에 작용하듯이, 사랑하는 연인들의 정신을 언제 어디에서나 주도적으로 지배한다. 따라서 이 원형을 자기 것으로 체화

(体化) 시킨 연인들은 현실 속에서 아무리 커다란 어려움에 부딪혀도, 그 원형을 사랑의 정신적 원리로 활용하여 어려움을 극복할 수 있게 될 것이다.

오늘날 우리 사회에서는 사랑과 관련된 문제들이 과거 그 어느 때보다 더 심각하게 발생하고 있다. 결혼 자체를 않겠다는 사람, 약혼을 하고도 혼수 문제로 파혼하는 사람, 결혼하고도 곧장 이혼하는 사람들이 기하급수적으로 증가하는 현상이 그 단적인 증거이다. 이러한 현상이 발생하는 이유는 많은 젊은이들이 진정한 사랑의 정신을 모르기 때문이다. 그러한 정신을 모르는 많은 젊은이들은 마치 피상적 행복만을 좇는 사람들이 행복을 자의식의 내면적 만족감이 아니라 외적 조건들의 충족에서 찾는 것과 같이, 결혼의 본질적 요인을 사랑의 정신에서가 아니라 결혼의 외적 조건에서 찾는다. 그렇다면 머지않아 결혼 적령기에 들어서게 될 대학생들은 어떻게 진정한 사랑의 정신을 체득하여, 그것을 실천하며 행복을 실현할 수 있을까?

사람들은 사랑을 아무나 하고, 아무렇게나 해도 괜찮은 것으로 생각하기 쉽다. 그러나 진정한 의미의 사랑을 하기 위해서는, 에리히 프롬이 《사랑의 기술》[5]에서 밝혔듯이, 진정한 사랑이 무엇이고 또한 그러한 사랑을 실천하는 방법은 어떠한 것인지를 알아야만 한다. 사랑에 대한 정의와 사랑의 방법을 알기 위해 플라톤의 《향연》[6]에 나오는 에로스 신화를 살펴보자. 이 신화에 의하면 사랑의 신 에로스는 아프로디테(Aphrodite: 아름다움 · 완전성의 여신)의 생일 축하연에서 만난 포로스(Poros: 길 · 방법 · 도전의 신)와 페니아(Penia: 결핍

5 에리히 프롬, 《사랑의 기술》.

6 플라톤, 《향연》.

·빈곤·불완전의 여신)의 결합으로부터 탄생하였다. 에로스는 어머니를 닮아 모든 면에서 부족하고 불완전하지만(모든 인간을 상징), 아버지로부터 도전정신을 이어받았기 때문에 완전한 상태로 나아가기 위하여 끊임없는 도전과 노력을 기울인다. 이 신화는 사랑의 본질이 이미 완성태적 존재로서의 두 연인이 서로를 획득하기 위한 노력이 아니라, 가능태적 존재로서의 두 연인이 서로가 서로를 완전한 존재로 형성해 가려는 노력 자체에 있음을 나타낸다. 이러한 사랑의 본질을 모르는 사람들은 대부분 연애 또는 결혼 상대를 이른바 ABCDE〔*age*(나이)·*background*(집안 배경)·*character*(성품)·*degree*(학벌)·*economic status*(경제적 조건)〕의 기준에 따라 선택하려고 한다. 그러나 사랑은 이러한 기준에 따라 마치 백화점에서 상품을 고르듯이, 이미 완성된 존재로서의 상대방을 선택하는 것이 아니다. 사랑은 에로스 신화가 암시하고 있듯이, 나와 상대방의 불완전한 상태를 자각하고 서로가 서로를 완전한 상태로 이끌어주려는 변증법적 노력을 기울이는 과정 그 자체인 것이다.

이러한 에로스적 사랑의 본질적 의미를 심층적 차원에서 자각하게 되면, 우리는 그러한 사랑의 대상이 사람에게만 국한되지 않는다는 사실을 깨닫게 된다. 즉, 우리는 사랑의 대상을 진리로 삼으면 애지자(愛知者, *philosophos*)가, 사회정의로 삼으면 개혁가가, 아름다움으로 삼으면 예술가가 되는 것이다.

4. 나가며

이 장에서는 행복이 무엇인지에 대한 일반적 정의를 바탕으로 그러한 행복을 실생활 속에서 구체적으로 실현시키기 위해, 각 개인이 어떠한 노력을 기울여야 하는지를 살펴보았다.

행복에 관한 이론적 차원의 고찰과 실제적 응용을 위한 담론들은 모두 청년기의 대학생들 스스로가 진정한 사랑의 정신을 깨닫고, 그 사랑의 대상을 가장 인간다운 인간으로 다시 태어나는 것에 두고 노력할 때에만 비로소 의미가 있을 것이다.

참고문헌

버트런드 러셀, 《런던통신 1931~1935》, 송은경 역(2011), 사회평론.
아리스토텔레스, 《니코마코스 윤리학》, 이창우 외 역(2006), 이제이북스.
에리히 프롬, 《사랑의 기술》, 황문수 역(2006), 문예출판사.
플라톤, 《향연》, 박희영 역(2003), 문학과 지성사.

04 행복의 조건

고영건

1. 들어가며

세상 사람들은 만약 가능하기만 하다면, 모두가 행복해지기를 원한다. 하지만 긍정심리학(*positive psychology*)에 따르면, 실제로 행복감을 경험하는 사람들은 언제나 소수이다. 아마도 그 이유는 보통 사람들은 자신이 어떻게 하면 진정으로 행복해질 수 있는지에 관해 잘 모르기 때문일 것이다. 바로 이러한 점 때문에 '행복의 딜레마'가 발생한다. 행복의 딜레마란 사람들이 행복해지기를 바라지만 실제로 행복해지는 것이 어렵게 느껴지는 상황에서 행복에 대해 '목표로 하기에는 너무나 어렵고 또 포기하기에는 너무나 미련이 크게 남는 것'으로 인식하게 되는 것을 말한다.

행복의 딜레마에서 중요한 측면 중 하나는 사람들은 그 자신이 가장 행복해할 수 있는 일을 하면 기대와는 달리 실제로는 결코 행복해질 수 없다는 점이다. 많은 사람들은 행복해지기 위해서는 자신이 행복해할 만한 일을 하는 것이 중요하다고 믿는다. 하지만 인간은 그런 일을 할 때도 결코 온전한 행복감을 즐길 수 없는 존재다. 긍정심리학에 따르면, 비록 모든 사람들을 행복의 길로 이끌 수 있는 비법은 존재하지 않지만 그럼에도 불구하고 대부분의 사람들이 행복감을 직접 경험하고 실제로 느낄 수 있는 정서적 유능성을 배양하는 심리학적 기술은 분명 존재한다.

본질적으로 행복과 긍정적 정신건강 그리고 지혜는 동일한 현상에 대해 세 가지 각기 다른 측면을 포착한 개념이라고 할 수 있다. '행복하지 않은 형태의 정신건강과 지혜', '정신적으로 건강하지 않은 형태의 행복과 지혜' 그리고 '지혜롭지 못한 형태의 행복과 정신건강'은 사실상 아무런 의미가 없는 개념들이다. 언제나 행복한 사람은 정신적으로 건강한 동시에 지혜를 갖추고 있을 수밖에 없다.

이 장에서는 긍정심리학의 맥락에서 행복에 기여할 수 있는 조건과 그렇지 않은 조건에 대해 살펴보고자 한다. 긍정심리학의 연구결과에 따르면, 삶의 다양한 조건들은 '행복과 무관한 조건', '행복과 중간 정도만 관련을 맺고 있는 조건' 그리고 '행복과 밀접한 상관을 보이는 조건'으로 구분할 수 있다. 먼저 행복과 무관한 조건을 살펴보면, 나이, 성별, 교육수준, 사회적 지위, 경제적 소득수준, 자녀의 유무, 지능, 신체적인 외모 등이 해당된다. 다음으로 행복과 중간 정도로 관계를 맺고 있는 조건들로는 친구의 숫자, 결혼 유무, 종교생활에서의 충실도, 휴가기간, 신체적 건강, 자기통제력 등을 들 수 있다. 마지막으로 행복과 밀접한 관계를 맺고 있는 삶의 조건에는 높은 긍정정서 비율, 낙관성, 성숙한 대처기술, 직업, 여가의 향유, 연인과의 관계 등이 해당된다.

이 장에서는 행복의 조건에 대해 살펴보고자 한다. 이를 위해 언제, 어디서, 누가, 왜, 무엇을, 어떻게 함으로써 행복해질 수 있는지에 대해 순서대로 논의해 보고자 한다. 아마도 위에서 소개한 행복에 기여하는 삶의 조건 목록을 살펴보고 의아한 느낌을 받는 사람도 있을 것이다. 하지만 이 글에서 소개하는 행복의 조건들을 이해하고 나면, 왜 나머지 삶의 조건들이 행복에 그다지 기여하지 못하는지 저절로 그 이유를 깨닫게 될 것이다. 그러면 본격적으로 행복의 조건에 대해 살펴보도록 하겠다.

2. 언제 더 행복한가?: 과거, 현재 그리고 미래

우리나라는 과거에 비해 현재, 소득이 증가하고 물질적으로 더 풍요로워졌으며 전반적으로 생활도 더 편리해진 것은 분명해 보인다. 하지만 우리는 과거에 비해 더 행복해졌을까? 1947년부터 1998년까지의 미국의 국민총생산(GNP)과 삶의 만족도 평균치의 변화를 조사한 연구결과에 따르면, 국민총생산은 지속적으로 증가한 반면, 삶의 만족도는 사실상 변화가 없는 것으로 나타났다(〈그림 4-1〉 참조).

이러한 결과는 현재와 미래의 관계에 대해서도 적용가능하다. 〈그림 4-1〉에서 1980년대를 현재로 설정할 경우, 2000년은 미래에 해당된다. 하지만 그 경우에도 과거와 현재의 관계와 마찬가지로 동일한 결론을 도출할 수 있다. 현재에 비해 미래에 소득이 증가하고 물질적으로도 더 풍요로워지더라도 현재에 비해 미래에 더 행복지지 못할 가능성이 높다는 것이다. 이러한 결과는 행복의 특성과 관련해서 중요한 시사점을 제공한다. 과거에 비해 오늘날 심리학적인 노하우를 더 지혜롭게 축적하지 않는 한, 단순히 시간이 흐른다고 해서 과거보다 현재에 우리가 더 행복해지기는 어렵다는 점이다. 따

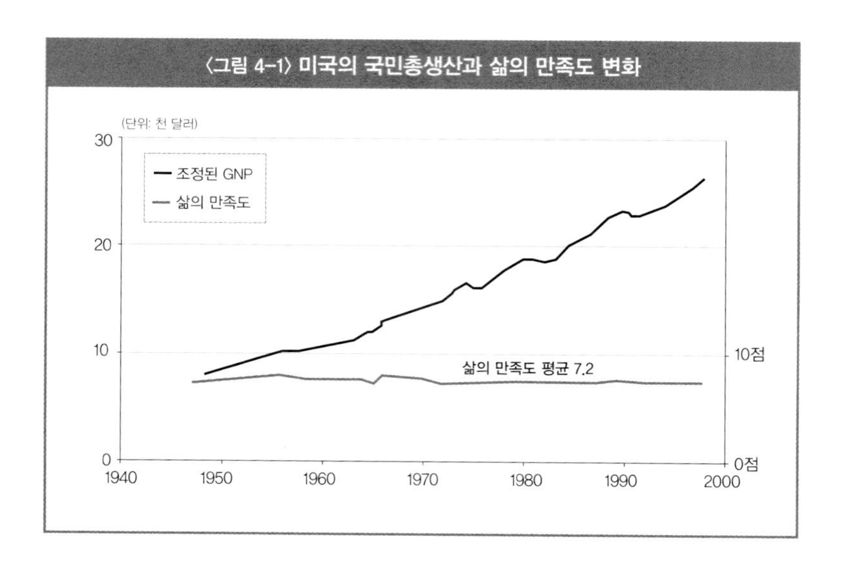

〈그림 4-1〉 미국의 국민총생산과 삶의 만족도 변화

라서 과거보다 현재에 그리고 현재보다 미래에 조금 더 행복지기를 원한다면, 과거 사람들이 이해하지 못했던 행복의 기술을 익힐 필요가 있다.

3. 어디서 살 때 더 행복한가?: 행복 나라와 행복 도시

〈그림 4-2〉는 세계의 국가들을 행복한 정도에 따라 표시한 것이다. 전체적으로 소득수준이 높은 국가들이 대체로 행복도도 높은 것으로 보인다. 하지만 주의할 점이 있다. 남미의 국가들은 소득수준이 높지 않음에도 불구하고 행복도가 높은 반면에, 한국과 일본 그리고 대만 등은 소득이 높음에도 불구하고 행복도는 상대적으로 높지 않다는 점이다.

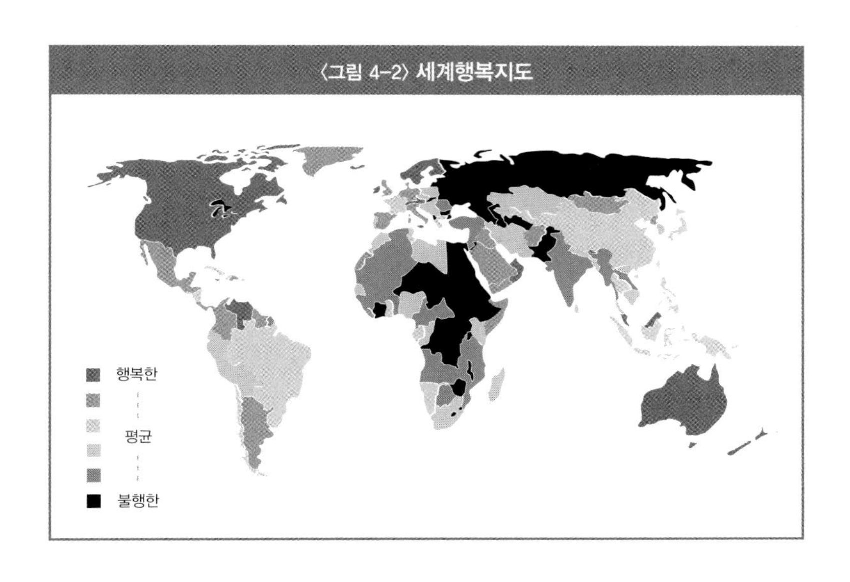

〈그림 4-2〉 세계행복지도

세계행복지도는 적어도 지구상에 행복한 국가와 불행한 국가가 모두 존재한다는 점을 보여준다. 하지만 행복한 국가와 불행한 국가의 차이가 꼭 소득이나 기후와 같은 단순한 데서 결정되는 것은 아니다. 또 행복한 국가에서 생활한다고 해서 상대적으로 행복이 더 보장되는 것도 아니다. 예를 들면, 북미와 유럽의 국가들은 다른 지역의 국가들에 비해 행복도가 더 높은 것이 사실이지만 우울증 환자의 수도 더 많다. 따라서 이러한 결과는 개인의 행복이 단순히 어떤 곳에서 생활하는가에 의해서 결정되는 것이 아니라, 개인의 심리적 변인에 의해 더 크게 좌우될 수 있다는 점을 보여준다.

긍정심리학에서는 '지성 도시'(*head city*)와 '감성 도시'(*heart city*)를 구분한다. 지성 도시는 샌프란시스코나 시애틀과 같은 번화한 대도시가 해당되며 감성 도시는 엘파소나 오마하 같은 한적한 중소도시가 주로 해당된다. 전자의 경우 경제적으로 풍요롭고 도시 내에 유명한 대학이 있으며 재능의 성취가 주로 강조되는 문화적 분위기가 형성되어 있다. 반면에 후자의 경우에는 믿음직하고 친절하며 온정적인 분위기가 도시의 주요 특성이다. 이러한 도시에서는 주로 타인에 초점을 맞춘 감사와 사랑 같은 감성적 형태의 강점들이 두드러지게 나타난다. 통상의 경우 도시 주민들의 삶의 질과 건강을 평가하는 주된 지표는 고용 성장 및 수입수준과 같은 경제적 지표이다. 그리고 이러한 지표들은, 주로 지성 도시의 특성과 밀접한 관련이 있다.

그렇다면 이러한 경제적 지표에서 상대적으로 낮은 수준을 보이는 감성 도시의 구성원들은 상대적으로 행복감을 적게 경험할 것인가? 긍정심리학 연구결과에 따르면, 실제로 경제적 지표와 관련된 강점에서 낮은 점수를 보이는 감성 도시의 주민들이 긍정적인 정서 및 행복한 삶과 관련된 척도에서는 더 높은 점수를 나타냈다. 경제적인 풍요로움과 생활에서의 편의성을 추구한다면 지성 도시가 더 유리할지라도, 행복을 원한다면 감성 도시를 선택하는 것이 좋다.

4. 누가 더 행복한가?

유아 및 아동, 청소년, 중년 그리고 노인 중 누가 더 행복할까? 〈그림 4-3〉은 생애주기와 정서적 만족도의 관계를 나타낸 것이다. 그 결과에 따르면, 유아 및 아동, 청소년, 중년 그리고 노인 중에서는 노인이 가장 행복한 것으로 나타났다.

〈그림 4-3〉 생애주기와 정서적 만족도의 관계

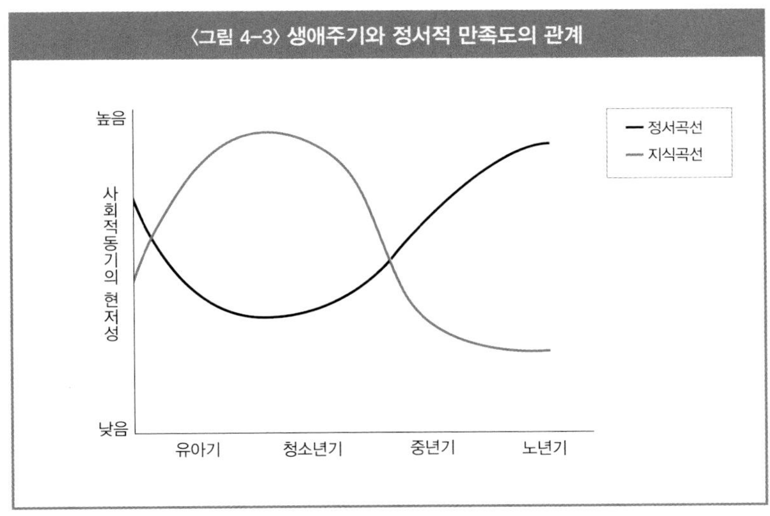

출처: Carstensen, Isaacowitz, & Chales(1999).

5. 왜 행복한가?

유아 및 아동, 청소년, 중년 그리고 노인 중에서 왜 노인이 가장 행복한 것일까? 그에 대한 해답은 부자와 사랑에 빠진 사람 중 누가 더 행복한지를 비교한 연구결과를 살펴보면 쉽게 짐작할 수 있다. 〈그림 4-4〉는 사랑과 삶의 만족도 간 관계를 돈과 삶의 만족도 간 관계와 비교한 것이다. 그 결과에 따르면, 돈은 삶에 대한 만족도를 낮추는 반면 사랑은 삶의 만족도를 높인다는 점을 확인할 수 있다.

일반적으로 지식인(〈그림 4-3〉 참조)이나 부자(〈그림 4-4〉 참조)는 사람들이 생각하는 것만큼 행복하지 않다. 특히 〈그림 4-4〉는 행복한 사람이 왜 행복한지에 관해 중요한 단서를 제공해 준다. 행복한 사람이 행복해질 수 있는 핵심적인 이유 중 하나는 바로 사랑 때문이다.

그렇다면 우리는 어떻게 하면 세상 사람들과 사랑을 나누면서 생활할 수 있을까? 흔히 사람들은 같은 방향을 쳐다보면서도 서로 다른 것을 보고, 또 같은 말을 사용하면서도 서로 뜻이 통하지 않고, 서로 깊은 애정을 갖고 있으면서도 늘 다투면서 살아가는 경향이 있다. 그렇다면 사람들 사이에 존재하는 이러한 간극을 우리는 어떻게 하면 극복할 수 있을까?

만약 사람들이 서로의 마음을 손금 들여다보듯이 들여다볼 수만 있다면 마음이 통하지 않아 발생하는 수많은 혼란을 잠재울 수 있을 것이다. 하지만 현실에서 이러한 일은 일어날 수 없다. 그럼에도 불구하고 실망할 필요는 없다. 사람들에게는 '이심전심'(以心傳心)을 가능하게 해주는 심리학적 연금술이 존재하기 때문이다. 이심전심을 가능하게 하는 심리적인 기술을 '심리적 동화'(*psychological assimi-*

〈그림 4-4〉 사랑과 삶의 만족도 간 관계

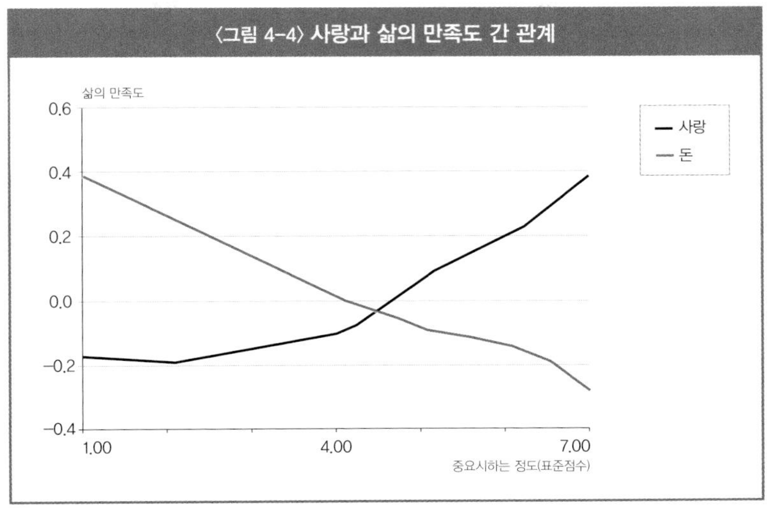

출처: Diener & Biswas-Diener(2002).

lation)라고 부른다. 심리적 동화는 사랑하는 사람을 마음속으로 담아내는 것을 말한다. 〈파리의 연인〉이라는 드라마에 등장했던 명대사를 떠올려 보라. "내 안에 너 있다." 이것이 바로 심리적인 동화의 전형적인 예라고 할 수 있다.

심리적인 동화는 사랑을 위한 필수적 기술로 사람들이 서로의 마음을 손금 들여다보듯이 들여다봄으로써 서로에 대한 이해를 증진하는 것과 유사한 효과를 나타낼 수 있다. 비록 물리학적인 관점에서는 이러한 일이 불가능해 보일지라도 사실 심리적인 동화는 현실에서 얼마든지 일어날 수 있다. 삶의 상징적 측면을 고려할 경우, 사랑의 기술, 즉 세상 사람들이 다른 사람들을 마음속으로 품는 심리적인 동화는 행복을 위한 필수요건 중 하나이다.

노인이 다른 연령대에 비해 더 행복한 이유 중 하나는 바로 일에 대한 태도와 밀접한 관계가 있다. 행복해지는 데 필요한 핵심적인 요소 중 하나는 바로 일이다. 일반적으로 사람들은 자신이 가장 행복해질 수 있다고 믿는 일을 실제로 한다고 해서 행복해지지는 않는다. '경험추출법'(*Experience Sampling Method*)을 이용한 실험은 이러한 점을 잘 보여준다.

경험추출법은 피험자들에게 메신저를 나눠준 뒤에 프로그램에 의해 신호를 보내 신호가 주어지는 순간에 경험한 일상적인 일에서 받는 느낌을 평가한 자료를 수집하는 방법을 말한다. 경험추출법에서 피험자들은 메신저의 알람이 울리면 미리 배부되었던 설문 문항들에 응답하게 된다. 이때 신호들은 예정된 시각들에 피험자들에게 무작위로 발신되지만 피험자들이 신호를 받는 총 횟수는 일주일에 28회로 균등하게 유지된다. 이러한 경험추출법의 가장 큰 장점은 과거의 경험을 회상하는 방식으로 자료를 수집할 때 발생하게 되는 자기보고법의 오류 문제를 예방할 수 있다는 점이다. 시카고대학의 연구진은 1년에 걸쳐 약 2,300명의 피험자들을 대상으로 이러한 기법을 적용함으로써, 일상생활에서 사람들이 어떤 활동에 어느 정도 시간을 투자하며 또 그러한 일들을 하는 순간에 어느 정도 행복감을 경험하는지를 알아낼 수 있었다.

시카고대학의 연구결과, 사람들이 주관적으로 가장 행복해하고 또 그렇기 때문에 동기수준이 가장 높은 활동은 식사와 섹스 그리고 수다 등인 것으로 나타났다. 그런데 만약 이러한 활동이 커다란 행복감을 주기 때문에 사람들이 날마다 이러한 일들만 하면서 살아간다고 가정해 보자. 과연 그 사람이 자기 삶에 만족하고 또 스스로 행복하다고 말하게 될까? 아마도 그렇지는 않을 것이다. 왜냐하면 그러한 경험들은 사람들에게 일시적인 만족감을 줄 뿐, 사람들이 지향하는 최적의 경험을 선사해 주지는 않기 때문이다.

경험추출법에 따르면, 사람들은 행복감을 선사해 주는 최적의 경험을 주로 취미활동과 운동에서 얻는 것으로 나타났다. 이러한 활동들은 식사나 섹스처럼 본능적인 욕구를 충족시키고자 하는 활동보다는 쾌감을 덜 주는 활동이다. 하지만 사람들은 다른 어떤 경험들보다 취미와 운동에서 최고 수준의 몰입을 할 수 있었다. '몰입'이란 사람들이 무언가에 열중한 상황에서 얻게 되는 심리학적 최적의 경험을 의미한다. 시카고대학의 연구진들은 경험추출법을 통해 사람들은 '스스로 가장 행복해할 수 있는 일'을 하면 결코 인간적인 행복감을 맛볼 수 없다는 점을 입증하였다. 바로 이러한 이유 때문에 행복을 위해서는 교양 형태의 교육이 필요하다고 할 수 있다.

사람들이 일을 대하는 태도에는 모순적인 면이 있다. 경험추출법 연구결과에 따르면, 사람들은 일하는 순간에 가장 커다란 만족감과 자부심을 느낀다. 하지만 동시에 사람들에게는 일하는 것을 회피하고자 하는 강력한 동기가 있다. 메신저로 신호를 받던 순간에 일을 하고 있던 피험자들은 그날 중 다른 어떤 일을 할 때보다 "이 일에서 벗어나 다른 활동을 하고 싶다"는 응답을 많이 했다. 따라서 사람들은 일에 대해서 양가적 감정을 가지고 있다고 할 수 있다.

사람들이 일에 대해서 나타내는 양가감정 문제를 올바로 이해하기 위해서는 장기적 조망이 요구된다. 왜냐하면 사람들이 일을 바라보는 시각과 일에서 얻는 감정의 질은 연령에 따라 변하기 때문이다. 경험추출법 연구결과에 따르면, 아동들은 일보다는 여가활동을 통해서 몰입 경험을 더 많이 얻지만 나이가 들수록 여가보다는 일을 통해 몰입의 경험을 더 많이 얻게 된다. 〈그림 4-5〉에서 세로축의 정보는 일과 여가활동에서 몰입을 한다고 응답한 퍼센트를 나타낸 것이다. 〈그림 4-5〉의 자료는 일의 본질이 바로 몰입의 경험에 있다

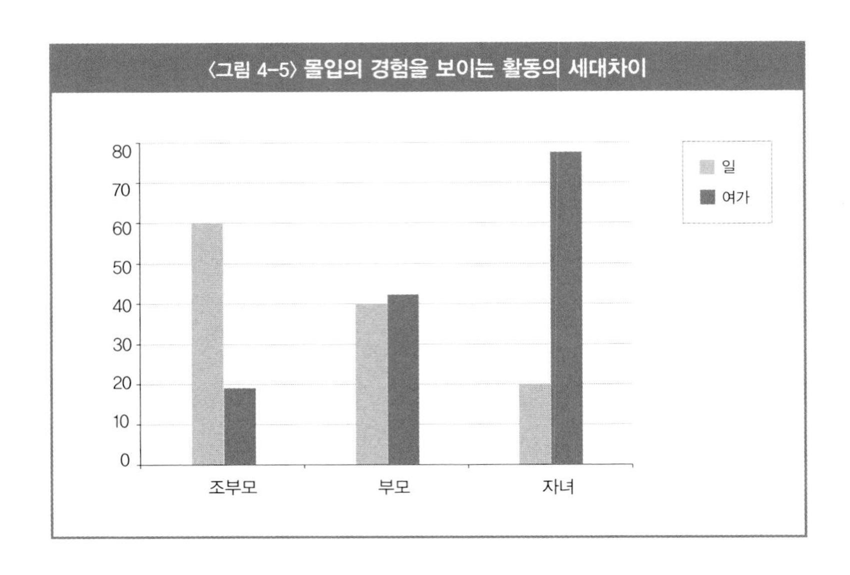

는 점을 보여준다. 하지만 여가에 비해 일을 통해 몰입을 경험하는 것은 더 어렵다. 왜냐하면 여가와는 달리, 일에서 즐거움을 얻는 데는 더 오랜 생물학적인 성숙과정이 필요하기 때문이다.

이러한 점을 고려할 때, 사람들이 일과 관련해서 나타내는 양가감정은 일종의 발달 문제라고 할 수 있다. 사람들이 일에 대해 양가감정을 갖게 되는 것은 바로 일의 묘미를 깨우치지 못했기 때문인 것이다. 따라서 즐겁게 일하는 법을 배울 수만 있다면, 궁극적으로 일도 여가만큼이나 즐거운 것이 될 수 있다.

이상의 논의 내용을 종합해 보면, "사람들은 왜 행복한가?"라는 질문에 대해서는 다음과 같이 답할 수 있다. 우리는 사랑과 일 때문에 행복해질 수 있다는 것이다. 왜냐하면 세상에서 가장 행복한 사람은 바로 '사랑하는 사람을 많이 품고서 열심히 일하는 노인'이기 때문이다.

6. 무슨 일을 하면 행복한가?

무슨 일을 하면 행복해지는지에 관해 살펴보기 앞서 다음의 질문을 먼저 다룰 필요가 있다. "물질에 해당되는 것 중 일상적인 삶에서 인간의 행동에 가장 커다란 영향을 주는 것은 무엇인가?"

정답은 바로 엔도르핀(*endorphin*)이다. 엔도르핀은 뇌에서 분비되며 진통 및 쾌감 효과와 관계있는 호르몬을 말한다. 엔도르핀이라는 용어는 '몸에서 생기는'이라는 의미의 '내생적'(*endogenous*)이라는 단어와 기분을 좋게 만들고 진통효과를 나타내는 화학물질인 '모르핀'(*morphine*)이라는 단어가 합쳐져 생긴 말이다. 엔도르핀은 아편과 화학적 구조식이 유사하기 때문에 '뇌 아편기제'라고도 한다. 사람들이 마약, 알코올, 도박 등의 영역에서 심각한 중독현상을 보이는 이유도 바로 이 엔도르핀이라는 물질과 관계가 있다.

행복을 경험한다는 것은 정서적으로 기쁨(*joy*)의 감정을 지속적으로 체험하는 것을 의미한다. 이런 점에서 행복의 심리학적 기술이 해주는 역할은 삶에서 기쁨이 오래 지속되도록 돕는 것이다. 기쁨과 쾌감은 생리적인 측면에서 엔도르핀이 작용한다는 공통점을 갖는다. 하지만 기쁨과 쾌감은 질적으로 서로 다른 감정에 해당된다.

약물이나 최면은 인간에게 쾌감을 줄 수는 있어도 기쁨을 주지는 못한다. 예를 들면, 최면은 의지가 약한 사람들이 하지 못하는 많은 일을 하도록 도울 수 있다. 하지만 이러한 최면은 인간에게 진정한 행복감을 선사할 수 없다. 왜냐하면 기쁨은 외부의 힘에 의해 자동적으로 주어지는 것이 아니라, 주체의 의미 있는 노력을 통해서만 체험될 수 있는 진실한 감정이기 때문이다.

행복감이 다양한 삶의 고통들을 극복하도록 도울 수 있는 것은 바로 기쁨의 감정을 경험할 때 체내에서 함께 분비되는 엔도르핀의 쾌감증진 효과 때문이다. 이처럼 엔도르핀의 생리학적인 작용을 통해 삶의 고통에 맞서 기쁨을 경험할 수 있다는 사실은 행복의 본질과 관련해서 중요한 시사점을 준다.

행복의 본질 중 하나는 그것이 '승화된 긍정성'에 해당된다는 점이다. 승화된 긍정성이란 긍정적인 면과 부정적인 면이 통합된 결과로 새로운 형태의 긍정적 특성이 탄생하는 것을 말한다. 이별의 아픔이 없다면 재회의 기쁨도 존재하지 않고, 또 원한이 없다면 용서의 기쁨도 체험할 수 없으며, 궁극적으로 삶의 고통이 없다면 행복이 선사하는 기쁨도 경험할 수 없다.

또 기쁨은 타인과의 관계 속에서만 체험될 수 있는 '관계 지향적 정서'에 해당된다. 이와는 대조적으로 마약, 알코올 그리고 도박이 주는 쾌감은 다른 사람 없이도 혼자 즐기는 것이 가능하다. 특히 그러한 활동들은 심각하게 손상된 사회적 관계를 대치하는 경향이 있다. 기본적으로 사람들에게 행복감을 선사하는 긍정정서는 대단히 많다. 하지만 이 모든 긍정정서들은 구체적 감정의 질은 다를지라도 엔도르핀의 효과를 동반한다는 점에서 기쁨과 밀접한 관계가 있다. 결론적으로 행복해지기 위해서는 엔도르핀의 효과가 나타날 수 있는 일을 해야만 한다.

일상생활에서 사회적으로 물의를 일으키는 약물 중독과 같은 부정적 중독과 달리, 특정 활동에 몰두함으로써 얻게 되는 긍정적 중독(*positive addiction*)은 우리가 삶속에서 엔도르핀을 매개로 한 중독 현상을 온전하게 즐길 수 있도록 돕는다. 긍정적 중독의 대표적인 예는 하루라도 특정 활동(놀랍게도 독서)을 하지 않으면 인이 박여 못 견디는 것을 들 수 있다. 일과 긍정적 중독의 관계는 달인 혹은 장인의 세계를 떠올리면 쉽게 이해할 수 있다. 일반적으로 장인들은 그들이 어떤 활동에 종사하든지 간에 단 하루라도 그 일을 하지 않는 상황을 상상조차 하기 어려운 느낌 속에서 생활한다.

긍정적 중독은 다음과 같은 특징을 가지고 있다. 첫째, 긍정적 중독은 즐길 만한 중독 상태이지만 그 활동이 다른 영역까지 지배하는 형태로 영향을 주지는 않는다. 둘째, 긍정적 중독은 중독 때문에 나약해지는 것이 아니라 오히려 내적인 힘을 얻어 본인이 원하는 것을 더욱 잘 성취할 수 있도록 돕는다. 셋째, 긍정적 중독의 상태는 인간관계나 외부에 의지하지 않고 홀로 생활하는 것이 가능하며 외부에서 보상이 주어지지 않는 상황에서도 흔들림 없이 나아갈 수 있다. 넷째, 부정적인 중독은 쾌감을 주지만 건강에 해로운 반면에 긍정적 중독은 하찮은 일 같은 인상을 줄지라도 그 효과는 장대하다. 다섯째, 긍정적 중독의 상태에서는 하루하루의 생활을 긍정적으로 중독된 활동을 함으로써 시작하기를 원하게 된다. 여섯째, 긍정적 중독은 행위자를 무아지경의 상태에 빠트린다. 일곱째, 긍정적 중독을 경험한 사람은 그러한 중독에 도달할지 여부를 스스로 선택할 수 있다. 여덟째, 긍정적 중독은 정신력이 강해지고 자기통제감이 강해지도록 해줌으로써 나쁜 습관(과음, 흡연 등)을 중단하도록 돕는다. 아홉째, 긍정적 중독은 쾌감만의 단조로운 감각이 아닌 성취감, 충만감 등 다양한 정서적 충족이 이루어지도록 돕는다.

긍정적 중독은 두 가지 형태로 심리적 자본을 축적하도록 도울 수 있다. 첫째, 중독이 긍정적 효과를 낳는 측면이다. 긍정적 중독은 우리에게 '놀듯이 일하고 일하듯이 놀 줄 아는 노하우'를 선사한다. 사실 이러한 특성은 만 3세부터 7세 무렵 사이에 터득하는 것이라고 할 수 있다. 하지만 유년기에 이러한 덕목을 터득하지 못했다고 해서 좌절할 필요는 없다. 왜냐하면 그 이후의 단계에서도 얼마든지 노력을 통해 습득이 가능하기 때문이다. 심리적 자본을 늘리는 데 놀듯이 일하고 또 일하듯이 놀 줄 아는 노하우가 중요한 이유는 이러한 긍정적 중독과정을 통해 생계수단으로서의 일과 즐거움의 원천으로서의 여가활동이 하나로 통합될 수 있으며 이는 곧 행복감의 증진으로 이어질 수 있기 때문이다.

둘째, 긍정적 중독이 스트레스에 대한 내성을 길러준다는 점이다. 사람들은 긍정적 중독상태에 있는 동안 세상의 모든 근심으로부터 자신을 보호할 수 있게 된다. 이처럼 긍정적 중독활동을 하는 순간에는 과거의 고통스러운 사건이 머릿속에 전혀 떠오르지 않아 마치 스트레스를 유발하는 사건이 처음부터 일어나지 않았던 것과 마찬가지의 상태로 만들어 줄 수 있다. 긍정적 중독의 이러한 기능은 공상에 빠지거나 술에 취함으로써 문제상황으로부터 일시적으로 회피하는 것과는 분명하게 구분된다. 이러한 일시적인 도피는 문제상황에서 떠나 있다 하더라도 문제가 유령처럼 그 삶을 쫓아다니게 된다. 시험기간에 공부가 하기 싫어서 TV를 보는 학생은 시청하는 동안 시험에 대한 불안감이 늘 머릿속을 맴돌기 때문에 집중하기 어렵다. 하지만 긍정적 중독은 스트레스가 주는 고통과 불안으로부터 자신을 완전하게 보호할 수 있도록 한다.

7. 어떻게 살면 행복한가?

1) 낙관성의 심리학

사람들은 누구나 행복한 낙관주의자가 되기를 바란다고 말하지만, 실제로 사람들이 살아가는 모습을 살펴보면 마치 불행해지기를 바라는 사람처럼 사고하고 행동할 때가 있다. 낙관성은 세 가지 차원으로 분류할 수 있다. 그 세 가지 차원은 지속성(*permanence*), 확산성(*pervasiveness*) 그리고 개인화(*personalization*)이다.

지속성은 좋은 일 또는 부정적인 사건이 일상생활 속에서 반복해서 일어날 수 있도록 사건을 해석하고 또 그러한 판단에 기초해 행동하는 것을 말한다. 부정적인 사건에 대한 지속성 수준이 높은 사람은 스스로 불행해지기를 원하지 않음에도 불구하고 자기도 모르는 사이에 불행한 사건이 삶에서 지속될 수밖에 없는 쪽으로 사고하고 행동하게 된다. 예를 들면, 어느 대학생이 실수로 중요한 과제물을 빠트리고 등교한 경우, 부정적인 사건에 대한 지속성 수준이 낮은 대학생은 "오늘은 깜박했네"라는 식으로 말한다. 하지만 지속성 수준이 높은 대학생은 "나는 늘 이래"라는 식으로 말한다. 이때 만약 본인 스스로 내뱉은 말이 사실이라면, 앞으로도 중요한 과제물을 집에 두고 오는 부정적인 사건이 재발될 가능성이 높을 것이다. 왜냐하면 스스로 늘 그렇다고 생각하는 한 그러한 습관을 개선하기 위한 노력을 덜 하게 될 것이기 때문이다. 따라서 부정적인 사건에 대한 지속성 수준이 높은 사람은 상대적으로 스트레스 상황에서 무기력감을 경험할 가능성이 높다.

지속성은 긍정적인 사건에 대해서도 적용될 수 있다. 어느 미팅에서 파트너로부터 매우 좋은 평가를 받은 상황을 예로 들어 보도록 하자. 이때 긍정적인 사건에 대한 지속성 수준이 낮은 사람은 "그날따라 유난히 내 유머감각이 잘 먹혔어"라고 말할 수 있다. 반면에 긍정적인 사건에 대한 지속성 수준이 높은 사람은 "나는 언제나 사람들에게 말을 재미있게 한다는 소리를 들어"라는 식으로 말한다. 물론 사람들에게 좋은 평가를 받는 경험은 긍정적인 사건에 대한 지속성 수준이 높은 사람들이 훨씬 더 자주 경험하게 될 것이다.

확산성은 좋은 일 또는 부정적인 사건에 대해서 그러한 일이 일상생활의 다른 영역들에서도 일반화될 수 있도록 사건을 해석하며 또 그러한 판단에 기초해서 행동하는 것을 말한다. 부정적인 사건에 대해서 확산성 수준이 높은 사람은 스스로 불행해지기를 원하지 않음에도 불구하고 자신도 모르는 사이에 그러한 사건이 삶의 여러 영역들에서 만연될 수밖에 없는 쪽으로 사고하고 행동하게 된다. 예를 들어 동아리 선배와 트러블을 일으킨 경우, 부정적인 사건에 대한 확산성 수준이 낮은 사람은 "나는 김 선배와는 잘 안 맞는 것 같아"라는 식으로 말하지만, 확산성 수준이 높은 사람은 "나는 선배들과는 사이가 안 좋아"라고 말한다. 후자의 경우 만약 본인 스스로 내뱉은 말이 사실이라면, 그는 그날 문제가 되었던 선배 이외에도 앞으로 함께 생활하는 모든 선배들과도 관계가 안 좋아질 가능성이 높다. 왜냐하면 선배들과 좋은 관계를 유지하기 위한 노력을 덜 기울일 것이기 때문이다.

확산성 역시 긍정적인 사건에 대해서도 적용될 수 있다. 어떤 교과목에서 매우 좋은 성적을 받은 상황을 예로 들어 보겠다. 이때 긍정적인 사건에 대한 확산성 수준이 낮은 사람은 "나는 역시 영어를 잘해"라고 말할 수 있다. 반면에 긍정적인 사건에 대한 확산성 수준이 높은 사람은 "나는 어떤 과목이든지 잘 해내"라는 식으로 말한다. 물론 좋은 성적을 받는 경험은 긍정적인 사건에 대한 확산성 수준이 높은 사람이 훨씬 더 많이 경험하게 될 것이다.

개인화는 좋은 일 또는 부정적인 사건에 대해서 자신에게 얼마만큼 책임이 있다고 해석하고 또 믿는가 하는 점을 평가한다. 부정적인 사건에 대해서 개인화 수준이 높은 사람은 스스로 불행해지기를 원하지 않음에도 불구하고 자신도 모르는 사이에 그러한 사건이 자신의 잘못 때문이라고 지각하게 된다. 예를 들면, 약속에 늦은 경우, 부정적인 사건에 대한 개인화 수준이 낮은 사람은 "길 안내가 제대로 안 되어 있어서 그랬어"라고 말한다. 하지만, 개인화 수준이 높은 사람은 "나는 길치야"라고 말한다. 후자의 경우 만약 본인 스스로 내뱉은 말이 사실이라면, 그는 앞으로도 약속에 늦는 일이 많이 발생할 가능성이 높다. 왜냐하면 스스로 길치라고 믿기 때문에 개선을 위한 노력을 덜 하게 될 것이기 때문이다.

개인화 역시 긍정적인 사건에 대해서도 적용될 수 있다. 이성친구가 좋은 선물을 사준 경우를 예로 들어 보도록 하자. 이때 긍정적인 사건에 대한 개인화 수준이 낮은 사람은 "오늘 그 친구에게 좋은 일이 있었나 봐"라고 말할 수 있다. 반면에 긍정적인 사건에 대한 개인화 수준이 높은 사람은 "내가 어제 전화로 사랑한다고 속삭여줘서 그래"라는 식으로 말한다. 여기서 중요한 점은 만약 이성친구가 그날 좋은 일이 있었기 때문이라는 식으로 해석할 경우, 또 선물을 받기 위해서는 그 친구에게 좋은 일이 또다시 일어나야 하는 것일 뿐 자신이 특별히 할 수 있는 일이라고는 없게 된다는 점이다. 반면에 만약 자신이 전날 사랑한다는 말을 해주었기 때문이라고 믿는다면, 이후에도 이성친구에게 적극적으로 마음을 표현해 그들의 관계가 더욱 좋아질 가능성이 높다.

이러한 낙관성 이론은 심리학 이론들 중에서도 가장 강력한 예측 타당성을 갖추고 있다. 일반적으로 인간의 행동을 정확하게 예측한다는 것은 대단히 어려운 과제라고 할 수 있다. 그렇기 때문에 많은 심리학적 이론들이 사후 약방문 식의 오류를 범하기도 한다. 현재 대부분의 심리학자들이 예측적인 연구의 중요성을 강조하고 있음에도 불구하고 실제로 예측의 타당성이 입증된 이론은 그다지 많지 않은 편이다. 하지만 셀리그만의 낙관성 이론은 예외이다. 낙관성 이론의 타당성은 다양한 장면에서 검증되었지만 여기에서는 대표적인 연구 한 가지만 소개하도록 하겠다.

2) 하버드 성인발달 연구와 낙관성

하버드대학의 머레이 센터(Murray Center)에서는 성인발달 연구의 그랜트 표본(Grant Sample)에 속하는 피험자들을 대상으로 해서 낙관성이 건강에 미치는 영향에 관한 연구를 수행하였다. 인간의 삶에 대한 과학적인 연구로서 그랜트 스터디는 매우 독특한 특징을 가진다. 그것은 세계적인 명문대학교의 학생들 중에서도 가장 우수하다고 생각되는 학생들을 선발하여 그들의 실제 삶에 대한 장기-종단적 연구를 수행했다는 점이다.

하버드대학생들 중에서도 특히 신체적으로나 정신적으로 건강한 학생 268명을 선발하여 대학 졸업 후의 삶을 60년 이상 추적 조사한 결과, 연구대상자들은 사회의 거의 대부분의 영역에서 발군의 실력을 발휘하였다. 하지만 짐작할 수 있듯이 모든 연구대상자들이 행복한 삶을 산 것은 아니었다.

그랜트 스터디 결과의 중요한 시사점 중 하나는 행복의 조건이 20대에 이미 결정되는 것은 아니라는 점이다. 그랜트 스터디에 참여했던 피험자들은 대학생 시절에는 사실상 거의 같은 조건을 갖추고 있었다. 하지만 이러한 연구대상자들 중 약 30%는 명백히 행복한 삶을 살지만 또 다른 30%는 심한 불행을 겪었다. 그랜트 스터디 자료를 검토한 후 연구진은 인간의 운명을 최종적으로 결정짓는 요인 중 하나가 낙관성이라고 제안하였다.

연구 참여자의 적응수준에 관한 정보를 전혀 모르는 상태에서 연구진은 25세 때의 에세이 자료를 토대로 연구 참여자들의 낙관성을 분석한 후, 연구 대상자들의 낙관성 점수와 수십 년이 지난 다음의 적응상태 자료를 비교해 보았다. 그 결과, 낙관성 척도에서 비관적인 것으로 평가된 사람들은 중년 초기부터 질병에 시달리기 시작했던 것으로 나타났다. 또 낙관적인 것으로 평가된 사람들은 노년기에 이르러서도 여전히 25세 때만큼이나 활동적이고 건강한 상태를 유지하고 있는 것으로 나타났다. 이러한 결과는 건강의 영역에서도 단순히 유전적으로 강한 체질을 물려받는 일회적인 사건보다는 꾸준히 낙관적인 태도로 생활하는 지속적인 행동이 더 큰 영향을 미친다는 점을 보여준다.

3) 행복을 위한 딥 스마츠

행복한 상태에 있는 소수의 사람과 행복하지 않은 다수의 차이 중 하나는 행복과 관련된 딥 스마츠(*deep smarts*)이다. 딥 스마츠는 체험 속에서 직면하는 내적인 성찰과정을 통해 깨닫는 특별한 형태의 지혜 또는 노하우를 말한다.

딥 스마츠처럼 단순히 책을 통해서는 전해질 수 없는 형태의 지식을 '암묵적인 지식'(*tacit knowledge*)이라고도 부른다. 이러한 암묵적 지식은 타인의 가르침을 통해 전수받을 수 있는 것이 아니라 개인의 직접적인 체험을 통해서만 학습될 수 있다. 비교적 간단한 기술에 해당되는 자전거 타는 기술을 예로 들어 보도록 하자. 과연 자전거 타는 기술을 책 속에 담을 수 있는 사람이 존재할까? 설사 누군가가 그 방법을 책에 담는다고 하더라도 그 책을 읽는 사람이 책만 보고서 자전거 타는 법을 배우는 것이 가능할까? 이처럼 행복에 관련된 심리학적인 기술은 책으로는 전할 수 없는 것이기에 교양 교육을 통해 행복의 기술들을 배워야 하는 것이다.

젊은이가 행복을 위해 배워야 할 대표적인 기술 중 하나는 바로 성격강점을 지혜롭게 활용하는 것이다. 토머스 제퍼슨(Thomas Jefferson)에 따르면, 인간의 삶에서 미덕과 행복은 모녀지간에 해당되기 때문에 행복해지기 위해서는 행복으로 인도하는 유일한 내적 충고인 미덕의 목소리에 귀 기울여야 한다. 이러한 점에서 벤저민 프랭클린(Benjamin Franklin)은 인생에서 비극적인 사건은 우리가 천재적 재능을 타고나지 못했기 때문에 발생하는 것이 아니라 우리가 가진 강점을 충분히 활용하지 못해서 생겨난다고 말했다.

21세기 들어 전 세계적으로 주목받게 된 긍정심리학에서는 주로 인간의 삶에서 '최적의 기능'(*optimal functioning*)과 관계된 특성을 연구한다. 이러한 특성에는 인생을 살 만한 가치가 있는 것으로 만들어 주는 다양한 심리적 요인들이 포함된다. 긍정심리학에서 특히 강조하는 개념 중 하나는 바로 성격강점(*character strengths*)이다. 성격강점은 인간의 생각, 감정, 그리고 행동을 통해 표현되는 긍정적인 특성을 의미한다. 여기서 말하는 '긍정성'이란 인간에게 '탁월함

(*excellence*) 과 정신적 번영 (*flourishing*)'을 선사하는 것을 말한다.

긍정심리학에서는 성격강점으로서의 대표적인 미덕을 크게 6가지로 구분한다. 첫째, 지혜이다. 이 덕목에는 창의성, 호기심, 개방성, 학구열, 그리고 예지(叡智) 등이 포함된다. 둘째, 자애(慈愛)이다. 이 덕목에는 사랑, 친절, 사회성 등이 포함된다. 셋째, 용기이다. 이 덕목에는 담력, 끈기, 진실성, 활력성 등이 포함된다. 넷째, 절제이다. 여기에는 용서, 겸손, 신중성, 자기조절 등이 포함된다. 다섯째, 정의이다. 이 덕목에는 시민정신, 공정성, 리더십 등이 포함된다. 마지막으로 초월성이다. 여기에는 감상력, 감사, 낙관성, 유머감각, 영성 등이 포함된다.

긍정심리학에 따르면 사람들은 저마다 '대표강점'을 나타낼 수 있다. 대표강점은 한 개인이 지닌 여러 성격강점 중에서 실제 생활에서 비교적 높은 표현빈도로 나타나며 또 스스로 자기 자신을 대표한다고 인식하는 강점을 뜻한다. 긍정심리학 연구진은 사람들이 인터넷상에서 자신의 대표강점을 손쉽게 평가할 수 있는 심리검사를 개발하였다. 'VIA Survey'(Values in Action Survey)로 불리는 이 검사는 이미 전 세계에서 1,300만 명 이상이 참여한, 성격강점을 평가하는 가장 대표적인 심리검사라고 할 수 있다. 현재 VIA Survey 인터넷 사이트에는 한국어판 성격강점 검사를 실시한 후 결과를 해석하는 방법이 소개되어 있다(VIA-IS 인터넷 매뉴얼 참조). 긍정심리학 연구에 따르면, 성격강점 검사를 통해 자신의 대표강점을 새롭게 인식하게 되는 것만으로도 우울감이 감소하고 행복감은 증진될 수 있다.

이처럼 성격강점을 인식하고 활용하는 것이 행복감을 높여주는 이유는 다음과 같다. 첫째, 성격강점을 인식하는 과정 자체가 스스로에게 의미 있는 경험으로 인식될 수 있다. 둘째, 성격강점 검사는 자신의 장점을 깨닫게 해주기 때문에 자존감을 높이는 데 도움을 준다. 마지막으로, 성격강점을 인식하게 되면 실제 생활에서 자연스럽게 활용하게 되며 이러한 경험은 실제 생활에서의 몰입 경험을 증가시켜 궁극적으로 능동적인 삶을 살 수 있도록 돕는다.

자, 그렇다면 수많은 성격강점들 중에서 '베스트 오브 더 베스트', 혹은 '강점의 왕과 여왕'은 무엇일까? 긍정심리학의 관점에서 비유적으로 표현하자면, 강점의 왕과 여왕은 무수히 많은 강점들 중에서도 결코 잊어서는 안 되는 무엇에 해당된다. 그리고 강점의 왕과 여왕은 만약에 당신이 다른 모든 강점들은 잊더라도 이것만 잊지 않으면 걱정할 필요가 없는 것이라고 할 수도 있다. 또 반대로 다른 모든

[VIA-IS 인터넷 매뉴얼]

1. 인터넷 주소창에 http://www.viame.org 를 입력한다.
2. 사각형으로 표시된 곳 중 하나를 클릭한다.

3. 사이트 화면의 우측 상단에서 한국어를 선택한다.
4. 이름, 성, 이메일, 아이디, 비밀번호, 비밀번호 확인란을 기입한 후 검사를 진행한다.
5. 검사 결과 페이지에서 자신의 성격강점 순위와 설명을 확인한다.

강점들을 기억해 행하고 주의를 기울이더라도 이것을 잊으면 사실상 살면서 아무것도 한 게 없다고 해도 과언이 아니다. 만약 어떤 특수한 임무를 수행하기 위해 이 세상에 태어났다고 한다면, 바로 강점의 왕과 여왕이 우리가 살아가는 목적에 해당된다고 할 수 있다. 이러한 강점의 왕과 여왕은 무엇일까? 그것은 바로 사랑을 주고받는 능력이다. 긍정심리학에서는 사랑을 주는 능력을 강점의 왕 그리고 사랑을 받는 능력을 강점의 여왕이라고 부른다.

4) 여가의 향유

여가생활을 향유하는 것은 삶에서 좌절하거나 무력감을 경험하지 않도록 하는 데 결정적인 역할을 할 수 있다. 유기체의 놀라운 모습 중 하나는 스트레스가 주는 고통으로부터 자신을 단 한순간이라도 보호할 수 있다면, 그 스트레스가 제아무리 심각한 것이라 할지라도 유기체는 그러한 스트레스를 두려워하지 않을 수 있다는 점이다. 이런 점에서 스트레스에 직면한 상황에서도 여가를 향유하는 것이 가능하다면, 그때부터 스트레스는 '이미 극복한 적이 있기 때문에 앞으로도 극복할 수 있는 것'으로 변하게 된다.

릴케(Rainier Rilke)는 최고의 기쁨을 누리기 위해서 우리는 기쁨의 대상을 그대로 받아들이는 것이 아니라 마음속에서 변형시켜야 한다고 말했다. 그의 말은 향유(*savoring*)의 중요성을 시사한다. 향유는 자신과 타인의 활동과 그 과정 및 결과물이 주는 즐거움을 음미하는 경험을 말한다. 만약 어떤 대학생이 성적 우수생에게 주어지는 장학증서를 손에 쥐고서 뿌듯함을 경험한다면 그것이 바로 향유에 해당된다. 또 누군가 산책을 하면서 자연과의 교감을 즐기고 있다면 그것 역시 향유에 해당된다. 그리고 오랜만에 만난 동창생과 반갑게 포옹을 하면서 학창시절에 대한 추억과 향수에 젖어드는 것 역시 향유에 해당된다.

쾌락과 향유는 다른 것이라고 할 수 있다. 우리는 성적인 절정감을 경험하는 것과 같은 쾌감을 맛보는 순간에 향유 경험을 하기는 어렵다. 왜냐하면 정서적인 측면에서 향유는 뜨겁게 타오르는 '센 불'이라기보다는 은은하게 달아오른 '숯불' 같은 특성을 갖고 있기 때문이다. 또 향유는 몰입과도 다르다. 몰입을 하는 순간에 우리는 자신의 활동 자체를 음미하는 것은 불가능하다. 일반적으로 몰입 경험이 일어나는 과정에서는 사람들은 그다지 행복감을 경험하지 않는다. 왜냐하면 주어진 과제에 깊이 몰입하는 경우 자신의 내적인 상태를 살펴볼 여유를 갖지 못하기 때문이다. 하지만 몰입 경험을 하고 난 다음에 사람들은 그 자신이 최고의 긍정적 상태에 있었다고 보고한다.

행복감을 경험하는 데 향유 경험은 필수불가결한 요소이다. 스위스의 내과의사인 피카드(Bertrand Piccard)가 열기구를 타고 세계 일주를 한 후에 피력한 소감은 왜 향유가 행복을 위한 필수조건인지를 잘 보여준다.

> 지난 밤 이 행성에서 맺어왔던 친밀한 관계에 대해 또다시 음미해 보았다. … 우리는 왜 이렇게 운이 좋을까? … 동튼 지 얼마 되지 않아 〔열기구는〕 이집트의 사막에 착륙할 것이다. 브라이언(Brian)과 나는 헬리콥터를 타고 사막에서 멀리 이동할 것이다. 곧 우리는 대중의 호기심을 충족시킬 단어를 찾아야 할 것이다. 그러나 바로 지금, 오리털 재킷을 입었음에도 느껴지는 밤의 한기는 내가 아직 착륙하지 않았음을 일깨워 준다. 나는 여전히 내 삶의 가장 아름다운 순간 중 한 시점을 지나치고 있다. 이 순간을 지속시킬 수 있는 유일한 방법은 다른 사람과 공유하는 것이다.

5) 물질주의적 태도와 향유의 행복 경험

돈으로 향유의 행복 경험을 사는 것이 가능할까? 물론 가능하다. 돈으로 향유의 행복 경험을 사는 최고의 비법이 있다. 그러나 그 비법을 이해하려면 먼저 다음의 중요한 물음을 해결해야 한다.

바로 그 질문은 "나는 다른 사람들과 비교했을 때 실용적인 제품에 비해 명품을 얼마만큼 선호하는가?"이다. 100점 만점을 기준으로, 명품을 더 선호할수록 높은 점수를 주는 식으로 자신의 점수를 매겨보라. 만약 남들과 비슷한 수준으로 명품을 갖는 것을 좋아한다면 50점을 주면 된다. 하지만 만약 일반 사람들보다 명품을 더 좋아한다면 선호하는 만큼 50점보다는 더 높은 점수를 주고 만약 대부분의 사람들보다 명품을 덜 좋아한다면 그만큼 50점보다는 더 낮은 점수를 주면 된다. 당신은 몇 점인가?

아마도 이미 짐작하고 있겠지만 첫 번째 질문은 물질주의 특성을 평가하기 위한 것이다. 만약 이 질문에 61점 이상의 점수를 주었다면, 일반 사람들보다는 물질주의 특성이 더 강한 편이라고 해석할 수 있다. 이러한 사람들은 소비과정에서 명품을 구매하는 것을 더 선호하며 삶에 만족감을 느끼기 위해 명품을 구매하는 것이 필요하다고 느끼는 경향이 있다. 물론 점수가 높을수록 이러한 경향은 더 강할 것이다. 대조적으로 39점 이하의 점수를 얻은 사람은 물건을 구매하는 행동보다는 정신적인 풍요로움을 체험하는 활동에 시간과 노력을 더 많이 투자하는 경향이 있다. 자, 그렇다면 물질주의 특성 점수와 향유의 행복 경험은 어떤 관계가 있을까?

많은 심리학 연구결과들은 물질주의 특성 점수가 높은 사람들일수록 삶에서 향유의 행복 경험을 더 적게 경험한다는 점을 보여준다. 왜 그런 것일까? 그 이유에 관해서는 다음의 세 가지 측면을 생각해 볼 수 있다.

첫째, 물질주의 특성 점수가 높은 사람들이 추구하는 만족감은 현실적인 근거가 없는 만족감일 가능성이 있다. 그들이 추구하는 만족감은 물건의 실제 효능에 기초한 것이라기보다는 마치 위약 효과처럼 허구적인 것일 가능성이 높다는 점이다. 왜냐하면 소수의 전문가를 제외한다면 대부분의 명품 소비자들은 명품의 효능을 제대로 분별하지 못하는 경향이 있기 때문이다.

예를 들면, 〈펜 앤 텔러〉(*Penn & Teller*) 라는 미국의 케이블 TV 프로그램에서는 일반 대중들이 고급 생수 브랜드인 에비앙과 수돗물을 구분해 내는지를 살펴보는 실험을 진행한 적이 있다. 미국에서 고급 생수의 가격은 수돗물에 비해 천 배 이상 비싼 것으로 알려져 있다. 뉴욕 시민을 대상으로 실험한 결과, 일반 시민들의 75%는 에비앙보다는 수돗물의 맛이 더 좋다고 대답했다.

그 후 이 TV 프로그램에서는 자리를 고급 레스토랑으로 옮겨 두 번째 실험을 진행하였다. 프로그램 제작자는 '물 담당 매니저' 역할을 할 배우를 고용해 고급스럽게 장식된 물 주문 전용 메뉴판을 손님들에게 보여주었다. 이 메뉴판 속의 생수 제품은 우리 돈으로 한 병에 10,000원 정도 수준이 되도록 값을 매겨 두었다. 물 담당 매니저는 이 메뉴판 속의 물이 '천연 이뇨작용과 해독작용'을 한다고 소개하면서 고급 브랜드 상품임을 강조하였다. 만약 어느 손님이 이 메뉴판 속의 제품을 선택하면 얼음 통 속에 물병을 담아 내온 다음에 그 고급 브랜드의 물과 수돗물의 맛을 비교해 보도록 부탁하였다. 고급 브랜드 생수를 선택한 손님들은 자신이 선택한 물이 수돗물보다 더 상쾌하고 부드러운 맛이라고 평가하였다. 하지만 짐작할 수 있듯이, 메뉴판 속의 모든 물은 비교 대상이었던 수돗물과 동일한 수원지, 즉 레스토랑 근처 수도꼭지에서 받아온 똑같은 물이었다. 그리고 모든 물들은 그 자체로 천연 이뇨작용과 해독작용을 할 수 있다.

실제로 많은 심리학 연구들은 이러한 TV 프로그램과 유사한 결과를 얻을 수 있었다. 이러한 연구들에 따르면, 사람들은 명품을 소비할 때 상품 자체의 효능보다는 명품 브랜드 효과에 더 민감하게 반응하는 경향이 있다. 예를 들면, 동일한 옷을 A 집단에 속하는 사람들은 고급 브랜드라고 믿게 하고 B 집단에 속하는 사람들은 실용적인 제품으로 믿게 한 후 착용감을 보고하도록 하면, 같은 제품에 대해서 A 집단의 사람들이 더 큰 만족감을 보고한다. 그런데 이때 두 집단의 사람들의 두뇌 활성화 영역을 자기공명영상장치로 살펴보면, A 집단 사람들은 상대적으로 과거의 감정적 체험을 인출해낼 때 사용하는 뇌 영역인 해마와 배외측전전두엽 영역의 활동이 증가하는 것으로 나타나게 된다. 이렇게 볼 때 B 집단보다 A 집단이 더 큰 만족감을 나타냈던 것은 상품 특성에서의 차이가 아니라 단순히 브랜드를 오해한 데서 비롯된 것으로 보인다. 따라서 이러한 실험결과들은 명품을 선호하는 사람들이 명품을 소비하면서 만족감을 나타내는 경우 그들의 이러한 행동이 어떤 의미에서는 마치 벌거벗은 임금님 이야기와 유사한 특징을 보이는 것일 수 있음을 시사한다.

둘째, 물질주의 특성 점수가 높은 사람들이 삶에서 향유의 행복 경험을 얻지 못하게 되는 또 다른 이유는 그들이 일반적으로 자기중심적인 생활을 하기 때문이다. 자기중심적인 사람은 행복의 주요한 원천인 사회적인 관계가 손상받기 때문에 상대적으로 불행감을 더 많이 경험하게 된다. 바로 이러한 이유 때문에 물질주의적 특성을 갖고 있는 사람이 진정한 향유의 행복 경험을 경험하는 것은 낙타가 바늘구멍을 통과하는 일만큼이나 어려울 수 있다.

물질주의적 신념의 내용대로, 누군가가 자신이 구입한 물건이 얼마나 진귀한 것이냐에 따라 삶에 대한 만족감이 결정된다고 믿는다면, 그러한 사람은 오직 자신이 세상에서 최고의 부자인 상황에서 세계 최고의 명품들을 사용하면서 생활할 때에만 비로소 온전하게 행복감을 경험할 수 있을 것이다. 왜냐하면 그러한 사람들은 명품 자동차와 초호화 주택에서 살면서 일시적으로 만족감을 느끼고 있더라도 TV 등에서 자신의 집과 차보다 더 좋은 것이 눈에 띄기라도 하면, 바로 그 순간부터 새로운 불행감이 시작되기 때문이다.

셋째, 물질주의 특성 점수가 높은 사람들이 삶에서 불행감을 경험하는 주요한 이유 중 하나는 진정으로 행복해지기를 원할 경우 돈으로 명품을 구매하는 일은 결코 지혜로운 선택이 될 수 없기 때문이다. 다음의 심리학 실험은 이러한 점을 잘 보여준다.

한 심리학 실험에서 연구자들은 사람들이 물건을 구매하는 것과 경험(여행이나 공연 등)을 구매하는 것 중 어느 쪽을 선택할 때 더 행복해지는지를 조사하였다. 대규모 표본을 활용한 한 연구에서 연구자들은 사람들에게 물건이나 경험을 구매했던 경험에 대해 떠올리도록 요청한 후 그러한 소비행동을 하고 난 다음의 삶에 대한 만족도에 대해서 평가하도록 하였다. 또 다른 연구에서는 사람들을 무작위로 두 집단으로 구분한 뒤에 한 집단에 대해서는 최근에 구입한 물건에 대해서 생각하도록 하고 또 다른 집단에는 경험을 산 것에 대해서 떠올리도록 요청하였다. 그 후 현재의 기분을 평가하도록 하였다. 두 연구 모두에서 물건을 구입하는 행동보다는 경험을 구입하는 활동에서 사람들이 단기 및 장기적으로 행복감이 더 높게 나타났다.

그렇다면 왜 이러한 차이가 생기는 것일까? 경험을 구매하는 것은 물건을 구입하는 경우보다 행복감을 경험하는 데 두 가지 점에서 더 유리하다. 첫째, 대부분의 물건의 경우 시간이 지날수록 낡고 유행에 뒤처져 매력도가 떨어지는 경향이 있는 반면에 의미 있는 경험은 이러한 시간의 영향을 사실상 거의 받지 않는다. 사실 경험을 구입하는 사람은 일반적으로 시간이 지날수록 가치가 더해지는 추억이라는 인간적인 보너스까지 챙길 수 있다. 둘째, 명품을 구입하는 경우 일반적으로 대인관계에 긍정적이기보다는 부정적인 영향을 주는 반면에 경험을 구입하는 경우는 대인관계에 긍정적인 영향을 줄 가능성이 높다. 인간(人間)은 한자의 뜻 그대로 '사람과 사람 사이'에 머무는 존재이기 때문에 사회적인 지지가 행복감의 가장 큰 원천이 된다. 하지만 명품을 구입하는 경우 주변 사람들에게 질투감을 유발할 가능성이 있을 뿐만 아니라 고가의 명품을 구매한 사람일수록 자신의 물건을 탐낼 가능성이 있는 주위의 사람들을 은연중에 경계하게 된다. 하지만 경험을 구입하는 경우에는 적어도 여행이나 공연장에 혼자 가지 않는 한 적어도 동일한 경험을 나누는 동료나 동호인을 얻을 수 있다.

자, 그렇다면 돈으로 행복을 사는 최고의 비법은 무엇일까? 그것은 바로 향유의 행복 경험을 구매하는 것이다. 향유의 행복 경험을 구매한다는 것은 단순히 패키지 상품의 여행을 다녀오거나 가족과 주말에 영화나 연극 등을 관람하는 것과는 질적으로 다른 활동이다. 이러한 구매 경험이 행복으로 이어지기 위해서는 피카드가 세계 일주를 한 후에 소감을 피력했던 것과 같은 향유의 과정이 반드시 동반되어야 한다.

8. 나가며

일반적으로 사람들은 행복하지 않은 이유가 자신이 원하는 소망을 이루지 못했기 때문이라고 오해하는 경향이 있다. 하지만 자신이 원하는 것을 달성하지 못했다고 해서 행복해질 수 없는 것은 아니다. 희망과 소망은 서로 다르다. 소망은 사람들이 이룰 수 있기를 바라는 것이다. 사실상 삶에서 소망은 실제로 이루어지는 것보다는 이루어지지 않는 것이 더 많다. 반면에 삶에서 희망은 실무율적인 형태로 존재한다. 즉, 존재하거나 존재하지 않는 것이다. 삶에서 희망을 잃는 것은 모든 것을 잃는 것이나 마찬가지다. 만약 우리가 다른 사람들의 희망이 아니라 소망이 좌절된 문제를 해결하고자 시도한다면 사실상 그러한 사람들을 위해서 해줄 수 있는 일은 거의 존재하지 않는다. 하지만 다행스럽게도 사람들은 소망이 좌절된 상황에서도 희망감을 갖는 것을 통해 행복을 추구할 수 있다. 이 글에서 살펴본 행복의 조건들이 바로 그 예가 된다.

참고문헌

고영건 · 안창일(2007), 《심리학적인 연금술》, 시그마프레스.

고영건 · 김진영(2012), 《멘탈 휘트니스 긍정심리 프로그램》, 학지사.

______(2009), "긍정 임상심리학: 멘탈 휘트니스와 긍정 심리치료", 〈한국심리학회지: 사회문제〉 15(1): 155~168, 한국심리학회.

Bryant, F. & Veroff, J. (2007), *Savoring: A New Model of Positive Experience*, Mahwah, NJ: Lawrence Erlbaum.

Peterson, C. (2006), *A Premier in Positive Psychology*, Oxford University Press.

Seligman, M. E. P. (2002), *Authentic Happiness: Using the New Positive Psychology to Realize Your Potential for Lasting Fulfillment*, New York: Free Press.

Vaillant, G. E. (2002), *Aging Well*, Boston: Little Brown.

05 행복의 추구

안귀여루

1. 들어가며

$$\text{행복} = \frac{\text{가진 것}}{\text{원하는 것}}$$

모든 사람들이 궁극적 가치로 추구하는 '행복'은 매우 다양한 측면이 있으며, 각 개인의 행복을 결정짓는 요인들도 다양하다는 것을 앞장에서 살펴보았다. 행복의 요인들이 다양한 만큼 사람들이 행복해지는 방법 역시 다양할 수밖에 없다. 사람들은 일반적으로 자신이 원하는 것을 많이 가질 수 있을 때 행복해질 것이라고 믿는다. 그래서 더 많은 돈, 더 좋은 집, 더 멋진 자동차, 더 많은 관심과 사랑을 추구한다. 그러나 한편에서는 반대로 원하는 것을 줄여서 행복해지는 것을 선택하는 사람들도 있다. 원하는 것이 작아지면 더 많은 것을 갖기 위해 자신을 괴롭히고 많은 시간을 쏟고 스트레스를 받을 필요가 없다고 믿기 때문이다.

그런데 어떤 방식으로 행복을 추구하건 간에 모든 사람들이 행복해지고 싶어 하는 것은 명백한 사실임에도 불구하고 사람들이 행복해지기 위해 실제로 하고 있는 일은 별로 없는 경우가 많다. 그래서 이 장에서는 일상생활에서 우리가 행복해질 수 있는 방법에 대해 이야기해 보고자 한다.

2. 덜 불행해지기

이 장의 목표가 행복을 추구하는 것이지만, 어떤 사람들에게는 행복이라는 말이 사치스럽게 들릴 수도 있다. 우리 주변에는 우울증이나 불안장애 등의 심리적 문제로 고민하는 사람들이 너무나 많기 때문이다. 그들은 행복해지기를 바라기는커녕 불행한 상황에서 벗어날 수만 있어도 좋겠다고 말할 것이다. 실제로 심리학은 오랫동안 이런 사람들을 도울 수 있는 방법을 연구하면서 다양한 심리치료방법들을 고안해 왔다. 이제까지 심리학의 목표는 인간의 불행을 제거하는 것이었다고 할 수 있다. 그래서 먼저 만성적인 스트레스, 불안, 우울 등의 문제로 힘들어 하는 사람들의 고통을 덜어주기 위한 방법들을 소개하고자 한다.

1) 이완훈련

사람들은 심리적 문제를 경험하게 되면, 심리적인 방법으로만 해결할 수 있다고 생각하는 경향이 있다. 그러나 인간의 신체와 정신은 동전의 양면과 같은 것이다. 사람들이 때로 힘든 경험을 할 때 자신의 감정을 '가슴이 아프다'라는 말로 표현하는데 실제로도 사람들이 가슴의 통증을 경험한다. 따라서 우리의 정서적인 경험은 우리의 신체와 밀접하게 연관되어 있다.

만성적 스트레스는 인체의 자율신경계를 각성시키고 신체를 긴장하게 만든다. 우울이나 불안을 경험하는 사람들 역시 몸이 경직되어 있다. 이런 사람들의 경우 몸을 이완시키는 기법들을 평소에 숙달해 놓는 것이 필요하다. 이완의 방법은 복식호흡, 점진적 근육이완법, 명상, 자율훈련, 시각화 등 매우 다양한데 그중 자신에게 맞는 방법을 선택해서 숙달하는 것이 중요하다. 여기에서는 복식호흡, 평화로운 장소에 대한 시각화와 대처상상에 대해서 다루기로 한다.

(1) 복식호흡

대부분의 사람들이 알고 있듯이 호흡은 삶에 필수적이다. 호흡은 산소를 몸에 공급해 주고 몸에서 생산된 이산화탄소를 줄여준다. 그런데 호흡을 얕게 하는 습관을 가진 사람들은 몸의 가스 흐름이 원활하지 못하고 이것은 스트레스 상황에 대처하는 것을 어렵게 한다. 부적절한 호흡은 불안, 공황발작, 우울, 근육긴장, 두통, 만성피로를 초래할 수도 있다. 따라서 자신의 호흡이 어떤지 알아차리고 호흡법을 연습함으로써, 호흡을 좋은 상태로 만들면, 마음이 평온해지고 몸은 이완될 수 있다. 복식호흡 연습은 일반화된 불안장애, 공황

발작과 광장공포증, 우울, 초조감, 근육긴장, 두통과 피로에 효과가 있다고 알려져 있으며 과호흡증후군, 얕은 호흡과 수족냉증의 치료와 예방에도 효과가 있다.

복식호흡

1. 카펫이나 매트 위에 편안한 자세로 눕는다. 팔과 다리를 편안하게 뻗고 발가락은 위로 향하게 한다. 신체에 닿는 것이 없도록 한 채 눈은 감는다.

2. 복부에 두 손을 올려놓고, 호흡을 관찰한다. 숨을 들이쉬고 내쉴 때 각각 복부가 어떻게 움직이는지를 알아차린다.

3. 호흡이 코를 통과하는 것을 관찰한다.

4. 복식호흡이 잘 안되면, 날숨일 때 손으로 복부에 압력을 가하고 들숨일 땐 배를 밀어낸다.

5. 만약 복부로 호흡하는 것이 어려울 때는, 엎드려 누워서 손을 머리 위로 놓고 숨을 들이쉬면서 배로 마루를 민다고 생각하면서 호흡한다.

6. 복부로 호흡하는 것이 쉬워지면, 앉아 있거나 서 있는 동안에도 틈틈이 연습한다. 복부가 올라가고 내려가는 것과, 공기가 폐로 들어오고 나가는 것에 집중하고, 깊은 호흡이 가져다주는 이완을 느껴본다.

7. 복식호흡법을 사용해서 이완을 배웠다면, 긴장되는 순간을 만날 때마다 이 방법을 사용한다.

(2) 시각화 – 평화로운 장소

시각화는 스트레스 대처의 한 가지 방법으로 긍정적인 심상을 만들어 몸을 이완시키고 정서적 안정을 가져올 수 있는 효과적인 방법이다. 시각화를 위해서는 먼저 옷을 느슨하게 하고, 조용한 공간에 누워 눈을 살며시 감는다. 몸의 어느 부위에 긴장된 곳이 있는지를 찾으면서, 머리에서부터 시계반대 방향으로 천천히 훑어본다. 만약 긴장된 부분이 있다면 할 수 있는 만큼 그 부위를 이완시킨다.

그리고서 먼저 어떤 것이든 정신적 심상을 만들어 본다. 이때 가능하면 시각, 청각, 후각, 촉각 등의 모든 감각을 다 포함하는 것이 좋다. 예를 들면, 나무, 푸른 하늘, 흰 구름, 발밑에 솔잎이 있는 푸른 숲속 풍경을 상상해 본다. 그 다음 나무 사이로 들리는 바람소리, 물소리, 새소리 등의 소리를 추가한다. 더 나아가 발아래에 있는 땅의 느낌, 소나무의 냄새를 느껴본다.

한편 이완을 도와주는 짧고 긍정적인 말을 반복하는 것도 좋다. 현재 긴장하고 있다면 "나는 점점 더 편안해질 거야"와 같은 긍정적인 말을 하고, 가능하면 "난 긴장하지 않을 거야" 같은 부정적인 말은 피한다. 하루에 두 번 이상 시각화 연습을 하는 것이 좋다. 아침과 잠들기 전 침대에 누워있는 저녁이 가장 좋은 시간이고 연습이 반복되면 일상생활 중에도 가능하다.

시각화의 대상은 어떤 것이든 상관이 없다. 그런데 일반적으로 자신이 다른 사람의 방해를 받지 않고 편안하게 쉴 수 있는 장소를 만드는 경우가 많다. 그 장소는 실내여도 좋고 실외여도 좋다. 평화로운 장소는 산속으로 난 작은 오솔길일 수도 있다. 오솔길 옆으로 풀들과 야생화들이 있다. 저기 멀리에 산이 보이고, 걸으면서 산뜻하고 차가운 공기를 느낄 수 있다. 숲에서 나는 풀과 나무의 냄새가 전해지고, 새소리도 들을 수 있다. 또 어떤 사람에게는 자신만의 평화로운 장소가 주방일 수도 있다. 정리가 잘된 주방에서 커피를 마시고 있는 자신의 모습을 상상한다. 주방 창문을 통해, 바깥 정원의 나무들이 보이고 식탁에는 좋아하는 잡지가 놓여있다.

다음은 평화로운 장소에 대한 시각화를 위한 안내문이다. 자신의 목소리로 녹음해 들으면서 연습하면 시각화가 쉬워진다. 일단 익숙해지면 녹음을 듣지 않고도 할 수 있게 된다.

나만의 평화로운 장소 만들기

평화로운 장소로 가기 위해서 앉아서 심호흡을 하라. 눈을 감고 천천히 마음속의 평화로운 장소를 향해 걸어가라. 드디어 그 특별한 장소에 도착했다. 어떤 냄새가 나는가? 무슨 소리가 들리는가? 내 앞에 있는 것에 집중하라. 손을 뻗어 그것을 만져보라. 느낌이 어떤가? 발아래에 무엇이 있는가? 무엇을 느끼는가? 몇 걸음 걸어보라. 무엇을 볼 수 있는가? 어떤 것을 들을 수 있나? 무슨 소리가 들리는가? 어떤 향기가 느껴지는가?

그 특별하고 평화로운 공간에 앉거나 누워 보라. 그곳의 냄새, 소리, 장면에 주목하라. 여기는 안전하고 평화로운 공간이고 그 어떤 것도 여기에 있는 당신을 해칠 수 없다. 이완되고, 안전하고, 편안하다는 것을 깨달으면서 3~4분을 보내라.

이 장소의 광경, 냄새, 소리를 모두 생생히 기억하라. 원할 때마다 여기서 이완할 수 있고 되돌아올 수 있다. 이 특별한 장소는 원할 때마다 언제, 어디서든 들어갈 수 있다. “나는 여기서 이완할 수 있어”, “여기는 나만의 특별한 공간이야. 나는 원할 때마다 여기에 올 수 있어” 등의 긍정적인 말을 자신에게 하라.

(3) 시각화 – 대처상상

대처상상은 이완연습을 하고 이것을 자신이 평소에 힘들어 하는 장면에 적용시킴으로써 실제 생활에서도 잘 적응할 수 있도록 도와주는 연습이다. 이완연습을 하고 이완의 느낌에 익숙해지면, 이 느낌을 실제 삶에 옮기는 상상을 해 본다. 아주 자세히 그 장소에 있는 물건들과 상대방의 표정까지 상상해 본다. 아주 편안하고 자연스럽게 자신의 욕구와 관심을 다른 사람들에게 말하는 모습을 상상한다. 자신의 상사나, 전혀 알지 못하는 사람과 편안하게 서 있는 자신을 상상해 본다. 대중들 앞에서 자신이 생각하는 것을 편안하고 정확하게 말하는 모습을 상상해 본다. 그런 상상을 하는 도중에도 불안하거나 긴장하지 않고 이완되어 있다면 현실 상황에서도 더 잘 적응할 수 있을 것이다.

2) 생각 바꾸기

사람들은 거의 매 분마다, 혹은 매 초마다 자기-진술(*self-talk*), 즉 내적인 사고를 한다. 자기-진술이 정확하고 현실과 잘 맞는 사람은 문제없이 잘 기능할 수 있다. 그러나 만약에 자기-진술이 사실에 부합하지 않는다면 스트레스를 경험하고 정서적으로 문제를 경험하게 된다. 비합리적 자기-진술의 예를 들면 "혼자 있는 것은 견딜 수 없어" 같은 것이다. 어떤 사람도 혼자 있는 것 때문에 죽지는 않는다. 혼자 있는 것은 불편하고, 외롭고 힘들 수는 있지만 그렇다고 해도 사람들은 살아있고, 살아나갈 수 있다. 또 다른 부정확한 자기-진술은 "나는 그 사람 없이는 못 살아" 같은 말이다. "나는 그 사람을 사랑해. 그렇지만 그 사람이 없었을 때도 나는 살아있었어. 그 사람이 없

사건 → 생각 → 감정

인간은 사건에 의해 고통받는 것이 아니라,
자신이 가진 견해에 때문에 고통받는다.
— 에픽테투스

으면 슬프고 괴롭겠지만 그래도 생존할 수 있고, 시간이 지나면 때로 행복해질 수도 있을 거야"가 아마도 합리적인 자기-진술이 될 것이다. 또한 "거절당하는 것은 끔찍해"라는 말은 "거절당하면 기분이 안 좋고 한동안은 힘들 거야"라는 말에 비해 거절에 대한 공포를 만들어 낼 가능성이 높다.

심리치료 기법 중 하나인 인지치료의 기본원리는 우리가 어떤 순간에 느끼는 감정은 일어난 사건 자체에 대한 반응이 아니라 그 사건에 대한 해석으로부터 일어나는 반응이라는 것이다. 즉, 같은 사건이라도 사람에 따라 전혀 다른 의미로 해석될 수 있으며 완벽히 다른 감정을 불러일으킬 수 있다는 것이다. 사건은 사건에 대한 생각(사건의 해석)을 불러일으키고, 그 생각은 감정을 불러일으킨다. 그러므로 우리가 일상에서 경험하는 불안이나 우울, 분노를 변화시키기 위해서는 그러한 일들에 대한 우리의 해석을 변화시켜야 한다. 실제로 우리는 우리에게 일어나는 사건들에 대해 많은 부분 통제력을 갖지 못한다. 예를 들어, 일찍 일어나서 회사에 갈 준비를 함으로써 늦지 않는 것은 내 통제력에 달려 있지만 폭설로 길이 막히는 경우는 내 통제력을 벗어난 일이다. 그러나 내 생각만큼은 '노력하면' 바꿀 수 있다.

비합리적 사고의 뿌리에는 어떤 사건이나 사람들이 자신을 힘들게 한다는 생각이 자리하고 있다. “그 일이 나를 좌절하게 해…, 그녀가 나를 안절부절못하게 만들어…, 그런 장소는 나를 두렵게 해…, 남에게 속는 것은 나를 화나게 해….”

그러나 어떤 사건도 한 개인에게만 일어나는 것이 아니다. 우리가 사는 세상에서는 늘 사건이 발생한다. 사람들은 그 사건을 경험하고, 자기-진술을 하고, 감정을 경험한다. 즉, 사건이나 사람이 감정을 불러일으키는 것이 아니라 사건에 대한 해석이 감정을 가져오는 것이다. 결국 사건에 대한 자기-진술이 비합리적이고 비현실적이라면 불쾌한 감정을 만들어내게 된다.

비합리적 자기-진술의 두 가지 공통적 형태는 ‘재앙화’하는 것과 ‘절대화’하는 것이다. 사람들은 자신의 경험을 재앙이나 악몽처럼 해석해서 자신을 더 힘들게 한다. 절대화하는 비합리적 자기-진술은 “해야만 한다”, “그래야 마땅하다”와 같이 늘, 항상, 결코라는 말을 포함한다. 일이 꼭 어떤 방식으로 되어야만 한다는 생각, 혹은 자기 자신은 꼭 어떠어떠해야 한다는 생각 등이다.

엘리스(Ellis)는 사람들이 흔히 가지는 10개의 기본적인 비합리적 사고를 제안하였다.

1. 동료, 가족, 친구들에게서 사랑받고 인정받는 것은 절대적으로 필요하다.
2. 자신이 하는 모든 일에서 유능해야 하고, 완벽해야 한다.
3. 사악하고, 나쁘고, 악의에 차 있어서 벌 받아 마땅한 사람들이 있다.
4. 사람들이나 일이 내가 원하는 방식대로 되지 않는 것은 끔찍하다.
5. 외부 사건들이 대부분 인간 비극의 원인이다.
6. 알려지지 않거나, 불확실하거나 잠재적으로 위험한 것들에 대해서는 공포나 불안을 느껴야 한다.
7. 인생의 어려움과 책임을 맞서는 것보다 피하는 것이 쉽다.
8. 사람들은 자신이 의지할 수 있는 보다 더 강하고 큰 어떤 것을 필요로 한다.
9. 과거가 현재를 결정한다.
10. 행복은 수동성, 비활동성, 끝없는 여가를 통해 성취될 수 있다.

• 당신의 다른 비합리적 사고는?

(2) 생각바꾸기 연습

비합리적 자기-진술을 바로 잡고 생각을 바꾸기 위해서는 5개의 단계를 거쳐야 한다. 자신에게 스트레스를 주는 상황을 생각해 내고 자신의 비합리적 사고를 바로 잡는 것을 시작해 보라.

이성적 사고를 고취하기 위해서는 자신의 자기-진술을 다음의 6가지 원칙에 비추어서 평가하라.

- 사건 자체는 문제가 되지 않는다.
- 모든 것은 마땅히 일어날 만하기 때문에 일어나는 것이다.
- 모든 인간은 결점이 있다.
- 모든 갈등에는 당사자가 있다.
- 원래 모든 일의 진짜 원인은 알 수가 없다.
- 우리는 우리가 생각하는 대로 느낀다.

생각 바꾸기 연습

A. 일어난 사건 :
친구가 당일 갑자기 약속을 취소했다.
B. 사고
B-1. 합리적 사고 :
친구한테 바쁜 일이 생겼으니 어쩔 수 없지. 혼자 할 수 있는 일을 찾아봐야지.
B-2. 비합리적 사고 :
정말 외롭다. 버려진 것 같은 느낌이야. 내가 재미없는 사람이라서 친구가 나를 안 만나려고 하나?
C. 비합리적 사고의 결과가 야기한 감정 : "우울하고 불안해."

D. 비합리적 사고에 대응하고 논박하기

1. 비합리적 사고를 찾아낸다.
   혼자 있는 건 비참하고 외로운 일이야.
2. 이 생각에 대한 합리적 증거는?
   없다. 나 자신이 그렇게 생각해서 우울해진 것이다.
3. 반대되는 증거는?
   혼자 있는 것이 친구하고 같이 있는 것보다는 덜 즐거울 수도 있다. 그렇지만 다른 일을 하면서 시간을 즐겁게 보낼 수 있어. 내가 느낀 감정은 실망이지 버려진 느낌이 아니었어.
4. 이 일로 인해 나에게 일어날 수 있는 최악의 사태는?
   외롭고 쓸쓸한 마음이 들 것이고 혼자 할 수 있는 즐거운 일을 찾지 못할 것이다.
5. 일어날 수 있는 좋은 일은?
   혼자서도 시간을 잘 보낼 수 있는 방법을 찾을 수 있을지도 모른다. 미뤄뒀던 일들을 잘 해결하고 홀가분하게 주말을 보낼 수도 있다.

E. 대안적 사고 :
좋았어. 오늘은 집에서 봄옷 정리를 해야겠어.

F. 대안적 감정 : "좀 실망스럽기는 하지만 마음이 편안하네."

3) 둔감화기법

(1) 체계적 둔감화

조셉 월페(Joseph Wolpe)가 개발한 체계적 둔감화는 불안을 유발하는 장면을 상상하거나 경험하면서 불안과 반대되는 반응(예, 이완기법)을 연습하는 것이다. 심리치료에 널리 사용되는 이 기법은 불안을 다스리는 방법의 일환으로 사람들은 먼저 자신에게 공포를 일으키는 상황의 위계를 만들어야 한다. 불안 위계는 불안을 유발하는 일련의 사건들을 그 정도에 따라 순서를 정하는 것이다(최소 10단계). 예를 들어 비행기를 타는 것에 공포를 느낀다면 불안 위계는 다음과 같이 만들어질 수 있다.

불안 위계 표

1. 여행지를 결정한다.
2. 항공권을 예약하기 위해 여행사에 전화를 건다.
3. 여행을 가기 위해 짐을 싼다.
4. 공항으로 이동한다.
5. 공항에서 탑승수속을 한다.
6. 공항 내에서 출국수속을 한다.
7. 탑승하기 전 대기실에 앉아 있다.
8. 비행기에 탑승한다.
9. 비행기가 이륙을 위해 활주를 한다.
10. 비행기가 이륙을 시작한다.
11. 비행기가 이륙해서 저 아래로 구름이 보인다.

체계적 둔감화 절차

1. 근육이완법을 배운다.
2. 위의 예시와 같은 불안 위계 표를 작성한다. 약간 무서운 자극에서 시작해서 점점 더 무서운 단계로 올라간다.
3. 이완을 한 다음 1~5초 동안 불안 위계의 첫 단계를 상상한다. 서서히 시간을 늘려 그다음 회기에는 30초까지 늘린다.
4. 30초 동안 자극을 상상한 다음에 바로 30초 동안 이완되었다는 느낌으로 주의를 옮긴다.
5. 유사한 방법으로 불안 위계의 단계를 올려간다. 자극이 불안을 유발시키면 그 장면을 상상하는 것을 멈추고 다시 이완을 시도한다.

(2) 실제상황 둔감화 – 노출법

사람들은 대부분 자신이 두려워하는 대상을 어떤 식으로든 회피함으로써 오히려 그 두려움으로부터 벗어나지 못하는 모순에 빠져 있다. 어떤 상황이나 대상을 심각하게 두려워하는 경우 그런 장면을 어떻게든 피해야 한다는 비합리적인 사고를 하기도 한다. 발표 불안이 있는 학생이 첫 수업시간에 교수가 학기말에 발표를 통해 평가를 한다는 말을 듣는 순간, 그 과목의 수강을 포기하는 경우가 그에 해당할 것이다. 그런 상황을 피할 때마다, 그 순간에는 고통에서 벗어나는 것처럼 보일 수 있다. 그러나 문제를 회피하는 횟수가 늘어나면서 오히려 심리적 고통과 열등감은 계속 증가하게 된다.

발표 불안이 있는 학생의 경우, 학교를 다니는 동안에는 사람들 앞에 나서는 상황을 피하고, 발표수업을 피하면서 지낼 수 있을지도 모른다. 그러나 직장생활을 시작하면 사람들 앞에서 말하는 것을 피할 수 없게 되고, 이런 문제는 직장생활을 매우 어렵게 만들 것이다. 또한 같이 입사했던 동기들이 자신보다 더 빨리 승진하는 것을 보면서 좌절을 느끼게 될 것이다.

이런 문제를 가진 사람에게는 앞에서 설명한 체계적 둔감화를 먼저 연습하고 실제적 상황에 반복적으로 노출하는 실제상황 둔감화가 필요하다. 이 훈련의 목적은 두려움, 즉 정서적 고통을 야기하는 것이 상황이나 대상이 아니라 자신의 비합리적인 생각이라는 점을 보여주고자 하는 것이다. 어떤 개인이 자신이 비합리적으로 두려워하는 대상에 실제상황에서 반복적으로 노출되면 그 대상에 대한 두려움이 줄어들 수 있다. 개를 무서워하는 사람들은 개를 마주치는 상황을 지속적으로 피함으로써 오히려 개에 대한 두려움을 극복하지 못한다. 이런 사람들에게 좀 덜 위협적인 상황으로부터 실제로 개를 만지는 상황까지 위계를 정해 실제생활에서 자주 노출을 하게 하면, 실제로 위협을 주던 대상을 마주치더라도 그 상황이 불편하기는 해도 생각처럼 그렇게 위협적이지는 않다는 것을 깨닫게 된다.

자신이 견디기 힘든 상황을 피하지 않고 그 상황에 머물고 버텨보도록 노력하는 것도 실제상황 둔감화의 한 종류이다. 어려운 상황에 머물러 보는 것은 그 상황을 견디는 방법을 배울 기회가 되며, 그 상황이 자신에게 도움이 되는 점은 없는지 합리적으로 따져 볼 기회도 된다. 또한 불편하기는 해도 그 상황을 감당할 수 있다는 자각을 증가시켜 주기도 한다.

4) 자기주장하기

사람들과 어떤 방식으로 상호작용하는가 역시 스트레스의 중요한 요인이 될 수 있다. 스트레스는 사람들이 경험하는 다양한 부정적 정서의 원인이 된다. 자기주장 훈련은 사람들에게 자신의 당연한 권리를 찾을 수 있도록 도와줌으로써 스트레스를 줄여줄 수 있다. 자기주장은 남의 권리를 침해하지 않으면서 자신의 권리를 옹호하는 행동이다.

자기주장에는 자신의 권리뿐만 아니라 자신의 관심이나 감정을 자율적으로 표현하는 것도 포함된다. 자기주장을 잘 한다는 것은 자신에 대해 지나친 자의식 없이 이야기할 수 있고, 칭찬을 편안하게 받아들이고, 다른 사람의 의견에 자유롭게 반대할 수 있고, '아니오'라고 할 수 있다는 것을 의미한다. 결론적으로 자기주장적인 사람이 되면, 대인관계 상황에서 보다 편안해질 수 있다. 자기주장적 의사소통의 기본 가정은 "자기 자신이 스스로의 생각과 감정과 바람의 가장 정확한 심판자이기 때문에 자신의 감정에 대해 다른 사람으로부터 승인을 받을 필요가 없다"는 것이다. 따라서 자기주장적이라는 것은 자신의 감정이나 원하는 바를 솔직하게 말하는 것이다.

(1) 자기주장적인 의사소통의 특징

자기주장적인 의사소통의 특징은 직접적으로 분명하게 자신의 감정과 욕구를 표현한다는 것이다. 자기주장을 한다고 해서 반드시 자신이 원하는 것을 얻을 수 있는 것은 아니다. 그러나 자신이 원하는 바를 직설적으로 요구하고 결과가 아니라 그 결과가 나오기까지의 노력에 책임을 지는 것이다. 자기주장적인 의사소통법에서는 '나'-진술법을 써서 말한다. 즉, 상대방에 대해 이야기하거나 상대방을 비난하는 것이 아니라 자신의 감정과 생각, 원하는 바를 이야기하는 것이다.

(2) 자기주장적인 의사소통 방법

자기주장적인 의사소통을 하기 위해서는 자기주장적인 신체 언어를 사용해야 한다. 먼저 이야기하는 상대와 편안한 거리를 유지하고 상대방을 바라보고 이야기하는 것이 좋다. 신체의 자세도 반듯하게 하고 정확하게, 잘 들리도록 또렷한 목소리로 단호하게 말한다. 떨리거나 사과하는 듯한 톤으로 말하지 않는 것이 중요하기 때문에 상대에게 말하기 전에 혼자 연습을 하는 것도 필요하다. 자신의 의사를 강조하기 위해 제스처와 얼굴 표정을 사용하는 것도 필요하다. 준비가 되면 이야기를 시작하기 전에 심호흡을 하는 것이 도움이 된다. 이야기 도중에 필요하면 잠깐 쉬자고 제안하는 것도 좋은 방법일 수 있다. 그러나 상대를 손가락질하거나, 노려보거나 모욕 주는 일은 피해야 하며, 이런 행동은 자기주장적인 행동이 아니라 공격적인 행동임을 기억하는 것이 필요하다.

다음과 같은 상황에서 자신이 어떻게 하는가를 적어보라.

1. 슈퍼에서 장을 보고 계산을 끝내고 나왔는데, 잔돈을 500원 덜 받았다는 것을 알았다.
   나라면______________________________________
   ____
2. 점심시간에 김치찌개를 시켰는데, 종업원이 실수로 된장찌개를 가져왔다.
   나라면______________________________________
   ____
3. 친구와 함께 중요한 모임에 가기로 해서 친구를 데리러 갔는데, 30분이나 기다리게 한다. 시계를 보니 모임에 늦을 것 같다.
   나라면______________________________________
   ____
4. 새로운 영화를 보려고 일주일 내내 고대했는데, 함께 가기로 한 친구가 전화해서 다른 영화를 보자고 한다.
   나라면______________________________________
   ____
5. 힘든 하루를 보내고 저녁에 신문을 보며 쉬고 있는데 아내가 들어와서 "마트에서 세일한대요, 빨리 가요"라고 한다.
   나라면______________________________________
   ____
6. 옷가게에서 점원이 먼저 온 손님의 응대를 마치기를 기다리고 있는데, 다른 손님이 들어오자 점원이 그 손님을 맞으러 가고 있다.
   나라면______________________________________
   ____

상대방의 의견이 자신과 다를 때는 스스로에게 다음과 같은 질문을 하는 것이 도움이 될 수 있다. 즉, 이 상황이나 이 사람에 대해 내가 지금 할 수 있는 일은 무엇인가? 나의 감정은 무엇이고, 지금 나는 무엇을 해야 하는가? 그리고 마지막으로 이 상황에서 내 자신을 어떻게 돌보아야 하는가를 자신에게 물어보는 것이 도움이 된다.

자기주장적 의사소통

1. 자신의 생각 → 문제 상황에 대한 생각을 적는다.
   이때의 생각은 객관적 사실에 기초해야 하고 추론하지 않도록 해야 한다.
2. 자신의 감정 → 문제 상황에 대한 정서적 반응을 표현한다.
   다른 사람이 자신의 감정에 책임이 있다는 식의 책임전가나 비난은 피한다.
3. 자신의 바람 → 자신의 요구를 구체적이고 행동적으로 말한다.
   "신경 좀 쓰라"고 하는 대신 "15분 내에 못 오면 전화하라"고 말한다.

• 예 시

1. 생각: 우리는 집수리하는 것 때문에 2주 동안 매일 밤 일했어요.
2. 감정: 나는 한 달 내에 수리를 끝내야 한다는 당신의 고집 때문에 지치고, 너무 피곤해요.
3. 바람: 나는 평일에는 일하고 주말에는 쉬었으면 좋겠어요.

효율적인 자기주장 의사소통의 형식

당신이 ________________________라고 말할 때 (또는 행동할 때)
나는 __________________________라고 느낍니다.
나는 상황이 변하기를 바라고, 당신이 ______________________하기를 바랍니다.

3. 더 행복해지기

이제까지 심리학은 인간의 정신건강에 많은 공헌을 했고 그 목표는 불행에 빠진 인간을 제자리로 돌려놓는 것이었다고 할 수 있다. 그러나 1996년 저명한 임상심리학자 마틴 셀리그만(Martin Seligman)이 미국심리학회 차기 회장으로 선출되면서 심리학계에 변화가 필요하다고 선언했는데, 그는 이제까지의 정신건강의 질병모델에 회의를 표하면서 심리학자들이 치료뿐만 아니라 예방에도 주력해야 하며 더 행복한 삶의 방식을 찾아내는 것이 심리학의 새로운 목표가 되어야 한다고 주장하였다. 더 나아가서 그는 진정한 치료는 손상된 것을 고치는 것뿐만 아니라 우리 안에 있는 최선의 가능성을 이끌어 내는 것이어야 한다고 주장하였는데, 이러한 심리학의 새로운 방향을 긍정심리학이라고 공표했다. 셀리그만에 따르면 긍정심리학은 인간의 강점과 재능을 함양하고 행복을 증진시키는 심리학의 중요한 사명을 재확인하고 구현하려는 노력이다.

그런데 긍정심리학이라는 용어는 자칫하면 다른 심리학자들이 하고 있는 일을 '부정'심리학으로 간주하게 만들 위험성이 있다. 그러나 그렇게 생각하는 것은 이분법적인 오류이다. 대다수의 심리학자들이 인간의 긍정적 측면과 부정적 측면을 연결하는 연속선에서 다양한 활동을 하고 있으며, 부정적 측면의 극복 역시 소중하고 필요한 일이다.

미국 로욜라대학의 심리학과 교수인 프레드 브라이언트(Fred Bryant)는 행복감을 증진하는 방법으로 향유하기를 제안하고 있다. 그에 따르면 향유하기(*savoring*)란 긍정적인 경험을 충분히 자각하여 느낌으로써 행복감이 증폭되고 지속되도록 의도적인 노력을 기울이는 것이라 할 수 있다. 그가 말하는 향유하기는 감각적 즐거움 이상으로 지적인 의미를 부여하는 성찰과정을 포함한다. 앞절에서 이야기한 '덜 불행해지기 위한 노력'은 향유하기에 비교해서 말하자면 대처하기(*coping*)라고 할 수 있으며 이는 부정적 경험에 대한 노력인 반면, 향유하기는 긍정적 경험에 보다 잘 대응하기 위한 노력이라고 할 수 있다. 이를 통해서 불행하지 않은 삶이 아니라 삶의 즐거움을 보다 깊이 그리고 오랫동안 향유함으로써 더 행복해지는 길을 찾고자 하는 것이다.

우리의 삶에는 즐거움을 주는 것들이 많다. 음식, 음악, 가족, 오락, 독서, 자연, 사랑, 성생활, 유머 등 수없이 많다. 브라이언트에 따르면, 향유하기는 이러한 즐거움의 원천을 접하면서 지금 여기 현재의 순간에 머물며 긍정적인 감정에 주의를 집중하는 것이다. 또한 현재의 긍정적인 경험뿐만 아니라 과거에 경험한 긍정적인 사건과 미래에 일어날 긍정적인 사건에 대해서도 향유할 수 있다. 이제부터는 보다 더 행복해지기 위한 방법들을 살펴보자.

1) 감사하기(thanksgiving)

자신에게 긍정적 경험을 제공해 준 사건이나 대상에 대해서 감사함을 느끼고 표현하는 것이 행복해지는 데 중요한 요인이 된다. 심리학자 에먼스와 맥컬로는 사람들에게 크든 작든 간에 그들이 감사하게 생각하는 일을 하루에 적어도 다섯 가지씩 쓰게 하는 실험을 했다. 참가자들은 훌륭한 부모님을 가진 것에서부터 좋은 시력, 고른 치열, 아침에 눈을 뜰 수 있다는 사실까지 다양한 것들을 감사일지에 기록했다. 이 연구를 통해 하루에 1~2분 정도 투자해서 감사한 사실을 적어보는 것이 이들의 생활에 지대한 영향을 끼친다는 사실이 밝혀졌다. 감사하는 마음을 기록하지 않은 다른 사람들과 비교했을 때, 감사를 기록한 사람들은 전반적으로 자신의 삶을 긍정적으로 수용했을 뿐만 아니라 더 많은 행복감과 긍정적 정서를 경험하는 것으로 나타났다. 이들은 또한 남들에게 더 친절하고 다른 사람에게 기꺼이 도움을 주고자 하는 태도를 보이기도 했다. 그리고 잠을 더 잘 자고 운동도 더 많이 했으며 육체적 질병도 거의 발생하지 않는 것으로 나타났다.

날마다 감사하기

당신이 오늘 감사하다고 느끼는 일들을 최소한 다섯 가지 이상 기록해 보자. 가장 중요한 것은 의례적으로 감사한 일을 적는 것이 아니라 **오늘** 자신에게 일어난 감사한 일을 찾는 것에 최선을 다하는 것이다.

1. ______________________________
2. ______________________________
3. ______________________________
4. ______________________________
5. ______________________________

• 예 시

1. 버스가 제시간에 와서 수업에 늦지 않은 것.
2. 친구가 커피 사준 것.
3. 사고 싶었던 구두를 세일해서 싸게 산 것.
4. 술 먹고 헤어진 여자 친구에게 전화 안 한 것.
5. 내 머리숱이 많은 것(친구들과의 대화에서 알게 됨).

이렇게 날마다 감사하는 습관을 지니게 되면 사람들은 자신을 행복하게 만들어 줄 특별한 사건을 일부러 찾을 필요가 없게 된다. 매일매일 자신에게 일어나는 좋은 일들을 더 확실하게 파악하고 그것을 '감사일지'에 기록하면서 사람들은 자신에게 이미 감사한 일들이 많다는 것을 깨닫게 된다. 감사일지에는 자신에게 소중한 사람이나 물건의 이름을 쓸 수도 있고, 자신이나 또 다른 사람이 행한 고마운 일을 쓸 수도 있다. 그러나 가능하면 오늘 자신의 하루를 돌아보고 그날 감사할 일들을 찾아내는 것이 좋다.

2) 경험에 머물기

행복해지는 데 중요한 조건 중 하나는 우리가 긍정적 경험을 할 때 느끼는 신체적 쾌감과 정서적 흥분을 보다 자세하게 다각적으로 체험하며 만끽하는 것이다. 긍정적 체험은 쉽게 그냥 넘겨버리고 부정적 경험만을 계속적으로 곱씹는 사람들이 우울증에 취약한 것으로 알려져 있다. 그러므로 보다 행복한 삶을 위해서는 부정적 사건이 아닌 긍정적 사건을 잘 기억해 두는 것이 필요하다. 긍정적 경험을 나중에 잘 회상할 수 있도록 하기 위해서 여행에서 사진을 찍거나 기념품을 모으는 것도 하나의 좋은 방법인데, 예를 들어 여행을 좋아하는 사람이 자신의 여행지를 기억할 만한 물건들을 모아둠으로써 그 물건을 볼 때마다 여행지에서의 좋은 기억을 떠올리는 것이다.

한편 긍정적 경험을 느낄 수 있는 기회를 스스로 많이 만들어 보는 것도 필요하다. 예를 들어 산에 올라가 자연의 웅대함에 경외감을 느끼거나, 자신이 좋아하는 음악을 듣고 긍정적 정서를 증진시킬 수 있다. 또한 자신의 긍정적 경험과 성취에 대해 스스로 축하와 칭찬을 하는 것도 중요한데 이를 통해 자긍심을 느낄 수 있게 되며 자기 자신에 대해 긍정적 정서를 느낄 수 있게 된다. 지나친 겸손과 자기 비하는 행복감을 억제한다. 그리고 긍정적 경험을 다른 사람에게 이야기하며 기쁨을 함께 나누는 것도 필요하다. 이러한 방법은 사회적 지지를 통해서 긍정적 감정을 증가시키는 방법이다. 이렇게 경험에 머물고 충분히 자각하는 또 다른 방법의 하나로 최근에 많은 사람들의 관심을 받고 있는 것이 마음챙김 명상이다.

최근 마음챙김 명상이 정신적·육체적 건강에 미치는 긍정적 영향을 다룬 연구들이 점차 증가하고 있다. 마음챙김이란 현재 상황이 어

초보자를 위한 호흡 마음챙김 명상 안내문

자, 몸과 마음이 이완되어 있는지 살핍니다.
몸에 힘을 빼고 마음을 호흡에 집중합니다.
호흡을 통제하지 않습니다.
단지 호흡 감각을 가만히 지켜봅니다.
들숨이 언제 시작하고 날숨이 언제 끝나는지 가만히 호흡을 지켜봅니다.

코를 통해 공기가 들어오고 나갑니다.
들어오고 나가는 공기를 통해 코 안의 감각이 느껴집니다.
바람이 스치는 느낌, 호흡이 일으키는 감각에 주의를 기울입니다.

주위에서 소리가 들리면 애써 피하려고 하지 말고 알아차리고 내려놓습니다.

마음속에서 이런 저런 생각이 일어나면
그 역시 애써 피하려 하지 말고 알아차리고 내려놓습니다.

단지 코 안에서 느껴지는 호흡 감각만을 잘 바라봅니다.

떻든지 편견이나 평가 없이 그 상황을 자연스럽게 받아들이는 것을 말한다. 예전의 경험, 그리고 지금 느끼는 것들이 마음에 들든 그렇지 않든 간에 현재에 충실하다면 마음챙김의 상태를 만끽할 수 있다.

그런데 마음챙김 명상은 상황을 있는 그대로 받아들이는 실전 훈련이다. 춤을 잘 추고 싶다면 춤추는 방법을 이론적으로 이해하는 데 그치지 않고 실제로 연습해야 하는 것과 같은 이치로 경험을 있는 그대로 받아들이는 법을 배우기 위해서는 연습이 필요하다. 마음챙김 명상 자체는 간단하지만 꾸준히 실천하기는 어렵다. 명상을 통해 삶의 질을 바꾸기 위해서는 정기적으로, 가능한 매일 15분 정도는 명상을 하는 것이 좋다. 그러나 이틀에 한 번, 일주일에 한 번이라도 하는 것이 안 하는 것보다는 좋다. 또한 혼자하기 어려울 때는 숙련된 지도자가 이끄는 수업을 듣는 것도 좋은 방법이다.

3) 몰입하기

칙센미하이(Csikszentmihalyi)에 따르면, 사람들이 가장 행복해하는 상황은 몰입(*flow*)을 경험하는 순간이다. 몰입이란 사람들이 무언가에 열중한 상황에서 얻는 심리학적인 '최적 경험'을 의미한다. 다시 말해 몰입은 '무언가에 흠뻑 빠져있는 심리적 상태'를 의미한다.

이러한 몰입상태에서는 평소와 다른 독특한 심리적 특성이 나타난다. 첫째 현재 과업에 대한 강렬한 주의집중이 일어난다. 두 번째는 행위와 인식의 융합이 일어난다. 현재하고 있는 일에 푹 빠져서 그 행동을 관찰하고 평가하는 관찰자적 인식이 존재하지 않는다. 셋째, 몰입상태에서는 자기와 환경의 구분이 거의 사라질 뿐만 아니라 시간의 흐름도 망각하게 된다. 시간의 흐름에 대한 지각이 변형되어

시간이 보통 때보다 빨리 지나가고 많은 일들이 짧은 시간 안에 펼쳐지는 것처럼 느껴진다. 넷째, 몰입상태에서는 자신이 현재 하고 있는 활동에 대해 완전히 통제하고 있다고 느낀다. 일의 진행이나 성과에 대한 걱정이 사라지고 주의집중이 일어남에 따라 강력한 통제력을 지닌 것처럼 느끼게 되는 것이다. 마지막으로, 몰입경험은 그 자체가 즐거운 것으로, 자기 충족적인 속성을 지닌다. 따라서 몰입하고 있는 활동은 다른 목적을 위한 것이 아니라 그 자체를 위한 내재적 동기에 의해 일어난다. 이러한 몰입경험을 자주 하는 것이 성공하고 행복한 사람들의 특성이라고 한다.

몰입을 촉진하는 요인

• 성격

몰입을 잘하는 사람들의 성격특성을 자기 목적적 성격(autotelic personality)이라고 하는데, 사람들은 어떤 일을 하더라도 적극적이고 열정적으로 임한다. 내적 동기가 강한 사람들이어서 외적 보상보다 일 자체를 위해 열심히 일한다. 성과에 집착하지 않으며 다른 사람들의 시선과 평가에 신경을 쓰지 않는 경향이 있다.

• 일의 특성

일의 특성에 따라서도 몰입의 정도가 달라지는데 분명한 목표가 있는 활동에서 몰입이 잘 일어난다. 또한 즉각적 피드백이 주어지는 일에서 몰입이 잘 일어난다. 그리고 개인의 기술수준과 과제의 난이도가 적절한 균형을 이룰 때, 마지막으로 개인의 흥미와 과제의 특성이 일치할 때 몰입이 잘 일어난다.

• 자신이 최근에 몰입을 경험한 적이 있는지, 그리고 그 일이 무엇이었는지를 생각해 본다.

–

–

–

4) 정말로 원하는 일하기

개인이 행복해지기 위해서는 단순히 높은 목표를 정하고 이를 추구하는 것이 아니라 진정으로 자기가 원하는 일을 찾아서 그것을 향해 나아가야 한다. 이때 목표는 '자아와 일치하는 목표'이고, 이것은 스스로 찾아야 하는 것이지 다른 사람이 찾아줄 수 있는 것이 아니다. 그러나 자신이 진정으로 원하는 일을 찾는 것은 생각처럼 쉬운 일이 아니다. 많은 사람들이 사회적 성공이나 남들이 부러워하는 직업을 갖기 위해 애를 쓰고 그것을 성취했는데도 불구하고 행복하지 않은 이유는 그들이 남들이 인정하는 일을 선택했기 때문이다. 그러므로 어린 시절부터 부모나 교사, 사회는 아이들이 자아와 일치하는 일을 찾는 것을 목표로 할 수 있도록 도와주어야 한다.

자신이 진정으로 원하는 일을 할 때 앞에서 말한 몰입을 경험할 수 있고, 이를 통해 행복한 삶에 더욱 가까워질 수 있다. 만일 우리가 스스로 자기 삶의 목표를 설정하지 못한다면 우리는 외부압력에 의해서 무언가를 하게 되는 경우가 많이 생긴다. 즉, 내가 원하는 것이 아닌, 내 주변의 상황이나 사람들이 원하는 일을 하는 데 많은 시간을 보내게 되고, 그 일에 몰입하지 못할 뿐 아니라, 목표를 달성해도 행복해질 수 없다. 명상가이자 작가인 류시화의 말처럼 가슴 뛰는 삶을 살려면 거창한 목표가 중요한 것이 아니라 자신이 진정으로 하고 싶은 일을 찾아야 한다.

자아와 일치하는 목표를 가꾸고 추구하는 사람은 그렇지 않은 사람들보다 행복할 뿐만 아니라 더 성공적인 삶을 살 수 있다. 자신에게 진정으로 무엇을 하고 싶은지 질문을 던져보자.

심리학자 매슬로(Maslow)는 "인생에서 가장 아름다운 것은 우리가 열정적으로 사랑하는 어떤 일을 만나고 그것을 위해 대가를 치를 수 있는 것"이라는 글을 남겼다. 그러나 살면서 자신이 대가를 치르고 싶은 일을 발견하는 행운을 경험하기는 쉽지 않다. 사람들의 직업과 이러한 행운의 관계를 두고 조사한 연구결과가 있다.

심리학자 우르제니프스키와 그의 연구진은 사람들이 직업을 어떻게 생각하는지를 세 가지 유형으로 나누었다. 첫째는 생계를 유지하기 위한 것으로 생각하는 유형, 둘째는 경력을 쌓기 위한 수단으로 생각하는 유형, 셋째는 운명 그 자체로 여기는 유형이다.

생계유지 수단이란 일반적으로 '하기 싫어도 해야 하는 일'로 간주된다. 따라서 일을 생계를 유지하기 위해 하는 것으로 생각하는 경우 개인적인 만족보다는 금전적 보상을 중시하게 된다. 이런 사람들은 회사에 가고 싶어서 가는 것이 아니라 가야만 하니까 간다. 월급 외에는 아무것도 기대하지 않으며, 주말과 휴가만을 기다린다. 경력을 쌓기 위한 수단으로 직업을 생각하는 사람들은 권력과 명예와 같은 외부적 요인에 의해 동기를 부여받는다. 이런 사람들은 더 빨리 승진하여 조직 내에서 더 높은 자리에 오르고자 한다. 대리에서 과장으로, 부교수에서 전임교수로, 교사에서 교장이 되려 한다. 한편 직업을 운명으로 생각하는 사람은 일 자체를 인생의 궁극적 목적으로 본다. 금전적인 보상과 승진이 일하는 데 중요한 요소이기는 하나, 결국 이런 사람은 자신이 하고 싶어서 그 일을 한다. 이들은 내적 요인에 따라 동기를 부여받는다. 이런 사람들의 목표는 자아와 일치한다. 이들은 자신이 하는 일에 열정을 가지고 있고, 일에서 성취감을 얻을 수 있으며, 직업을 의무보다는 신성한 즐거움으로 여긴다. 따라서 일을 즐기면서 할 수 있고, 좀더 자주 몰입을 경험한다.

5) 사랑과 친밀감 증진하기

다른 사람들에게 건설적이고 적극적으로 반응하는 것은 긍정적 감정과 행복감을 증가시켜준다. 그 한 가지 방법으로 자신의 주변 사람들의 강점을 찾아보고 그것을 표현하는 연습을 해보는 것이다. 칭찬을 하면 상대방의 기분이 좋아질 뿐만 아니라 자신도 기분이 좋아지고 상대방과의 친밀감도 훨씬 증가하게 된다. 다만 이때 상대방의 장점에 대한 칭찬은 진실한 것이어야 한다. 이른바 우리가 말하는 아부성 발언이 아닌, 자신이 진정으로 상대방에게서 발견한 장점을 칭찬해야 한다. 그리고 긍정적인 점을 찾아서 칭찬하려는 노력을 기울이다 보면 상대방에 대한 자신의 감정도 긍정적인 방향으로 변화될 수 있다.

상대방의 장점과 강점을 발견하고 전달하기

• 예시

친구 : 넌 언제 봐도 웃는 모습이 참 보기 좋아. 보는 사람까지 기분이 좋아져.

부모님 : 늘 저 스스로 결정할 수 있게 허용해 주셔서 감사해요. 다른 부모님들은 그렇지 않대요. 친구들 말을 들어보면요.

____

____

____

____

____

____

4. 나가며

2,300여 년 전 아리스토텔레스는 삶의 목적이 행복해지는 데 있다고 주장하였다. 아리스토텔레스의 주장은 대부분의 사람들이 공감하지만, 실제로 사람들이 그러한 행복감을 느끼는 것은 현실에서 쉬운 일이 아니다.

행복은 돈으로 살 수 없다든지, 건강을 잃는다면 모든 것을 잃는 것이라는 말 등 행복에 대한 상식적 가설은 매우 많다. 그러나 건강하지만 가난하고 실직했고 외롭다면 어떨까? 조나단 프리드만(Jonathan Freedman)이 1978년도에 실시한 행복과 관련된 요인에 대한 고전적인 연구에 의하면 행복해지는 데 중요하지 않은 것으로 판명된 요인이 놀랍게도 돈, 건강, 나이, 자녀의 유무, 사는 곳, 종교, 성생활 등이었다. 좀더 자세히 말하자면 돈은 없을 때만 행복에 중요한 요인이었으며 건강 역시 건강이 매우 나쁠 때만 행복과 관련이 있었다. 또한 나이도 행복과 관련이 높지 않았다. 다만 65세 이후에 자신이 불행하다고 말하는 사람이 증가하는 경향이 있었는데, 반대로 행복하다고 말하는 사람도 증가하였다.

대신 이 연구에서 행복과 관련해서 중요하다고 판명된 요인은 사랑, 결혼 그리고 직무 만족이었다. 현재 사랑하고 있는 사람의 90%가 행복하다고 보고하였으며, 지금 불행하다고 보고한 사람들도 자신이 행복해질 수 있는 하나의 요인으로 사랑을 꼽았다. 또한 남녀 불문하고 기혼자는 독신자보다 행복하다고 보고하였다. 물론 결혼 자체가 행복을 가져다주는가에 대해서는 다른 해석이 가능하다. 예를 들어 행복한 사람이 결혼하고 불행한 사람이 독신으로 남아 있을 수도 있다는 의견도 있다. 마지막으로 행복과 관련된 요인은 일인데, 직무 만족은 전반적인 행복과 높은 관계가 있음이 판명되었다. 직업에 만족을 느끼는 사람의 70%는 행복하다고 보고하였고, 14%만이 나머지 생활에서 불행하다고 보고하였다.

그동안 행복에 대한 이론과 행복 추구의 방법에 대해 이야기했는데 결론은 행복을 성취할 수 있는 손쉬운 한 가지 해결책은 없다는 것이다. 종교나 특별한 훈련, 명상, 식이요법, 바이오피드백, 심리치료 등 행복을 추구하는 다양한 방법이 있지만 행복을 손쉽게 얻을 수 있는 단 한 가지 방안은 없다는 것이다.

결과적으로 행복은 여러 면에서 상대적이라고 할 수 있다. 개인마다 행복의 조건과 행복의 추구방법은 다르다는 것이다. 그러나 행복해지는 방법에 대해 한 가지로 결론을 내릴 수 없다는 것이 곧 우리가 행복해질 수 없다는 뜻은 아니다. 사실 개인의 행복을 불가능하게 만드는 어떤 것도 이 세상에 존재하지 않는다. 우리는 행복해지려고 노력한다면 객관적인 조건을 넘어설 수 있다는 것을 보여주는 증거들을 주변에서 아주 쉽게 찾을 수 있다. 그러므로 지금 불행한 사람들도 행복해질 수 있고, 불행한 아이들도 행복한 성인으로 자랄 수 있다.

우리가 행복하거나 불행할 때 스스로에게 해줄 수 있는 격언

이 또한 지나가리라. It shall also come to pass!

참고문헌

고영건・안창일(2007), 《심리학적인 연금술》, 시그마프레스.

권석만(2008), 《긍정심리학-행복의 과학적 탐구》, 학지사.

김정호(2011), 《마음챙김 명상 멘토링》, 불광출판사.

앨버트 앨리스(1996), 《스트레스 상담》, 김남성・조현주 공역(2000), 민지사.

______・캐서린 매클래런(2005), 《합리적 정서행동치료》, 서수균・김윤희 공역(2007), 학지사.

조지 베일런트(2003), 《행복의 조건》, 이덕남 역(2010), 프런티어.

제럴드 그린버그(2009), 《포괄적 스트레스관리》, 박순권 외 공역(2009), 아카데미아.

미첼 아질레(2001), 《행복심리학》, 김동기・김은미 공역(2011), 학지사.

탈 벤 샤하르(2009), 《하버드대 52주 행복연습》, 서윤정 역(2010), 위즈덤하우스.

3부

관계

06 현대사회와 가족

이선이

1. 들어가며

최근 한국 가족에서 나타나는 몇 가지 현상들은 가족제도의 미래에 대한 우려를 불러일으키고 있다. 이혼율의 상승, 독거노인의 증가, 버려지는 아동의 지속적 발생, 청년층의 만혼과 결혼기피 현상, 게다가 국제적으로도 유례없는 저출산 등에 대한 보도를 접하면 한국의 가족해체가 심각한 수준에 이른 것이 아닌가 하는 위기의식이 생겨난다.

오늘날 우리나라에서 청년층이 직면한 현실을 생각하면 더더욱 가족은 쇠퇴의 길을 걸을 것으로 보인다. 젊은 연령층일수록 가족보다 자아실현을 우선적 생애목표로 여기는 경향이 강하다. 그러니, 젊은이들에게 가족은 투자비용은 높고 소출은 불확실한 사업과 같이 다가올 것이다. 자녀양육 비용, 주택마련 비용, 결혼비용 등 가족을 이룰 때 감당해야 하는 비용은 엄청난 규모로 다가온다. 가족을 이루기 위해 포기해야 하는 기회비용도 크다. 자유로운 경력 추구와 자기중심의 소비 등 싱글의 라이프스타일을 통해 누리는 혜택의 상당 부분을 포기해야 한다. 다른 한편, 고용불안정 때문에 안정된 경제적 기반을 확립하기가 어려워져서 결혼하기를 원하는 경우에도 결혼이 자꾸만 뒤로 미뤄진다. 또 이혼율 상승으로 인해 이혼한 사례를 주변에서 심심치 않게 만나게 되면서 자신의 결혼도 실패할 수 있다는 불안심리가 생겨나기도 한다. 그러니 선뜻 결혼을 하겠다는 결심을 하기가 쉽지 않을 수 있다. 사회적으로 재생산이 이루어지려면, 청년들의 결혼과 출산이 활발히 이루어져야 한다는 것은 알지만, 사회의 유지·존속을 위해 개인의 이익 추구를 희생하고 사회의 요구를 수용할 것을 강요할 수는 없는 일이다. 이런 현실에서 가족이 쇠퇴한다는 전망은 어쩌면 당연한 것일지도 모른다.

그러나 의외로 이러한 비관적인 전망을 모든 가족 연구자들이 공유하지는 않는다. 가족위기설에 맞서, 가족은 쇠퇴하는 것이 아니라 새로운 전환점을 맞고 있다는 주장이 최근에 가족학자들 사이에서 오히려 힘을 얻고 있다. 많은 선진국들에서 최근 일어나는 가족과 관련된 다양한 현실들이 이 입장에서는 다르게 해석된다. 이들의 주장에 의하면, 사람들이 일반적으로 가진 결혼, 가족, 안정적 관계 등에 대한 기대는 과거에 비해 크게 달라지지 않았다. 또 현재 일어나는 이혼율 상승, 한부모 가족의 증가, 동거나 미혼모의 출산 등 비제도적 행동패턴의 증가 등이 내포하는 부정적 의미가 지나치게 과장되고 있다. 이 주장에 의하면, 가족은 쇠퇴하는 것이 아니라 새로운 모습으로 변환되고 있을 뿐이다. 가족은 형태적으로나 이념적으로 다양화되고 있는데, 그것은 문화적으로나 사회경제적으로 변화가 숨 가쁘게 이루어지는 상황에서 가족이 적응하고 있기 때문에 나타나는 결과이다. 형태적 차원에서 가족의 불안정성이 증가한 것은 사실이지만, 대신 오늘날 가족에는 민주적이고 평등한 관계가 도입되었고, 개인의 선택성이 강화되었다. 한마디로, 오늘날의 가족은 해체되고 있는 것이 아니라, 구성원들의 개인화에 발맞추어 새로운 형태로 적응·진화하고 있다고 표현할 수 있다.

이 글의 주제는 첫째, 산업화, 자본주의 경제체제와 개인주의의 확대 등 거시사회적 변동의 맥락에서 가족이 어떤 성격을 가지게 되었는지 검토하는 것이다. 이를 통해 앞서 제시한 가족쇠퇴론과 가족변화론의 현실적 배경에 대한 이해를 얻고자 한다. 둘째, 한국사회에서 나타나고 있는 가족의 쇠퇴 또는 변화의 징후들을 살펴보면서, 가족이 직면해 있는 도전이 무엇인지에 대한 이해를 얻고자 한다. 가족이 쇠퇴의 길을 가고 있는지 아니면 새로운 성격을 형성해 가고 있는지 논쟁이 뜨겁지만, 여하튼 간에 오늘날 청년들에게 가족이란 결국은 자신의 선택에 의해 만들어가야 하는 것이다. 결혼을 할 것인지 아니면 싱글로 살 것인지, 배우자를 어떤 기준에서 선택할 것인지, 자녀를 몇이나 낳을 것인지, 부모와 어떠한 관계를 유지할 것인지 등 일련의 선택이 청년들을 기다리고 있는 것이다. 어떠한 선택을 하든 개인적 선택의 이면에 놓인 거시사회적 맥락을 이해한다면, 보다 주도적인 입장에서 자신이 진정으로 원하는 바를 추구할 수 있게 되리라는 것이 이 글의 기본 가정이다.

2. 현대 가족의 거시사회적 맥락

산업화는 가족제도에 엄청난 변화를 일으킨 거대한 힘이다. 산업화 이전 농경사회에서 가족은 기본적으로 경제적 협동의 단위였다. 그리고 가족과 사회 사이의 경계는 모호하였다. 가족은 친족집단 및 지역공동체와 연결되어 있어 개별가족의 독립성이 약하였다. 그런데 산업화에 의해 생산기능이 가족으로부터 분리되면서, '공적 영역'이 거대하게 가족 외부에 구축되었다. 이에 따라 경제적 협동은 가족 내에서 의미를 잃게 되고, 대신 정서적 유대가 중요한 의미를 새로이 얻게 되었다. 가족은 외부 사회와는 분리되어, '섬'처럼 격리되고 내부 구성원끼리 정서적 친밀성이 높은 '사적 세계'로 자리 잡게 된 것이다.

산업화는 가족의 가치에도 변화를 가져왔다. 산업화 이전에는 가족이 생존의 기반이었다. 그러나 산업사회에서는 개인이 사회의 기초 단위이다. 개별 근로자로서 경제활동에 참여하는 개인의 입장에서 볼 때, 가족은 부양의 대상이지 생존의 수단은 아닌 것이다. 개인주의화가 진전되면서, 개인의 성취와 욕구실현의 가치가 상승하면서, 가족이 개인의 이해에 종속되는 경향이 나타나게 되었다. 가족은 당연한 것이 아니라 선택사항이고, 가족을 위해 개인이 존재하는 것이 아니라, 개인의 이익에 가족이 선택되는 것으로 바뀌게 된 것이다. 개인주의의 확대는 결국 이혼의 증가, 노인 단독가구의 증가, 결혼의 기피 및 지연, 출산율의 하락에 중요한 원인이 되고 있다.

또한 산업화는 가족 구성원들의 가족 내 역할과 지위, 또 구성원들 간의 관계에도 큰 변화를 야기하였다. 산업화가 진전됨에 따라 바깥의 생산영역에 참여하는 사람과 참여하지 않는 사람의 구분이 점차 선명해지게 되었다. 농경사회에서는 물론이고, 산업화 초기 단계까지도 어린이를 포함한 대부분 가족구성원들은 생산활동에 동원되었다. 그러나 곧 아동과 중산층 여성이 생산영역에서 분리되는 일이 일어났다. 아동은 어른들이 참여하는 공적 영역에서 분리되어, 특별한 애정과 보호의 대상으로 자리 잡았다. 여성들은 그러한 어린이를 특별한 감정을 가지고 양육하며 가사를 돌보는 존재가 되었다. (단, 가난한 노동자 계급의 여성들은 가족 외부 생산영역에서 경제활동도 하면서, 자녀양육과 가사노동을 수행하여야 했다.) 남성들은 경제활동의 주된 참가자가 됨으로써, 어린이와 여성을 먹여 살리는 부양자로서의 지위를 얻었다. 이렇게 해서 남성은 공적 영역의 주인공이 되고, 여성과 어린이는 사적 영역의 주인공으로, 또한 피부양자로서 자리 잡는 체제가 만들어지게 된 것이다.

한편, 탈산업화는 가족에게 추가적인 변화를 야기하게 된다. 스콜닉과 스콜닉은(Skolnick & Skolnick) 은 20세기 후반에 들어서 가족에게 들이닥친 새로운 변화 요인으로 탈산업화, 고령화 및 생애과정의 변화, 또한 심리적·문화적 욕구의 증대 등 세 가지를 들고 있다. 첫째, 탈산업화에 따른 서비스산업 및 지식정보산업의 확대는 여성들, 특히 기혼여성의 경제활동 참여율 확대의 중요한 유인요인이 되었다. 또 신자유주의 경제체제로 인한 고용불안정은 남편 한 사람의 경제활동만으로는 안정적인 소득수준을 유지하는 것을 어렵게 만들었고, 이는 여성의 경제활동 참여를 더욱 부추기게 되었다. 이러한 경제체제의 변화는 여성의 가족 및 결혼에 대한 의존성을 감소시키고, 남성 = 부양자, 여성 = 양육자의 분업체제를 약화시키고 있다. 고용불안정은 가족 내 부부관계뿐 아니라 세대 간 관계에도 영향을 미치고 있다. 즉, 청년세대의 취업 및 성인기로의 전환을 어렵게 하면서,

부모세대에 대한 의존이 장기화되는 결과를 초래하고 있다.

둘째, 고령화와 평균수명의 상승이 노인세대의 부양 및 돌봄의 문제를 야기하는 것은 익히 알려진 사실이다. 그런데, 고령화가 가족에게 안겨주는 과제는 노인문제에서 그치지 않는다. 고령화는 가족관계에 대해 훨씬 다양한 영향을 미친다. 예컨대, 부부가 공유하는 결혼기간 중에서 미성년 자녀와 함께 사는 기간의 상대적 비율이 줄어들고 있다. 다시 말하면 부부관계에서 공동 양육자로서의 의미는 축소되었으며, 대신 반려관계로서의 의미는 확대되고 있다. 이에 따라 부부관계에서 애정요인이 예전보다 훨씬 중요하게 되었으며, 애정 없이 의무감만으로 부부관계를 유지한다는 것의 고통이 커지게 되었다.

마지막으로, 탈산업사회에서는 물질적 욕구를 넘어 심리적, 문화적 욕구의 비중이 확대되고 있다. 이에 따라 여가, 여행, 다양한 정보 향유, 삶의 질 향상 등의 중요성이 커지고 있다. 이러한 욕구는 때로는 가족관계에 대한 의무감과 충돌하거나 경쟁하는 관계에 놓이게 될 수 있다. 이러한 추세에 발맞추어 가족관계에서도 보다 우애적이고, 평등하고, 개방적이고, 허용적인 관계가 요구되고 선호되는 경향이 나타날 것으로 예측되고 있다.

이상에서 산업화 이후 탈산업사회에 이르기까지, 거시적 사회변화가 가족에게 미친 파급효과를 간략히 검토해 보았다. 이와 같은 경제적, 사회적, 문화적 환경 변화는 오늘날 가족의 근본적인 성격을 형성하였을 만큼 중요하다. 그렇다면, 이런 성격의 가족은 개인에게 어떠한 경험을 가져다주고 있을까? 이러한 가족 경험은 긍정적인 것일까, 부정적인 것일까? 가족의 변화는 과연 사람들의 행복을 축소시킬까, 확대시킬까?

3. 현대 가족의 다양한 얼굴

1) 사적 공간, 고립된 공간

즐겁고 화려한 곳에서는 날 오라 하여도,
내 쉴 곳은 작은 집, 내 집 뿐이리….

'즐거운 나의 집'(*Home, Sweet Home*)이라는 노래의 가사이다. 우리 일상생활에서 사적 공간으로서의 가정, 사적 관계로서의 가족은 매우 중요하다. 가정은 외부인이 허락 없이 함부로 들어올 수 없는 불가침의 공간이고, 가족은 구성원이 전인격적으로 수용되는 관계로 여겨진다. 가정은 외부세계에서 쓰던 가면을 벗고, 진정한 자신의 모습이 될 수 있는 공간이자 가족은 자신이 어떤 사람으로 평가받을지 신경 쓰지 않고 편하게 지낼 수 있는 관계이다. 현실과 약간 다를 수는 있지만, 적어도 이것이 오늘날 가족의 이상이라고 할 수 있다.

2차적, 도구적 관계가 지배하는 공적 영역과 대조를 이루는 사적인 영역으로 가족이 자리 잡게 된 것은 산업화 이후의 일이다. 전통사회에서 가족 및 친족집단은 생산활동의 핵심적 단위였을 뿐 아니라, 종교·정치·교육 등의 기능을 담당하는 중요한 기관이었다. 그런데 산업화 이후 생산활동이 산업조직으로 이전되고, 또 다른 사회적 기능들을 담당하는 전문적인 제도가 발달하게 되면서, 가족의 전통적 기능은 대거 축소되었다. 이제 가족에게는 자녀 출산과 양육, 그리고 구성원에 대한 정서적 지지의 공급, 이 두 가지 역할만이 주요 기능으로 남게 되었다.

기능주의 사회학자들에 의하면, 가족의 이러한 기능 축소는 오히려 가족의 중요성을 새롭게 부각시키는 결과를 가져왔다. 가족은 시장이나 국가체제 등 공적 영역과는 분리된 별도의 영역을 이루게 되었다. 사람들은 경제적 소득이나 사회적 권리를 얻기 위해서 공적 영역에 참여해야 하지만, 거기에는 계산과 경쟁, 효율성과 합리주의가 팽배해 있다. 비인격적인 관계가 만연한 공적 영역에서는 진정한 삶의 의미나 정서적 충족, 자유와 해방감을 얻기 어렵다. 반면에 가족은 '사적' 영역으로서 공공영역의 냉혹한 운영원리의 영향을 받지 않는 자유로운 피난처로 자리 잡게 된 것이다.

또 사적 영역으로서의 가족은 외부 사회로부터 독립성과 자율성이 보장되는 영역이다. 농업기반 사회에서 가족은 친족 및 지역공동체의 간섭 아래 놓여있었다. 그러나 전통적 유대관계는 산업화 및 도시화에 의해 깨어졌고, 사생활 침해는 강력한 저항과 제재를 불러일으킬 수 있는 문제가 되었다. 기능주의 사회학자들은 이러한 사생활의 보호가 개별 가족의 의사결정 자율성을 보장하고, 결과적으로 현대사회에서 요구되는 개인의 자립심과 진취성을 촉진시킨다고 주장하였다.

가족의 사적 영역화의 결과로 개인들이 마음의 안식처와 진취적으로 세상을 살아갈 수 있게 하는 홈베이스를 얻게 된 것이라면, 대부분의 사람들은 산업화에 감사하고 싶을 것이다. 그런데 다른 한편에서는 가족이 사회로부터 고립되어 존재한다는 사실이 심각한 문제와 위험을 야기할 잠재성이 있다고 학자들은 지적한다. 가족에 내부적 취약점이 있을 때, 사생활 불간섭이라는 명분 때문에 외부에서 개입하여 상황을 개선할 기회를 놓치고 문제를 악화시킬 위험성이 있다는 것이다. 예컨대 어떤 유괴범이 어린이를 납치해 데리고 살았는데, 이웃들이 이를 모르고 몇 년을 지나친 사건이 발생한 적이 있다.

독거노인들이 혼자 죽음을 맞이한 후 수 주가 지나서야 발견하게 되는 사건들, 또 한부모인 산모가 돌연사하였는데, 이 때문에 어린 아기가 덩달아 굶어죽게 된 사건들이 보도되기도 한다. 이런 사건들은 가족과 지역사회 간의 경계가 존재하지 않던 전통사회라면 발생하지 않았을 것이다. 가족의 고립성이 야기하는 문제의 심각성은 가족폭력의 사례들에서 가장 대표적으로 드러난다. 가족의 사회적 고립 때문에 가해자의 행동은 통제되지 않은 채 지속될 위험이 있다. 또 피해자가 수치심 때문에 오히려 스스로 문제를 은폐하려는 의도로 고립을 심화시키는 경향도 종종 나타난다. 이처럼 가족의 고립은 꼭 필요한 사회통제의 작동을 방해하는 요인이 될 수 있는 것이다.

만성질병, 재난, 범죄, 폭력 등과 같은 심각한 문제상황이 아니라 하더라도, 공적 세계로부터의 고립 때문에 가족은 지극히 일상적인 돌봄 문제의 해결에 대해서도 기본적으로 취약하다. 농경사회에서 친족 및 지역공동체와의 유대관계 속에 가족이 놓여있던 시절에는 생산활동은 물론이고 일상적인 돌봄의 문제도 상당부분 이웃과의 상부상조를 통해 해결하였다. 그러나 고립된 가족은 적은 수의 구성원끼리 모든 일상적인 문제를 해결해야 한다. 그러나 질병이나 사고, 실직 등의 문제에 대해, 또는 어린이와 노약자를 돌보는 지극히 일상적인 문제에 대해서도 개별 가족은 역량의 한계를 드러내기가 쉽다.

사적 영역으로서의 가족이 지닌 이러한 양면성은 미국에서는 보수와 진보 진영 사이에서 큰 논쟁거리이기도 하다. 아프리카의 몇몇 부족에서는 '아이 하나를 기르는 데 마을 하나가 필요하다'는 격언이 전해진다. 힐러리 클린턴(Hillary Clinton)은 영부인으로 지내던 1996년에 이 격언을 차용하여 *It Takes a Village*(마을이 필요하다)라는 제목으로 책을 출판했다. 어린이를 건강하게 양육하는 데 개별 가족만으로 해결이 가능하다고 생각하는 것은 잘못이며, 공공복지체계의 구축이 필요하다는 것을 대중적으로 알리기 위해서였다. 이에 대해 보수진영에서는 가족의 책임성을 강조하며 반격에 나섰는데, 2005년에는 샌토룸(Rick Santorum)이라는 공화당 상원의원이 *It Takes a Family*(가족이 필요하다)라는 책을 출판하였다고 한다. 우리나라에서는 보편적 복지제도와는 거리를 두고 가족주의를 표방하는 입장이 오랫동안 우세하였다. 그런데 최근 유례없는 초저출산 문제에 직면하게 되면서 외부체제의 지원과 공조가 없이는 가족의 존립이 어렵다는 주장이 힘을 얻고 있는 상황이다.

2) 개인주의자들의 공동체

일반적으로 가족 구성원들은 특별한 상호 의존성을 가지고 산다. 구성원들 간에는 자원과 책임의 공유와 지속적 헌신이 기대되며, 또 그렇게 이루어지고 있기도 하다. 가족 구성원들끼리의 상호적인 의무관계는 평생 동안 지속되는 경우가 대부분이다.

다른 한편, 가족 구성원 사이의 이러한 상호 책무성은 개인의 의지와 충돌할 가능성을 안고 있다. 농업기반의 전통사회에서는 가족 및 친족집단의 제도적 힘이 강력하였다. 가족의 이익은 개인의 이익에 우선하였다. 그런데 산업화 이후 친족의 권위가 약화되고 개인주의가 확대됨에 따라, 개인의 성취나 개인적 욕망의 실현이 가족이나 친족집단의 이익보다 중요해지고 있다.

개인주의는 흔히 가족에 위협적인 요인으로 간주된다. 가족을 지키기 위해서는 많든 적든 개인의 이익 포기와 헌신이 수반된다. 그런데 개인주의는 결혼이나 가족에 대해서 손익계산을 하게 한다. 사람들은 결혼을 하고 가족을 유지함으로써 자신에게 돌아오는 이익이 무엇인지, 개인적으로 얻게 되는 의미가 무엇인지 민감하게 따지고 나서 자신의 삶의 방향을 선택한다. 개인주의 사회에서 사람들은 규범에 매이기보다 개인적인 의미 충족의 방법들을 검토하고, 그중 자신에게 가장 유리한 것을 판단하여 선택한다.

그래서 개인주의는 이혼의 가능성을 높이는 것이 사실이다. 개인들에게 자신의 행복과 자율성이 집단에 대한 헌신에 우선하기 때문에, 행복하지 않다고 판단할 경우 이혼을 선택할 가능성이 높아진다. 규범적 압력이나 자녀의 존재가 어느 정도는 이혼을 억제하는 효과를 가지지만, 그 효과는 점점 더 약화될 것으로 보인다. 또 개인주의는 결혼보다는 독신의 삶을 선택할 가능성도 높인다. 결혼이나 가족주의는 개인을 구속하여 자신의 발전이나 행복을 양보하게 하는 요인으로 인식될 수 있다. 개인주의적 가치관을 가진 사람들은 결혼을 함으로써 (또한 반대로 독신으로 남음으로써) 얻게 될 혜택과 치러야 할 대가를 저울질하고 그 결과에 따라 선택을 한다. 그런데 결혼의 혜택을 낮게 평가하고, 독신으로 치르는 대가는 적게 평가하는 사람들이 점점 증가할 것으로 보인다. 이러한 개인주의적 선택의 팽배는 이혼이나 독신주의에 대한 관용적인 태도를 가지는 사람들이 증가하는 현실 속에서도 확인할 수 있다.

보수적 입장에서 볼 때, 개인주의는 가족의 적이다. 합리적 판단과 개인적 선택을 조장하는 개인주의자들의 공동체는 불안정할 수밖에 없다는 것이다. 가족이 유지되기 위해서는 돌봄에 대한 강력한 책임의식, 또 타인의 안녕과 욕구 충족 앞에서 자신의 이익을 포기할 수 있는 희생적 태도를 반드시 필요로 한다. 따라서 가족제도의 건강성을 위해서는 개인주의를 극복할 수 있는 강력한 가족주의 규범이 회복되어야 하며, 정책적 지원이 이루어진다 하더라도 가족 구성원의 (특히 부모의) 책임의식을 전제로 제공되어야 한다는 것, 이것이 보수주의자들의 주장이다.[1]

개인주의가 관계의 영속성을 저해한다는 것은 보수주의자들만의 주장은 아니다. 비판사회학자인 바우만(Bauman)은 개인주의가 만연한 지금의 시대를 '액체 근대'라고 부르는데, 이 시대에는 사랑도 액체 같다. 바우만에 의하면 오늘날의 친밀한 인간관계는 본질적으로 불안정한 성격을 가지게 되었는데, 이는 친밀한 인간관계가 서로 상충하는 욕구로 채워져 있기 때문이다. 여러 겹의 불확실성에 직면한 현대인들은 한편으로는 심리적 안정감의 필요에 의해 다른 사람과의 친밀한 유대를 희구한다. 이때 강렬한 유대는 개인의 자유를 제한할 잠재력을 지닌 것으로 다가오는데, 자유를 쉽사리 포기할 수는 없다. 그래서 사람들은 안정성과 자유라는 양극 사이에서 갈팡질팡한다. 결과적으로, 영속적인 관계 형성이나 몰입은 회피하고, 상황이 달라지면 언제라도 결별이 가능한 수준의 유동적인 관계에만 머무는 패턴이 확산되고 있다는 것이다.

개인주의가 가족제도를 위협하고 있다는 이와 같은 논의에 대해, 반대 입장도 여러 가지가 있다. 우선, 개인적 이익추구가 반드시 가족과 모순관계에 있는 것이 아니라는 주장이 있다. "내가 행복해지기 위해 결혼한다"고 누군가 말하면, 그것이 그릇된 사고방식이라고 할 사람이 얼마나 될까? 현대사회에서 가족에 대한 충성과 헌신은 이미 개인주의적 가치관을 기반으로 수행되고 있는 것은 아닐까? 사

---

1 D. Popenoe(1993), American family decline, 1960~1990: A review and appraisal, *Journal of Marriage and the Family*, 55: 527~555.

람들이 가족에 대한 의무이행을 충실하게 하기 위해서는, 그 일이 개인적으로 충족감을 가져다주어야 한다. 행복하지 않으면 좋은 배우자가 되기 어렵고, 부부관계가 나쁘면 훌륭한 부모가 되기 힘들다. 기존 연구결과에 의하면 관계로부터 얻는 충족감이 크고, 만족도가 높을수록 그 관계에 대한 헌신이 커진다. 만족도가 낮은 관계보다 만족도가 높은 관계일수록 관계에 대한 충성도와 책임의식이 높아진다는 것이다. 그러므로 개인주의가 가족의 이익과 상충된다고 무조건 의심의 눈초리를 보낼 것이 아니라, 개인의 행복을 우선시하는 사람들이 가족이라는 공동체를 원만하게 꾸려가는 방식들에 관심을 기울여야 한다고 연구자들은 촉구한다.

개인주의적 가치 때문에 가족의 책임성과 헌신이 사라져 가고 있다는 경고는 지나친 과장이며 호들갑이라는 비판도 있다. 개인주의 문화의 만연에도 불구하고, 현실에서는 가족 구성원들 사이에서 도덕적 의무감과 헌신이 여전히 지속되는 모습을 발견할 수 있기 때문이다. 효도가 이른바 '가족주의 전통'이 강하다는 아시아 사회에서만 일반화되어 있을 것이라고 생각하는 경향이 있지만, 실상은 다르다. 많은 사람들이 서구사회에서는 개인의 독립성과 자아실현을 강조하기 때문에 성인이 되면 부모자녀 유대는 거의 사라진다는 선입견을 가지고 있지만, 실증적 자료에 의하면 노부모의 돌봄에 참여하는 성인들은 상당히 많은 것으로 나타난다. 예컨대 미국에서 이루어진 조사에 의하면, 성인자녀세대의 반 이상이 부모와 1시간 이내의 거리에 살고 있으며, 70% 이상이 일주일에 한 번 이상 전화나 편지 등으로 통신을 하거나, 방문을 하고 있다. 또 4분의 3 정도가 금전적 도움을 부모에게 제공하는 것이 마땅하다고 생각하고 있고, 3분의 2 정도는 노부모를 돌보는 일 때문에 근무시간 조정도 하는 것으로 나

타나고 있다.[2]

또, 책임성을 강조하는 보수적인 입장에는 돌봄과 양육이 개별 가족의 책임이라는 전제가 있는데, 그 전제 자체가 잘못된 것이라는 반론도 있다. 즉, 돌봄과 양육에 대한 헌신이 개별가족이 아니라, 전체 사회가 공유해야 할 책임이라는 것이다. 이 주장은 앞서 이미 검토하였으므로, 여기에서는 그러한 실천이 이루어지고 있는 스웨덴의 사례만을 살펴보기로 한다.

스웨덴은 국가체제 자체가 개인주의를 기반으로 한다. 스웨덴의 복지정책은 가족이 아니라 개인을 단위로 시행되기 때문에, 자녀양육과 관련된 제반비용이 보편적으로 지급되고, 결혼을 하거나 하지 않거나 국가로부터 받는 혜택에 차이가 없다. 그러한 연유로 스웨덴은 결혼율이 낮고, 이혼율은 높으며, 대신 동거율이 높다. 그런데 흥미롭게도 출산율이 주변 국가들보다 높은데, 세계은행 자료에 의하면 2009년 합계 출산율이 1.9였다. 스웨덴에서 전체 출산의 반 정도는 동거 커플에서 이루어지는데, 동거관계에서 태어나는 어린이들이 결혼한 부부 사이에서 태어나는 어린이들에 비해 학업성취나 다른 발달지표상에서 별다른 차이가 없다는 연구결과들이 많이 있다. 이러한 사실은 개인의 행복 추구를 위해 결혼, 동거, 이혼 등을 별 제약 없이 선택하는 개인주의자들이 어린이의 출산과 양육에 대한 헌신을 선택할 수도 있다는 사실을 보여준다. 단, 이러한 선택이 가능한 것은 출산과 양육의 기본비용을 국가가 담당한다는 조건에 있다. 다시 말하면, 돌봄과 양육의 책임이 아이를 낳은 부부에게만 부과되는 조건이었다면 엄두를 내지 않았을 사람들이지만, 사회가

---

2 D. N. Lye(1996), Adult child-parent relationships, *Annual Review of Sociology*, 22: 79~102.

그 책임을 나눌 때 헌신을 선택할 가능성이 커진다는 점을 생각해 볼 수 있다.

3) 사랑이라는 끈

산업화의 여파로, 가족의 기능이 축소되고 지역공동체가 해체되면서, 가족관계에는 질적인 변화가 나타나게 되었다. 산업화 이전에는 좋은 부부관계의 핵심이 아내로서 또는 남편으로서 부과되는 역할을 충실히 수행하는 것이었다. 그러나 산업화 이후부터 이상적인 부부관계는 애정과 친밀성을 기반으로 하는 결속으로 전환되었다. 산업화 이전의 가족에서는 사랑이 중요하지 않았다. 물론 그때 남편과 아내 사이에 애정적 유대가 전혀 없었다는 것은 아니다. 그러나 그것이 좋은 결혼의 필수 조건으로 여겨지지는 않았다는 것이다. 결혼은 대부분 중매로 이루어졌으며, 부부간의 사랑은 출발점도 목표점도 아니었다. 남녀가 서로 사랑에 빠지는 일들은 전통사회에서도 일어났겠지만, 사랑의 감정이 결혼제도와 결합하게 된 역사는 서구사회의 경우는 200년 정도, 우리나라는 60~70년 정도밖에 되지 않는다.

부부관계뿐 아니라 부모-자녀관계도 마찬가지이다. 프랑스의 사회사학자 아리에스(Ariès)에 의하면, 어린이를 어른과는 다른 본성을 지닌 순진무구한 존재로, 특별한 사랑과 보호의 대상으로 여기게 된 것은 근대 이후의 일이다. 근대 이전 사회에서 어린이들은 그저 어른이 덜 된 존재로 인식되었다. 자녀는 가장의 소유물이었고, 엄하게 길들여야 하고, 하루빨리 부모의 일손을 덜어주어야 하는 그런 존재였던 것이다. 산업화 이후 노동력으로서의 자녀의 의미는 거의 사라졌다. 예전에 자녀는 먹이고, 입히고, 길들이면 되는 대상이었는데, 이제 자녀는 특별히 보호하고, 사랑하고, 지지해야 하는 대상으로 바뀌게 되었다. 자녀는 무한한 가치를 지닌 존재, 따라서 무한한 사랑의 대상이 되는 존재가 된 것이다.

오늘날 "가족은 왜 좋은가?"라고 물을 때, "사랑하는 사람들과 함께 있기 때문"이라고 답을 한다면, 이런 생각은 산업화 이후 생겨난 가치를 반영하는 것이라는 사실을 알아야 한다. 전통사회의 가족에서 이런 가치는 당연하게 기대할 수 있는 것은 아니었던 것이다.

사랑이 가족을 존재하게 하는 끈이 되었다는 사실은 현대인에게 참 다행스러운 일이 아닐 수 없다. 그런데 역설적으로 이것도 또 다른 불만과 가족 불안정성의 원인이 되고 있다. 전통사회에서는 제도화된 역할에 웬만큼 충실하면 문제될 것이 없었다. 반면에, 정서적 충족감, 행복감, 성적 만족 등을 얻는 다는 것이, 부부 사이에 사랑의 이상을 실현시킨다는 것이, 현실적으로 그리 쉬운 일은 아니다. 사랑에 대한 기대로 인해 역설적으로 실망과 불만의 가능성도 상승하기 때문이다.

이혼율 상승의 중요한 원인 중 하나가 사랑이라고 많은 연구자들은 말한다. 사랑은 결혼의 이유가 되기도 하고, 이혼의 사유가 되기도 한다. 사랑 때문에 결혼하는 사람이 과연 현실적 조건을 따져서 결혼하는 사람보다 행복한 결혼생활을 하게 될까? 간단히 답할 수 있는 질문은 아니지만, 결혼의 목적이 애정에 있는 사람들은 현실적 충족을 목적으로 하는 사람들보다 오히려 이혼율이 높다는 연구결과가 존재한다. 요즈음 고령화가 진행되면서 황혼이혼이 증가하고 있는데, 이것도 부분적으로는 사랑 때문이다. 수명이 길어질수록 부부가 자녀양육과 관련 없이 보내게 되는 기간이 상대적으로 길어지게 된다. 이때 부부간의 우애가 뒷받침되지 않는다면 결혼생활을 유지하는 것이 고통이 되기 때문에, 이혼을 선택하게 될 가능성이 커지는 것이다.

그렇다면 사랑은 왜 사람들에게 행복을 가져다주지 못하는 것일까? 사랑은 왜 그리도 쉽게 실패하는 것일까? 사람을 사랑하는 일이 왜 그리도 어려운 것일까?

《사랑은 지독한, 그러나 너무나 정상적인 혼란》이라는 책에서 벡과 벡-게른샤임(Beck & Beck-Gernsheim)은 현대인에게 사랑이란 단순히 어떤 사람을 좋아하는 감정에 관한 것이 아니라고 말하고 있다. 현대인에게 사랑은 사실 자신의 생애에 관한 것이다. 그렇기 때문에 사랑은 혼란을 줄 수밖에 없다는 것이다. 현대사회에서 결혼은 타인과 특별한 관계를 추구해 가는 과정일 뿐 아니라, 자신을 찾아가는 과정이기도 하다. 결혼은 자기 자신의 일대기를 만들어가며, 자신의 정체성을 발견하는 과정이기도 하다. 결혼을 통해 자신이 받은 상처와 실망을 치유하고자 하며, 삶의 목표나 희망을 찾고자 한다.

벡과 벡-게른샤임에 의하면 이것은 기본적으로 개인화라는 큰 사회적 흐름 속에서 나타난 현상이다. 현대사회에서 개인의 생애는 전통적 의무관계나 규범의 속박에서 벗어나서 자유로울 것 같지만, 선택에 의해 자신의 삶을 주도적으로 만들어가야 하는 부담스러운 과제에 직면하였다. 이러한 상황에서 사랑은 정박지처럼 삶의 유의미성을 제공하는 기반이 된다는 것이다. 이것은 사랑에 빠졌을 때 흔히 나타나는 증상을 생각해 보면 쉽게 이해할 수 있다. 사랑에 빠졌을 때 사람들은 상대를 이상화하고, 강력한 자아확장을 경험하며, 자기들의 사랑이 완벽하며 영원할 것이라는 느낌에 휩싸이곤 한다.

이러한 유형의 사랑은 '낭만적 사랑'이라 불리기도 하는데, 이러한 강력한 감정에 힘입어 사랑을 자신의 삶을 단단히 고정시켜줄 닻으로 여기고 결혼을 하는 경향이 나타나게 되었다는 것이다.

그런데 문제는 결혼이 해피엔딩의 지점이 아니라 또 하나의 새로운 과제와 마주치는 지점이 된다는 것이다. 새로운 과제란, 자신의 일대기를 만들어가는 것과 타인과 삶을 공유하는 것 사이의 균형을 잡는 일이다. 이는 한편으로는 자율성과 독립성을 추구하는 동시에 다른 한편 공동체적 유대와 헌신이 이루어져야 하는, 서로 상충하는 성격의 가치를 조화시켜야 하는 까다로운 과제이다. 결혼관계를 잘 유지하기 위해 두 사람은 서로 상대방의 생각에 맞추어 자기 생각을 조율하고, 지속적인 협상을 통해 관계 유지를 위한 노력을 기울여야 한다. 그런데 두 개의 일대기가 충돌하는 상황에서 균형을 찾기보다는 상대를 자신의 일대기를 위협하는 존재로 여기게 되기 쉽다. 이는 부분적으로는 낭만적 사랑에 대한 비현실적 기대 때문이기도 하다. 완벽한 상대를 만났다고 생각하며 사랑에 빠졌는데, 일대기가 충돌하는 갈등을 겪으면서 상대방에 대해 실망하고, '상대를 잘못 판단하였다'고 간주하며, 다시 다른 이상적인 상대를 찾아나서는 일을 반복하다가, 좌절과 혼란에 빠지는 경향이 나타나게 된다는 것이다.

한편, 기든스에 의하면 20세기 후반에 들어서서 낭만적 사랑은 사랑의 이상형으로서의 지위를 잃어가고 있다. 낭만적 사랑에는 상대방을 이상화하고 사랑이 영원히 지속될 것이라고 기대하는 특성이 나타난다. 이러한 특성의 연장선에서, 낭만적 사랑에는 성적 정절이 중요한 덕목으로 부각된다. 그런데 이 덕목이 여성에게만 차별적으로 적용됨으로써, 암암리에 남녀 간 불평등한 관계에 대한 전제를 내포하게 되었다. 탈산업화 시대에 이르러 성적 개방화가 진행되고, 여성의 남성에 대한 의존도가 약화되고, 또 이혼에 대한 허용적 태도가 확산되면서, 완전하고 영원한 무엇으로 정의되는 사랑은 쇠퇴하고 있다.

오늘날의 사랑에서는 '합류적'(*confluent*) 성격이 우세해지고 있다고 기든스는 말한다. 사람들은 관계가 만족스러운 한에서 합류하였다가, 불만스러우면 쉽게 결별한다. 관계의 영속성에 대한 가정은 점점 엷어지고 있다. 여기에서 기든스 논의의 핵심은 사람들이 쉽게 헤어진다는 것이 아니라, 반복되는 선택을 기반으로 관계가 지속된다는 것이다. 따라서 관계가 유지되기 위해서는 각 사람에게 충분히 보상이 되는 무엇인가가 관계에서 얻어져야 한다. 현대인에게 사랑하는 사람으로부터 얻을 수 있는 가장 큰 보상은 무엇일까? 기든스에 의하면 그것은 친밀성과 그것을 기반으로 생겨나는 신뢰이다. 친밀성이란, 자신의 내면을 타인에게 노출하는 과정을 통해서 만들어진다. 자신의 관심이 무엇인지, 원하는 것이 무엇인지, 괴롭게 하는 것이 무엇인지를 상대방에게 드러내는 과정을 말한다. 자신의 내면을 노출시킨다는 것은 자신의 취약점을 드러냄으로써 상대로부터 상처받을 가능성을 내포한다. 친밀성이란 바로 그러한 위험을 무릅쓰기 때문에 신뢰로 이어지게 된다.

그렇다면 친밀한 관계의 지속을 촉진시키는 요인은 무엇인가? 친밀한 관계가 지속되기 위해서는 우선 자신의 이야기를 상대에게 드러내기도 하고, 상대방의 이야기를 경청하고 공감하는 적극적인 의사소통이 필요하다. 또 기든스에 의하면, 친밀성은 평등하고 민주적인 관계에서 촉진된다. 내면의 공유라는 것이 평등하지 않은 관계에서는 제대로 이루어지기 어렵다는 자체 속성 때문에 그러하다.

벡과 벡-게른샤임이나 기든스의 사랑에 관한 논의에서 공통적으로 발견할 수 있는 것은, 사랑이라는 것이 단순히 상대에 대한 감정에 관한 것이 아니라는 것이다. 사랑은 오히려 자신에 관한 것이다. 자신의 생애를 만들어가는 과정에 관한 것이며, 자신에 대해 성찰하고, 자신의 삶을 풍부하고 성숙하게 만들기 위해 적극적으로 노력해야 하는 쉽지 않은 과정에 관한 것이다. 이를 타인과의 상호적 공유 속에서 이루는 것이 사랑이라는 것이다. 그 과정을 일방적으로 주도하거나 의존하여 따라가는 것으로 간주하였다가는 실패하기 쉽다. 상호적 수용과 배려, 조화와 타협 속에서 성공적인 결실이 이루어질 수 있는데, 이는 동등한 관계를 기반으로 하는 적극적 의사소통 속에서 가능하다는 것이다.

4) 오래된 결속과 새로운 결속

반복되는 말이기는 하지만, 오늘날 많은 사람들이 가족의 해체를 우려한다. 이혼율 상승, 한부모 가족의 증가, 결혼지연 및 독신의 증가, 출산 기피, 독거노인 가구의 증가 등의 현상을 가리켜 가족 내 결속이 사라지고 있다고 생각한다. 그런데 자세히 살펴보면 전통적인 결속이 약화되는 측면이 있는 반면, 새롭게 생겨나는 결속도 있다. 또 현대사회에는 가족 내 결속을 저해하는 요인만 있는 것이 아니라, 오히려 강화시키는 조건도 있다.

가족사학자들에 의하면 전통사회의 가족은 사실은 현대사회의 가족보다 가족해체의 위험성이 높았다고 한다. 오늘날 가족해체를 우려하는 사람들의 최대 관심사는 아마도 높은 이혼율일 것이다. 물론 전통사회에서 이혼은 쉽게 이루어지지 않았다. 그런데 전통사회의 가족이 우리가 흔히 가정하는 것처럼 안정적으로 유지된 것은 아니다. 왜냐하면 사망과 빈곤 때문이다. 기본적으로 전통사회에서는 사망률이 높았다. 영아와 아동뿐 아니라, 어른들도 질병이나 사고 때문에, 또 여자들은 출산 후유증 때문에 일찍 죽는 경우가 많았다. 콩쥐와 신데렐라가 악독한 계모 밑에서 고초를 겪은 것은 어머니를 일찍 여의었기 때문이다. 헨젤과 그레텔이 숲속에 버려진 이야기의 배경도 어머니의 사망과 지독한 가난이다.

친족 및 세대 간의 결속도 우리가 생각하는 만큼 강하게 존재하기가 힘들었는데, 이 역시 높은 사망률 때문이었다. 확대가족이 이상이었던 조선사회의 호구조사 자료를 분석해 보면, 당시 확대가족의 비율이 1960~70년대 한국의 확대가족 비율보다 결코 높지가 않았다. 확대가족이 광범위하게 나타날 만큼 사람들이 오래 살지 못하였기 때문이다.

이러한 맥락에서 세대 간 친족관계가 현대에 축소되고 약화된 것이 아니라 오히려 확대되고 강화되었다는 주장도 가능해진다. 오늘날 평균 수명이 길어지면서 여러 층의 세대가 함께 생존해 있을 가능성이 커졌다. 사람들이 자녀를 많이 낳지 않기 때문에 횡적인 차원에서는 친족 간의 관계가 점차 축소되고 있는 것이 사실이다. 그러나 종적인 차원에서 생각해 보면 그 반대의 모습을 볼 수 있다. 과거에 비해 요즈음의 아이들에게는 할머니, 할아버지가 생존해 있을 가능성이 높다. 게다가 자손이 많지 않기 때문에 오래도록 할머니, 할아버지의 귀여움을 집중적으로 받기도 한다.

거주 차원에서 노인세대와 성인자녀세대가 분리되는 것은 일반적 패턴으로 자리가 잡혔다. 그러나 노인단독세대의 증가에도 불구하고, 정서적, 금전적 차원이나 실질적 도움 차원에서는 가족으로서의 특별한 상호의존관계가 지속되고 있다. 앞서도 언급한 것처럼 개인주의가 강하고 독립적 자아형성을 중시하는 국가에서조차 노인부모와 자식세대 간의 상호의존관계는 강하게 유지되고 있는 것으로 나타난다. 부모와 가까운 지역에 거주하는 경향이 나타나고, 정서적으로 친밀한 관계를 유지하며, 질병이나 실직 등 어려운 일이 있을 때 일차적인 지원의 대상이 된다는 것이다. 이러한 현상을 반영하기 위해 가족학에서는 '수정확대가족'(형태적으로는 분할된 핵가족이지만 거주만 분리되었을 뿐 세대간 긴밀한 상호의존관계가 유지되는 가족)이라는 가족체계 분류유형이 만들어져서 우리나라뿐 아니라 전세계적으로 사용되고 있다.

형제자매관계도 예전보다 중요성이 커지고 있다는 주장이 있다. 형제자매는 다른 어떤 관계보다도 오랫동안 지속될 수 있는 관계이다. 일반적으로, 부모는 내가 태어날 때부터 나와 함께 있지만, 나보다 훨씬 먼저 사망한다. 부부는 어린 시절을 공유하지는 않는다. 게다가 이혼율의 증가로 부부는 헤어질 가능성이 높아졌다. 따라서 생애의 중요한 타자로서 형제자매와의 결속이 상대적으로 부각되고 있다는 것이다.

오늘날 새로이 주목을 받고 있는 또 다른 가족관계로는 아버지-자녀관계를 들 수 있다. 20세기 후반부터 새로운 아버지상이 부상하고 있다. 산업화 이후 아버지들의 주된 역할은 외부에서 돈을 벌어오는 부양자로서의 임무를 수행하는 것이었다. 자녀양육은 거의 전적으로 어머니의 책임이었다. 그런데, 최근 들어 자녀양육 과정에 적극적으로 개입하는 유형의 아버지들이 증가하고 있으며, 이에 대해 '새로운 부성'(*new fatherhood*)이라는 이름으로 많은 관심이 쏠리고 있다.[3]

---

3 S. Coltrane(2007), Fathering: Paradoxes, contradictions and dilemmas, In S. J. Ferguson, ed., *Shifting the Center*, New York: McGraw-Hill.

새로운 아버지들은 자녀양육에 감정적으로, 또 돌봄 행동의 실천으로 깊이 개입한다. 이들이 양육적 아버지의 역할을 수행하는 것은 아내의 취업이나 다른 현실적인 사정 때문에 할 수 없이 하는 것이 아니다. 그들은 돈만 벌어오고 자녀와의 관계에는 거리가 있는 부양자 아버지 역할에 머무르기를 거부하고, 전통적 어머니들의 역할을 공유하고자 하는 특성을 지닌다. 새로운 아버지의 확산은 여성의 경제활동 참여율이 확대되면서 남성 = 부양자, 여성 = 양육자 모델이 약화된 현실과 깊은 관련성이 있다. 또, 직장에서 요구하는 업무 스케줄 때문에 양육적 아버지상에 대한 이념적 지향과 달리 현실에서는 제대로 실천이 이루어지지 못하고 있다는 연구결과가 많다. 그렇기는 해도, '새로운 부성'이 보다 많은 사람에게 유효한 모델로 수용되면서, 점차적으로 가족 내 규범과 상호작용에 영향을 미치게 될 것으로 예상된다.

이혼의 증가와 더불어 재혼이 증가하면서 재혼가족 내 의붓관계들에 대해서도 관심이 커지고 있다. 재혼부부는 초혼부부에 비해 이혼율이 높은 것으로 나타나는데, 재혼부부의 갈등을 일으키는 가장 중요한 요인으로 의붓부모-자녀관계가 꼽힌다. 의붓관계가 존재하는 가족을 혼합가족이라고 한다. 흥미로운 사실은 혼합가족의 경우 전통적 핵가족 모델을 실현하려고 하면 할수록 원만한 관계 형성이 실패할 확률이 높아진다는 것이다. 다시 말하면, 의붓부모가 친부모의 역할을 대신하려고 애쓰는 것보다는 생활공간을 평화롭게 공유하는 정도의 목표를 가지고 약간의 거리를 유지하며 지내는 것이 궁극적으로 상호 지지적인 관계수립에 유리하다는 것이다.

공지영의 자전적 소설 《즐거운 나의 집》에 바로 그러한 이야기가 등장한다. 소설의 주인공인 큰딸 위녕은 이혼한 아버지와 새어머니 사이에서 심한 갈등을 겪다가, 아버지를 떠나 친어머니 집에 합류한다. 친어머니 집에는 각기 아버지가 다른 두 동생이 있다. 세 남매는 각각 다른 부계혈족을 가지고 있기 때문에, 어머니 집에서는 가족의 경계조차 애매하고 묘한 상황이다. 그래도 거기서 진솔한 가족 간 유대를 경험하면서, 배신감에 사로잡혀 있는 아버지와 새어머니와의 화해를 시도할 용기를 가지게 된다. 친딸 이상으로 배려하면서 친어머니의 자리를 완벽하게 대신 채워주려 했던 새어머니의 노력, 또 이혼 때문에 일그러지기는 했지만 다시 정상적인 핵가족의 모습을 복원하려 했던 아버지의 집착, 이런 것들이 오히려 진솔한 유대관계를 방해하였던 것이다. 아버지와 새어머니가 이것을 납득하게 되는 계기는 위녕이 불현듯 새어머니를 '엄마'가 아닌 '아줌마'라고 부르게 되는 상황에 의해 만들어졌다.

이상에서 살펴본 조부모-손자녀관계, 형제관계, 아버지-자녀관계, 또 앞절에서 살펴본 부부관계, 그리고 마지막의 의붓관계 등은 모두 오래된 유형의 가족 내 결속관계이다. 가족해체론의 입장에서 보면 가족 내의 결속들이 모두 약화되고 있는 것으로 보이지만, 관점을 달리하면 그 결속의 성격이 변모하여 오히려 새로운 잠재력을 가지고 있는 것을 볼 수 있다. 겉으로 보기에는 오래된 결속이지만, 관계의 성격이 크게 달라진 새로운 결속관계라고 볼 수 있는 것이다. 문제는 새로운 결속이 성공적으로 이루어지는 데에는 과거의 관계 규범에 머물러 있는 것이 오히려 방해가 될 수 있다는 것이다. 또 가족이기 때문에, 피는 물보다 진하기 때문에, 결속은 자연스럽고 당연하게 생겨날 것이라고 기대하는 것도 잘못이다. 오늘날의 가족 내 결속의 핵심은 그것이 부부관계이든, 부모자녀관계이든, 형제관계이든, 조손관계이든, 의붓관계이든, 결국은 독립된 일대기를 만들어가고 있는 사람들끼리 친밀성을 이루는 것이라 볼 수 있다. 사랑하는 사람 사이에 친밀성의 지속을 위해서 자기 성찰성과 적극적 의사소통과 상대방을 존중하는 민주적 관계가 필요하듯이, 어떠한 가족관계든 그러한 노력을 필요로 하는 것이 아닐까?

5) 여성의 가족과 남성의 가족

싱글로 사는 것과 비교하여, 결혼을 하면 무엇이 좋을까? 평균적으로 결혼한 사람들은 싱글보다 삶의 질이 높다고 한다. 결혼하여 얻게 되는 혜택을 경제학적인 용어를 빌려 '결혼 수당'이라고도 하는데, 여기에는 신체적 건강 증진, 정서적 안정, 경제적 이득 등이 포함된다. 결혼이 삶의 질을 증진시키는 이유에는 여러 가지가 있다. 우선, 상대방의 관심과 보살핌을 받는 것의 효과와 다른 사람으로부터 귀중한 존재로 사랑받고 있다는 것의 효과가 있다. 또, 결혼한 사람들은 건강을 해롭게 하거나 위험한 행동을 덜하고, 좋은 음식을 먹고, 위생관리를 잘하고, 안전한 지역에 사는 경향이 나타나는데, 이런 생활방식 때문에 삶의 질이 높아지는 것이라는 설도 있다. 결혼을 함으로써 얻게 되는 경제적 이익도 생각해 볼 수 있다. 지출 면에서 규모의 경제를 꾀할 수 있으며, 맞벌이를 한다면 가계 소득 규모가 커진다. 금전뿐 아니라 다른 유형의 자원들을 공유하게 됨으로써 개인이 가진 자원 이상의 것을 누릴 수 있게 된다.

그렇다면 결혼이 주는 혜택은 남성과 여성에게 동일하게 나타날까? 누가 더 큰 결혼 수당을 챙기는 것일까? 약 30년 전에 제시 버나드(Jessie Bernard)라는 사회학자는 '남성의 결혼과 여성의 결혼은 다르다', '결혼이 남성에게는 이득을 주지만, 여성에게는 질병을 가져다준다'고 발표하여 커다란 논란을 일으켰다. 그 이후 지금까지 수많은 연구자들이 성별 비교연구를 수행하였는데, 간략히 종합하면 결혼 수당은 남성이 여성보다 큰 것으로 나타난다. 평균적으로 여성들이 결혼을 통해 경제적 여유가 높아지는 효과를 누리는 것은 사실이다. 이러한 혜택은 소득수준이 낮은 경우에 특히 그러하다. 그러나 경제적 혜택은 자녀 출산 이후 크게 감소하는 것으로 나타난다. 한편 여성들의 경제활동 참여 확대에 따라 여성들의 금전적 기여도는 증가하였지만, 그 반대로 남성들의 가사노동이나 자녀양육에의 기여는 거의 증가하지 않았다. 대다수 여성들은 경제활동을 하는 경우에도 여전히 가사노동이나 자녀양육에 대한 책임을 담당하는 이중부담을 안고 있다. 이러한 불균형이 신체적인 부담과 정신적 스트레스를 야기하기 때문에 여성들이 얻는 혜택이 상대적으로 적다는 것이 연구자들의 중론이다.

오늘날 여성의 사회적 지위는 전반적으로 상승하는 추세이지만, 가족 내 남성과 여성의 역할에 대한 사람들의 생각은 혼란 속에 있다고 해야 할 것이다. 앞서 소개했던 벡과 벡-게른샤임에 의하면, 근대 사회에서 일어난 개인화는 20세기 중반 이전까지는 남성에게만 국한되어 일어난 현상이다. 산업화로 인해 일터가 가정으로부터 분리되었을 때, 남성들은 일터를 따라 가정 바깥으로 진출함으로써 개인화의 길을 걷게 되었다. 그러나 여성들에게는 남성들과는 달리 사회로부터 고립된 가족에 머물러 공동체를 위해 헌신하는 임무가 잔여적으로 지워졌다. 다시 말하면 남성들이 공동체에 대한 헌신으로부터 자유롭게 개인적 일대기를 추구할 수 있었던 것은 공동체를 위한 돌봄에 헌신하는 여성들이 있었기 때문이라 할 수 있다.

뒤늦게 20세기 중반 이후에 이르러, 서구사회를 필두로 여성들도 대거 개인화의 대열에 합류하게 되었다. 그런데 그 사이 성별분업체제를 당연하고 자연스러운 것으로 받아들이게 하는 성역할 구별 이념이 완고하게 자리 잡아 여러 형태의 혼란과 갈등과 부조리를 낳고 있다고 벡과 벡-게른샤임은 말한다. 성역할 구별 이념은 여성들이 집 밖에서 경제활동을 하더라도 여전히 가사노동과 육아에 대해 일차적 책임을, 즉 '이중부담'을 떠안게 한다.

이러한 상황은 여성들을 불만스럽게 한다. 그런데 남성들은 여성들이 집 밖에 나와 경제활동에 참여하는 것까지는 수용한다 하더라도, 역으로 자신이 가족을 위한 돌봄노동의 책임을 공유하는 것은 당연하게 여기지 않는 것이 일반적인 현실이다. 결과적으로 역할 수행을 둘러싼 남녀 간의 갈등과 혼란이 벌어질 수밖에 없는데, 가사노동 분담문제는 부부 갈등의 가장 흔한 원인이라고 연구자들은 보고한다.

여성들의 이중부담은 개인적 문제로 끝나는 것이 아니다. 여성에게는 가족을 보살펴야 하는 책임이 있기 때문에 일에 대한 몰입이 약할 것이라는 가정이 사회전체에 만연하여, 여성을 차별하는 노동시장 관행을 부추기고 있고, 이는 다시 여성들에게 직업활동에 대한 의욕을 약화시키는 결과를 낳기도 한다.

현대사회는 여성이 노동시장에 참여하는 것을 필요로 한다. 그러나 그동안 여성들이 도맡아 주었던 돌봄에 대한 공동체적 책무에 대해 적극적 해결의 노력을 기울이고 있지 않다. 근본적인 차원에서 살펴보면, 현대사회에서 공적 영역에서의 '일'은 사적인 문제로부터 자유로운 상태에서 수행할 것을 전제로 구조화되어 있다. 예컨대, 오전 9시부터 6시까지 (또는 그 이후까지) 집안일에 신경 쓰지 않고 업무에 몰입할 수 있어야 한다는 것이 직장생활의 기본 가정인 것이다. 최근 들어 우리 사회에서도 출산휴직뿐 아니라 육아휴직이나 가족간호휴직을 확대해야 한다는 인식이 확산되고 있다. 이러한 제도들은 산업화로 인해 생겨난 공적 영역과 사적 영역의 분할체제를 재구조화하려는 노력의 일환이라고도 볼 수 있는데, 현재 잘 시행되고 있지 않다. 이러한 상황에서 '일-가정 양립'은 결코 간단한 문제가 아니다. 결국 여성들에게 일-가정 중 하나를 영구적/전체적으로 또는 일시적/부분적으로 포기하게 하는 현실을 초래하고 있는데, 이는 경제적 자립 능력이 있는 여성들이 결혼을 꺼리게 하는 요인이 되고 있는 것이다.

이와 관련하여 일본사회에서 일어나고 있는 흥미로운 현상을 야마다 마사히로가 《우리가 알던 가족의 종말》에서 서술하는데, 오늘날 한국에도 같은 현상이 일어나고 있어 주목할 만하다. 요즈음 일본에는 전업주부를 꿈꾸는 젊은 여성들이 의외로 많다. 이들은 보상도 신통치 않고 스트레스가 많은 직장생활을 계속하느니, 직장을 그만두고 전업주부로 전통적 여성의 역할을 담당하는 것이 낫다고 생각한다. 따라서 이들의 전략은 자신과 미래의 자녀를 먹여 살릴 좋은 부양자 남편을 찾는 것이다. 그러나 불안정한 고용시장 조건에서 여성들이 찾는 그런 남편감은 점점 희귀해지고 있다. 왜냐하면 남성의 경우, 혼자 부양자가 되기보다는 함께 맞벌이를 할 상대를 찾는 이가 증가했고, 전업주부 여성을 아내로 맞이하길 원한다면 직업적 안정성을 확립하기 위해 소요되는 시간이 길어져 혼인적령기에 결혼하는 것이 어렵기 때문이다. 더욱더 역설적인 것은 직업 커리어를 추구하는 여성들이 보기에는 결혼의 혜택에 대한 전망이 그다지 긍정적이지 않다는 것이다. 가정에 매이지 않고 커리어를 쌓으며 자유롭게 싱글로 사는 것이 보상이 더 많을 것으로 여겨지므로, 이들은 결혼을 꺼리게 된다. 결과적으로 결혼을 하고 싶어 하는 여자들이 찾는 남자들은 점점 희귀해지고, 결혼을 하려는 남자들이 찾는 여자들은 결혼에 관심이 없는 현상이 일어나고 있다는 것이다.

우리나라 저출산의 가장 중요한 요인은 만혼에 있다고 한다. 이와 관련하여 젊은 여성들이 직업을 우선시하고 결혼은 뒷전으로 생각하기 때문이라는 주장이 언론에 자주 등장한다. 그러나 실증적 연구결과들에 의하면, 여성의 커리어 추구가 아니라 남성들이 겪는 고용불안정성이 젊은이들의 결혼지연 현상의 가장 중요한 요인이다. 현재 우리나라의 노동시장에서 나타나는 성별 임금격차나 정규직 비율 차이를 보건대, 직업 커리어를 우선시하느라 결혼을 마다하는 젊은 여성들은 소수에 불과할 것으로 보인다. 야마다 마사히로가 관찰한 일본사회와 마찬가지로, 우리나라에도 커리어보다 결혼을 우선시하는 여성들은 많을 것으로 예상된다. 그런데 그러한 여성들을 배우자로 받아들이기 위해서 남성들이 자신의 직업적 지위를 확립하기까지 필요로 하는 시간이 길어졌다고 볼 수 있다.

가족쇠퇴론을 견지하는 보수적 주장에 의하면 가족의 존속을 위해서는 전통적인 성별 역할 규범이 존중되어야 한다. 가족이 유지되기 위해서는 공동체적 헌신과 책임의식을 필요로 하는데, 부양자는 부양자로서, 양육자는 양육자로서 개인적 이해를 넘어서 자신의 역할을 충실히 수행해야 한다. 단, 양육자 역할은 출산/수유와 관련된 신체적 조건으로나 문화적 관행으로나 여성들이 일차적으로 담당하는 것이 자연스럽다는 주장이다. 이러한 주장은 물론 여러 방향에서 비판의 대상이 되고 있다. 성별분업체제는 여성을 공적 영역으로부터 배제시킴으로써 남녀 간 불평등의 근본적 원인이 되고 있으므로 철폐되어야 한다는 격렬한 양성평등주의의 반론이 있다. 더 나아가 앞서 검토한 벡과 벡-게른샤임이나 기든스의 논의에 의하면, 오늘날 가족이 지향하는 가장 중요한 의미인 사랑과 친밀성이 실현되려면 평등하고 민주적인 의사소통이 전제가 되어야 하기 때문에 성별 분업은 가족의 현대적 속성과는 맞지 않는다.

한편, 한국이나 일본에서 젊은이들의 결혼시장에서 나타나는 현상을 바라보면 전통적 성역할 구별 의식이 오히려 가족의 재생산을 방해할 수 있다는 역설적인 현실을 발견하게 된다. 불안정하고 양성이 불평등한 현재의 고용시장 상황은 여성들에게는 남성에 대한 의존성을 키우게 하면서, 반대로 남성에게는 부양자로서의 책임을 기피 또는 연기하고 싶도록 내몰고 있다. 이러한 상황에서 남성 = 부양자, 여성 = 양육자 모델을 고수하면 할수록, 결혼을 하고 가족을 이룰 조건을 만족시키기가 어려워질 것으로 예상된다.

4. 나가며

현대사회에서 가족은 어떤 것일까?

이 장에서 살펴봤듯이 현대사회에서 가족은 많은 논란 속에 존재하기 때문에 한마디로 이야기하기에는 무리가 있다. 가족에 대한 입장은 크게 가족쇠퇴론과 가족변화론으로 대립되는데, 양 진영의 논의 속에서 대두되는 주요 쟁점은 세 가지로 요약될 수 있다. 첫째는 개인주의가 가족과 공존할 수 있는가이다. 더불어, 개별화된 선택에 따라 생겨나는 가족 형태의 다양화를 가족쇠퇴의 징후로 볼 것인지, 아니면 새로운 사회문화적 환경에 따라 가족이 변화되는 것으로 볼 것인지의 문제이다. 둘째는 가족과 사회의 관계에 관한 문제로,

돌봄과 양육이라는 가족의 기능이 수행되는 데에 개별 구성원들의 책임의식이 우선되어야 하는지, 아니면 사회의 공동 부담이 우선되어야 하는지에 관한 것이다. 셋째는 가족역할 수행에서 성별 분리가 지속되어야 하는지, 아니면 역할 공유와 통합이 이루어져야 하는 것인지에 관한 것이다.

이처럼 관점의 차이에 따라 가족의 개념도 다르고, 오늘날 가족이 어떤 상태에 있는지에 대한 진단도 다르고, 가족이 직면한 과제가 무엇인지, 어떻게 해결해야 하는지, 국가 정책은 어떤 방향으로 이루어져야 하는지가 달라진다. 대부분의 사람들은 이러한 차이를 명확하게 인식하지 않기 때문에 상반되는 사고와 이념이 우리의 일상생활 속에 혼재된 경우가 많다. 그러나 가족과 관련한 국가 정책을 결정하거나, 또는 현재의 청년들처럼 중요한 개인적 생애 결정에 직면한 상황이라면, 이러한 쟁점들과 그것이 포함한 거시적 맥락을 이해함으로써 자신이 원하는 바를 주도적으로 추구할 수 있을 것이라 생각된다.

마지막으로, 가족쇠퇴론이나 가족변화론이나 의견의 일치를 보이는 주제가 하나 있기는 하다. 그것은 현대사회의 가족의 가장 중요한 기능 또는 존재의의가 사랑, 정서적 유대, 또는 친밀성을 경험하는 기반이 되는 데 있다는 것이다. 이때의 사랑이란, 단지 열정적 감정에 관한 것이 아니고, 자연스럽게 생겨나는 것도 아니다. 가족쇠퇴론에 의하면 사랑은 자기절제와 규범의 존중, 공동체에 대한 책임과 헌신이 뒤따라야만 지속될 수 있다. 가족변화론의 입장에서 사랑은 자기 성찰성과 민주적인 의사소통을 기반으로 이루어져야 자기성숙 및 자아실현으로 이어질 수 있다. 사랑이란 '발생'(*happen*) 하는 것이 아니라 노력을 통해 만들어 나아가는 무엇이라는 점에 대해서는 대부분의 연구자들이 동의할 것이다. 그렇다면, 우리가 어떠한 태도와 행동을 통해서 가족에서 사랑을 실현할 수 있는지 또 우리 사회문화적 관행에서 친밀성의 유대를 저해하는 요인은 없는지 각자 생각해 보기 바란다.

참고문헌

공지영(2007), 《즐거운 나의 집》, 푸른숲.

앤소니 기든스(1993), 《현대사회의 성 사랑 에로티시즘: 친밀성의 구조변동》, 황정미 외 공역(2003), 새물결.

야마다 마사히로(1999), 《우리가 알던 가족의 종말: 오늘날 일본가족의 재구조화》, 장화경 역(2010), 그린비.

울리히 벡 · 엘리자베트 벡-게른샤임, 《사랑은 지독한, 그러나 너무나 정상적인 혼란》, 강수정 외 공역(1999), 새물결.

지그문트 바우만(2000), 《액체근대》, 이일수 역(2009), 강.

필립 아리에스(1975), 《아동의 탄생》, 문지영 역(2003), 새물결.

힐러리 로댐 클린턴(1996), 《집 밖에서 더 잘 크는 아이들》, 이수정 역, 디자인하우스.

Bernard, J. (1982), *The Future of Marriage*, New York: Bantam.

Coltrane, S. (2007), Fathering: Paradoxes, contradictions and dilemmas, in S. J. Ferguson, ed., *Shifting the Center*, New York: McGraw-Hill.

Lye, D. N. (1996), Adult child-parent relationships, *Annual Review of Sociology*, 22: 79~102.

Popenoe, D. (1993), American family decline, 1960~1990: A review and appraisal, *Journal of Marriage and the Family*, 55: 527~555.

Santorum, R. (2006), *It Takes a Family: Conservatism and the Common Good*, Wilmington, DE: ISI Books.

Skolnick, A. S. & J. H. Skolnick(2011), *Family in Transition*, 16th ed., Boston: Allyn & Bacon.

07 사랑과 성

이여봉

1. 들어가며

오늘의 우리는 가히 사랑 지상주의 시대를 살고 있다. 물론 인류 보편에 대한 '박애'나, 친구 간의 '우정' 그리고 '부성애'와 '모성애' 및 '형제애' 등도 모두 사랑이다. 그렇지만 오랜 세월 시와 노래 그리고 드라마와 영화에 쉼 없이 등장하면서 가슴을 적시는 것은 남녀 간의 사랑이다. 우리들은 누구나 그 아름다움과 환희의 결정체인 사랑이 자신에게도 다가오기를 꿈꾸며 기다리고, 찾아온 사랑에 환호하고 잃어버린 사랑으로 인해 절망하며, 또 때로는 소설이나 드라마에서 보이는 사랑의 기쁨에 자신을 투사시키면서 대리만족을 구하기도 한다.

그런데 이성 간의 사랑을 정서적인 차원에만 한정할 수는 없고, 필연적으로 떠올릴 수밖에 없는 또 하나의 차원이 성(性), 즉 섹슈얼리티이다. 사랑이란 정신적·육체적 친밀성이 상호 복합적으로 연관된 개념이기 때문이다. 이 장은 이성애에 관한 전반적 설명과 더불어 오늘날의 성행동 경향과 성의식 등이 사랑과 맺는 연관성에 주목한다.

전반부는 사랑을 어떻게 정의할 수 있는지, 사랑을 구성하는 것은 무엇인지, 그리고 사랑이 어떻게 발전하고 혹은 쇠퇴해 가는지에 관한 일련의 과정을 소개하였다. 그리고 다양한 데이트 방식에 관한 설명을 통해, 개인적 성향 및 상황에 따라 이성에게 다가가는 방식에 있어서 차이가 존재함을 제시하였다. 나아가 기존의 낭만적 사랑관념과 이를 대체하는 것으로서의 합의적 사랑관념에 관한 논의를 다루었다.

후반부는 성, 즉 섹슈얼리티의 개념과 더불어 긴 세월 동안 뿌리 내려온 가부장적 성 각본의 특성과 문제점을 제시하고 그 대안을 모색하였으며, 아울러 혼외 성관계 및 성폭력 등 일탈로 간주되는 주제들에 관해 폭넓게 다루었다. 성적 자기결정권과 순결에 관한 우리 사회의 이중 잣대가 어떻게 모순된 상황을 연출하는지, 그리고 성의식과 성행동이 한편으로는 급변하고 다른 한편으로는 지체되어 있는 혼돈 속에서 개인은 어떤 선택을 하고 그로 인해 어떤 결과에 직면하는지 등에 관한 논의이다.

2. 사랑이란 무엇일까?

1) 사랑에 빠지기와 사랑하기, 그리고 사랑 가꾸기

어느 날 갑자기 '교통사고처럼 찾아오는' 또는 '단숨에 빠져 버리는' 열정적 사랑은 우리가 꿈꾸기도 하고 경험하기도 하는 구체적 현상이다. 그런데 '사랑에 빠졌다'로 표현되는 열정은 과연 무엇일까? 그리고 '사랑에 빠지는 것'(*falling in love*)과 '사랑을 하는 것'(*being in love*)은 어떻게 다른 것일까?

(1) 사랑은 화학반응인가?

생물학적으로는 사랑의 감정을 인간의 신체에서 분비되는 화학물질의 작용으로 설명한다. 사랑이란 가임기의 남녀가 자연스럽게 자손을 번식시키고 양육함으로써 인류가 존속해 갈 수 있도록 진화한 결과라는 것이다. 이에 따르면, 각자의 뇌에서 분비되는 각성제가 신경계와 혈관을 따라 전달되면서 떨림과 두근거림 등의 열정적 도취상태로 이끈다. 그런데 이와 같이 강력한 열정을 불러일으키는 도파민 등의 화학물질은 짧으면 3개월에서 길어도 3년 정도가 지나면 더 이상 분비되지 않는다. 따라서 서로에 대한 감정적 몰입도는 시간의 흐름에 따라 감소할 수밖에 없고 1년이 지나면 50% 정도로 감소한다고 알려져 있다. 그래서 이 시기에 이르러 관계가 지루하게 여겨지고 "사랑이 식었다"고 느끼기 쉽다.

그러나 호르몬 작용에 의해 빚어진 폭풍 같은 열정만이 사랑은 아니다. 인체는 열정이 식은 이후에도 안정적 애착관계를 형성하게 하는 새로운 화학물질(엔도르핀)을 분비할 수 있다. 서로에 대해 불

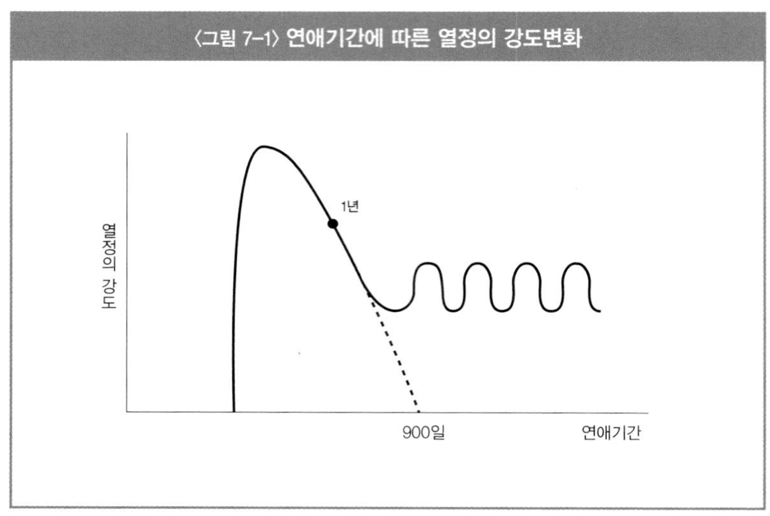

〈그림 7-1〉 연애기간에 따른 열정의 강도변화

출처: KBS(2005), 〈감성과학다큐멘터리: 사랑, 900일간의 폭풍〉.

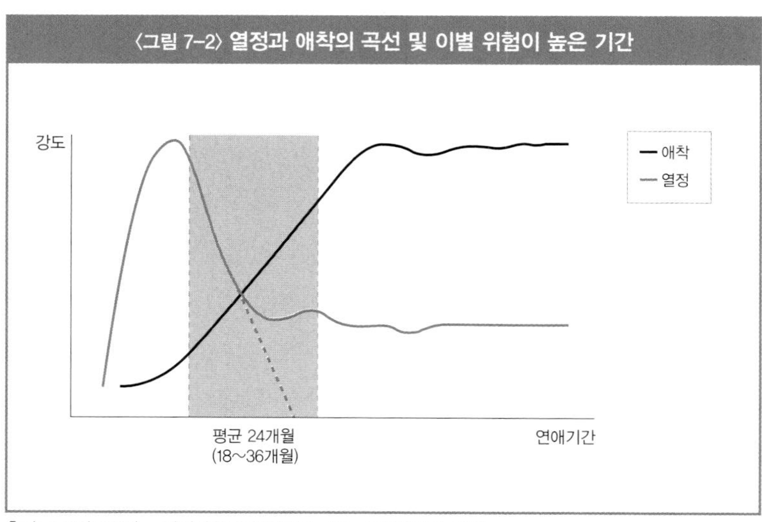

〈그림 7-2〉 열정과 애착의 곡선 및 이별 위험이 높은 기간

출처: KBS(2005), 〈감성과학다큐멘터리: 사랑, 900일간의 폭풍〉.

타올랐던 열정이 소진되기 전에 튼실한 애착관계를 형성하지 못한 경우, 열정적 사랑이 끝나는 시점에 이별이 찾아온다. 하지만 열정이 살아 숨 쉬는 동안 서로에 대한 애착을 높은 단계로 끌어올릴 수 있다면, 사랑은 보다 안정적이고 주도적인 모습으로 지속된다. '사랑에 빠진' 단계로부터 '사랑을 하는' 단계로 올라서는 것이다.[1]

(2) 사랑은 무엇으로 구성되는가?

스턴버그(Sternberg)[2]는 사랑을 구성하는 세 가지 요소로 친밀감(*intimacy*), 열정(*passion*), 그리고 헌신(*commitment*)을 제시하였다. 친밀감이란 가깝고 연결된 느낌, 즉 유대감을 의미하고, 열정이란 연애감정 및 성적 이끌림을 뜻한다. 반면에 헌신이란 이성관계에 돌입하고 유지해 가기로 결정하는 책임과 의무 그리고 정신적·실질적 투자이다. 이러한 세 가지 요소들 간의 균형 그리고 애정으로 연결된 두 사람 간 관계의 상호성에 기초하여, 관계의 예후 및 앞으로 어떤 부분을 위해 노력해야 할지를 진단할 수 있다.[3]

상대에 대해 잘 모르면서 '첫눈에 반한' 상태란 열정만 넘치는 불균형적 사랑에 다름 아니다. 그러나 함께하는 시간이 흐르면서 두 사람은 점차 서로에 대해 몰랐던 부분을 알게 되고 익숙해진다. 물론 사귀는 기간이 길어지면 설렘으로 가득 찬 열정은 감소하기 때문에, 서로에 대한 연애감정을 간직하기 위해서는 항상 새로운 모습으로 상대방에게 다가가는 노력 그리고 상대방의 새로운 면면을 발견

---

1 이여봉(2008), 《가족 안의 사회, 사회 안의 가족》, 2nd ed., 양서원.

2 Sternberg, R. J.(1986), A Triangular theory of love, *Psychological Review*, 93(2): 119~135.

3 이여봉(2008), 앞의 책.

하려는 노력이 필요하다. 서로 상대방의 장점뿐 아니라 단점까지도 있는 그대로 이해하고 받아들이면서도 연애감정을 잃지 않을 수 있다면, 두 사람의 관계는 전술한 세 꼭짓점 — 열정, 친근감, 헌신 — 이 적절한 균형을 이룬 원만한 사랑으로 자리를 잡는다.

〈그림 7-3〉 사랑에 관한 삼각형 이론

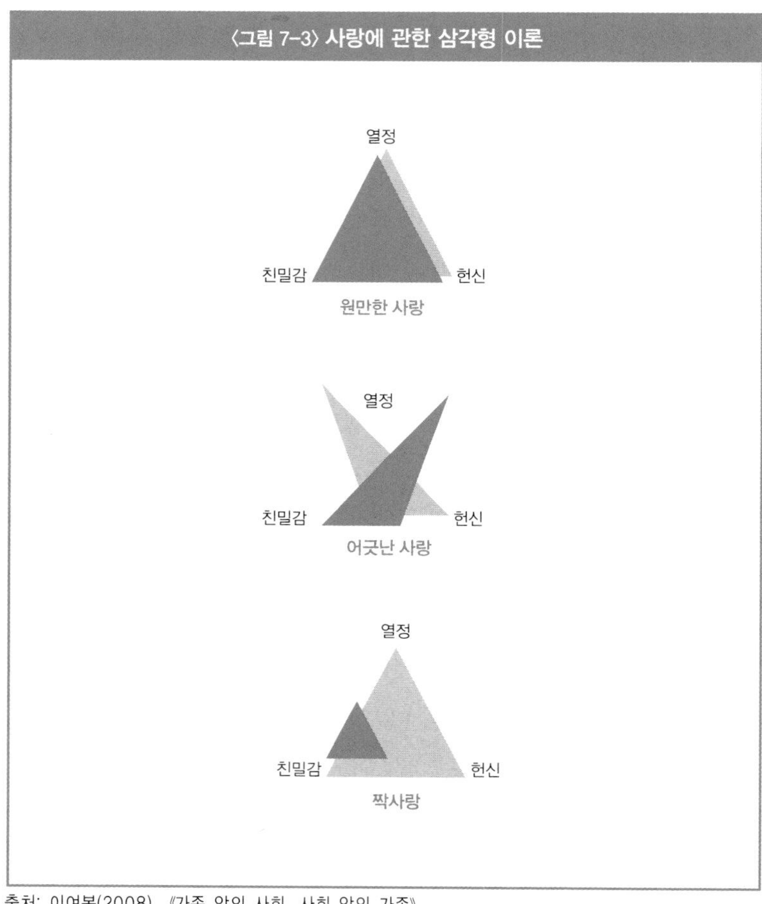

출처: 이여봉(2008), 《가족 안의 사회, 사회 안의 가족》.

한편 오랜 세월을 가까이에 있어서 서로에 대해 익숙하긴 하지만 이성으로서 가슴 떨리는 느낌이 와 닿지 않는다면, 친근감만 있고 열정이 없는 관계이다. 열정이나 두근거림이 전혀 느껴지지 않고 친근하고 편안하기만 한 관계는 친구 사이의 우정일 뿐 균형 잡힌 사랑은 아니다. 물론 오랜 세월 동안 우정을 유지했던 친구가 갑자기 가슴이 두근거리는 이성으로 느껴져서 혼란스러워지는 일도 드물지는 않다. 이러한 감정이 두 사람 모두에게서 동시에 일어날 경우, 그 시점부터 이들은 연인관계로 나아갈 수 있다. 그러나 두 사람 중 한편만 열정을 느낄 경우, 상호적 사랑은 이루어지지 않는다. 그래서 열정을 느끼는 쪽은 짝사랑의 가슴앓이를 하고 다른 한쪽은 상대방에 대한 미안함과 부담을 느끼게 된다. 다음의 노래가사는 이러한 짝사랑의 슬픔을 읊고 있다.

사랑보다 먼
우정보다는 가까운
날 보는 너의 그 마음을 이젠 떠나리
내 자신보다
이 세상 그 누구보다
널 아끼던 내가 미워지네

연인도 아닌
그렇게 친구도 아닌
어색한 사이가 싫어져 나는 떠나리

— 〈사랑과 우정 사이〉, 김경호 · 김연우

반면에 상대방에 대한 열정도 친근감도 느껴지지 않거나 혹은 이미 사라져버린 상태에서 형식적인 관계맺음이나 책임감에 기대어 혹은 지난 세월 동안의 투자가 아까워서 관계를 유지(헌신)할 경우도 있다. 그렇지만 그 관계는 공허한 '빈 껍질'에 불과할 뿐이어서, 서로에게서 충만한 일체감을 느낄 수 없다. 한편은 형식적인 헌신만 하고 있을 뿐인데 상대방은 열정과 친밀감에 대한 욕구가 강할 경우 역시, 관계가 순항하기는 쉽지 않다. 관계를 맺고 있는 두 사람이 서로에 대해 그리고 자신들의 관계에 대해 균형 잡힌 감정과 비슷한 몰입도를 보일 때, 관계는 원만하게 순항한다.

(3) 수레바퀴같이 구르는 과정으로서의 사랑

리스(Reiss)[4]는 사랑을 완성해 가는 과정을 순서에 따라 네 단계로 구분하였다. 그 첫 번째가 관계를 만들어가는 단계(*rapport*)이고, 두 번째가 스스로의 면면을 상대방에게 노출하는 단계(*self-revelation*)이며, 세 번째가 서로 의존하는 단계(*mutual dependency*), 그리고 네 번째가 상호 관계를 통해 각각의 인성적 욕구를 충족하는 단계(*personality need fulfillment*)라고 설명한다. 성장배경이나 계층 및 교육 등과 같이 문화적 배경이 유사할 때 서로에 대한 초기의 관심이 생기게 되고(관계형성), 관심사나 흥미, 희망 등에 관해 서로 알려주고 알게 되면서 가까워진다(자아노출). 그리고 깊은 내면적 욕구와 생각까지 이해하고 공유하며 의존하는 단계로 나아가게 되면(상호의존), 이를 기반으로 하여 궁극적으로는 서로를 지지하고 공동결정을 내릴 수 있는 단계(인성적 욕구충족)에 다다를 수 있다.[5]

---

4 Reiss, I. L. (1960), *Premarital Sexual Standard in America*, New York: Free Press.

그런데 전술한 네 단계가 한 방향으로 전진하기만 하는 것은 아니다. 시간의 흐름과 더불어 관계가 발전하여 서로에게 점차 다가서기도 하지만, 때로 더 이상의 진전이 없이 정체된 상태에 머물기도 하고, 갈등이 생기거나 장애를 극복하지 못할 경우 오히려 후퇴하면서 관계가 멀어질 수도 있다. 이처럼 사랑이란 관계를 일구는 당사자들의 노력과 의지 그리고 이를 돕거나 방해하는 내외적 요인들에 의해 앞으로도 뒤로도 굴려지고 혹은 세워지기도 하는 수레바퀴처럼 가변적 존재이다. 그래서 사랑을 유지하기 위해서는 열정이 사라지지 않도록 상대방에게 늘 새롭게 다가가려는 노력, 서로에게서 멀어지지 않도록 관심을 기울이는 배려, 그리고 솔직한 의사소통을 통해 상대방과 상황을 이해하려는 끊임없는 노력 등이 필요하다.

(4) 관계의 지속과 결별 사이

인간관계의 지속은 주로 만족도(*satisfaction*)와 헌신(*commitment*)이라는 두 가지 요소의 상호작용에 의해서 결정된다.

만족도란 해당 관계에 대해 개인이 느끼는 주관적 평가로, 상대방과의 관계를 통해 자신이 무엇을 얼마나 얻고 얼마나 잃는가에 대한 판단이다. 예를 들면, 상대방과의 만남에서 얻는 정서적 충족감과 데이트의 즐거움이 얻는 것이라면, 데이트를 하느라 동성친구와의 만남 및 동아리 모임에 참석하지 못하거나 학업시간을 줄여야 하고 혹은 데이트 비용 때문에 평소의 지출을 줄여야 하는 것 등이 잃는 것이다. 그런데 데이트 관계의 특성상 정서적으로 관계에 몰두해 있는 정도가 높은 쪽은 그 관계를 유지함으로써 얻는 것이 잃는 것보다

5 이여봉(2008), 앞의 책.

더 많다고 느끼기 때문에, 관계에 대한 만족도가 높고 따라서 관계를 유지하기 위해 노력할 것이다. 반면에 상대적으로 관계에 덜 몰입한 파트너는 상대방과의 관계에서 얻는 정서적 보상이 적기 때문에 결렬에 대한 부담이 훨씬 덜하다.[6]

헌신은 당사자를 해당 관계에 묶어두는 힘으로, 관계를 해체하는 데 장애가 되는 요인이다. 관계를 유지시켜 오는 과정에서 들인 노력이나 시간, 돈 등과 같이 투자한 자원이 클수록 헌신의 정도가 증가한다. 그리고 헌신의 정도가 클 경우엔 만족도가 상당한 정도로 낮아진 이후까지도 관계는 지속될 가능성이 높다. 커플링과 언약식 등을 통한 혼전커플 의식은 서로에 대한 구속과 헌신을 약속함으로써 관계를 공고히 하고자 하는 의식의 단면이다. 하지만 혼전커플 의식은 결혼식보다는 구속과 헌신에 대한 기대치가 훨씬 낮고, 따라서 만족도가 떨어졌을 때 관계를 유지하게 하는 힘은 미약하다. 관계만족도가 동일하게 낮아진 경우에도 결혼한 부부는 연애 중인 커플보다 관계를 유지해 갈 가능성이 높은데, 이는 법적 혼인이 갖는 사회적 책무, 즉 높은 헌신도 때문이다.[7]

2) 데이트, 그 다양한 방식에 관하여

사람들이 이성을 만나고 대하는 태도, 상대방에 기대하는 바, 그리고 관계를 지속해 가는 모습은 다양하다. 누구는 한 사람에게 오래도록 집중하면서 공을 들이고, 누구는 수시로 파트너를 바꾸기도 하며, 또 누구는 동시에 여러 명의 파트너와 사귀기도 한다. 한편 어

6 위의 책.

7 위의 책.

떤 사람에겐 사랑하는 이성과의 관계가 인생의 전부로 여겨지는데, 다른 누군가에겐 이성과의 사귐이란 그저 삶의 작은 부분일 뿐 사회적 성취 등 다른 삶의 부분들이 더욱 중요하다. 이처럼 개인이 가진 성향에 따라 사귐의 방식 역시 다를 수 있다. 그래서 이성 간 사귐의 유형을 다음의 6가지 모습[8]으로 유형화하는 것이 가능하다.

(1) 에로스

에로스란 '첫눈에 반해서' 불타오르는 사랑을 뜻하는 것으로, 동화 속 주인공들의 사랑방식이 이에 해당한다. 이러한 성향의 사람들은 언어나 신체적 접촉 그리고 이벤트 등을 통해 사랑을 적극적으로 표현한다. 특히 상대방의 외모적 매력에 기초하여 일단 대상을 선택하고 나면 천생연분이라는 믿음을 갖고 몰입하는 유형에게서 관찰되는 모습이다. 이들은 이상적 연인을 만나서 함께 살아가는 것을 삶에서 가장 중요한 것으로 여긴다.

(2) 스토르게

스토르게란 많은 시간과 활동을 공유하면서 서서히 무르익는 사랑이다. 이들은 지나친 감정 표현을 자제하고, 공통의 관심사에 대해 이야기하면서 가까워지는 것을 선호한다. 부담 없이 편하게 자신을 보여주고 상대방을 천천히 알아가길 원한다면, 소개팅보다는 주변을 잘 살펴서 뜻이 통하는 사람을 만나는 것이 어울린다.

---

8 Lee, J. A. (1973), *The Color of Love: An Explanation of the Ways of Loving*, Don Mills, Ontario, New Press.

(3) 루두스

마음속의 이상형이 없고, 주변에 '아직 정착할 준비가 되어있지 않다'고 말하는 사람들이 있다. 이들은 누구에게도 구속되는 것을 싫어해서 적당한 거리를 유지하려 하고 책임질 만한 사랑의 약속은 피한다. 또한, 동시에 여러 명의 파트너를 가볍게(?) 만날 뿐 한 사람에게 몰입하지 않는다. 이처럼 삶에서 사랑의 비중을 그리 크게 두지 않는 대신 독자적인 사생활을 더 중시하고 있는 상태이다.

(4) 마니아

마니아란 격정적이고 중독적 사랑을 의미한다. 이들은 상대방을 소유하고 그/그녀에 의해 소유당하는 것을 사랑이라고 생각해서, 상대방에게 매달리는 한편 혹시 버림받지나 않을까 하는 불안 때문에 그/그녀를 구속하려는 경향도 강하다. 그래서 잠시라도 연락이 닿지 않으면 불안해서 안절부절못하고 수시로 "나 예뻐?" 혹은 "나 사랑해?" 등의 말로 사랑을 확인하려 한다. 그러나 이 경우 오히려 상대방은 질려서 도망가고 싶어진다.

(5) 프라그마

가슴 떨리는 연애감정을 찾기보다는 다양한 사람을 만나는 과정을 통해 현실적이고 실용적으로 자신에게 어울리는 배경과 관심사를 지닌 상대를 물색하고자 한다. 이는 결혼 상대자를 찾는 데 있어서 이성적이고 합리적인 선택방안으로 여겨지곤 한다. 그런데 상대방을 위한 희생과 헌신이 필요하다는 생각이 결여되는 경향으로 인해, 실제의 삶이 자신이 생각했던 것과 다르게 진행된다고 느낄 경우 관계가 위기에 봉착할 수 있다.

(6) 아가페

상대방에 대한 헌신을 중요시해서 조건 없이 좋아하고 돌봐주며 용서하고 베푸는 사랑이다. 그런데 상대방이 자신을 얼마나 필요로 하는지 그리고 자신이 상대방에게 필요한 바를 얼마나 충족시켜 줄 수 있는지를 사랑의 조건으로 삼기 때문에, 상대방이 자신을 필요로 하지 않는다고 느낄 때 관계는 끝이 나기 쉽다. 그래서 늘 자신의 희생과 배려를 필요로 하는 사람을 선택하는 경향이 있다.

위의 6가지 중 한 개인이 어느 한 범주에만 속한다고 단정할 수는 없다. 누구나 몇 가지 성향을 어느 정도씩 갖고 있다. 또한 한 사람의 유형이 고정불변이라고 단정할 수도 없다. 다만 현재 시점에서 그 치우침의 정도로 미루어, 어느 하나의 유형으로 범주화할 수 있을 뿐이다. 그럼에도 불구하고, 같은 유형에 속하는 사람들끼리 만날 경우 서로에 대한 이해도가 높을 것이므로 상호관계가 부드럽게 이어질 가능성이 높고 관계에 대한 만족도 역시 높은 것은 사실이다. 반면에 전혀 상이한 유형에 속하는 두 사람 간의 만남은 상대방의 행동을 이해하지 못해 갈등하거나 혹은 각자 자신의 방식만을 고집하다가 서로에게 상처를 남길 가능성이 높다. 그러므로 자신이 어떤 유형인지 또한 현재의 파트너가 어떤 유형인지 파악하는 것은 상대방의 행동을 이해하고 관계를 원활히 유지하는 데 도움이 될 것이다.[9]

---

9 부록_사랑유형 진단 검사지(240쪽)를 참조할 것.

3) 낭만적 사랑에 대한 환상, 그리고 우리 시대의 사랑

(1) 낭만적 사랑

어린 시절에 읽었던 동화나 영화 속에 등장하는 사랑에 익숙해진 탓일까? 남녀를 불문하고 열정적이고 낭만적인 사랑을 가장 아름답고 이상적인 것으로 여기는 경향이 있다. 그런데 낭만적 사랑이란 구체적으로 무엇일까?

• 남자, 그가 꿈꾸는 낭만적 사랑과 현실

낭만적 사랑이 보편화되던 근대는 산업화로 인해서 가정과 일터가 엄격히 구분되기 시작한 시기와 겹친다. 남편과 아내가 함께 농지를 일구던 봉건시대와 달리, 임금노동에 종사하는 남편과 가사 및 육아를 전담하는 아내의 조합이 산업화 이후의 대표적 가족이었다. 모든 결정이 친족공동체에 의해서 이루어지던 봉건적 구속으로부터는 자유로워졌으나 개별적으로 경쟁하고 스스로 헤쳐가야 하는 상황에 새로이 직면하게 된 개인들에겐, 거친 사회와 대조되는 따뜻하고 안락한 품이 절실히 그리웠을 것이다. 그래서 남자들은 자신의 품안에 들어올 만한 나긋나긋하고 부드러운 여성을 찾아내고, 자신에게 의지하는 그녀를 위해 노동을 하고 그녀와 더불어 자신만의 천국을 꾸미고자 하였다. 그래서 이러한 기대에 부합할 것 같은 여성을 발견하면 그녀에게 적극적으로 다가가서 고백하고 그녀의 몸과 마음을 얻고자 노력하였다. 10

여성의 사회경제적 진출이 막혀 있었던 당시, 남성의 사회적 지위

---

10 이여봉(2008), 앞의 책.

와 경제력은 여성에게 다가갈 수 있는 중요한 매력이었을 것이다. 그런데 오늘날에도 여전히 사회경제적 지위 등 공적 영역에서의 성취는 남자들이 자신이 원하는 여성을 선택할 수 있는 원동력으로 작용한다. 왜냐하면 남성의 성적 매력을 구성하는 것은 리더십, 지적 능력, 건장한 체격, 운동 능력 등인데, 이들은 실상 사회적으로 성공하기 위해서 필요한 자질들과 일치한다. 그래서 남성들의 낭만적 사랑과 사회적 성공은 상호 모순을 내포하지는 않는다.

그런데 여성들 역시 교육을 받고 사회진출의 길이 열려있는 오늘날에도, 사회경제적 지위와 능력 면에서 남성이 우위에 있어야 한다고 믿는 관념은 여전하다. 능력 있는 남자주인공과 가냘프고 아름다운 외모를 지닌 여자주인공이 등장하는 영화나 드라마는 한결같이 능력 있는 남자가 여자를 보호하고 지원하는 스토리를 펼쳐낸다. 그래서 상대적 경제력과 무관하게 데이트는 남성이 주도하고 남성이 주로 비용을 부담해야 한다는 규범적 압력을 받게 된다. 뿐만 아니라 남성의 사회경제적 우위를 전제로 하는 낭만적 사랑 신화는 오늘날의 커플 중심 소비문화—이벤트와 선물—와 맞물리면서 특히 남성들에게 큰 부담으로 작용하기도 한다.

• 여자, 그녀의 낭만적 사랑과 현실

가정과 일터의 분리로 사회적 노동에서 소외되었던 여성들에게, 성장기의 아버지와 결혼 후의 배우자는 사회자본에 간접적으로나마 접근할 수 있게 해 주는 끈이었다. 사적인 사랑을 통해서 공적인 영역에서의 성취를 위한 원동력을 얻고 또한 공적인 영역에서의 성취를 통해서 사적인 사랑을 얻을 수 있던 남성들과 달리, 공적 영역으로부터 차단되고 남성에 의해 선택받음을 통해 남성이 지닌 지위와 경제력을 간접적으로만 공유할 수 있었던 여성들에게는 남성에 의해 사랑을 받고 선택을 받는 것은 생존과 직결되는 사안이었다. 여성이 사랑을 위해 모든 것을 걸 수밖에 없었던 근대의 상황적 배경이 낭만적 사랑의 뿌리인 것이다. 따라서 여성에게 있어 낭만적 사랑은 주도적으로 '사랑하기'보다는, 성적 매력을 통한 '선택받기' 내지 '사랑받기'로 제한되어 있었다. 그래서 사회경제적 자원을 지닌 남성에 의해 선택받기 위해서 여성은 자신이 활용할 수 있는 유일한 자원인 성적·신체적 매력을 가꾸는 데 몰두하게 되었을 것이다.[11]

그런데 이러한 낭만적 사랑의 판타지는 오늘날에도 여전히 이어진다. 그래서 여성들은 능력 있는 남성에 의해 선택받을 수 있는 외모와 태도를 가꾸는 데 몰두한다. 그리고 자신의 가치 및 정체성을 남성의 존재와 반응에 의존해서 파악한다. 다음 여대생들의 기술에서 이러한 경향을 확인할 수 있다.

> 남자친구 한 사람 때문에 감정기복이 많이 생긴다. — 중략 — 그의 행동, 목소리 하나가 내 생활의 엔도르핀이 되다가 아픔이 되다가 한다.[12]

> 그는 나를 있는 그대로 받아들여주면서 그 자신에게는 가장 아름다운 사람이라 칭하여 주었다. — 중략 — 그 말을 통해 나는 사랑받고 있는 당당한 나 자신으로 새롭게 태어났다. 예전에 비해 자존감이 많이 상승되었고 사람들 앞에서 밝은 모습을 보일 수 있었으며 매사에 자신감도 생기게 되었다.[13]

---

11 위의 책.

12 천혜정(2005), "여대생의 체험을 통해 본 이성교제의 의미", 〈가족과 문화〉 17(3): 19~48.

13 위의 글.

> 남자친구가 있기 전에는 나 같은 여자를 누가 사랑해 주겠어, 난 매력이 없나봐 라는 생각들로 스스로가 초라해 보였다. — 중략 — 내 행동이나 말하는 것을 옆에서 늘 예쁘게 봐주는 사람이 있다는 사실만으로도 자신감이 생겨나서 다른 사람들을 대할 때도 좀더 당당해질 수 있었던 것 같다.[14]

여성에게 자아정체성 문제는 사랑과 맞물려 있어서, 여성들은 이성관계를 통해 외모나 옷차림, 말과 행동 등 모든 면에서 '남성이 좋아하는 여성상'에 가까워지려는 노력을 하게 된다.[15] 그리고 이러한 과정을 통해서 연애에 성공했다고 느낄 때, 비로소 완전한 전체가 되는 듯한 성취감을 느낀다. 그래서 이벤트 등을 통해 '사랑받고 있음'을 확인하고자 집착하는 것이다.

그러나 그 성취감이란 그의 사랑이 유지되는 동안이라는 전제가 따른다. 그리고 이러한 의존적 연애의 결렬은 단지 관계의 종결에 머무르지 않고 여성 자신의 정체성 자체가 흔들리는 경험으로 이어지기 쉽다.

• 낭만적 사랑의 모순과 극복

낭만적 사랑은 애초부터 스스로 이상적이라고 생각해 온 틀에 상대방을 끼워 맞춘 상태에서 이루어진 환상에 기초한 주관적 개념이다. 상대에 대한 열정이 들끓는 동안은, 그/그녀가 지닌 장점은 부각되고 단점은 가려져서 상대는 이 세상에 하나뿐인 이상적 존재로 여겨진다. 그러나 흥분과 열정의 시기가 지나면 상대방의 결점과 관

---

14 위의 글.

15 위의 글.

계상의 문제가 하나둘 보이기 시작한다. 불완전한 개인들이 사랑을 통해 서로의 부족한 점을 보완하여 완전한 전체가 될 수 있다는 기대감은 현실에서 비로소 깨어지기 시작한다.[16]

더구나 흥분과 열정의 오르막과 내리막의 속도에 있어서 남자와 여자는 일반적으로 다르다. 시각적 자극에 민감하고 성장기 내내 주도성 및 경쟁을 학습해 온 남성들이 먼저 흥분하고 집착하며 가까워지기 위해 헌신적으로 투자하는 반면, 수동성 및 의존성을 익혀 온 여성들은 서서히 가까워지고 관계가 안정되었다고 느낀 후에야 비로소 상대에게 투자하는 경향이 있다. 그래서 초반에는 남성이 더 관계에 몰입하는 반면에, 관계가 길어질수록 여성이 더 몰두하는 경향이 있다. 그런데 이와 같은 '다름'으로 인하여 서로에 대한 기대가 어긋나기 쉽고 오해와 다툼이 쌓이면 관계는 흔들리게 된다.

그래서 가능한 한 열정을 오래도록 유지하기 위해서 '밀고 당기기' 전략을 적절히 써야 한다는 조언들이 난무한다. 물론 이성애 관계에서 열정의 불씨를 꺼뜨리지 않는 것은 매우 중요하고, 그러기 위해 쌍방이 늘 서로에게 새로운 존재로 여겨지려는 노력이 중요하다. 언제나 그 자리에 있는 듯한 익숙함은 안정적이긴 하지만 귀하게 느껴지지 않는 것이 인지상정이다. 하지만 오늘날의 소비적 상업주의에 편승한 수많은 기념일과 이벤트가 낭만적 불씨를 되살리는 계기를 제공할 수 있을 것 같지는 않다. 과도하고 불필요한 재정적 부담과 잦은 이벤트 준비 의무 그리고 획일적인 기대가 오히려 짜증스러움과 의도하지 않은 오해를 불러일으키고 관계를 훼손할 가능성에 관해 생각해 볼 필요가 있다.

---

16 이여봉(2008), 앞의 책.

꿈꿔오던 것과는 다르게 너무 허술하고 느슨하게 기념일 준비를 해 온 남자친구를 보면서 정말 화가 났고 … .[17]

(2) 우리 시대에 어울리는 사랑은 무엇인가?

기든스(Giddens)는 낭만적 사랑이 지닌 허구성과 양성 간 불균등한 권력관계를 초래하는 이중성에 대해 비판하면서, 합의적 사랑(*consensual love*)을 대안으로 제시하였다. 합의적 사랑이란 불완전한 두 이성 간의 의존적 합일을 통한 완전함이 아니라, 불완전하더라도 개별적 주체성과 독립성을 유지한 두 사람이 동등한 위치에서 서로를 이해하고 존중하며 배려하는 관계이다. 그러므로 자신이 원하는 특성을 지닌 유일무이한 사람으로서 상대방을 바라보는 것이 아니라, 단점과 약점을 함께 지닌 한 사람으로서 이해하고 받아들이려는 자세가 중요하다.[18]

아울러 여성들의 사회적 노동 참여와 경제적 독립이 증가하고 있는 상황에서, 데이트 관계에서도 상호 주체성과 동등성이 중시되어야 한다. 이는 한편이 사랑을 주고 다른 한편은 사랑을 받는 불균형적 관계가 아니라, 각각의 세계와 독립성을 지닌 쌍방이 주체적으로 상대방을 사랑하고 책임감을 지니며 서로 지원하는 관계를 의미한다. 이러한 사랑을 가꾸기 위해서는 데이트 관계에서도 균등하게 역할을 공유할 필요가 있다. 왜냐하면 남성이 데이트를 주도하도록 구조화된 관계에서는 남성은 끊임없이 투자해야 한다는 정신적·물질적 부담을 갖게 되고 여성은 그에 대한 부채감으로부터 자유로울 수 없기 때문이다. 또한 성적 접촉의 범위와 빈도 및 성행위 시의 느낌

---

17 천혜정(2005), 앞의 글.

18 이여봉(2008), 앞의 책.

그리고 피임 등을 포함한 모든 영역에서 쌍방이 의사를 솔직하게 표현하고 서로를 동등하게 배려하는 과정을 통해 성숙한 사랑을 정착시킬 수 있을 것이다.

3. 성에 관한 이해

성(性愛, *sexuality*)이란, 성적 행위 및 생리적 반응뿐 아니라 성적 욕망과 성적 정체성 그리고 성적 지위 등을 포괄하는 개념이다. 성적 욕망(*erotic desire*)이란 정서적·심리적 그리고 무의식적 차원의 요소이고, 성적 정체성(*sexual identity*)이란 동성애와 이성애 혹은 트랜스젠더 등과 같이 성과 관련된 삶의 스타일이며, 성적 지위(*sexual status*)란 이성애 제도 아래에서 이성애자가 동성애자보다 사회적으로 특권을 누리는 등과 같이 특정한 성적 정체성에 따라 차별적으로 주어지는 지위를 뜻한다.

이처럼 성은 다양한 차원에서 설명될 수 있는 개념으로, 우리 사회가 성에 관해 어떤 생각들을 내면화해 왔고 그 안에 존재하는 문제점은 무엇인지 그리고 대안으로 어떤 사고가 가능한지에 관해 정확히 알 필요가 있다. 이를 통해 외부로부터 강요된 것이 아니라 스스로 선택하고 책임지는 성적 주체성을 획득하고 실천할 수 있을 것이다.

1) 가부장적 성 각본, 그리고 그 대안에 관하여

자손 번식과 가계 계승이 중요시되어 온 긴 세월 동안, 성에 대한 생각 역시 가부장적이어서 가족 안의 생산성이 중심이었다. 그러다가 여성의 지위가 향상된 20세기에 들어서, 성은 남성과 여성 모두에게 인간적 친밀감을 표현하고 즐기는 수단이라는 생각이 보급되었다. 그리고 피임법이 발달하고 보급된 20세기 후반에 이르러, 성적 자유에 대한 관념이 도입되면서 혼외의 성에 대한 허용적 시각이 등장하였다. 그리고 최근에는 동성 간의 성에 대한 관용 역시 크게 증가하였고, 이를 사회적 권리로 주장하는 목소리가 널리 확산되고 있다.

(1) 가부장적 성 각본과 이중적 성문화

"남성은 성적 본능이 강하고, 여성은 비성(非性)적이며 모성본능만 지니는 것이 정상"이라는 고정관념이 오래도록 지속되었다. 남성은 억제할 수 없는 성욕을 가졌으므로 적극적으로 성관계를 주도하지만, 여성은 성적 욕구가 없으므로 소극적이고 수동적으로 이끌려야 한다는 것이다. 이러한 전통 관념들을 총체적으로 가부장적 성 각본이라고 한다. 이에 따르면, 여성의 성은 출산을 위해서만 가치를 부여받기 때문에 직접적인 성교 외의 성적 도취나 충족감은 여성의 몫이 아니고 가임기를 지난 여성의 성은 불필요한 것으로 여겨진다. 여기에서 한 걸음 더 나아가 여성은 스스로 성적 욕구를 지니지는 않지만 남성으로 하여금 이끌리게 할 만한 성적 매력을 갖추어야 한다고 믿는다. 남성이 자신의 성적 욕구를 당당히 드러내는 반면, 여성은 성적 매력을 갈고 닦을 뿐 성적 욕구를 느껴서도 표현해서도 안 되는 존재로 세뇌되었다. 그래서 결혼생활에서 남편에게 자신의 성을 바치는 행위를 통해 그의 성적 욕구를 만족시키고, 또한 그의 자녀를 출산함으로써 스스로 모성을 확인하고자 한다.[19]

그러나 남성의 성적 욕구가 통제될 수 없는 충동이자 본능이라고 믿어온 가부장적 성 각본을 입증할 만한 근거는 존재하지 않는다. 그런데 우리 사회가 남성의 성적 욕구를 강한 힘의 발현으로 여겼고 남성 스스로도 이를 억제할 수 없다고 오래도록 믿었으므로, 남성은 성적 능력을 과시하고 싶어 하고 성욕이 왕성하지 않다고 느껴지면 오히려 자신감을 상실한다. 이 지점에서, 남성이 성욕을 '억제할 수 없어서'가 아니라 '억제할 필요가 없어서 억제하지 않도록' 사회화되었을 가능성에 관해 심각하게 고민해 볼 필요가 있다.[20] '억제할 수 없어서'와 '억제할 필요가 없어서' 사이엔 결코 무시할 수 없는 간극이 존재한다.

(2) 표현적 성 각본

성은 남성과 여성 모두가 인간적임을 표현하는 기초로 누구나 성적인 자아(*sexual self*)를 표현할 자유가 있다는 것이 표현적 성 각본의 대전제이다.[21] 즉, 남성과 여성의 성욕에 대한 가정들이 타고난 본능적 차이에 기인하는 것이 아니라, 남성들은 포르노를 보며 성을 왜곡하여 받아들이고, 여성들은 낭만적 사랑의 결합을 다룬 동화나 소설 및 드라마에 몰입하면서 남성들의 성적 선호를 습득한다는 것이다. 그런데 이와 같은 성적 위계질서가 사회적으로 구성되었다는 사실은 이 또한 변화할 수 있다는 의미와 통한다.

성은 육체적 즐거움뿐 아니라 정서적 친밀함을 표현하는 수단이며 이를 통해 양자 간 유대가 강해질 수 있는 소통과정으로 간주된다. 그러므로 남성뿐 아니라 여성도 성적 욕구를 억압하지 않고 대등한 위치에서 자유롭게 성관계를 주도하고 오르가즘을 느끼는 것

19 이여봉(2010), 《21세기 여성과 남성: 수렴과 확산의 미학》, 도서출판 신정.
20 위의 책.
21 위의 책.

이 필요하다고 보는 것이다. 성은 출산기능이나 연령과 상관없이 적극적으로 즐길 수 있는 것이지만, 어떤 경우든 당사자 모두에게 의미가 있고 자신의 행위에 대한 책임을 스스로 질 수 있을 경우에 한해서 이루어져야 한다.[22]

2) 혼외 성관계 그리고 순결

(1) 혼외 성관계에 관한 생각

혼외 성관계에 관해 다양한 입장이 병존한다. 그 첫째가 금욕주의적 입장으로서 혼외 성관계는 절대 불가하고, 성은 반드시 혼인관계 내에 국한되어야 한다고 보는 입장이다. 이는 종교계를 중심으로 주장되었다. 둘째는 성을 개인적 쾌락의 수단으로 규정함으로써, 애정적 유대 및 혼인 여부와 상관없이 성적 쾌락을 추구할 수 있다는 입장이다. 이러한 입장은 관계적 맥락을 배제하기 때문에, 두 사람 간의 친밀도뿐 아니라 파트너의 흥미나 성향 및 성적 책임 역시 고려대상으로 삼지 않는다. 반면에 세 번째는 서로 잘 알고 배려하는 관계에서의 성은 혼인과 상관없이 이루어져도 좋다고 보는 것이다. 이러한 견해는 특히 애정관계를 맺고 있는 두 사람이 성적으로도 조화로울 수 있는지를 혼전에 확인하는 차원에서 유용한 주장으로 여겨진다.

이처럼 혼외 성관계에 관해 어느 하나의 규범이 자리를 잡지 못한 채 다양한 입장이 혼재하는 상황이므로, 선택은 개인의 몫이고 그에 따르는 책임 또한 개인에게 주어진다. 즉, 성관계로 인한 임신 가능성과 성관계를 통해 전염되는 질병의 위험성, 현재와 미래 파트너와

---

22 위의 책.

의 관계에 대한 책임 그리고 자기 자신에 대한 책임 등이 오롯이 개인의 몫이다. "자신의 성적 행위에 대한 책임을 스스로 진다"는 것은 현재의 성행위로 인해 벌어질 미래의 결과가 무엇이든 스스로 감당한다는 의미이다. 다만 개인의 성적 가치관 역시 고정불변이 아니라 변화될 수 있기 때문에, 오늘의 행위에 대한 미래의 후회 가능성 역시 염두에 두고 선택해야만 한다.

(2) 순결에 대한 사회 관념과 이중 잣대

남녀 대학생 1,035명을 대상으로 한 포털 사이트 알바몬의 2009년 성의식 조사[23]에서 대학생들의 4분의 3이 혼전 성관계를 맺을 수 있다 — 남자 79%, 여자 71% — 고 생각하는 것으로 나타났다. 또한 두잇서베이의 2012년 조사[24]에서는 대학생 1,001명 중 절반 이상이 이미 성경험이 있다고 응답하였다.

데이트 과정에서 남성과 여성 간에 원하는 성행위의 수준이 일치하지 않아 갈등이 생기는 경우가 드물지 않다. 그런데 남성이 성관계를 요구할 경우, 여성이 이를 반복해 거절하는 것은 쉽지 않다. 왜냐하면 성관계 요구에 대한 거절이 "사랑하지 않는 것 같다"는 느낌을 상대방에게 주어서 연인관계를 지속하기 힘들게 할 것이라는 우려 때문이다. 이러한 상황에서 어떤 여성은 데이트 관계를 지속하기 위해 남자친구의 요구에 응하기도 하고, 또 다른 여성은 원치 않는 성관계를 거절해 남자친구와의 관계에서 갈등을 겪기도 한다. 다음에 드러난 여대생의 서술은 이러한 경험을 이야기한다.

---

23 〈이슈와 뉴스〉(2010. 8. 6).
24 〈조선일보〉(2012. 2. 3).

손을 잡고 서로의 품에 안기고 입맞춤을 하는 것만으로도 만족했던 나와 달리 그는 점점 더 깊은 스킨십을 요구했고 결국 성관계를 하고 싶다는 의사를 밝혔다. 혼전성교라는 것을, 그리고 그를 만나면서 성관계를 가지고 싶다는 생각을 한 번도 해보지 않았던 나로서는 감당하기 힘들었다.[25]

"나… 너랑 자고 싶어." 순간 나는 아무것도 할 수 없었다. — 중략 — "미안, 그건 안 되겠어." 그 녀석은 "사랑하는 사람들은 같이 잘 수 있는 거 아니야?" 하는 말을 던졌고, 나의 첫 남자친구와의 이별로 이어졌다.[26]

이러한 상황에서 중요하게 고려해야 할 것은 상대방의 요구라는 외부적 강요가 아니라 자신의 성적 욕구에 기초하여 선택할 권리, 즉 성적 주체성이다. 성적 접촉은 양쪽이 모두 원하고 서로 동의하며 각자가 스스로 책임질 수 있는 수준에서 이루어져야 한다.

양쪽이 모두 성관계를 원할 경우에도 이후에 감당해야 할 현실은 만만치 않다. 여성의 육체적 순결에 대한 우리 사회의 집착이 여전하기 때문이다. 특히 딸이나 여동생 혹은 배우자감 등 자신과 연관된 여성의 성적 순결에 관한 잣대는 매우 엄격하다. 혼전 성경험을 '맺을 수 있다'는 응답이 75%에 달했던 상기 동일집단[27]에서, 막상 배우자의 혼전 성경험에 대해서는 절반 이상의 응답자가 '불쾌하다'고 응답하는 모순을 보인다. 그래서 미혼여성은 처녀막을 손상되지 않게 보존함으로써, 혹은 처녀막 복원수술을 통해서라도 자신의 성

---

25 천혜정(2005), 앞의 글.

26 위의 글.

27 〈이슈와 뉴스〉(2010. 8. 6).

적 순결(?)을 증명하고자 한다. 이와 같은 이중적 현실 앞에서 '성적 자기결정권'에 관한 원론적 논의는 힘을 잃는다. 다음의 여대생이 토로하는 고민은 이러한 상황을 반영한다.

> 서로가 원하고 책임의식을 가지고 행동한다면 문제될 것이 없다고 생각하면서도, 그래도 문제가 생기면 손해 보는 것은 여자 쪽이라는 생각을 떨쳐버릴 수가 없다.[28]

개개인의 성적 자기결정권이 온전히 보장되기 위해서는 남성의 성과 여성의 성에 달리 적용하는 이중 잣대, 그리고 성에 관해 갖는 일반적 견해와 자신의 아내나 딸 혹은 누이에게 적용하는 성적 기준의 이중 잣대가 먼저 사라져야 한다. 현재 데이트 상대인 여성에게는 성관계를 요구하면서도 미래 신붓감의 성적 순결을 꿈꾸는 남성들의 틈바구니에서 개별 여성들의 선택수준은 어느 지점에 위치하는 것인지 생각해 볼 필요가 있다.

3) 성적 쾌감과 유대

성적 만족이란 개인의 주관적 느낌이므로, 도달해야 하는 일정한 수준이나 획일적으로 적용되는 공통 기준이 있는 것은 아니다. 성관계를 원하는 빈도나 성관계의 방법 역시 개인마다 다를 수 있다. 따라서 어떻게 하면 자신이 쾌감을 느끼는지를 상대방에게 솔직하게 표현하고 상대방은 어떤 때 좋아하는지를 끊임없이 탐색할 필요가 있다. 또한 서로의 성적 기대나 호불호에 관해 대화하고 타협하며

28 천혜정(2005), 앞의 글.

절충해야 한다. 그런데 성에 관한 대화를 나누는 일에 익숙하지 않은 우리 사회에서, 사람들은 자신이 원하는 정도와 방법을 말하지 않아도 상대방이 저절로 알아주길 기대하곤 한다. 그러다가 상대방이 자신의 기대에 부응하지 못한다고 느끼면 불만스러워지는데, 이 경우에도 성에 관한 대화 자체를 불편하게 느끼다보니 엉뚱한 곳에 불만을 터뜨리게 된다. 한편 자신이 원하는 것만을 상대방에게 강요하거나 상대방의 욕구를 무조건 거부할 경우에도 만족스러운 관계를 맺기는 어렵다. 성적 쾌감이란 어느 한쪽의 능력에 의해 결정되는 것이 아니라 양쪽이 동등한 존재로서 상호 협력을 통해 가꿔내는 것이기 때문이다.

한편 우리 사회에는 성적 반응이나 성향에 있어서 남성과 여성은 다르다는 고정관념이 존재한다. 이러한 고정관념을 내면화한 남성은 정서적 교감을 경시한 채 자신이 성적 행위의 주체가 되어야 한다고 생각하는 경향이 있다. 반면 여성은 파트너의 욕구에 맞추는 것을 우선시하는 문화적 분위기 때문에 정작 자신의 정서와 신체가 충분히 준비되어 반응하기 전에 성교에 이르는 경우가 흔하다. 이 경우 양쪽 모두 성적 충족감에 이르기는 힘들다. 따라서 양 파트너가 고정관념에서 벗어나서 서로를 동등한 성적 주체로 인식하고 서로의 욕구에 민감하게 반응하고 협력해야 한다. 성이란 어느 한쪽이 다른 한쪽을 정복하는 것이 아니라 양자가 함께 정서적 · 육체적 교감을 통해 친밀감과 행복감을 느끼는 것이기 때문이다.

만족스러운 성관계를 위해 솔직한 의사소통과 타협 그리고 상호 동등한 성적 주체성 못지않게 중요하고 더욱 기본적인 것은 자존감이다. 왜냐하면, 자존감이 낮은 경우에는 무의식적으로 자신의 관능적 매력 역시 인정하지 못하기 때문에 상대방의 성적 호의나 칭찬을 그대로 받아들이고 즐기기 힘들다. 또한 성관계에서 생동감을 느끼고 즐길 수 있으려면 양 파트너가 각각 자신이 무엇을 원하는지 또 어떤 경우에 흥분이 되는지 등 자신의 느낌을 그대로 존중하고 인정해야 한다. 뿐만 아니라 자신의 성적 욕구를 효과적으로 충족하도록 상대방을 유도하려면, 자기 스스로에 대한 존중이 필요하다.[29] 이로써 성적 만족을 느끼고 상대방을 만족시키는 데 있어서 역시, 기초가 되는 것은 스스로를 사랑하고 존중하는 것임을 확인할 수 있다.

4) 성폭력에 관하여

성폭력이란 강제적 성교와 애무 및 추행 등의 신체적 접근과, 외모에 대한 언급이나 음담패설 및 음란전화, 그리고 특정 신체부위를 응시하거나 음란물 전시 및 성기 노출 등을 통해 상대방의 수치심을 유발하는 비언어적 행위까지를 모두 포괄하는 개념이다. 1994년에 제정되고 1997년에 개정된 성폭력 특별법(성폭력 범죄의 처벌 등에 관한 특례법)에서도 '강제에 의한 성관계, 즉 강간뿐 아니라 장애자에 대한 준 강간, 업무상 위력 등에 의한 추행, 강간의 미수, 공공 밀집 장소에서의 추행, 그리고 통신 등의 매개물을 이용한 음란 행위' 등을 범죄로 간주한다.[30]

이렇듯 다양한 스펙트럼을 갖고 있는 성폭력은 가해자나 피해자 모두 연령이나 학력 및 계층과 직업의 구분이 무색하리만치 폭넓게 퍼져 있다. 그래서 사람들은 학교와 직장에서, 가족 및 친족 내에

---

29 Lamanna, M.A. & A. Riedmann(2005), *Marriage and Families: Making Choices in a Diverse Society*, 9th ed., Wadsworth Publishing.

30 이여봉(2010), 앞의 책.

서, 거리에서, 대중교통을 이용하면서, 인터넷이나 전화, 특히 휴대폰을 통해 알게 모르게 성폭력을 가하거나 당하면서 살아간다. 비교적 가벼운 성폭력의 경우 가해자들은 자신이 성폭력을 행하고 있다는 자각조차 없고 피해자 역시 드러내어 문제 삼지 못하는 경우가 대부분이다. 이는 성적 농담이나 포르노 혹은 신체 접촉 등을 비교적 쉽게 허용해 온 사회분위기 때문이다. 그러나 약간의 불쾌감을 유발하는 행위가 심각한 단계의 성폭력 행위로 진행될 가능성을 간과해서는 안 된다.

(1) 성폭력, 누구에 의해서 일어나는가?

① 친지 및 지인에 의한 성폭력

성폭력은 '밤늦은 시간 호젓한 길에서 낯선 치한에 의해서 당하는 것'이라는 일반적 생각과 달리, 실상은 평소에 알고 지내던 사람의 계획적 준비에 의해 발생하는 경우가 75%에 달한다. 즉, 성폭력은 '남성의 억제하지 못하는 성욕'에 의한 우발적 사건이 아니라 계획된 범죄일 가능성이 훨씬 높은 것이다.

가족 및 친족 관계나 지인에 의해 행해진 성폭력의 경우, 감정적 후유증이 훨씬 더 크다. 그런데 가해자는 피해자의 입을 막으려는 시도를 계속하고 또한 피해자는 수치심 및 주변과의 관계가 불편해질 것을 우려해서 도움을 청하지 못하는 경우가 많다. 이러한 이유로 장기간에 걸쳐 성적·심리적으로 가해와 피해가 지속될 가능성이 높은 것이 친지에 의한 성폭력이다.[31]

---

31 위의 책.

가족 및 친족에 의한 성폭행 관련 최근 기사

A씨는 감기 몸살에 걸린 의붓딸 B양(16)에게 자신이 복용하던 불면증 치료제를 전복죽에 타서 먹인 뒤 성폭행하였다. 그 뒤로도 그는 1년 반 동안 13차례에 걸쳐서 최면 진정제를 키 크는 약이라고 속여 먹인 뒤 B양을 성폭행하였다. A씨는 경찰에서 "당뇨병이 있어서 부인과의 성생활이 원만하지 못했는데 의붓딸을 보고 욕정을 느껴 이 같은 짓을 저질렀다"고 말했다. – 〈연합뉴스〉 (2012. 2)

부산 동래경찰서는 12일 초등학생인 사촌동생을 성폭행하고 임신까지 시킨 혐의(성폭력범죄의 처벌 및 피해자보호 등에 관한 법률 위반)로 P군(15)을 구속했다. P군은 지난해 10월 6일 오후 2시께 자신의 사촌 A양(13)의 집에서 "반항하면 때리겠다"며 위협해 성폭행하는 등 모두 4차례에 걸쳐 A양을 성폭행했다. P군의 이 같은 행각은 A양이 임신해 배가 불러오면서 드러나게 됐으며 A양은 이번 달 출산을 앞두고 있는 것으로 알려졌다. – 〈부산일보〉 (2009. 6)

② 직장에서의 성폭력

여성의 취업이 보편화되면서 노동현장에서 이루어지는 성폭력 또한 빈번해졌다. 노동현장에서의 성폭력은 생산직 하급노동자를 통제하기 위한 수단으로 행해지는 경우와 직장 내 권위를 이용하여 성적 욕구를 충족시키려는 목적에서 행해지는 경우로 나눌 수 있다. 어느 경우든, 성적 접근을 거부한 직원에겐 업무태도 불량, 상사 불복종, 인간관계 좋지 않음 등의 이유를 붙여서 업무상 불이익을 주거나 사직을 강요하기도 한다. 그래서 성폭력의 피해자들은 모욕감과 수치심뿐 아니라 업무능력이 저하되거나 아예 직장을 다닐 수 없게 된다. 이처럼 직장 내 성폭력은 피해자의 인격을 침해할 뿐 아니

라 평생노동권을 위협하는 행위이다.[32]

직장 내 성폭력은 조직 내에서 권력을 쥔 자가 부하직원을 대상으로 하여 특혜라는 당근과 불이익이라는 채찍을 동시에 구사하면서 벌이는 폭력이다. 그런데 이 경우 피해자 혼자의 힘으로 자신을 보호하는 일은 쉽지 않다. 피해자는 도움을 청하지 못하고 냉가슴을 앓거나 오히려 직장 내의 입방아에 오르내리는 처지에 이르기도 한다. 따라서 초기에 동료들에게 도움을 청함으로써 더 이상의 피해를 막을 방안을 강구해야 한다. 특히 동료들과의 연대에 기초한 집단적 목소리가 당면한 사건의 해결뿐 아니라 잠재적 성폭력 피해를 예방할 수 있는 힘이다.

직장 내 성폭력 관련 기사

직장의 상사인 A씨는 저녁을 사주겠다며 B양을 데리고 간 자리에서 맥주를 권하며 "내 말만 잘 들으면 생활비도 주고 전세방도 주겠다"고 유혹했다. B양은 거절하면서 자리를 뜨려 했으나 웬일인지 정신이 혼미해졌고, 정신을 차렸을 때는 여관방에 옷이 벗겨진 채 누워있는 자신을 발견했다. 이후 A씨는 "내 말을 듣지 않으면 나와의 관계를 사람들에게 알리겠다"며 B양을 협박했다. – 〈동아일보〉(1991.12)

결재 서류만 들고 가면 사장이 "뽀뽀를 해 달라", "아버지로 생각하고 어깨를 주물러 달라"며 치근댔다. 그녀는 당황스러웠지만 돈을 벌어 집안을 책임져야 했기에 몇 번은 참고 응했다. 그러나 "나랑 여행을 같이 다니면 용돈 두둑이 줄게"라는 사장의 말에 더 이상 참을 수 없었다. 그런데 그녀가 할 수 있는 일이라곤, 결국 사표를 내는 것밖에 없었다. – 한국성폭력 상담소(1998)

---

32 위의 책.

③ 데이트 성폭력과 스토킹

한편 〈여성의 전화〉가 발표한 바에 의하면 2007~2008년도 현황에 기초할 때 데이트 상대자에 의한 성폭력이 전체의 4분의 1에 달하고, 이 중 반 정도의 피해자가 20대의 연령층이다. 이성애의 감정을 가지고 만나는 관계에서도 피해자의 '성적 의사'와 무관한 성희롱 및 성추행 혹은 강간을 데이트 성폭력이라고 한다. 이성교제의 상황에서 각자의 성적 관심이나 성행동의 요구 및 기대수준이 다를 때 성적 갈등이 발생하게 된다. 이 경우 한쪽이 데이트 상대의 압박을 못 이겨서 원하지 않는 성관계를 수락하게 되거나 혹은 강제로 추행 및 폭행을 당할 수 있다. 그런데 가해자의 입장에서는 '내가 사랑하니까'라며 합리화하거나 혹은 '남성으로서의 거친 매력'과 성폭력을 혼동하는 등의 왜곡된 관념으로 인해, 성폭력이라는 인식조차 없이 가해하는 경우가 많다. 또한 피해자 역시 사랑하는 관계라는 이유 때문에 성폭력으로 인정하지 못하고 문제를 드러내기도 쉽지 않다. 특히 자아존중감이 낮고 전통적 성역할에 수용적인 여성들의 경우, 무력하게 당할 가능성이 많다.

데이트 성폭력의 피해유형 중 가장 높은 비율을 차지하는 것이 스토킹이다. 스토킹이란 일단 마음에 드는 사람을 만났을 때, 상대방의 의사에 반해서 필사적으로 매달리면서 집착하는 것이다. 이전에 서로 알던 사이, 혹은 애정관계에 있었던 경우에 스토킹이 일어나는 비율이 70~80%에 달한다. 구체적인 스토킹 패턴으로는, 피해자의 집주변을 배회하면서 따라다니거나 반복적으로 문자와 쪽지 및 이메일 등을 보내고 전화를 하는 등이다. 심한 경우 집에 침입해 들어오거나 흉기 등으로 위협하고 협박과 폭력을 행사하기도 한다.

"열 번 찍어 안 넘어가는 나무 없다"는 식으로 남성적 적극성과 스토킹을 혼동하는 가부장적 문화가 스토커를 양산하는 데 일조했을 것이다. 그러나 스토킹은 지속적 구애의 범주에서 벗어나서 피해자의 명예와 프라이버시 및 초상권 등 인격적 이익과 정서적·신체적 안전을 위협하는 범죄행위이다. 따라서 스토킹 시도가 있을 때, 전화나 문자를 녹음하거나 캡처하여 경찰에 신고하겠다는 의사를 가해자에게 명확하게 표현함으로써 강한 거부의사를 전해야 한다. 그리고 바로 멈추지 않을 경우에는 실제로 신고를 할 수 있도록 증거를 확보해 두어야 한다.

우리 사회에는 스토킹 자체를 처벌하는 법률이 아직 제정되지 못하고 있다. 그러나 구체적 행위에 따라 다양한 법률을 적용하여 처벌하는 것이 가능하다. 반복적 문자나 이메일 등은 정보통신망 이용촉진 및 정보보호 등에 관한 법률로, 계속 따라오거나 집으로 몰래 들어오는 행위는 경범죄 처벌법 및 주거침입죄로, 성적 수치심을 유발하는 경우엔 성폭력 범죄의 처벌 등에 관한 특례법으로, 폭언은 협박죄로, 그리고 피해자가 우울증 및 신경쇠약에 빠지는 경우엔 스토킹이 원인이 되었음을 증명할 수 있는 진단서 등의 서류를 첨부할 수 있을 경우 상해죄 및 폭행치상죄를 적용하여 처벌할 수 있다.[33]

물론 성폭력은 남성에 의해 여성을 대상으로만 이루어지는 것은 아니다. 여성상사가 남성부하직원을 대상으로, 혹은 군대나 감옥에서 권력이 없는 남성을 대상으로 한 성폭력도 일어난다. 즉, 성폭력도 힘 있는 자가 힘없는 자에게 가하는 억압이라는 점에서 여타 폭력과 다르지 않다. 그러나 여성의 성적 순결을 중요시하는 가부장적 사회에서, 여성이 성폭력을 당한 경우의 정신적·사회적 불이익이

33 〈도움안되는 지식창고〉(2010. 5. 6).

훨씬 큰 것은 사실이다. 강간죄가 여성만을 보호대상으로 하고 있는 것을 그러한 차원에서 이해할 수 있다.

(2) 성폭력에 어떻게 대처할 것인가?

성폭력은 예방하는 것이 최선이고, 성폭력이 일어났을 경우에는 가능한 한 빨리 벗어날 수 있도록 대처해야 한다. 그러기 위해서는 어떤 경우든 예외 없이 다음의 원칙들을 지켜야 한다.

- 성폭력 가능성과 관련하여, 상대방이 '아는 사람'이라는 이유로 방심하지 말 것.
- 성폭력 시도가 있을 경우, 상대방의 연령이나 서열, 혹은 직위상 윗사람이라는 이유에 구애받지 말고 적극적이고 단호하게 거절의사를 밝힐 것.
- 성폭력이 벌어졌을 경우, 주변에 알리고 도움을 요청해 조기에 상황을 종료할 것.
- 성폭력의 정도가 강제 성교에까지 이른 경우, 병원에서 검진을 통해 감염 및 임신 가능성을 차단하고 아울러 증거물(정액 등)을 채취, 확보할 것.
- 개별 상황마다 대처방안이 다를 수 있기 때문에 〈성폭력 상담소〉 등에 구체적 상담을 요청할 것.

여성의 순결에 집착하는 우리 문화의 특성상, 피해자가 성폭력 사실을 공개하는 것은 상당한 용기를 필요로 한다. 특히 가해자가 친족일 경우엔 친족관계가 훼손될까 두려워서 그리고 가해자가 직장 상사일 경우엔 직장을 잃을까 하는 두려움에서 피해사실을 밝히지 못하고 주저하면서 고통을 감내하기 쉽다. 성폭력 사실을 공개할 경우에도 피해와 가해를 밝혀가는 과정에서, 우리 사회에 여전한 가부장성으로 인하여 피해자에게 가해지는 심리적 상처가 만만치 않다.

어렵사리 고소를 결심한 피해자에게 "좋아서 응했다가 나중에 틀어지니 홧김에 고소하는 건 아닌지?"하는 의심의 눈초리가 집중되기도 하고, 가해자가 '화간'(和姦)이었다고 우기는 등 피해를 입증하는 길이 험난한 것이 현실이다. 그래서 피해자들이 냉가슴을 앓으면서 피해 자체를 쉬쉬하기 때문에, 가해자들은 처벌을 받지 않고 피해가곤 한다. 그러나 처벌받지 않은 범죄는 어떤 식으로든 재발된다. 따라서 피해자의 단호한 의지와 가족의 정서적이고 실질적인 지원, 일선 경찰 및 담당기관의 배려, 그리고 성폭력 범죄에 대한 올바른 인식의 확산이 절실하다.

4. 나가며

남녀가 서로에게 버팀목이 되어 마음과 몸을 함께 보듬으며 살아가는 것은, 인류가 지속되어갈 수 있는 기본이다. 그런데 그 방식을 규정하는 문화적 규범이 시대와 사회에 따라 상이하고, 구성원들은 그 규범에서 자유롭지 않다. 오늘의 젊은이들은 이성 간의 사랑과 성에 관한 금기가 많이 풀린 시대를 살아가고 있지만, 그렇기 때문에 더욱 선택의 갈림길에 직면해 당황할 때가 많다. 사랑과 성에 관한 사회의 시선은 주체와 대상 및 상황에 따라 달리 적용되면서 오히려 혼란을 초래하기 때문이다.

이 장은 오늘의 젊은이들이 사랑과 성에 관한 환상에서 벗어나, 자신과 상대방을 있는 그대로 이해하고 수용하는 선에서 관계를 시작하고 가꿔가길 바라는 마음에서 서술되었다. 또한 인간적 존엄성과 성적 주체성을 지닌 존재로서 남성과 여성 그리고 자신과 타인을 동등하게 바라봄으로써, 건강한 선택을 하는 데 도움이 되고자 하였다. 사랑과 성은 인간 삶의 영원한 테마로 끊임없이 추구하고 가꿔가야 하는 삶의 동력이다. 이 장의 내용들이 개개인들이 만나고 사랑하고 성을 나누고 이별하는 등 매순간 선택의 지점에서 기본적인 지침서로 작용하길 바란다.

참고문헌

이여봉(2008), 《가족 안의 사회, 사회 안의 가족》, 2nd ed., 양서원.

______(2010), 《21세기 여성과 남성: 수렴과 확산의 미학》, 신정.

이재경 · 조영미 · 민가영 · 박홍주 · 이혜경 · 이은아(2007), 《여성학》, 미래 M&B.

천혜정(2005), "여대생의 체험을 통해 본 이성교제의 의미", 〈가족과 문화〉 17(3): 19~48.

Lamanna, M.A. & A. Riedmann(2005), *Marriage and Families: Making Choices in a Diverse Society*, 9th ed., Wadsworth Publishing.

Lee, J.A.(1973), *The Color of Love: An Explanation of the Ways of Loving*, Don Mills, Ontario, New Press.

Sternberg, R.J.(1986), A Triangular theory of love, *Psychological Review* 93(2): 119~135.

Reiss, I.L.(1960), *Premarital Sexual Standard in America*, New York: Free Press.

KBS(2005), 〈감성과학다큐멘터리: 사랑, 900일간의 폭풍〉.

〈도움안되는 지식창고〉(2010.5.6), 스토킹 처벌 어떻게 할까? http://lawcomp.tistory.com/92

〈조선일보〉(2012.2.3), 성관계 경험 대학생 10명 중 2명 "임신경험 있다". http://news.chosun.com/site/data/html_dir/2012/02/03/2012020301926.html

〈이슈와 뉴스〉(2010.8.6), 대학생 70%, "혼전성관계 OK!". http://www.isnews.co.kr/news/articleView.html?idxno=11311

자신의 사랑유형 진단

1단계_다음의 50문항 중 자신에게 맞다고 생각되는 문항의 번호를 체크해 주세요

1. 나는 '첫눈에 반한다'는 것이 가능하다고 생각한다.
2. 나는 한참 지난 다음에야 비로소 내가 사랑하고 있음을 알았다.
3. 우리들 사이의 일이 잘 풀리지 않으면 나는 속이 불편하다.
4. 나는 현실적인 관점에서 사랑을 고백하기 전에 먼저 내 장래목표부터 생각해 보아야 한다.
5. 먼저 좋아하는 마음이 얼마 동안 지속된 다음에 비로소 사랑이 생기게 되는 것이 원칙이다.
6. 애인에게는 언제나 자신의 태도를 어느 정도 불확실하게 해두는 것이 좋다.
7. 우리가 처음 키스하거나 볼을 비볐을 때 나는 성기에 뚜렷한 반응(발기, 축축함)이 오는 것을 느꼈다.
8. 나는 전에 연애상대였던 사람들 거의 모두와 지금도 좋은 친구관계를 유지하고 있다.
9. 애인을 결정하기 전에 인생 설계부터 잘 해두는 것이 좋다.
10. 나는 연애에 실패한 후 너무나 우울해서 자살까지도 생각해 본 적이 있다.
11. 나는 사랑에 빠지면 하도 흥분되어 잠을 이루지 못하는 때가 있다.
12. 애인에 어려운 처지에 빠지면 설사 그가 바보처럼 행동한다 하더라도 힘껏 도와주려고 노력한다.
13. 애인을 고통받게 하기보다는 차라리 내가 그 고통을 당하겠다.
14. 연애하는 재미란 그것을 진행시키면서 내가 원하는 것을 거기서 얻어내는 재주를 시험해 보는 데 있다.
15. 사랑하는 애인이라면 나에 관하여 모르는 것이 있다 하더라도 그것 때문에 속상해하지는 않을 것이다.

16. 비슷한 배경을 가진 사람을 사랑하는 것이 가장 좋다.
17. 우리는 만나자마자 서로가 좋아서 키스를 했다.
18. 애인이 나에게 관심을 보이지 않으면 나는 온몸이 쑤시고 아프다.
19. 애인이 행복하지 않으면 나도 결코 행복해질 수 없다.
20. 제일 먼저 나의 주의를 끄는 것은 대개 상대방의 외모이다.
21. 최상의 사랑은 오랜 기간의 우정으로부터 싹튼다.
22. 나는 사랑에 빠지면 다른 일에는 도무지 집중하기가 힘들다.
23. 그의 손을 처음 잡았을 때 나는 사랑의 가능성을 감지했다.
24. 나는 어느 사람하고 헤어지면 그의 좋은 점을 발견하려고 매우 애를 쓴다.
25. 나는 애인이 다른 사람과 함께 있다는 생각이 들면 도저히 견딜 수 없다.
26. 나는 이제까지 살면서 적어도 한 번은 두 사람을 동시에 사귀면서 그 두 사람이 서로 알지 못하도록 교묘하게 꾸민 적이 있다.
27. 나는 사랑했던 관계를 아주 쉽게 그리고 빨리 잊어버릴 수 있다.
28. 애인을 결정하는 데 있어 가장 고려해야 할 점은 그가 우리 가정을 어떻게 생각하는가이다.
29. 사랑에서 가장 좋은 것은 둘이 함께 살며, 가정을 꾸미고, 아이들을 키우는 일이다.
30. 애인의 소원성취를 위해서라면 기꺼이 나의 소원을 희생시킬 수 있다.
31. 배우자를 결정하는 데 있어서 가장 먼저 고려할 점은 그가 좋은 부모가 될 수 있겠는가 여부이다.
32. 키스나 포옹, 성관계는 서둘러서는 안 된다. 그것들은 서로 충분히 친밀해지면 자연스럽게 이루어지는 것이다.
33. 나는 매력적인 사람들과 바람피우는 것을 좋아한다.
34. 나와 다른 사람들 사이에 있었던 일을 애인이 알게 되면 매우 속상할 것이다.
35. 나는 연애를 시작하기 전부터 나의 애인이 될 사람의 모습을 분명히 정해놓고 있었다.
36. 만일 나의 애인이 다른 사람의 아기를 갖고 있다면 나는 그 아기를 내

자식처럼 키우고 사랑하며 보살펴 줄 것이다.

37. 우리가 언제부터 서로 사랑하게 되었는지 정확히 알 수 없다.
38. 나는 결혼하고 싶지 않은 사람하고는 진정한 사랑을 할 수 없을 것 같다.
39. 나는 질투 같은 것을 하고 싶지 않지만, 나의 애인이 다른 사람에게 관심을 가진다면 참을 수 없을 것 같다.
40. 나의 존재가 애인에게 방해가 된다면 나는 이 관계를 정리하자 말하겠다.
41. 나는 애인의 것과 똑같은 옷, 모자, 자전거, 자동차 등을 갖고 싶다.
42. 나는 연애하고 싶지 않은 사람하고는 데이트도 하고 싶지 않다.
43. 우리들의 사랑이 끝났다고 생각될 때도 그를 다시 보면 옛날 감정이 되살아나는 때가 적어도 한 번쯤은 있었다.
44. 나의 애인은 내가 가지고 있는 것은 무엇이든지 마음대로 써도 괜찮다.
45. 애인이 잠시라도 나에게 무심해지면 그의 관심을 되돌리기 위하여 때로는 정말 바보 같은 짓을 할 때도 있다.
46. 깊이 사귀고 싶지는 않더라도 어떤 상대가 나의 데이트 신청에 응하는지를 시험해 보는 일은 재미있을 것이다.
47. 상대를 택할 때 고려해야 할 중요할 점은 그가 자신의 직업을 어떻게 생각하는가 하는 것이다.
48. 애인과 만나거나 전화한 지 한참 되었는데도 아무 소식이 없다면 그에게 그럴 만한 이유가 있기 때문일 것이다.
49. 나는 누구와 깊이 사귀기 전에 아기를 가지게 될 경우 상대방의 유전적 배경이 나와 잘 맞는지부터 먼저 생각해 본다.
50. 가장 좋은 연애관계란 오래 지속되는 관계이다.

2단계_다음 제시된 척도별로 '그렇다'로 응답한 문항이 몇 개인지 합해 보세요.

스토르게	2 5 8 21 29 32 37 50 (총 8개 문항)
아가페	12 13 19 24 30 36 40 44 48 (총 9개 문항)
프라그마	4 9 16 28 31 38 42 47 49 (총 9개 문항)
마니아	3 10 11 18 22 25 39 43 45 (총 9개 문항)
에로스	1 7 17 20 23 35 41 (총 7개 문항)
루두스	6 14 15 26 27 33 34 46 (총 8개 문항)

3단계_상기 척도별로 퍼센트를 계산해 보세요.

예를 들면, 에로스에 해당하는 7개 문항 3개에 '그렇다'고 응답했다면 7분의 3이므로, 에로스 성향은 42.9%입니다. 이런 식으로 계산하고 비교해서 자신이 선호하는 사랑유형을 진단해 보세요.[34]

34 Lee, J. A. (1973), 앞의 책.

08 결혼과 부부관계

신은주

1. 들어가며

인류의 역사상 결혼처럼 오래되고 누구에게나 자연스럽게 받아들여지는 사회제도도 없을 것이다. 결혼은 흔히 모두에게 인생 제 2의 시작이라고 불리기도 하고, 결혼으로 이루어진 가족은 사회의 기초 단위가 되는 만큼 사회적, 개인적으로 매우 중요하다고 할 수 있다. 결혼의 사전적 의미를 살펴보면 '남녀가 부부관계를 맺음'이라고 설명되고 있다.

결혼을 통해 개인은 정서적·신체적 친밀감, 가치관을 서로 공유하며 성적 만족감과 정서적·경제적 안정을 취할 수 있다. 또한 결혼은 하나의 가족을 형성하는 사회적 의의를 가지며, 결혼하는 당사자들에 국한된 계약적 행위뿐 아니라 관습이나 법에 의해 결혼의식이나 법적절차에 의해 승인된다. 이는 두 사람의 의사결정이 사회적 인정을 받으며 동시에 사회적 책임 또한 지게 됨을 의미한다.

하지만 결혼은 각 나라별로 규범 및 제도, 문화에 따라 조금씩 차이가 있기 때문에 한 가지 개념만으로 정의할 수는 없다. 전통사회에서는 결혼에 개인의 의사보다는 집안과 집안 사이의 결합에 큰 의미를 두었기 때문에 중매를 통한 결혼이 보편적이었고 자유연애를 통한 결혼은 금기시하였다. 그러나 현재는 결혼을 '신분이나 계층에 맞추어 짝을 지었던 전통사회를 지나 자유연애 중심으로 짝을 찾는 개인사'로 본다. 그런데 모두들 과거에 비해 결혼하기 더 힘들어졌다고 아우성이다. 특히 인구 분포에서 미혼여성 결혼적령기를 넘기는 여성의 비율이 점점 더 증가하고 있다. 왜 이런 일이 벌어지는 것일까?

이 장에서는 미혼남녀가 왜 결혼을 하지 않는지, 왜 결혼을 늦추는지 그 원인규명에 관심을 가지고 이러한 변화가 왜 일어나는지 알아보고자 한다. 또한 행복한 부부관계를 위한 이슈를 살펴보고 나의 선택과 과제를 찾아보고자 한다.

2. 결혼의 변화와 가치관

1) 결혼의 의미변화

레스테지(Lesthaeghe)에 의하면 1960년대 이후 유럽에서는 결혼 및 가족제도의 변화 그리고 그로 인한 출산에 대한 가치, 태도, 행위의 변화가 일어났는데 이를 '제 2의 인구학적 변화'라는 개념으로 설명하였다. 이러한 제 2의 인구학적 변화론에 따르면 자녀중심의 가치관에서 자아실현이 결혼의 중심이 되는 시기로 변화하면서 출산력이 하락한 것으로 보이는데, 이는 결혼시기의 지연을 설명하는 데도 적용 가능하다. 결혼이 가족 간의 결합이 아니라 개인의 행복과 만족을 추구하는 수단인 '개인주의적 결혼'으로 변화하게 되면 결혼에 대한 규범적 강제성이 감소하면서 결혼을 선택하는 경우도 줄어들 것으로 예상할 수 있다.

한편 결혼에 대한 가치관은 결혼적령기에 대한 태도의 변화를 통해서도 이해할 수 있다. 결혼하기에 적절한 나이, 자녀를 가질 나이, 은퇴할 나이 등에 대해 사회구성원들이 동의하는 기대연령이 존재하며, 사람들은 이러한 규범을 내재화하여 규범에서 벗어났다고 지각할 때 불편을 느끼게 된다. 기존연구에 따르면 결혼시기에 관한 규범은 한국사회에 '결혼 적령기'라는 개념으로 사람들에게 널리 인식되어 있는데, 남자보다는 여자에게 더 중요한 요소로 인식되는 경향이 있다.

대다수의 사람들이 졸업, 취업, 결혼, 출산으로 이어지는 생애과정을 거치는 점을 감안할 때, 결혼을 하지 않았을 경우 출산이 어렵고 이는 사회적으로 매우 낮은 수준의 출산율로 이어지게 된다. 혼인 적령기의 남녀가 결혼을 연기하거나 포기하는 이유는 결혼규범의 변화에서도 그 원인을 찾을 수 있지만, 근래 전반적으로 취업상황이 악화되고 이로 인해 결혼을 진행할 경제적 여유가 없는 점도 중요하게 작용하고 있을 것으로 보인다.

결혼이란 첫째, 결혼할 것인가 말 것인가에 관한 선택이고, 둘째, 누구와 결혼할 것인가에 관한 선택이다. 전통적인 가부장적 사회에서는 결혼을 할 것인지 말 것인지 그리고 결혼을 한다면 누구와 할 것인지에 관해서 거의 선택권이 없었다. 그러나 탈산업사회에 들어서 미혼의 남녀에게 결혼은 하나의 선택이 되었다. 이들은 과거세대와 같이 가족형성에 자신의 인생계획을 전적으로 종속시키기보다는 자신의 인생계획에 따라서 가족형성 여부나 시기를 결정한다. 이러한 변화는 결혼관·자녀관의 변화와 관련이 있고 가족이 속한 사회의 구조적 문제와 연관되어 있다.

2) 한국의 변화추세

결혼은 성인기에 들어선 젊은이에게 당연시되는 성인으로서의 발달과업으로 여겨졌다. 그런데 어느 순간부터 우리 사회에서 혼인하지 않는 사람들이 급격히 늘어나고 있다.

통계청(2010)이 발표한 2009년 혼인통계에 의하면, 우리나라 결혼 건수는 모두 31만여 건으로 인구 천 명당 결혼 건수(조혼인율)가 지난 1970년 관련 통계작성 이래 최저치인 6.2건이었다고 한다. 결혼 건수는 1996년의 43만여 건을 정점으로 이후 감소 추세이다. 평균 혼인연령도 계속 높아지고 있으며 과거에 비해 전체 결혼에서 초혼보다는 재혼과 국제결혼이 차지하는 비율이 높다. 혼인율이 낮아지는 현상 뒤에는 젊은 세대의 고용불안정과 교육기간의 연장, 결혼과 가족가치관의 변화 등 여러 요인들이 복합적으로 관련되어 있다.

통계청에서 결혼에 대한 생각을 조사한 자료에 의하면 20~30대 여성들이 결혼을 하는 것이 좋다고 응답한 비율은 42.2%, 해도 좋고, 안 해도 좋다고 응답한 비율은 42.7%였다. 이러한 결과를 볼 때 결혼에 대한 가치관이 변하면서 결혼을 선택으로 생각하는 젊은 층이 늘어났다고 해석된다.

현대 기혼자들은 사회와 가정생활을 병행하는 데 많은 어려움을 겪고 있으며, 자녀양육에 대한 부담감으로 인해 결혼을 하지 않는 여성들이 점차 많아지고 있다. 미혼여성들이 결혼 및 출산을 기피하는 이유는 고용과 소득의 불안정, 일-가정 양립이 어려운 환경, 경

〈표 8-1〉 결혼에 대한 생각							단위: %
	계	반드시 해야 한다	하는 것이 좋다	해도 좋고 안 해도 좋다	하지 않는 것이 좋다	하지 말아야 한다	잘 모르겠다
여성 전체	100.0	20.0	41.6	33.3	3.1	0.5	1.5
20~30대	100.0	9.9	42.2	42.7	3.3	0.4	1.5
50세 이상	100.0	63.7	41.3	17.9	2.3	0.6	1.2

출처: 통계청(2008), 〈사회조사〉.

제적 부담과 양육인프라 부족 등으로 결혼이 물리적, 심리적 부담이 큰 반면, 이에 비해 긍정적 측면이 많지 않다고 지각한 결과라고 볼 수 있다. 이러한 결혼에 대한 부정적 태도는 여성의 미혼율에 직접적 영향을 준다. 가치관의 변화로 인해 결혼을 하여 가족을 구성하는 것을 당연한 생애과정의 하나로 여기던 기성세대와 달리 지금의 젊은 세대들은 선택의 문제로 생각하는 것이다.

(1) 누가 언제 결혼하는가?

우리나라 25~29세 연령대의 미혼율은 남성 82%, 여성 59%에 이른다. 이는 2000년의 남성 71%, 여성 40%에 비해 5년 동안 크게 증가한 수치다. 30~34세 연령대에서도 남성 41%, 여성 19%가 미혼으로 나타나 20대 후반과 30대 초반의 미혼율이 심각한 수준임을 알 수 있다.

최근 한국인구학회에서 발표한 〈2010 인구주택총조사〉 심층분석 자료에 의하면 만혼화 현상의 증가추세에 따라 30대 초반(30~34세)의 미혼남성이 기혼남성보다 많아졌다. 게다가 40대 이상(40~44세)의 미혼남성 비율도 1995년 2.6%에서 2011년 14.8%로 5배 넘게 늘어났다. 지난 20년간 남성과 여성의 초혼연령 추이를 살펴보면 남성의 초혼연령은 2010년 31.8세로 늦춰졌고, 여성의 초혼연령은 28.9세로 늦춰졌다. 이처럼 초혼연령이 상승하는 이유는 현대 여성들이 실업과 고용불안정, 교육기간 연장, 입직연령 상승 및 늦어진 자립, 일-가정 양립 곤란, 미래 불확실성 증가 등[1]으로 결혼을 연기하거나 기피하기 때문이다.

그렇다면 미혼남녀가 왜 결혼하지 않는가, 왜 결혼을 늦추는가 하는 원인규명에 관심을 가질 필요가 있다. 최근 미혼남녀의 결혼에 관한 의식 등의 조사가 활발히 진행되고 있으며, 이를 토대로 왜 만혼화·비혼화가 초래되는가에 대한 해답을 찾고자 하는 시도가 이루어지고 있다.

한편 연령별 미혼율의 증가를 독신자 비율의 증가라고 볼 것인지 혹은 결혼시기의 연기라고 정의해야 할지에 대해서는 논란의 여지가 있지만, 일생 동안 독신으로 남는 경우는 소수에 불과하며 시점이 늦더라고 결혼하는 경우가 일반적이기 때문에 결혼시기의 연기라고 보는 것이 더 타당하다는 의견이 많다.

실제로 여성들이 결혼시기를 미루는 주된 이유로 '결혼비용이 여의치 않아서'(22.1%), '살 집을 마련하지 못해서'(16.9%), '집안의 반대'(14.4%), '실업상태'(12.4%) 등의 순으로 나타났다.[2] 20~30대 여성을 대상으로 한 여성가족부의 조사결과에서 역시 성공적인 결혼의 조건으로 '배우자의 경제적 능력'(32.6%)을 가장 많이 꼽았으며, 다음으로 '본인의 안정된 직장'(11.3%), '본인의 경제력' (8.6%) 순으로 나타났다.[3] 이러한 조사결과를 통해 한국 사회 여성들의 결

---

1 한국보건사회연구원(2010), 〈2009 결혼 및 출산 동향〉.

2 이삼식(2009), "가치관의 변화가 결혼 및 출산형태에 미치는 영향", 〈보건사회연구〉 26: 96~140.

〈표 8-2〉 미혼남녀(30~34세)가 결혼하지 않는 이유 단위: %

	소득 불안정		고용 불안정	
	남	여	남	여
2005년	14.3	3.9	13.2	5.8
2009년	14.3	8.5	13.9	4.4

출처: 한국보건사회연구원, 〈2009 결혼 및 출산 동향〉.

혼 연기 및 기피의 주요 요인은 경제적 이유이며, 특히 여성 본인의 경제적 능력에 비해 남성의 경제적 능력을 더욱 중요시하고 있음을 알 수 있다.

1997년 외환위기로 인해 평생직장의 개념이 사라지고 노동시장의 불안정성이 증가하였다. 외환위기 이후 확대되었던 고용불안은 경기가 회복조짐을 보이는 최근에도 지속되고, 청년실업 증가와 중장년층의 명예퇴직 증가, 비정규직 고용비중의 증가 등으로 고용불안정, 미래소득에 대한 불안감이 가중되고 있는 것이 현실이다. 〈표 8-2〉의 보건사회연구원에서 조사한 결과에 따르면 30~34세의 미혼남녀들이 결혼을 하지 않는 이유 중, 소득 불안정과 고용 불안정의 비율이 높게 나타났다. 이는 산업구조의 변화에 따라 고용시장에서 고용과 소득의 불안정성이 높아짐에 따라 결혼과 출산을 연기하거나 아예 하지 않는 것으로 보인다.

3 〈서울경제〉(2010. 9. 13).

(2) 누구와 결혼하는가?

배우자 선택의 조건은 시대 차이와 더불어 성차가 나타나는데, 예컨대 1987년과 2000년의 조사를 비교해 보면 남성이 여성을 선택할 때 1980년대에는 성격, 정신적·사회적 성숙도, 건강, 사랑, 외모를 중시하던 것이 2000년에는 성격, 사랑, 외모, 집안, 장래가능성으로 그 우선순위가 변화되었다. 반면 여성이 남성을 선택하는 조건의 중요도는 1980년대에 성격, 건강, 사랑, 직업, 정신적·사회적 성숙도를 중시하던 것으로부터 2000년대에는 성격, 사랑, 장래가능성, 집안, 직업순으로 변화되었다.[4]

맞벌이가 보편적인 최근에도 배우자 선택조건의 성차는 여전히 존재한다. 최근 결혼정보회사의 조사에 따르면 여성은 능력, 성격, 가정환경, 외모순으로 남성은 외모, 성격, 능력, 가정환경순으로 상대의 조건을 고려해서 배우자를 선택하고 있었다.[5] 즉, 여성은 남성의 능력을 가장 중요시하는 반면 남성은 여성의 외모를 가장 중시하는 것으로 나타났는데, 이는 배우자 선택에서 나타나는 거래관행의 특성을 보여주는 것이다. 성별 격차는 부모가 지각하는 사위의 조건과 며느리의 조건에서도 드러난다. 조사에 따르면 사위 선택의 조건으로는 성격과 장래가능성이 높게 나타난 반면 며느리 선택의 조건으로는 성격과 집안을 중시하는 경향을 보여준다.[6]

여성부의 전국가족조사(2004)에서는 여성은 결혼상대의 조건으로 경제력과 직업(41.0%)을 가장 중요한 조건으로 꼽았고, 그 다음

---

4 이동원 외(2002), 《한국가족의 현주소》, 학지사.

5 한국결혼문화연구소(2008), 〈2007 배우자 직업 및 학력순위결과〉, 결혼정보회사 선우.

6 이동원 외(2002), 앞의 책.

〈표 8-3〉 미혼남녀의 배우자 선택기준		단위: %
	남 (309명)	여 (244명)
성격	30.2	25.9
경제력 · 직업	18.8	41.0
사랑	19.3	11.9
외모	11.4	4.1
건강	11.1	6.5
기타	6.4	10.7

주: 다중응답.
출처: 장혜경 외(2004), 《2003년 전국가족조사 및 한국가족 보고서》, 한국여성개발원.

으로 성격(25.9%)을 들고 있다. 남성은 성격과 사랑을 가장 중요한 조건으로 들고 있다. 결혼상대의 조건으로서 가장 중시하는 것은 남녀 모두 인격이었다. 여성은 그 다음으로 경제력과 직업을 중시하는 경향이 있으나 남성은 자신의 일에 대한 이해와 협력을 중시한다. 또한 남성의 경우 상대의 용모를 중시한다고 하는 대답도 6%를 차지한다.

최근 미혼 직장남녀들이 배우자 선택을 위한 경로로 결혼정보회사를 이용하는 경우가 늘고 있다. 이들 결혼정보회사는 자체적인 컴퓨터 프로그램을 통해 연령과 학력, 종교, 신장 등 외적인 조건을 맞춘 배우자를 찾아준다. 이는 자본주의 시장원리가 배우자 선택과정에서도 노골적으로 적용되고 있음을 보여주는 예라 할 수 있다.

경제적 자원과 교육수준, 취업 등의 조건은 결혼에 있어 남성과 여성에게 다른 영향을 미치는 것으로 보인다. 기존 연구들의 결과를 요약하면, 취업은 남성에게 결혼의 전제조건으로 결혼전망을 밝게 해주며, 여성에게는 결혼 여부에 큰 영향을 미치지 않거나 부정적인 영향을 미치는 것으로 보인다. 특히 IMF 경제위기 이후 높은 청년실업률은 미혼남성의 결혼시기 연기에 큰 영향을 미쳤다. 한편 직업의 경우, 남성의 경우에는 대체로 직업위세가 높고 안정적인 직업을 가질수록 결혼전망이 밝은 반면, 여성의 경우에는 직업위세와 결혼전망 사이에 부(-)적 관계가 있는 것으로 밝혀졌다.

3) 결혼식과 결혼문화

우리 사회에 왜 미혼남녀가 늘고 있는지, 그들이 결혼을 늦추게 되는 이유는 무엇인지에 대해 생각해 볼 필요가 있다. 여기서 가치관의 변화보다 결혼에 더 직접적인 영향을 미치는 것으로 경제적 불안정을 들 수 있다. 외환위기 이후 취업난과 고용 불안정 등 경제불안이 심화되면서 소득감소에 따른 결혼비용 부담을 이유로 대다수의 미혼남녀들이 결혼을 꺼리거나 연기하고 있다. 현실적으로 결혼을 하기 위해서는 신혼집 마련 및 결혼관련 비용의 지출이 따르는데, 이 비용이 물가상승과 더불어 급격히 증가하고 있다는 점에서 결혼을 하고 싶어도 할 수 없는 미혼커플이 증가할 수밖에 없는 상황이다.

실제로 여성가족부가 2011년 10월 2,500가구, 4,754명의 결혼비용을 조사한 결과 45.8%가 5천만 원에서 1억 원 미만을 지출한 것으로 나타났다. 구체적으로는 신랑이 부담한 결혼비용 평균이 8천 7백만 원, 신부가 부담한 평균비용이 약 3천만 원으로 나타났다. 여기서 가장 큰 부담은 신혼집 마련으로, 약 7천만 원 이상을 부담하는 것으로 나타났다.

실제로 여성가족부가 결혼을 못하거나 하지 않은 미혼여성 1,072명에게 설문한 결과 '결혼연령이 점점 늦어지는 이유는 결혼비용,

〈그림8-1〉 결혼비용 얼마나 쓰나

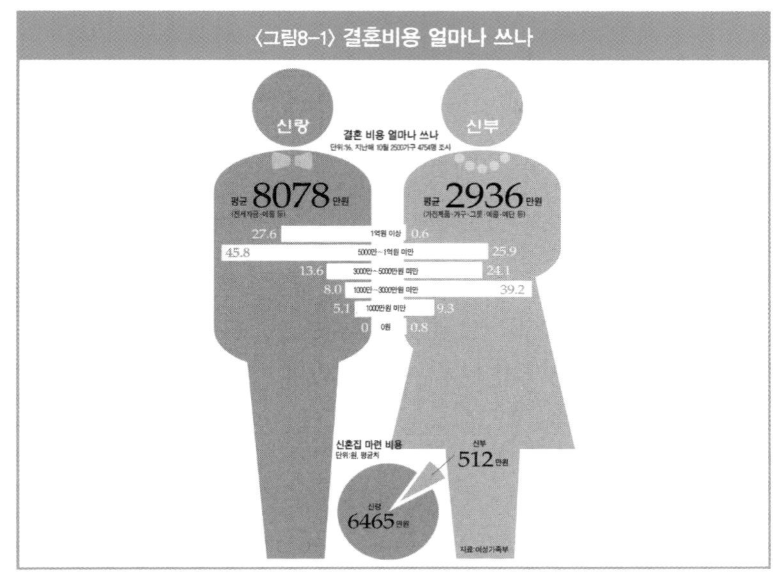

출처: 〈중앙일보〉.

주택구입 및 경제적 부담 때문'이라는 응답이 45% 수준이었다.

과연 외국도 이렇게 결혼비용을 비싸게 부담하면서 결혼식을 치르는가? 결혼정보회사와 결혼문화연구소에서 공동으로 우리나라와 미국, 영국, 중국의 결혼비용을 비교, 조사하였더니 해당국가들보다 우리나라의 결혼비용이 훨씬 많았다. 우리나라 2012년 기준 결혼 예식에 소요되는 비용은 2억 808만 원으로 미국, 중국의 2011년 결혼식 비용 통계와 각각 주택임대, 모기지 평균가격을 합산한 7,653만 원(중국), 4,329만 원(미국)보다 많은 비용이 드는 것으로 나타났다. 이러한 비싼 결혼식을 감당하지 못하는 미혼남녀는 부모님에게 도움을 요청할 수밖에 없게 된다. 부모세대는 노후준비를 포기하고 결혼비용을 부담하게 되며, 부모의 도움을 받을 없는 대다수의 미혼남녀의 경우 결혼을 포기하거나 연기하는 기현상이 일어나는 것이다.

따라서 향후 저출산 대책은 출산장려를 위한 인식개선 사업과 더불어 미혼남녀의 결혼식비용을 사회적으로 지원하는 방향으로 나가야 할 것이며, 이를 위해 신혼부부 대상 주택지원 확대, 결혼관련 비용 절감방안 마련, 안정적인 청년일자리 마련 등의 정책적 지원이 강구되어야 한다. 결혼과 출산은 개인 선택의 문제라는 점에서는 이론의 여지가 없지만, 국민과 기업, 국가 모두가 밝고 행복한 사회가 되기 위해서는 이 땅의 미혼남녀들이 우리 사회를 '결혼할 수 있는 사회'로 인식하도록 만들어 나가야 할 것이다.

3. 부부관계

결혼 후 부부 두 사람은 새로운 '우리'의 생활에 적응해야 하는데, 부부의 적응은 그 둘만의 적응에 국한되는 것이 아니라 직장생활이나 시가·처가 등 여러 가지 외적 환경에 대한 적응을 포함하므로 많은 어려움이 따른다. 신혼부부가 배우자에 대해 너무 이상적인 생각을 갖고 있거나, 배우자가 자신이 원하는 대로 바뀔 것이라 기대하면 부부간의 적응은 어려워진다. 또한 신혼기 부부가 서로의 차이로 인해 갈등을 많이 겪지만 노력을 하지 않아도 시간이 지나면 자연히 문제가 해결될 것이라는 막연한 기대를 갖고 있다면 예상과는 달리 갈등은 점점 더 커질 수도 있다. 더욱이 부부간의 차이는 당연한 것임에도 불구하고 각자가 자신에게 익숙한 것이 옳다고 생각하여 배우자에게 변화할 것을 일방적으로 요구하면 두 사람의 차이는 성공적으로 조정하기 어렵다.[7]

그러므로 부부는 자신들이 기대하는 부부의 모습을 만들어가고 행복이라는 삶의 궁극적 목표를 실현하기 위해 부단히 노력해야 한다. 행복한 부부는 부부 사이의 차이와 문제를 개방적인 대화로 조정하고 건설적으로 해결해 나간다. 따라서 행복한 부부의 특징을 알고, 부부가 함께 이러한 특징을 갖기 위해 노력한다면 부부관계는 행복해질 것이고, 이는 가족 전체의 행복의 밑거름이 된다.

여기에서는 먼저 부부의 유형을 살펴보고 가족생활주기 단계를 신혼기, 자녀양육기, 중년기, 노년기로 구분하여 각 단계의 부부관계 특성과 발달과업을 살펴보고자 한다.

1) 부부관계의 유형

큐버(Cuber)와 하로프(Harroff)에 의하면 부부의 상호작용 유형은 다음의 다섯 가지로 구분된다.[8]

(1) 상호수동적 관계

부모의 욕구에 따른 혹은 정략적인 목적으로 선택한 결혼과 같이 처음부터 정서적 친밀감과 유대감이 없이 이루어진 만남의 경우에서 이러한 상호작용 유형을 흔히 볼 수 있다. 이 관계의 특징은 재산이나 경제적 안정, 주변의 평판, 혹은 자녀에 대한 희망 등을 중요하게 여기는 대신, 부부간의 정서적 친밀감에는 별 의미를 부여하지 않는다. 자신들의 건조한 관계에 대해 때로 좌절하기도 하지만, 상대방이 경제적 부양이나 육아 등과 같은 역할을 무리 없이 수행하고 특별

---

7 유영주 외(2000), 《가족관계학》, 교문사.

8 Cuber & Harroff(1971); 이여봉(2006), 《가족안의 사회, 사회 안의 가족》; 136~139 재인용.

한 위기가 닥치지 않는 한 크게 싸우지 않고 무덤덤하게 살아간다.

(2) 무기력한 관계

만남의 과정과 신혼기에는 서로에 대한 내적 상호작용에 근거한 관계였지만, 점차 서로에 대한 초기의 열정과 생기 및 상대방에 대한 흥미를 잃고 부부로서의 의무를 중심으로 한 실리적 관계에만 국한하게 된 경우이다. 이러한 부부들은 결혼생활 자체를 지루하고 냉담하게 느낀다. 자녀에 대한 부모역할, 가족행사 참여 등과 같은 의례적 의무를 수행하는 차원에서만 상호작용을 하기 때문에 심각한 다툼이 일어나지도 않는다. 그러므로 '함께 있으되 혼자인 듯 여겨지는' 외로움을 느낀다.

(3) 갈등상존형 관계

해묵은 갈등이 해결되지 않은 채 상존하면서 심각한 긴장상태가 지속되는 경우이다. 때와 장소를 가리지 않고 과거까지 들먹이며 수시로 싸우고 서로 비난을 퍼부어대지만, 어떤 특정한 문제를 해결하기 위해서도 아니고 해결될 것을 기대하지도 않으면서 그저 습관적으로 싸우게 된다. 이러한 관계에서의 다툼은 문제를 해결하려는 데 초점을 둔 것이 아니라 서로 상대방을 깎아내리는 데 집중되기 때문에, 시간이 흐르면서 관계가 개선되기보다는 오히려 악화일로를 걷게 된다.

(4) 전체적 관계

일과 여가 및 친구와 가족생활 등 인생의 거의 대부분을 부부가 공유하는 경우이다. 양 배우자의 인생이 마치 겹쳐진 듯 분리되지 않은 상태여서, 부부로서의 일체감을 많이 느낄 수 있다. 개인적 선택에 의해서건 혹은 상황적 조건에 의해서건 주변과는 비교적 단절된 상황에서 형성되는 관계로, 부부만이 서로의 버팀목이 되어 거의 모든 일을 배우자와 함께하기 때문에 배우자의 존재가 절대적이다. 이러한 부부는 각자의 독립성이 결여되어 있기 때문에 한편 배우자의 죽음이나 이혼 등으로 결혼관계가 해체될 경우에는 단독적인 삶에 적응하는 데 어려움을 겪기 쉽다.

(5) 생동적 관계

부부가 함께 하는 활동과 시간들이 중요하고 즐겁게 느껴지는 관계를 생동적 관계로 규정한다. 때때로 갈등이 있을 수 있지만, 서로를 헐뜯거나 과거를 들먹이기보다는 현재의 문제에 초점을 맞추어서 해결을 하고 다시 관계를 회복하고자 노력한다. 또 부부 공통의 영역 못지않게 각자 자신만의 영역과 독립성을 지니고 이를 서로 인정하려고 노력하는 관계이다. 부부는 완전히 독립된 인격체로서의 두 사람이 유연하게 관계를 맺어가기 때문에, 위기상황에 건강하게 대처하고 적응할 수 있다.

각 개인들은 각자가 가진 결혼에 대한 개념에 따라 자신들의 관계유형에 대한 평가 및 만족도가 달라진다. 오늘날 이상적으로 여겨지는 부부관계의 모습이란 '애정에 기반을 두고 평소뿐 아니라 위기상황에 건강하게 적응하는' 가족이라 할 수 있을 것이다.

2) 가족생활주기에 따른 부부의 발달과업

가족도 개인과 마찬가지로 발달단계를 거치면서 고유하고 특정한 문제를 보이게 된다. 가족은 결혼, 자녀출생, 자녀의 출가, 배우자의 죽음 등 일련의 가족생애사건들을 단계적으로 경험하면서 형성, 확대, 축소, 해체되어 가는 과정을 겪는다. 그러므로 부부관계는 가족생활주기 단계에 따라 부부간의 역할, 권력 및 갈등의 내용, 상호 의존성 등이 변화한다. 따라서 부부는 행복한 부부관계를 발달시키고 유지하기 위해 각 단계에서 요구되는 발달과업을 수행해야 한다.[9]

(1)신혼기 부부

신혼기는 결혼에서 첫 자녀 출산까지의 시기를 말한다. 서로 다른 환경에서 성장한 두 남녀는 결혼을 통해 한 가족을 형성한다. 결혼식이라는 통과의례와 혼인신고라는 법적 절차를 거치고 나면 두 사람은 부부로 인정받게 된다. 이와 동시에 부부는 남편과 아내라는 새로운 역할을 획득하게 되며, 그에 따른 기대에 부응해야 한다.

신혼기는 이후의 부부관계를 발전시키는 데 기초가 되는 매우 중요한 시기이므로 부부관계를 정립하기 위해 많은 노력이 필요하다. 많은 신혼부부들은 결혼생활이 데이트할 때와 같을 것이라고 기대하지만 현실은 그렇지 않은 경우가 많다. 부부는 각자의 원가족으로부터 심리적·경제적으로 독립해야 하며, 독신일 때의 생활습관을 변화시켜야 하는 등 새로운 생활에 적응하기 위해 많은 노력을 기울여야 한다. 또한 신혼기에 부부는 서로 다른 가치관, 생활방식 및 습

9 한국여성복지연구회(2005), 《가족복지론》; 115~183.

관 등을 조정함으로써 자신들만의 새로운 가족을 형성해야 할 책임을 갖게 되는데, 그러기 위해서는 '나'에서 '우리'로의 사고전환이 절대적으로 요구된다.

새로 파트너가 된 부부에게 요구되는 가장 주요한 세 가지 과업은 부부간에 서로 만족할 수 있는 새로운 관계수립, 확대가족과의 관계 재조정, 부모기에 대한 결정이다.

① 부부간의 새로운 관계수립하기

결혼 이전에 서로 다른 문화와 생활양식에서 생활하던 두 사람은 이 차이를 인정하고 새로운 관계수립을 위해 협력해야 한다. 부부는 결혼하기 전 원가족과의 삶에서 형성된 가치관, 생활습관, 행동 등을 그대로 유지한 채 새로운 관계를 수립하게 되면서 서로 다른 삶의 방식에 직면하게 된다. 처음에는 서로 다른 분위기나 성격에 매료되었지만 스트레스 상황에 놓이면 처음에 매력의 원천이라고 느꼈던 차이점을 문제로 느끼게 되고 스트레스를 자기 방식대로 해결하려 함으로써 어려움은 더욱 커지고, 급기야는 상대방의 반응에 대해 서로를 비난하게 된다. 따라서 결혼을 하게 되면 새 가족의 역할과 가족규칙을 협의하여 형성하여야 한다. 여성의 지위향상에 따라 가정 내 역할변화도 당연시되고 있다. 결혼생활과 개인의 성취 · 성공이 양립하기 위해서는 결혼생활에서의 역할 규정이 부부간에 새로 협의되어야 할 것이다. 다시 말해, 부부는 재정관리, 가사일, 사회 및 여가활동, 배우자 가족과의 관계 등과 같은 구체적이고 개인적인 욕구와 관련하여 타협하고 합의를 이끌어내야 한다.

② 확대가족과의 관계 재조정하기

결혼이란 모든 가족 성원들과 모든 세대의 지위변화를 의미하며 부부로서 부모, 형제자매, 조부모, 조카들과 같은 다양한 하위체계와 함께 새로운 관계를 협상해 나가야 한다. 대부분 많은 여성들이 결혼 후에 원가족과 더 친밀해지는 반면 남성들은 새로운 핵가족에게 기본적 결속감을 갖게 되므로 원가족과 소원해지는 경향이 있다.

확대가족과의 관계를 재조정하지 못하고 삼각관계를 형성함으로써 문제를 야기하는 경우가 있는데, 그중 가장 대표적인 것이 새로운 가족에 시어머니나 장모가 개입된 경우이다. 확대가족과의 관계에서 이상적인 상황은 배우자들이 결혼 전의 원가족으로부터 독립한 상태이면서 친밀하고 따뜻한 유대를 갖는 것이다.

③ 부모기(parenthood)에 대한 의사결정하기

일반적으로 부모가 되는 동기에 대한 가장 일반적인 설명은 '혼인한 사람은 아이를 가져야 정상'이라는 사회적 압력과 부모가 되는 것은 돈, 시간, 에너지 등 많은 비용이 들지만 그럼에도 불구하고 많은 정서적, 상징적 보상을 제공한다는 것이다.

이렇게 부모가 되는 동기는 다양한 요인들이 복합적으로 작용한다. 어떤 동기에서건 부모되기를 선택하면 부모역할을 하게 된다. 그러나 어느 시대, 어느 사회든 부모가 된다는 것은 쉬운 일이 아니다. 따라서 부모가 되는 것에 대한 부부간의 합의된 의사결정과 그에 따른 자녀 출산 및 양육 계획이 필요하다. 계획하지 않은 임신이나 서로 다른 동기에 의한 임신 등은 출산 이후 부모역할을 수행하는데 어려움을 야기한다. 또한 아버지는 아들에 대한 역할모델이며 부양책임자이고, 어머니는 딸의 역할모델이며 자녀양육의 책임자, 가

나의 생활에서 우리의 생활로

- 독립된 사고에서 협력적 사고로
- 독신의 성생활에서 부부의 성생활로
- 가족에 대한 소극적 관심에서 직접적 책임으로
- 독신의 습관에서 가족중심의 습관으로
- 개인을 위한 구매에서 가족을 위한 구매로
- 자식의 입장에서 부모의 입장으로
- 자기 가족만의 관계에서 시가 · 처가의 새로운 가족관계로

출처: 이정우 외(2001), 《현대 결혼과 가족문화》, p. 126.

족의 정서적 지원자라는 고정된 성역할 태도에 바탕을 둔 통념도 자녀 출산 후 부모역할의 문제를 야기할 수 있다.

(2) 자녀양육기

첫 자녀가 출생하는 시점부터 가족은 부부만의 관계에서 자녀를 포함한 다자구도로 확대되기 시작한다. 첫 자녀의 출생 이후 부부관계는 자녀중심으로 재편되면서, 자녀양육으로 인한 경제적 · 시간적 부담과 육체적 에너지 소비가 현격히 증가하기 때문이다. 신혼기에 비교적 평등한 관계를 유지하던 부부들도 자녀의 성장과 더불어 남편의 권위가 증가하고 아내의 육아 및 가사부담이 증가한다. 그런데 양육 초기의 부부관계는 양육에 쏟는 에너지로 인해 신혼기에 비해 소원해질 가능성이 높고, 출산경험 및 양육부담으로부터 비교적 자유로운 남편은 '아내와 아기로부터 자신만 따로 떨어진 것' 같은 소외감을 경험하기도 한다. 그러므로 양육부담을 부부가 공유하는 것은 아내의 과중한 부담을 덜기 위해서뿐 아니라 부부 및 부모자녀 간의 무리 없는 융합을 위한 방안이 될 수 있다.

자녀양육기에는 자녀로 인해 소모되는 시간적 부담 때문에 부부만의 생활이 줄어든다. 또 자녀로 인한 경제적 · 육체적 부담 및 자녀양육에 대한 부부간의 이견으로 인해 부부 사이에 갈등이 증가할 가능성도 배제할 수 없다. 그러나 결혼 후 일정한 기간이 경과했고 자발적으로 무자녀 가족을 선택하지 않았음에도 불구하고 자녀가 없을 경우, 또래의 연령층이 겪는 단계인 '부모되기'를 경험하지 못하는 데서 오는 상실감 내지 공허함과 무료함이 부부관계에 부정적 영향을 미칠 수도 있다. 특히 부부중심보다는 부모자녀중심의 가족 전통이 이어진 한국 사회에서, 결혼한 부부에게 자녀의 존재는 '정상적인 가족의 모습을 완성한다'는 의미로 받아들여지기 때문이다.

자녀양육기의 부부는 다른 어떤 시기보다도 가장 안정적으로 관계를 유지해 간다. 이는 성장기 자녀에 대한 보호와 양육을 위해 공조해야 할 필요성과 어린 자녀에게 양친이 필요하다는 책임의식 등으로 부부관계가 좋지 않은 경우조차도 결혼을 파기하지 않고 유지하기 때문이다. 부부의 결혼만족도에 미치는 자녀의 영향은 획일적이지는 않아서, 자녀에 대한 전반적 만족도에 따라 결혼만족도 역시 달라진다. 특히 한국의 부모는 자녀의 성취를 곧 자신의 성취로 여겨서 대리만족을 구하는 경향이 강할 뿐 아니라 미성년 자녀와의 관계를 부부관계와 명확히 분리하지 않기 때문에, 자녀양육을 둘러싼 부부간의 상호작용이 결혼만족도에 미치는 영향은 서구보다 강하다.

(3) 중년기

중년기 이전의 시기에 주된 역할 중 하나였던 자녀양육이 부부간의 관계에서 중요한 부분을 차지한 반면 중년기에 들어서는 부부에게는 가족의 의미, 특히 결혼관계의 의미를 새삼 생각하게 하는 변화의 시기가 된다. 자녀를 독립시키고 나서 부부만이 함께하는 시간이 많아지는데, 이 시간을 통해 부부관계를 재조명해 보고 성찰하는 기회를 갖게 된다. 자녀가 결혼을 하게 되면서 부모는 자신의 결혼에 관하여 생각하고 재평가하게 되며, 연로한 부모님이 돌아가시거나 약해져 가는 모습은 중년기 부부가 스스로의 삶을 돌아보게 하고 그들의 남은 삶을 값지게 할 좋은 인간관계의 중요성을 인식하게 한다. 이러한 과정을 거치면서 중년기는 어느 때보다 더욱 성숙되고 안정된 관계를 형성하는가 하면, 그 어느 때보다 갈등과 소외감을 경험한다. 이 시기에 부부가 각자의 역할을 기존에 수행하였던 역할로부터 새로운 역할로 확장시킬 수 있는가, 아니면 기존의 역할만을 고수하려 하는가, 부부간에 상호의존적인 관계를 갖는가 아니면 심히 의존적이거나 거리가 있는 관계를 형성하는가에 따라 부부관계의 만족도에 영향을 준다.

(4)노년기

노년기에는 결혼생활을 유지하는 것만으로도 노인에게 긍정적인 역할을 한다고 알려져 있다. 전통사회에서 부모자녀관계가 중시되었던 것에 비하여, 현대사회에서는 핵가족화에 따라 전 인생주기에 거쳐 부부관계가 가족의 중심에 있게 되었다. 출산율 감소와 평균수명 연장으로 자녀결혼완료부터 남편사망에 이르기까지 노년기, 즉 '탈양육기 노부부 가족' 기간은 길어지고 있다. 노년기는 자녀양육의 부담에서 벗어나고, 직업생활에서 물러난 시기로 부부가 함께 하는 시간과 기간이 길어졌기 때문에, 부부관계가 노년기 삶의 만족도를 결정짓는 가장 중요한 요인 중 하나로 자리 잡게 되었다.

노년기로의 전환에 가장 큰 영향을 미치는 요인은 은퇴이다. 현대

사회에서 은퇴는 노년기 가족에게 다양한 자원의 감소를 가져온다. 은퇴로 인한 사회적 관계의 축소, 심리적·경제적 자원의 감소, 그리고 노화로 인한 신체적 자원의 감소 등이 발생한다. 은퇴로 인해 노부부 모두 주된 생활장소가 가정으로 바뀌면서, 부부가 함께 보내는 시간이 늘어나 부부 상호접촉이 증가하고 사회생활과 직업에 전념하던 남편들이 가정생활에 깊이 관여하면서 오히려 갈등을 초래할 수 있다.

4. 행복한 부부관계와 나의 선택

1) 결혼생활 만족도

지금까지의 국내외 조사연구결과에서 공통적으로 나타나는 점은 남편보다 아내의 결혼만족도가 낮다는 사실이다. 그 이유는 대다수 결혼생활에서 남편이 아내의 기대에 맞추기보다 아내가 남편의 기대에 맞추도록 구조화되어 있기 때문으로 분석된다. 여성가족부가 실시한 부부들에 대한 실태조사에 따르면 남편의 59.5%, 아내의 53.1%가 만족하지만, 40% 이상은 부부관계에 대해 만족하지 않는 것으로 나타나[10] 결혼생활을 유지하는 부부들의 만족도 수준은 높지 않다.

결혼 그 자체는 성에 대한 차별이 없으나 결혼제도 안의 권력관계에 의해 성역할이 규정되고, 그것이 사회화되면서 아내는 남편의 필

10 여성가족부(2005), 〈2005 전국가족실태조사 보고서〉.

요나 욕구에 맞춰 자신의 욕구를 재구성하게 된다. 그 결과 결혼한 남자는 독신 남자에 비해 신체적으로 더 건강하고, 경제활동에 대한 의욕이 강하여 우울이나 자살과 같은 심리적 증상이 덜하다. 반면 결혼한 여성은 결혼생활에 대한 좌절이나 불만, 부정적인 감정을 남성보다 많이 나타내며, 독립하고 싶어하고 기혼남성에 비해 불안과 신경쇠약, 우울, 공포감, 수동성 수준도 높다는 연구결과가 많다. 또한 화성남자와 금성여자로 대별되는 남녀 간의 차이와 그로 인한 부부관계의 차이는 결혼관과 배우자 선택뿐만 아니라 맞벌이가족에서의 역할갈등, 부부간 권력과 의사소통에도 영향을 미친다.

행복한 부부라고 그 관계가 갈등과 문제를 전혀 경험하지 않은 것은 아니다. 행복한 부부는 이러한 어려움을 건설적 상호작용을 통해 극복하여 발전의 기회로 삼는다. 부부간의 갈등요인은 아주 사소한 것에서부터 심각한 것에 이르기까지 매우 다양하다. 서로 다른 욕구, 기대, 목표를 지닌 두 사람이 부부가 되어 함께 살면서 제한된 자원으로 개인과 가족의 욕구를 충족시켜야 하므로 부부간에는 갈등이 발생할 수밖에 없다.

결혼에 대한 비현실적인 기대, 성역할의 문제 , 배우자 간의 다양한 차이점, 가치관의 차이, 불신 등이 부부갈등을 야기한다. 이외에 직장 스트레스, 질병, 사회환경의 변화 및 가족문제 등이 부부갈등을 야기하는 외부적 요인들이다. 이러한 갈등요인들은 서로 복합적으로 관련되어 부부생활 전반에 걸쳐 다양한 문제로 나타난다.

부부간의 갈등이 해결되지 않을 경우 이 갈등은 부부뿐 아니라 가족 전체에게 매우 부정적인 영향을 미칠 수 있다. 따라서 부부는 서로 의견이 다르더라도 부부갈등의 책임이 두 사람 모두에게 있음을 인식하고, 갈등을 해결하기 위해 함께 노력해야 한다.

여기에서는 행복한 부부관계를 위한 이슈를 살펴보고 나의 선택과 과제를 찾아보고자 한다.

2) 행복한 부부관계를 위한 과제

(1) 성역할과 결혼만족

결혼의 필요성과 의미에 대한 결혼가치관은 개인적 가치에 따른 신념체계로 그 사회의 가치규범에 영향을 받으며 변화정도는 개인에 따라 다르다. 사회·경제적 여건이 변화하면서 가족의 모습과 기능 역시 변화하고 있다. 특히 핵가족화와 여성의 사회참여 및 경제활동의 확대는 성역할 가치관을 변화시켜, 가족 내 육아 및 가사 등의 문제에서 점차 경제적 협력과 함께 가족역할 분업의 양상이 증가하고 있다. 그러나 아직도 가족역할분담에 있어 뿌리 깊은 가부장제의 영향이 남아 전통적인 가치관과 근대적인 가치관이 혼재하는 이원적인 양상을 띠는 것이 현실이다. 성평등의식에 기반을 둔 성역할 개념의 정립은 행복한 결혼생활을 영위하기 위해, 나아가 한국사회의 저출산 문제를 해결하기 위해 반드시 필요하다.

남성과 여성의 결혼만족도가 다른 이유는 여러 가지로 분석되는데, 무엇보다 큰 이유는 결혼제도 안에서 여성에게 남성보다 가사노동이나 자녀양육 등 복잡한 영역의 과중한 역할수행이 기대되기 때문이다. 이는 맞벌이 부부도 마찬가지인데 여성에게 편중된 역할수행은 불공평하며 이는 여성의 결혼만족도를 낮추는 요인이 된다. 뿐만 아니라 우리나라의 결혼제도는 사위에 비해 며느리에게 과중한 역할을 부과하는 경향이 있다. 예컨대 시부모 봉양이나 명절 때 제사 준비 등 며느리의 전통적 의무는 결혼제도에 대한 여성의 불만을

〈그림 8-2〉 명절연휴, 각 집의 풍경

출처: 난다, 〈어쿠스틱라이프 - 명절회상〉, Daum 웹툰.

높이는 요인이 된다. 위에 제시한 인터넷 웹툰에서도 시댁과 친정의 풍경을 비교하여 재미있게 묘사하고 있다.

자녀돌봄에 대한 기대 역시 여성에게 집중되는 경향이 있으며 이러한 이유로 자녀출산과 함께 부부의 결혼만족도는 전반적으로 감소하는데, 그 결과 신혼 초에 남성에 비해 높았던 여성의 만족도 수준이 급격히 감소하여 남성들보다 낮아진다.

(2) 의사소통과 결혼만족

결혼관계에서 여성의 정서적 욕구가 일반적으로 남성의 그것보다 복잡하고 예민한데 공동의 결혼관계에서 남녀 간의 정서적 기대와 충족이 일치하지 않기 때문이다. 많은 경우 여성의 관계지향적인 욕구에 대해 남성의 반응은 불만족스럽다. 실제로 우리나라 부부는 하루 평균 5시간을 함께 지내며, 1시간 53분만 대화한다.[11] 대화의 주

11 이동원 외(2002), 앞의 책.

제는 주로 자녀에 관한 것이며 대화는 남편보다는 관계지향적인 아내에 의해 주도되는 경향이 높다. 이혼자들을 대상으로 한 국내외 연구들은 여성의 이혼사유가 복합적이며 내부관계 요인들이 많은 반면, 남성의 이혼사유는 단순하고 외부요인이 많음을 공통적으로 보고한다. 심지어 남성들은 자신이 왜 이혼을 했는지 정확히 알지 못하는 경우도 많다. 이와 같이 많은 남녀관계에서 금성인과 화성인, 또는 개와 고양이처럼 정서적으로 교감하기 어려운 부분이 존재하며, 이는 행복한 결혼생활의 걸림돌이 된다.

이러한 이유로 부부들의 결혼만족도는 성차가 있으며, 결혼만족도의 하위영역별로 살펴보면 남편과 아내의 인식 차이를 이해할 수 있다. 부부간의 결혼만족도의 영역을 교류적 과정(부정적 의사소통, 효율적 의사소통과 갈등해결)과 정서적 과정(존중, 상대적 배려, 성·애정표현, 여가 및 시간 함께 보내기) 및 인지적 과정(부모역할, 개인역할, 가사역할, 친인척관계역할, 경제역할, 종교심, 응집성)으로 구분할 때 우리나라 부부들은 배우자가 개인적 역할을 잘할 때 만족도가 높으며, 남편은 아내의 배려와 부모역할, 가사역할 등의 하위영역에 대한 결혼만족도가 높고, 아내들은 남편들보다 여가와 시간 함께 보내기와 배려, 존중 영역의 만족도가 높다.[12] 즉, 여성들은 남편들과의 정서적인 측면에 대한 만족도 점수가 높으며, 남성들은 여성들의 도구적인 역할에 대한 점수에서 결혼만족도가 높아 남녀 간의 결혼에 대한 기대 차이를 보여준다. 특히 효율적 의사소통, 부모역할, 가사역할, 상대방 배려, 종교심 영역에서는 남녀 간 인식의 차이가 크다.

---

12 정현숙(2001), "한국형 결혼만족도 척도개발을 위한 이론적 고찰", 〈대한가정학회지〉 39(11).

(3) 성과 결혼만족

부부의 성생활을 방해하는 요인에는 남녀 간의 성에 대한 인식 차이와 대화의 어려움 등을 들 수 있다. 부부간의 성에 대한 대화가 중요하다는 것을 알고는 있지만 솔직하게 이야기하지 못하는 데에는 성에 대한 이야기를 금기시하는 우리 사회의 문화도 한몫 한다. 결혼생활의 주요한 한 부분인 성생활이 만족스러울 때 부부관계도 만족스럽다. 그러므로 부부는 성에 대해 솔직하고 개방적인 대화를 통해 성에 대한 인식 차이를 줄이고, 성생활을 만족스럽게 유지할 수 있도록 노력해야 한다.

또한 현대사회의 많은 스트레스로 인한 신체적 · 심리적 부담감이 있을 수 있다. 최근에는 맞벌이 부부가 많아지면서 시간적인 여유가 없어 성생활을 못하는 부부가 늘고 있다. 특히 밤늦게까지 근무하는 일이 많은 맞벌이 부부의 경우엔 밤에 편안히 마주 앉아 대화할 시간을 갖기도 힘든 상태가 된다. 여기에 아이까지 있으면 과중한 육아 부담에 더욱 녹초가 된다.

5. 나가며

지금까지 결혼에 관한 많은 잘못된 신화들이 있었다. 이러한 신화들이 암시하는 것은 결혼이란 극히 까다로운 일이라 대부분의 사람들이 결혼제도에 적합하지 않다는 것이다. 물론 결혼은 결코 쉬운 것이 아니다. 결혼생활을 오래 지속하려면 용기, 결단 그리고 유연함이 필요하다는 것은 모두 알고 있다. 하지만 결혼생활을 잘 유지하는 것이 진정 무엇인지 이해하기만 한다면 자신의 결혼생활을 성

행복한 결혼생활을 위한 7가지 원칙
1. 애정지도를 상세하게 그릴 것
2. 상대방을 배려하고 존중하는 마음을 기를 것
3. 상대방에게서 달아나지 말고 진심으로 대할 것
4. 상대방의 의견을 존중할 것
5. 해결가능한 문제는 두 사람이 해결할 것
6. 둘이서 막다른 골목에 부딪힌 상황을 극복할 것
7. 함께 공유할 인생의 의미를 발견할 것

출처: 고트만 · 실버(2009), 《행복한 부부 이혼하는 부부》, p. 67~232.

공시키는 일은 보다 더 쉬워질 것이다.

본질적으로 부부마다, 가족마다 특유의 작은 문화를 만들어 낸다. 다른 커다란 문화와 마찬가지로, 이 작은 문화는 제각기 결혼생활이 만들어 낸 그 가정의 습관(매주 일요일에는 가족끼리 외식하는 일 따위), 의식(아이가 태어나면 집안사람들끼리 잔치를 여는 일 따위) 그리고 두 사람이 나누는 일상 회화(진지한 이야기로부터 꾸며낸 이야기, 과장된 이야기, 농담에 이르기까지) 따위를 갖고 있다.

고트만과 실버에 의하면 결혼생활의 개선은 부부가 함께 떠나는 긴 여행과 같다고 한다. 그들은 "행복한 결혼은 부부의 깊은 우정으로 성립한다"고 했다. 여기서 말하는 우정이란, "부부가 협동 생활자로서 서로 존경과 기쁨을 나누는 것"을 의미한다. 이렇게 해서 부부가 서로에 대해 친밀하게 알고, 상대방이 좋아하는 것과 싫어하는 것, 버릇, 인생에 대한 희망이나 꿈을 충분히 이해하고, 그것을 일상생활에서 구체적으로 표현하는 것이 중요하다.

참고문헌

김명자 외(2006), 《아는 만큼 행복한 결혼 건강한 결혼》, 양서원.
여성가족부(2005), 〈2005 전국가족실태조사 보고서〉.
유영주 외(2000), 《가족관계학》, 교문사.
윤단우·위선호(2010), 《결혼파업, 30대여자들이 결혼하지 않는 이유》, 모요사.
이동원 외(2002), 《한국가족의 현주소》, 학지사.
이삼식(2009), "가치관의 변화가 결혼 및 출산형태에 미치는 영향", 〈보건사회연구〉 26: 96~140.
이여봉(2006), 《가족안의 사회, 사회 안의 가족》, 2nd ed., 양서원.
이정우 외(2002), 《현대 결혼과 가족문화》, 숙명여자대학교 출판부.
장혜경 외(2004), 〈2003년 전국가족조사 및 한국가족 보고서〉, 한국여성개발원.
정현숙(2001), "한국형 결혼만족도 척도개발을 위한 이론적 고찰", 〈대한가정학회지〉 39(11).
존 고트만·낸 실버(2000), 《행복한 부부 이혼하는 부부》, 임주현 역(2009) 문학사상사.
정혜정 외(2009), 《가족과 젠더》, 신정.
한국결혼문화연구소(2008), 〈2007 배우자 직업 및 학력순위결과〉, 결혼정보회사 선우.
한국보건사회연구원(2010), 〈2009 결혼 및 출산 동향〉.
한국여성복지연구회(2005), 《가족복지론》, 청목출판사.
황민수(2011), 《연애·결혼·출산을 포기한 '삼포세대'》, 도서출판 상원.
황상민(2011), 《짝, 사랑》, 들녘.

〈서울경제〉(2010. 9. 13).

09 부모자녀관계

성정현

1. 들어가며

부모와 자녀의 관계는 인생에서 가장 중요한 인간관계의 원형이자 사회적 유대감의 전형이다. 자녀는 부모와의 관계를 통해 '자신'을 평가하고 대인관계를 형성하는 법을 배운다. 이런 이유 때문에 개인의 자율성, 독립성, 그리고 다양성에 대한 요구가 증가하는 가운데서도 부모와 자녀 간의 관계에 대한 관심은 더욱 증가하고 있다. 과거에 비해 가정에서 수행하던 기능이 축소되었다고는 하지만, 경쟁사회로 치달을수록 자녀를 사회에 적응하며 살아갈 수 있는 전인(全人)으로 양육하고 교육하며 진로를 모색하는 데 부모역할에 대한 기대가 커지고 있다. 실제 부모가 되면서 자녀양육 및 교육이 상당부분을 차지하는 신(新)가사노동으로 인해 역할부담이 가중되고 있는 실정이다. 이에 이 장에서는 부모자녀관계의 의미와 특징, 그리고 생애발달과정에 따른 부모자녀관계의 변화 및 영향요인을 알아보고, 또 새로운 부모자녀관계는 어떠해야 할지를 살펴보도록 한다.

2. 부모자녀관계의 의미

1) 부모자녀관계의 특징

부부관계는 가족관계의 핵심이다. 그러나 실생활에서는 부부관계보다 부모자녀관계가 중심축을 이루는 경향이 강하다. 일반적으로 부모는 자녀를 양육하는 보호자이자 사회화의 주역이고, 자녀는 한 인격체이자 부모와 성인으로부터 돌봄과 훈육, 교육을 받는 대상으로 인식된다.

이런 부모와 자녀 간의 역할과 책임은 어느 사회나 문화를 막론하고 거의 유사한 듯하지만, 실상은 점진적 변화와 차이를 보여왔다. 과거에는 양육과 돌봄이 부모의 최대 과업이었지만 최근에는 대중매체의 발달로 정보가 범람하고 정보접근성이 강화되면서 부모는 자녀의 정보선택 능력과 책임감을 키워줘야 하는 과제까지 감당하게 되었다. 게다가 과거에 비해 자녀들이 동기유발이나 책임감을 학습할 기회가 부족하고 자신의 노력과 투자에 비해 많은 기회와 자원을 얻는 경향이 있는 반면, 사회는 독립성과 리더십, 창의성을 요구하고 있어 그 균형을 이루는 데 부모의 역할이 커지고 있다.

이와 같이 부모의 역할과 자녀와의 관계는 가족이 생활하고 있는 사회의 사회문화적 특성의 영향을 받는다. 하지만 부모자녀관계가 대인관계의 출발점이자 원형이라는 점에서 다음과 같은 몇 가지 공통점을 찾아볼 수 있다.

첫째, 부모와 자녀는 출산에 기초한 귀속적 관계이다. 부모(*parents*)는 라틴어로 자녀를 출산하는 것(*give birth*)을 뜻한다. 즉, 자녀를 출산함으로써 부모의 지위를 갖게 되는 것이다. 이와 같이 부부가 자녀를 출산하면서 부모자녀관계가 성립되기 때문에 이 관계는 귀속적 지위에 근거한다. 부모자녀관계는 법적으로 구속되어 있기 때문에 부모와 자녀 중 누가 원하지 않는다 하여 관계를 자의적으로 혹은 물리적인 힘에 의해 해체시키거나 사라지게 할 수 없으며, 존재 자체를 거부할 수도 없다. 이런 의미에서 성취적 지위에 근거한 관계와는 차이가 있다.

둘째, 부모자녀관계는 가장 기본적이면서도 최초의 인간관계이며 또 가장 오랫동안 지속되는 관계이다. 따라서 부모자녀관계가 사랑과 존경을 바탕으로 이루어진다면 자녀의 성장과 발달에도 긍정적인 영향을 미치지만, 반대로 스트레스와 갈등이 반복된다면 자녀에게 심리·정서적, 행동적 장애를 초래할 수도 있다. 그 영향 또한 장기간 지속될 수 있다는 점에서 부모자녀관계의 중요성이 크다.

셋째, 부모와 자녀 간 관계는 부모의 태도와 지식, 기술 등과 같은 개인적 속성과 사회문화적 분위기 등에 의해 변화가능하다. 예를 들어, 자녀의 발달단계별 특징에 대한 지식이 부족한 부모는 자녀의 욕구와 관심을 충족시키기 어렵다. 그러나 자녀에 관한 지식을 함양하는 경우 미해결된 문제(*unfinished business*)를 어느 정도 보완할 수 있는 기회를 가짐으로써 어려움을 극복할 수 있다. 이외에도 부모자녀관계에는 사회문화적 요인이 주된 영향을 미친다. 서구에서는 개인주의적 평등윤리에 기초한 인간관계를 중시하고 자녀와의 관계에서 개인의 독립성과 자율성을 중시하는 사회문화적 풍토가 만연해 부모 역시 자녀를 양육할 때 자녀의 독립성과 자율성을 발달시키는 데 주안점을 둔다. 그러나 우리나라는 개인주의가 확산되고 개성과 자율성을 중시한다 해도, 여전히 효(孝)와 자(慈)라는 전통적 윤리규범의 영향을 많이 받는다. 즉, 부모자녀관계에서는 일체감을 갖고 서로 허물없이 지내며 아껴주는 부자유친(父子有親)과 효를 중시하는 경향이 강하다.[1] 간혹 지나치게 밀착되고 융합되어 나타나는 역기능적 관계 때문에 개인의 심리적 미분화 문제와 정신건강의 문제가 나타나기도 하나, 전반적으로 관계를 중시하는 특성들은 서구의 가족 문화와 구별되는 부모자녀관계 및 역할, 기능을 만들어낸다.

넷째, 부모자녀관계가 사회문화적 분위기의 영향을 받는다 할지라도 부모에 대한 친밀감, 애정, 자녀에 대한 부모의 돌봄, 수용, 기능적 의사소통, 가족 구성원 간의 응집성 등의 보편적 특징들의 중요성은 변하지 않는다. 이에 근거하여 가족은 자녀의 건강과 생존을 보장하고, 자녀에게 경제적 안정을 갖도록 하는 기술을 가르치며, 또 각 문화마다 고유한 미덕을 습득하도록 한다.

다섯째, 어린 시절의 가족관계 및 의사소통 경험은 이후의 가족관계 및 의사소통 경험에도 영향을 미칠 정도로 장기적이다. 사람들은 어린 시절 원가족(*family of origin*)으로부터 학습된 방식으로 타인과 관계를 맺고, 배우자를 선택하여 결혼한다. 또 정서적 관계를 맺는 데서도 어린 시절의 가족에서 경험한 밀착과 분리경험의 영향을 받는다. 이런 의미에서 어린 자녀를 사회화시키는 데 부모의 책임과 역할은 매우 중요하다. 물론 이것이 고정적이거나 결정적인 것은 아니며 생애기간 동안 사회문화적 환경의 영향을 받아 변화될 수 있다. 그러나 인간의 성장과 정신건강을 위해 반드시 요구되는 기본적 심리 욕구가 부모자녀관계 안에서 충족되고, 특히 어린 시절의 사회화가 중요하다는 점에서 더욱 중시된다.

---

1 최인재(2005), "청소년의 정신건강에 미치는 영향에 대한 부모-자녀관계의 문화적 특징-부자유친 성정을 중심으로", 〈한국심리학회지: 상담 및 심리치료〉 17(4): 1059~1076.

2) 부모자녀관계의 유형

(1) 애정적 결속과 유대감

부모자녀의 관계는 애착, 자녀양육, 부모역할 등의 개념과 혼용된다. 애착(*attachment*)은 부모자녀 간의 애정적 결속이나 유대관계를 의미하는 것으로, 정서적 측면이 강조된 개념이다. 그리고 자녀양육 혹은 부모역할은 좀더 행동적이고 사회적인 의미를 갖는다.

애착은 〈표 9-1〉에 나타난 것처럼 아동과 성인애착으로 구분되며, 각각의 애착은 다시 4가지로 구분된다. 성인애착은 아동애착과는 다르지만 어린 시절 경험의 영향을 받는다. 영아를 대상으로 애착을 조사한 후 이들이 아동기에는 어떠한지를 추후 조사한 결과 70% 이상이 영아기의 애착유형을 그대로 유지하는 것으로 나타났는데, 어린 시절의 애착이 성인기에도 상당한 영향을 미치며 세대 간 전이효과가 있음을 의미한다. 따라서 긍정적 부모자녀관계를 형성하여 성숙한 성인과 사회를 만드는 데 기여하도록 사회적 관심을 기울여야 한다.

〈표 9-1〉 아동애착과 성인애착

아동애착	성인애착	특 징
안정애착 (secure attachment)	안정/자율형 애착 (autonomous attachment)	자신의 애착경험에 대하여 일관성이 있고 객관적이며, 적절한 표현을 할 수 있음. 애착을 중요시하고 가치 있는 것으로 기술함.
회피적 애착 (avoidant attachment)	무시형 애착 (dismissive attachment)	애착과 관련된 경험이나 관계를 의미 없는 것으로 평가하거나 그 가치를 무시함. 타인과의 대화에서도 대화를 차단하고 다른 이야기를 하는 양상을 보임.
저항적 애착 (resistant attachment)	저항적 애착 (resistant attachment)	과거 경험의 특정 부문에 집중하여 기억하거나 세부적인 것에 집착하며, 분노나 갈등을 많이 보임.
비일관적 애착 (disoriented attachment)	비일관적 애착 (disoriented attachment)	어린 시절에 충격적인 경험을 하였지만, 그것이 해결되지 않은 경우. 간혹 관련된 이야기를 할 때 시제가 맞지 않거나 긴 침묵을 함.

출처: Ainworth(1978); 장은진(2006), 재인용

2) 자녀양육 태도

자녀양육 태도는 어머니 혹은 주양육자가 자녀를 양육할 때 자녀의 바람직한 성장과 발달을 위해 일반적으로 나타내는 태도나 행동을 의미한다. 쉐퍼(Schaefer)는 부모의 자녀양육 태도를 수용-거부(*acceptance-rejection*)와 지배-복종(*dominance-submission*)의 차원으로 구분하였다. 이 중 전자는 부모가 자녀를 대할 때 자녀의 행동과 요구를 비판 없이 수용하는가 혹은 거부하는가를 의미하며, 후자는 자녀를 자신의 의지에 따라 지배하는가 혹은 자녀의 의지에 복종하는가를 의미한다. 쉐퍼에 따르면, 부모가 중간적 입장에서 자녀를 양육할 때 가장 바람직하다.[2] 〈그림 9-1〉은 쉐퍼의 자녀양육태도 모형에 따른 자녀양육 및 부모자녀관계를 나타낸다.

① 애정적-자율적 태도

이 유형은 부모가 자녀에게 애정을 갖고 있고 또 자녀의 행동에 대해서도 독립심과 자율성을 인정하는 태도이다.

② 애정적-통제적 태도

부모가 자녀에게 애정을 갖고 있지만 자녀의 행동을 많이 제약하며, 자녀에게 과보호적인 양상을 보인다.

③ 거부적-자율적 태도

부모가 자녀에게 애정을 보이지 않으며 자녀를 수용하거나 받아들이지 않은 채, 자녀가 마음대로 행동하도록 하는 태도로 주로 무관심, 방임, 태만의 형태로 나타난다.

---

2 김신정 · 김영희(2007), "부모의 양육태도에 대한 고찰", 〈부모자녀건강학회지〉 10(2): 172~181.

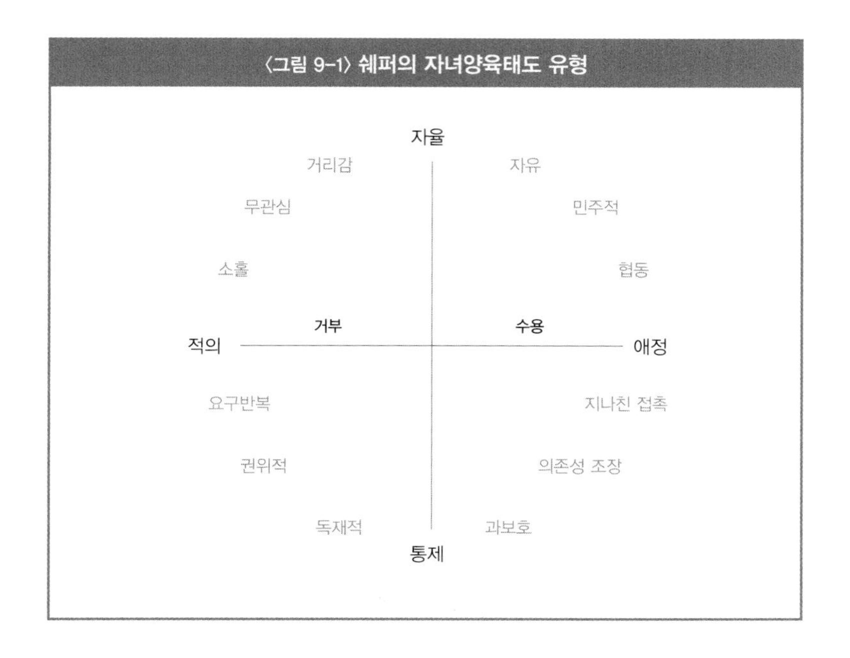

〈그림 9-1〉 쉐퍼의 자녀양육태도 유형

④ 거부적-통제적 태도

부모가 자녀에게 애정을 보이지 않으며 자녀에게 관대하지도 않아 권위적이고 거부적인 태도를 보인다.

위의 네 가지 유형 중 애정적-자율적 태도는 부모자녀 간의 관계가 민주적인 경향을 보이지만, 거부적-통제적 태도는 독재적이고 거부적인 경향을 보인다. 그러므로 전자의 태도를 갖도록 하는 것이 바람직하다.

3. 생애 발달과정에 따른 부모자녀관계의 변화

부모와 자녀 관계는 일생에 걸쳐 지속되는 사회적 관계이다. 학자들이 주로 어린 시절의 부모자녀관계에 초점을 맞추고 있지만, 실제적인 관계와 영향의 측면에서 볼 때 이 관계는 지속적으로 발달적 변화를 겪는다. 이런 부모역할은 자녀와의 친밀한 관계를 바탕으로 한다. 여기서 친밀한 관계는 양육자가 자녀의 욕구와 신호, 행동에 대해 적절한 반응을 보이고, 이런 반응이 누적되면서 안정적인 관계를 형성하는 것을 의미한다. 자녀가 발달함에 따라 부모자녀관계는 어떻게 변화되는지 살펴보면 다음과 같다.

1) 어린 시절 : 돌봄과 교육의 경험 시기

어린 시절 부모로부터 받은 양육경험과 관계는 아동의 심리적 복지감과 대인관계 발달에 영향을 미칠 뿐만 아니라, 중 · 노년기의 적응에도 영향을 미친다. 이렇게 그 영향이 장기적이기 때문에 생애 중 어린 시절의 부모자녀관계는 그 어떤 시기보다 중요하다.

자녀가 어린 영 · 유아기에는 무엇보다 돌봄과 안전, 그리고 부모와의 애착형성이 중요하다. 이 시기 형성된 관계는 사춘기까지 이어진다. 성장기에 부모로부터 애정을 많이 받은 아동들은 사회적 성취도가 높고, 이후에도 삶의 만족도가 높은 편이다. 그러나 회피적이고 양면적인 관계를 형성한 아동은 위험과 스트레스 상황에 대처할 인지적, 정서적 능력이 부족한 경향을 보인다. 이것은 과보호적인 태도나 부족한 양육 때문에 자녀가 환경을 탐색할 수 있는 기회를 갖지 못하는 데 기인한다. 따라서 이런 환경이 지속되는 경우 자녀는 우울증과 우울, 행동장애 등의 부정적인 문제를 보일 수도 있다.

아동기에 이른 자녀는 부모와의 관계보다 대등하고 평등한 또래관계에 더 많은 관심을 쏟기 시작한다. 이때 아동은 가족을 제외한 타인과의 관계를 원만하게 형성할 수 있는 능력을 시험받는다. 부모와 안정적 관계를 형성한 아동은 정서적으로도 안정되어 있고, 부모와 맺어온 관계를 토대로 또래친구나 타인에게도 긍정적인 기대와 신뢰를 갖는다. 그러나 부정적인 부모자녀관계에 노출된 아동은 상대방의 거부에 대한 예측 아래 소극적이고 공격적이며 적대적인 행동으로 일관하는 경향이 있다. 그러므로 자녀가 긍정적인 대인관계를 형성하도록 부모는 개방적이고 긍정적인 부모자녀관계를 유지하도록 해야 한다.

2) 사춘기 : 의존과 독립의 과도기

사춘기는 보통 14~19세에 해당하는 시기로, 부모의 보호 속에서 어린 시절을 보낸 시기와는 확연히 다른 특징을 보인다. 이 시기는 한마디로 부모와 자녀 간 의존과 심리적 분리의 과도기라 할 수 있다.

청소년기는 신체적 발달 면에서 제 2의 성장급등기라 할 만큼 급속한 성장을 한다. 심리적 면에서는 부모와의 안정적인 관계를 바탕으로 자존감을 발달시키며, 독립심과 긍정적 자아개념, 가치관 등의 형성 같은 발달과업에 직면한다. 사회적으로는 더 이상 가정에서 부모나 다른 성인에게 의존하고 보호받는 시기가 아니며 부모로부터 점진적으로 심리적 독립을 이루어나간다. 또 친구들과의 관계를 매우 중요하게 생각하며 전화, 문자, 이메일 등의 방법을 활용하여 친구들과 빈번한 상호작용을 하고, 운동이나 외부활동에 대해서도 많은 관심을 갖는다.

따라서 부모와 자녀의 상호작용이나 의사소통은 감소하는 경향을 보인다. 그러나 부모나 가족에 대한 청소년의 관심이 줄어드는 것만큼 부모가 자녀에 대해 갖는 영향력도 동일하게 감소하는 것은 아니다. 부모는 청소년 자녀의 동년배 지향적 경향을 허용하고 그들의 독립을 격려하기는 하지만, 가족의 응집성과 적응성을 바탕으로 여전히 청소년 자녀의 발달에 영향을 준다. 간혹 부모의 간섭이 지나치거나 부모가 과보호하려고 하는 경우 부모와 자녀 간에 갈등이 발생할 수도 있다.

부모는 자녀의 의존욕구를 충족시키는 한편, 자녀가 독립적이고 성숙한 성인으로 발달할 수 있도록 자율적이고 자발적인 행동을 격려하고 지원해야 한다. 또 민감하면서도 관여적인 태도로 자녀를 대하고 구체적인 양육의 형태와 자원, 자녀의 능력과 상태에 맞춘 최적의 환경을 제공함으로써 자녀의 자율성을 발전시키도록 노력해야 한다.

간혹 부모 중에는 자녀의 독립을 부모에 대한 거리감 혹은 결별로 인식하거나 저항으로 생각하는 경우가 있다. 심각하게는 지나친 애착관계를 유지하거나 독립을 지연시킴으로써 부모와 자녀 간에 갈등을 유발하기도 하고, 청소년기의 우울과 자살, 섭생장애와 같은 정신사회적 병리를 일으키기도 한다. 그러므로 사춘기 청소년의 의존과 독립의 욕구에 적절하게 반응할 수 있도록 하는 부모교육이나 관련 정보는 매우 중요하다고 할 수 있다.

3) 성인기 : 새로운 친밀성과 독립성

성인기의 부모자녀관계의 특징은 한마디로 독립과 자율로 규정할 수 있으며, 이를 위해서는 심리적 분리가 선행되어야 한다. 여기서 심리적 분리(*psychological separation*)는 부모로부터 독립된 정체감과 자아감을 발달시키는 것을 의미한다. 즉, 진로 탐색, 진로 계획의 수행과 같은 성인기 초기의 발달과업을 위해서는 부모로부터의 분리와 일정 수준의 독립적 기능이 필요한 것이다.

구체적으로 이 시기는 이성교제를 통한 친밀성의 발달과업을 완수하고 결혼을 준비하며, 사회적으로는 직업 선택을 통해 사회적·경제적 활동이 활발해지는 때이다. 가족형성 면에서 보면 결혼을 하고 경제적으로나 정신적으로 독립을 지향하는 시기인 만큼 부모나 형제들과의 관계도 매우 중요하다. 특히 결혼으로 새로운 구성원을 가족원으로 받아들이고 또 자신도 다른 가족의 일원으로 새로운 지위를 갖게 되기 때문에 대인관계에서 많은 변화를 경험한다. 이런 일련의 과정들은 이전 가족과의 관계, 특히 부모와의 관계가 영향을 미친다.

우리나라는 다른 나라보다 결혼과 가족의 형성에 대한 원가족의 영향이 큰 편이다. 배우자 선택과 결혼이 여전히 가족 및 가문의 일로 인식되고 있다. 다시 말하면, 이것은 새로운 친밀성에 대한 관여와 독립성의 저해라는 부정적 측면을 내재하고 있음을 의미한다. 시대가 달라졌다고는 하나 과거의 고부갈등 문제가 최근 들어 며느리 시집살이, 혹은 장모와 사위 갈등으로 재현되는 것은 모두 이와 같은 부모자녀 간의 갈등에서 비롯되는 것이다. 그러므로 부모자녀가 친밀하고 안정적인 관계를 유지하는 가운데서도 자율성을 발달시킬 수 있도록 해야 한다.

한편, 성인기에는 사회적으로 직업(*career*)을 결정하고 생애경력을 쌓아간다. 그러나 최근 청년실업이 심화되면서 직업 진로에 대한 결정 및 취업이 연기되거나 진로준비가 연장되는 경향, 혹은 어떤 진로를 선택해야 할지 결정하지 못하는 경우도 나타나고 있다. 이것은 자신에게 동기를 부여하거나 의사결정을 하는 데 높은 수준의 모호성과 불안을 경험하고 있음을 의미하는 것이기 때문에 심각한 문제라고 볼 수 있다.

성인기의 부모자녀관계는 노년기의 삶과도 직접적인 연관이 있다. 노년기 부모들은 성인자녀들의 성공과 실패에 대한 평가를 자녀양육에 대한 성공 여부의 판단기준으로 삼는다. 노년기에 자녀와 갈등을 겪는 부모들은 다른 부모들보다 우울과 알코올 문제를 더 많이 경험하는데 이것은 성인기 이후의 부모자녀관계가 생애 후반기의 삶의 질에 있어 매우 중요함을 의미하는 것이다(안정신, 2005). 그러므로 성인자녀와 노부모가 바람직한 관계를 유지할 수 있도록 사회적 차원에서 다양한 정보와 서비스를 지원할 필요가 있다.

4. 부모자녀관계 요인

1) 어린 시절의 경험

부모자녀관계에는 개인적, 사회적 요인들이 영향을 미친다. 먼저 개인적 차원에서는 어린 시절의 경험을 생각해 볼 수 있다. 보울비, 보웬, 마이어와 같은 가족학자들에 따르면, 유아기 때부터의 원가족 경험이 훗날의 부모자녀관계뿐만 아니라 대인관계에도 영향을 미칠 정도로 장기적이다. 사람들은 과거 원가족 경험으로부터 학습된 방식으로 타인과 관계를 맺으며, 그 경험에 기초하여 배우자를 선택하고 자녀를 대한다. 이와 같이, 원가족의 경험이 다세대에 걸쳐 반복되는 다세대 전수과정이 발생하는 것이다. 일례로 가족폭력의 문제를 들 수 있다. 어린 시절에 가정 내에서 발생하는 폭력을 경험하거나 그 폭력에 노출된 경우 심리 · 정서적 외상(*trauma*)을 경험하게 되며, 이 문제를 성인이 되어서도 해결하지 못한 경우에는 자신의 자녀를 돌봐주고 훈육해야 할 대상으로 보지 않고 자신의 심리 · 정서적 문제를 투사하는 대상으로 삼음으로써 자녀의 건강성을 위협할 수 있다.

물론 이런 세대 간 전이의 문제가 부정적인 측면에서만 발생하는 것은 아니다. 효율적인 의사소통과 돌봄, 친밀감, 유대감, 생의 도전 패턴 등과 같은 긍정적 경험 또한 세대를 거쳐 전이된다. 어린 시절 부모로부터 경험한 훈육이 지지적이고 긍정적이라고 회상하고 심리적으로 독립적인 성인일수록 자녀를 훈육할 때에도 덜 과잉반응하게 되고 자녀에게도 본인의 의사를 명료하게 설명하며 합리적인 태도를 보인다. 그러므로 효율적이고 긍정적인 태도를 함양하도록 어린 시절에 긍정적인 부모자녀관계를 만들어주려는 태도가 필요하다.

2) 가족관계

(1) 부부만족도

성별로 보면, 일반적으로 남성보다는 여성의 결혼만족도가 더 낮은 편이다. 자녀와의 관계에서는 결혼만족도가 높은 어머니들이 좀 더 애정적이고 수용적인 반면, 결혼만족도가 낮은 어머니들은 적대적이고 거부적인 태도를 보이는 경향이 있다. 그리고 남성들은 부모와 애정적인 유대를 형성하고 부정적인 정서반응이 낮으며 자신의 입장이 명확할수록 자녀에 대한 애정적 유대감이 높게 나타난다.[3]

---

3 조소희 · 정혜정(2008), "기혼남녀의 원가족 경험과 자기분화가 핵가족의 부부관계와 부모자녀관계에 미치는 영향", 〈한국생활과학회지〉 17(5):

이렇게 성차가 있기는 하지만, 전반적으로 부부의 결혼만족도는 자녀를 대하는 태도에 영향을 미친다.

(2) 의사소통

의사소통은 생각과 태도, 애정, 사상 등을 전달하는 인간관계의 핵심요소이다. 의사소통은 대인관계를 형성하는 당사자들이 기호를 통해 정보나 메시지를 전달하고 수신해서 공통의 의미를 수립하고 서로의 행동에 영향을 미치는 상호반향적 과정이다.

가정에서도 부모자녀 간의 의사소통은 관계를 강화시키기도 하고 혹은 약화시키기도 한다. 부모자녀 간의 의사소통이 긍정적인 경우 자녀는 문제에 직면하였을 때 적극적으로 해결방안을 강구하거나 지지를 추구한다. 그러나 부정적인 의사소통을 하는 경우에는 대인간 불안과 갈등을 심화시키기도 한다.

가족 간 의사소통은 크게 개방형과 문제형으로 구분할 수 있다. 이 중 개방형 의사소통은 부모와 자녀 간의 상호작용에서 억압받지 않고 자유롭게 사실이나 감정을 표현하는 것을 뜻한다. 반면 문제형 의사소통은 의사교환을 주저하거나 주제선택에 조심하며, 의사소통이 원활하게 이루어지지 않는 경우를 의미한다. 이런 문제형 의사소통이 지속되는 경우 자녀는 어려움에 직면하였을 때 그 문제를 해결하기 위해 적극적 혹은 소극적 대처방안 중 그 어느 것도 제대로 활용하지 못하는 부정적 상황에 놓일 수도 있다.

이와 같은 의사소통의 영향은 부모와 자녀의 성별에 따라서 다르게 나타난다. 아버지가 적극적이고 개방적인 경우 자녀에게 더욱 긍

873~888.

정적인 경향이 있다. 특히 과거보다 아버지들이 개방적인 의사소통에 참여하고 또 남자 청소년들의 개방적이고 자율적인 자기표현의 필요성이 강조되고 있는 상황에서 평등하고 유연한 의사소통 방식은 미래사회의 개방적이고 자유로운 의사소통 환경을 조성하는 데 더욱 중요할 것이다. 그러므로 가정에서는 부모와 자녀 간의 의사소통이 좀더 평등하고 자율적이며 개방적인 방향으로 나타나도록 노력해야 한다.

(3) 사회인구학적 특성

부모의 성별과 학력, 사회경제적 지위 등은 부모와 자녀 간의 관계에도 영향을 미친다. 먼저 성별 면에서 성인여성은 남성보다 부모와의 관계에 대해 좀더 부정적인 반면, 자녀와의 유대관계에 대해서는 좀더 긍정적인 평가를 하는 경향이 있다. 이것은 과거 부모세대가 남아에게 긍정적 평가와 자원을 제공하고 또 사회화하는 과정에서도 아들에게 좀더 긍정적 자극을 주는 반면, 여아에게는 남성보다 낮은 위치와 낮은 성취기대, 부족한 자극을 주었던 것과 연관이 있을 것으로 보인다. 그러나 자녀의 측면에서 보면, 어머니보다는 아버지와의 관계가 주관적 안녕감에 더 큰 영향을 미치며, 특히 청소년 시기에는 아버지 역할의 중요성이 강조되는 경향이 있다.

학력도 영향을 미친다. 일반적으로 부모의 학력이 높은 가정의 부모자녀관계가 좋은 편이다. 학력과 밀접한 관련이 있는 부모의 사회경제적 지위는 자녀의 지적 성장이나 학업성취와 관련이 있다. 이것은 학습환경 및 사교육비와 같은 투자가 자녀들의 학업과 경제적 성공의 결정적 요인 중 하나로 작용하기 때문이다. 그러나 부모의 물적 · 인적 자원이 자녀에게 반드시 긍정적 효과가 있다고 단언하기 어려우며, 반대로 가족자원이 부족하다 할지라도 반드시 부정적인 것만은 아니다. 그 과정에는 인적·물적 자본만으로 설명되지 않는, 부모자녀관계를 바탕으로 한 사회적 자본이 있기 때문이다.

부모자녀의 관계적 요소는 가족자원이 자녀에게 전달되는 효과적인 통로이다. 일례로서 가정이 빈곤한 경우 부모의 노동시간은 길어지고 자녀는 오랜 시간 혼자 남거나 혹은 가정 밖에서 생활하게 된다. 부모와 자녀 간의 애착과 유대감, 친밀성을 쌓을 기회가 적어지고 나아가 외부의 자원이나 다양한 자극을 경험할 기회를 상실함으로써 지적 발달 및 학업성취에도 부정적인 영향을 미칠 수 있다. 부모가 빈곤으로 인한 스트레스로 고통받을 경우, 이것은 다시 자녀에 대한 양육태도에 부정적 영향을 미칠 수도 있다. 그러나 가계가 빈곤하다 할지라도 안정적인 부모자녀관계를 유지할 경우 자녀의 학업성취가 높게 나타나기 때문에 부모자녀관계는 빈곤과 같은 위험요인을 완충하고 보호하는 기능을 한다는 점에서 자원이자 통로가 될 수 있는 것이다.

5. 부모자녀관계의 변화

1) 가족주의(familism)의 변화

일반적으로 가족은 혈연, 결혼, 입양 등으로 엮인 부부와 자녀로 구성된 핵가족으로 인식되었다. 그러나 이제는 확대가족의 감소와 독신가구, 노부부가족, 국제결혼가족 등 다양한 가족형태가 증가하면서 더 이상 전형적인 가족에 대한 관점이 다양한 가족 형태의 삶을 반영하지 못하는 상황에 이르렀다. 이러한 가족의 변화는 가족규모의 축소, 가족구조의 단순화, 그리고 다양한 가족의 출현으로 집약되며, 그에 따라 가족에 대한 인식도 차츰 변하고 있다.

가족에 대한 인식은 보통 가족우선성 혹은 가족집단 중심주의, 부계가문의 영속화, 부모공경의식 형제자매 및 친인척 간 사회경제적 유대의식을 통한 가족의 공동번영을 추구하는 것으로 이해된다.[4] 이 중 가족집단 중심주의는 가족을 하나의 전체로 사고하고 가족전체를 위한 가족원의 희생을 요구하며, 가족전체의 명예를 개인의 명예로 인식하는 것을 뜻한다. 즉, 가족의 우선성을 핵심으로 하고 조상숭배와 가족전통의 계승에 무게를 두며 문화적으로 개인의 삶과 가치관에 영향을 주어 일상생활의 기본원리로 작용함은 물론이거니와 사회제도에까지 적용되고 확대되는 것을 의미한다.

가족주의의 한 단면으로 가족과 가족 외부를 분명히 경계 짓는 의식도 생각해 볼 수 있다. 이것은 가족 혹은 가족구성원을 다른 가족이나 가족 구성원과 구별 짓고, 타인 혹은 다른 가족을 배타적으로 인식하거나 경쟁상대로 인식하는 것이다.

마지막으로 부계혈연을 중시하는 태도와 가부장제를 들 수 있다.[5] 권위주의와 남성중심적 의식으로 표현되기도 하는 이 가족주의는 여전히 남녀차별적 경향들을 생산하는 이즘(*ism*)으로서 강건하게 존재하지만, 가족에 대한 인식의 변화와 함께 다소 강약 조절이 되고 있는 실정이다.

학자들은 이와 같은 최근 가족의 변화에 수반되는 현상 중 하나로

---

4 김현옥(2002), "가족주의 의식의 구성과 변화: 한국사회에서의 연령집단별 차이를 중심으로", 〈가족과 문화〉 14(1): 3~30.

5 위의 글.

가족유대감의 변화를 지적한다. 이런 견해는 크게 두 가지로 구분된다. 하나는 전통적인 집단 혹은 공동체로서의 의미를 갖는 가족이 개인주의적 가치관의 확산으로 인해 약화되면서 가족 유대감도 약화되었다는 견해이다. 그리고 다른 하나는 자녀에 대한 교육열이나 가족이기주의의 팽배 현상을 들어 가족주의 가치관과 가족관계가 오히려 강화되었다고 보는 경우이다. 이와 같은 인식은 성과 연령, 학력, 사회경제적 지위 등과 같은 인구학적 요인에 따라 차이가 있다. 그러나 전반적으로 가족에 대한 인식에 있어서 낮은 연령으로 갈수록 가족주의 의식이 낮아지는 경향을 보인다. 또 가부장제 의식에 있어서도 여성보다 남성이 좀더 강한 특징을 보인다. 부모자녀관계에서는 과거의 수직적 관계로부터 수평적이고 상호적인 관계로 변화하고 있는 점, 그리고 부모에 대한 존경과 책임, 효가 가족관계를 유지하는 데 중요한 부분이기는 하지만 최근에는 과거보다 가족 간의 사랑과 애정, 가족화합을 중시하는 경향을 보이는 특징이 있다.

이와 같이 변화와 다양성을 인정하는 추세 속에서 가족 내부에서도 역시 가족보다 개인의 의사를 중시하는 가치관이 힘을 얻고 있다. 사회적 경쟁이 심화되면서 성역할의 구분과 돌봄 및 효, 자녀양육을 위한 희생보다는 수단을 가리지 않고 물적 지위를 획득하고자 하거나 다른 가족을 경쟁상대로 인식하고 구별 짓기를 시도하는 현상도 나타난다. 이런 현상은 사교육을 통한 사회적 자본의 축적과 가족지위의 재생산, 신분상승 논리, 과시적 소비문화 등을 통해 찾아볼 수 있다.

또 돌봄노동이 서비스화되고 상품화되는 경향도 나타나고 있다. 부모를 얼마나 정성껏 모시는가보다는 기념일에 얼마나 큰 선물을 챙기고 어느 정도의 용돈을 드리는가가 효의 잣대가 되면서 사랑이 물상화되는 현상도 빠른 속도로 진행되고 있다.

2) 자녀에 대한 인식 변화

가족의 변화와 함께 자녀에 대한 인식도 달라지고 있다. 과거 맏딸은 살림밑천이라고 하던 시절에는 자녀 출산을 통해 경제적 유용성과 사랑, 애정의 욕구를 충족할 수 있었다. 그러나 최근에는 사랑과 애정의 가치를 바탕으로 자녀가 성장하여 경제력을 가질 때까지 자녀교육에 올인하는 경향이 나타나고 있다. 자녀교육에 대한 경쟁이 더욱 치열해지고 심지어 자녀의 입시가 가족의 과업으로 인식되기에 이르면서, 자녀교육 = 어머니 역할로 대치되거나 혹은 가사노동으로 인식되는 양상으로 변화되고 있다.

최근에는 과거의 남아선호사상이나 남녀차별적 의식의 변화도 뚜렷해지고 있으며, 딸에 대한 선호가 증가하는 현상도 나타나고 있다. 딸을 너무 좋아하여 딸을 매우 아끼고 사랑하는 부모를 일컫는 신조어인 '딸바보' 현상은 이를 보여주는 한 예이다. 여기에는 평균수명의 연장과 여성의 경제활동 증가, 이혼의 증가, 그리고 여성의 생애주기의 변화로 인한 가임기간의 단축 등과 같은 사회문화적 현상이 내재되어 있다. 또 소자녀화 추세가 이어지면서 딸의 희소가치로 인해 딸의 가정 내 지위가 높아지는 것과 같이, '한국가족의 패러독스'가 만들어지고 있으며, 딸에 대한 투자도 증가하고 있다. 딸도 전문직을 갖고 사회적으로 성공하기를 바라는 부모들이 늘고 있는 것이다. 이를 바탕으로 과거 부모는 자녀를 엄하게 가르치고 권위적으로 대하며, 자녀는 어른에게 복종하고 순종하는 태도를 보이는 수직적 관계가 좀더 평등하고 자율적인 부모자녀관계로 변화되고 있다.[6]

---

6 손승영(2005), "저출산 · 고령화 사회와 가족관계의 변화", 〈동덕여성연구〉 10: 5~25.

그러나 이런 가족주의의 변화의 한편에는 그림자도 짙다. 풍요롭고 평등하며 민주적인 가족관계의 경계를 넘어서 과유불급의 사례들 또한 넘쳐나기 때문이다. 하나의 사례로 '헬리콥터 맘'(*Helicopter Mom*)을 들 수 있다. 헬리콥터 맘이란, 입시와 취업을 일일이 챙기고 나아가 자녀의 결혼까지 챙기려 드는 어머니를 일컫는 신조어이다. 즉, 자녀가 초등학생일 때에는 숙제와 친구를 챙기고, 중·고등학생일 때는 입시를 챙기며, 대학을 졸업할 때는 취업을 챙기고, 성인이 된 이후에는 결혼상대자까지 챙기는 등 정도가 심한 경우를 말한다. 이런 헬리콥터 맘의 등장 원인에 대해 학자들은 치열한 경쟁사회와 핵가족화를 꼽는다. 즉, 학점을 비롯한 스펙을 중요하게 여기는 사회 분위기 때문에 부모는 자신의 경험에 비춰 자녀의 스펙에 신경 쓰게 되고, 자녀는 부모로부터 어릴 때부터 과잉보호를 받아 온 세대라 자기관리나 사회생활에 서툰 것이다. 그러나 학자들은 부모가 부재할 경우 자녀가 홀로서기 쉽지 않으므로 자녀를 사랑하는 것과 자녀의 삶에 개입하는 것을 철저히 구별할 필요가 있다고 조언한다.

이와 같은 현상은 결국 결혼과 출산에 대한 부담의 증가로 이어질 수 있다. 2003년 미혼남녀의 결혼가치관에 관한 조사에 따르면, 미혼남녀의 29.1%가 결혼하지 않아도 괜찮다고 응답하였으며, 여성이 남성의 두 배 이상 결혼에 대한 부정적 가치관을 갖고 있는 것으로 나타났다. 이는 결혼이 개인생활을 희생해야 하고 가족생활에 대한 의무와 책임을 강조한다는 인식에서 연유한다.[7] 그럼에도 불구하고 자녀를 낳고 키우는 데 시간을 들이기보다는 사회적 성공을 위해 쓰는

7 김승권(2003), 〈저출산 대비 인구정책 개발 및 범정부추진체계 수립 연구〉, 보건복지부·한국보건사회연구원.

헬리콥터 맘의 최대 피해자 – 그의 자녀들

최근 서울 한 명문대 경영학과 A 교수는 한 신입생 학부모로부터 "성적을 바꿔달라"는 황당한 전화를 받았다. 이 학부모는 "한 과목 성적 때문에 전체 평점이 떨어지게 생겼다"며 "상대평가 기준에 맞는 범위에서 성적을 올려달라"고 요구했다. 교수는 성적을 바꿔줄 수 없다고 학부모를 설득하는 데 애를 먹었다. "자녀가 대학생이 되었는데도 아직 고등학생인 줄 알고 나서는 학부모들이 많다"며 한숨을 쉬었다.

"○○학생의 학부모인데요, 우리 아이가…" 유치원이나 초등학교에서나 들을 법한 '엄마 목소리'가 최근 대학가에서도 자주 나온다. 어엿한 성인인 대학생 자녀의 성적, 전공, 진로설계 등을 직접 챙기려는 40~50대 '헬리콥터 맘'(Helicopter Mom)들이 늘어났기 때문이다. 헬리콥터 맘이란 자녀가 성인이 된 뒤에도 자녀 주위를 헬리콥터처럼 맴돌면서 자녀를 지켜보고 통제하며, 자녀의 일이라면 무엇이든 발 벗고 나서는 엄마를 뜻한다.

김 씨는 교환학생 지원절차와 진행과정, 준비해야 할 것들에 대해 상세히 물어보고 꼼꼼히 메모한 후 돌아갔다. "직접 오실 필요 없다"는 직원의 말에 그는 "딸에게 맡기면 일처리를 제대로 못할까 봐 불안해서 직접 찾아왔다"고 답했다. (중략)

사정이 이렇다 보니 헬리콥터 맘을 위한 오리엔테이션을 여는 대학도 등장했다. 서울 모 대학은 지난 2월 처음으로 학부모를 대상으로 한 신입생 설명회를 가졌다. 학교에 대한 전반적인 설명뿐 아니라 엄마들이 교수들과 따로 만나는 자리도 마련했다. 예비 대학생의 학부모들 역시 더했으면 더했지 덜하지 않다. 학원가에서 일등 손님은 '엄마'다.

– 〈매일경제〉(2011.11.30).

것이 낫다는 의견에 대해 반대의견이 우세하게 나타난 점은 여전히 우리 사회가 자녀와 가족 중심적 가치관이 강하다는 방증이다. 그러나 최근과 같이 청년의 취업문제가 심각한 상황에서 결혼준비 비용 문제뿐만 아니라 높은 자녀양육 비용에 대한 우려가 겹쳐지면서 결혼 연기 및 출산 기피현상을 초래할 가능성이 높다. 그러므로 이러한 문제점을 해결하기 위해서는 평등한 가족 가치관에 기초하여 더불어 살아가는 공동체로서의 가족주의와 인간관계의 회복, 상호 배려하고 애정에 기초한 가족문화 형성에 많은 관심을 기울여야 한다.[8]

3) 사회관계의 변화: 사회적 네트워크와 서비스의 확장

개방화, 정보화, 전지구화와 같은 사회적 변화로 사회적 관계형성의 양식도 변화하고 있다. 이에 상당한 영향을 미치는 대표적인 예로 단순한 정보전달에서부터 온라인 데이트와 연애, 사랑, 각 개인의 사회화에 이르기까지 사람들의 생활양식을 근본적으로 변화시키는 인터넷의 놀라운 혁명을 들 수 있다. 이는 전화가 인류 문명에 끼친 영향보다 더욱 거대하고 강력한 것으로, 세계는 바야흐로 인터넷 혁명의 문화적 충격 속에 휩싸여 있다. 고도의 익명성에서 비롯되는 예정이나 에티켓의 결여, 사이버 폭력 등과 같은 부정적 측면들에 대한 우려가 깊어지고 있지만, 이전에는 볼 수 없었던 새로운 공간에서 이메일, 채팅, 화상대화에 이르기까지 컴퓨터를 매개로한 의사소통방식(*CMC: Computer Mediated Communication*)들이 개발되어 유통되고 있다(성정현·홍석준, 2010). 또한 기존매체에서

---

8 손승영(2006), "한국의 가족주의와 사회적 과시: 지속과 변화", 〈담론 201〉 9(2): 245~274.

충분히 경험하기 어려운 개방성과 자유로움, 다양성, 능동성, 그리고 정체성의 부여라는 긍정적인 특징들을 바탕으로 사회적 관계의 방식과 폭도 커졌다. 인터넷을 통해 보다 많은 사람과의 관계를 형성하는 일이 가능해지고, 현재 유지되는 관계 역시 보다 활성화될 수 있으며, 능동적 의사소통과 정보의 교류 및 공유도 활발해지고 있다.

이런 인터넷의 활용에 아동들도 적극 참여하고 있다. 이른바 '요즘 아이들의 사회적 관계'를 살펴보기 위해서는 사이버공간에서의 사회적 관계 형성 양식을 봐야 할 정도이다. 물론 이와 같은 인터넷의 활용은 성별과 부모자녀관계에 따라 차이가 있다. 남아보다는 여아가, 그리고 부모자녀 간 상호작용이 친밀할수록 아동의 인터넷 활동도가 높은 편이다(최유정 · 최샛별, 2006). 그러나 폐해도 적지 않다. 부모와 자녀 간의 관계에서 부모의 관심이 부족하고 폭력적이라고 인식하는 아동은 인터넷상에서 부정적 의사소통을 하는 경향이 있다. 이것은 부모자녀 간의 사회적 관계가 가상공간의 비대면적 관계에 투영되는 것이다. 이런 점에서 인터넷의 가상공간은 부모자녀 관계의 긍정성과 부정성을 동시에 드러내는 또 다른 관계의 장이 되고 있다고 할 수 있다.

'가족 카카오톡'을 통해 가족구성원 간의 의사소통에 좀더 적극적으로 참여하게 된 사람은 누구보다 아버지들이다. 사오정, 고개 숙인 중년 남성 등으로 통칭되는 40~50대의 아버지들에게 자녀가 먼저 전화를 걸거나 문자를 보내는 일은 그다지 많지 않다. 그러나 가족 카카오톡을 통해 가족구성원 중 누구라도 '어디야'라고 메시지를 보내면 아버지들도 '나는 회사'라고 답변함으로써 가족집단의 의사소통에 참여할 수 있을 뿐만 아니라 '일찍 오세요'와 같은 답변도 받고, 소통을 이어갈 수 있다. 이런 소통방식이 아버지들의 소외감을 덜어주고 어머니와 자녀 간의 관계에 집중되었던 부모자녀관계 속에서 아버지와 자녀관계도 한몫을 차지하게 되었다.

이와 같이 전통적인 핵가족이나 확대가족에서 엄부자모(嚴父慈母)가 바람직한 부모상이었다면, 현대에는 새로운 아버지상에 대한 사회문화적 기대가 커지고 있다. 어머니가 자녀교육에 있어 주된 역할

가족 카카오톡의 사례

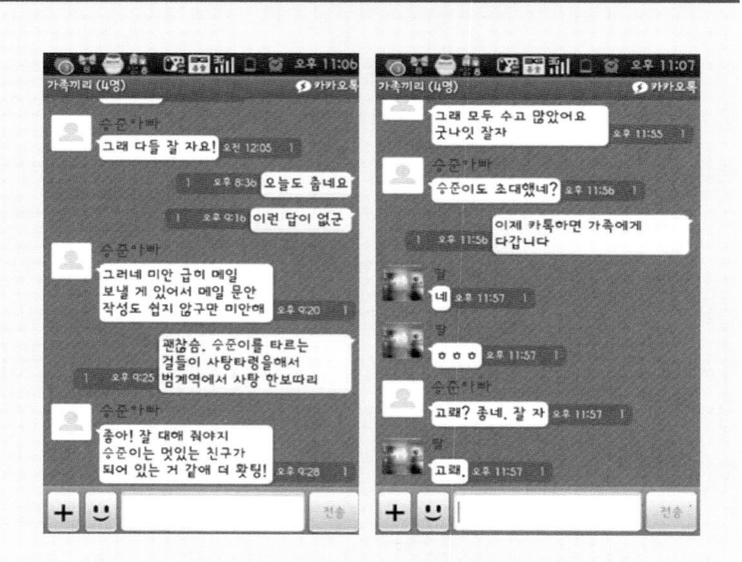

카카오톡은 최근 스마트폰이 대중화되면서 새롭게 등장한 의사소통 방식 중 하나이다. 카카오톡은 저비용 혹은 무료로 전 세계인이 공유할 수 있는 의사소통 방식으로 각광받고 있다. 원하는 사람들에게 동시에 메시지를 전달하고 많은 사람들로부터 동시에 답변을 받을 수 있는 특징도 있다. 일명 '가족 카카오톡', 혹은 '그룹 카카오톡'이 그것이다.

을 한다는 인식은 크게 변하지 않았다 할지라도 아버지의 참여가 증가하고 있고, 부부간 역할분담이나 공유의 사례들도 많아지고 있다. 교육과 양육에서 '잊힌 양육자'였던 과거의 아버지상에서 벗어나 새로운 모습의 자녀양육자로 부각되고 있는 아버지 역할의 중요성과 필요성에 대해 공감대가 형성되고 있는 것이다. 앞으로 아버지 역할을 사회적으로 지원할 수 있는 구체적 대안과 실효성 있는 정책들이 뒷받침된다면 모성에 치우쳐 소외되었던 부성이 제자리를 찾고, 나아가 부모됨이 균형을 이룰 것으로 기대된다.

6. 새로운 부모자녀관계의 정립

1) '부모가 된다는 것'의 의미

부모가 된다는 것은 남성과 여성이 부부가 되어 자녀를 갖게 됨을 의미한다. 과거에는 부부가 당연히 자녀를 출산하는 것으로 인식되었지만, 요즘에는 이 또한 선택으로 인식된다. 자연스런 현상으로 인식되었던 '부모 되기'가 자녀를 가질 것인지, 자녀를 몇 명을 둘 것인지를 포함한 가족계획 차원의 고민이 된 것은 자녀를 양육하고 교육하는 데 따른 기회비용의 문제가 작용하기 때문이다.

부모가 된다는 것은 여러 가지 변화를 포함한다. 이것을 정리하면 다음과 같다.

첫째, 가족의 구성 면에서 부모가 된다는 것은 2인 가족에서 3인 혹은 4인 이상의 가족을 형성하는 것이다. 따라서 가족체계에 있어 전면적 변화를 초래하는 생활사건이라 할 수 있다.

둘째, 생활시간의 구조화 면에서도 부부가 자녀를 출산하기 전에는 2인의 성인 중심으로 가정생활 시간을 구조화하였다면, 부모가 되면서부터는 어린 자녀에 대한 돌봄과 안전, 교육을 중심으로 시간을 재구조화해야 한다.

셋째, 경제적인 면에서 부부는 성인중심의 소비패턴을 상당부분 자녀를 위한 소비로 변화시키게 된다. 어린 자녀의 이유식비부터 자녀보육비, 교육비 등에 먼저 지출을 하고 그 다음 가계생활에 필요한 항목에 지출하거나 혹은 자녀의 미래를 위해 저축을 하는 등 지출과 소비 항목에서 상당한 변화를 가져오게 된다.

넷째, 자녀가 생기면 부부는 사회적인 면에서도 변화를 겪게 된다. 자녀는 언제나 돌봄과 보호, 그리고 관심을 필요로 하기 때문에 적어도 부부 중 한 사람은 일을 마치고 가정으로 돌아와 자녀를 돌보는 책임을 감당해야 한다.

다섯째, 심리·정서적 면에서 부부는 자녀에게 일반의 대인관계에서는 기대하기 어려운 전적인 애정과 관심을 쏟아야 한다. 이런 특징 때문에 부모자녀관계를 형성한다는 것은 기존의 생활패턴의 전면적 변화를 전제로 한다고 할 수 있다.

마지막으로, 부모가 된다는 것은 좀더 성숙해지는 계기를 만난다는 것을 의미한다. 자녀를 양육하면서 성숙과 인내심을 배운다. 다른 사람에게는 용납하기 어려운 많은 도전과 위기를 감내하고 수용하며, 보상을 기대하지 않고도 헌신한다. 이처럼 부모가 된다는 것은 부모 자신에게 성숙을 가져다주는 인생의 큰 도전임에 분명하다.

이와 같이 부모가 되면서 가족은 상당한 변화를 경험할 뿐만 아니라 그 변화는 영속적이고 또 지속적이다. 즉, 지속적인 변화의 수레바퀴에 부부의 몸을 실은 것과 다름없다. 그러나 이런 변화를 지연시키거나 거부하는 현상이 심화되고 있다. '결혼은 선택, 취업은 필수'라는 말에 어느덧 '자녀 출산도 선택'이라는 말이 붙을 정도로 부모 되기를 선택하지 않는 현상이 만연하다.

문제는 자녀에 대한 선호가 낮아져서 출산을 거부하는 것은 아니라는 점이다. 이것은 그야말로 부모가 되는 데 따른 기회비용에 대한 부담이 커지고, 경기침체, 평균 초혼연령 증가, 자녀의 양육비 및 교육비 증가, 고용불안, 주택구입 부담 증가, 보육시설 부족[9] 등과 같은 이유로 부모 되기를 희망하는 비율이 낮아진 데서 기인하는 것이다. 한국보건사회연구원(2011)이 제시한 2009년의 〈전국 출산력 및 가족보건 실태조사〉의 분석결과에 따르면, 한 명의 자녀를 낳아 키우는 데 약 2억 6천여만 원이 들며 그중 가장 큰 비중을 차지하는 항목은 교육이다. 이 비용은 OECD 평균인 5.7%보다 많은 약 7%에 이르는 액수이다. 이 중 민간부담의 사교육비가 2.8%나 되어 OECD 평균 0.9%를 약 3배 이상 상회함으로써 그 부담이 매우 큰 실정이다. 또 맞벌이 부부의 증가로 자녀보육에 대한 사회적 책임의 필요성이 더욱 커지는 반면, 양질의 보육서비스에 대한 욕구는 충족되지 못하고 있는 점도 부모 되기에 부정적 영향을 미치고 있다. 이런 문제들이 복합적으로 작용하여 부모 되기를 연기하거나 꺼리는 현상으로 이어지고 있다. 다음의 기사는 이와 같은 현실을 고스란히 반영한다.

9 〈토요경제〉(2012. 4), "'슈퍼우먼은 없다'…저출산의 늪",. http://www.sateconomy.co.kr/news/articleView.html?idxno=14628

취업난 · 만혼풍조 니트족 급증… 부모부담만 백배

'100세 수명 시대' 도래와 함께 자녀를 뒷바라지해야 하는 기간도 늘어나고 있다. 만혼 풍조와 더불어 '자녀 리스크'가 커졌다. 오늘날 자녀는 사랑스럽지만 곧 '경제적 부채'와 다름없다. 치솟은 사교육비는 물론 먹이고 입히는 양육비용이 어마어마하다. 앞으로는 이 '리스크 비용'이 더 커질 것이다. 40대 초혼이 이제는 특별한 일이 아닌 현실에서 50대 초반에 은퇴하면 자녀는 기껏해야 초 · 중학생이다. 은퇴 전에 자녀를 대학 졸업시키는 '임무'까지 모두 마친, 행복한 이들은 극히 드물다.

통계청은 중 · 고교생 월평균 교육비를 20~30만 원이라고 하지만 이는 발표 수치일 뿐이다. 대학생은 더 말할 것도 없다. 정기적인 수입 없이는 도저히 양육이 불가능하다. 갈수록 어려워지는 취업난 속에 자녀의 독립 시기도 점차 늦어지고 있다. 대학 재학 중에는 물론 취직 전까지 자녀를 안고 가는 경우도 부지기수다. 자녀를 품에 안은 시간이 길수록 부모의 부담은 기하급수적으로 늘어날 수밖에 없다.

결국 상당수 직장인은 은퇴 이후에도 자녀를 뒷바라지해야 한다. 퇴직 이후에도 제2의 직장을 잡아야 한다는 얘기다. 하지만 이는 결코 만만치 않다. 50대 이상인 이들을 고용할 곳은 거의 없다. 어쩔 수 없이 창업으로 눈을 돌리지만 대부분 식당과 같은 '레드오션' 분야다. 퇴직금을 갉아먹기 일쑤다.

출처: 〈헤럴드경제〉(2012.3.13).

위와 같은 이유로 부모 되기를 지연시키거나 혹은 포기하는 현상이 지속되면서 사회적으로는 경제활동인구와 출산기반인력 자체의 감소로 향후 세금증가, 노동력 부족, 노후불안 및 국가경쟁력 약화 등의 문제점이 나타나고 있다. 이런 문제점을 해소하기 위해서는 부모 되기의 주역인 당사자들의 어려움에 귀를 기울이는 자세가 필요하다.

2) 새로운 부모자녀관계

결혼과 가족, 사랑, 그리고 자녀에 대한 인식변화는 부모자녀관계의 변화로 이어지고 있다. 양육과 돌봄의 전담자로 인식되었던 여성이 바빠지면서 여성의 주된 역할이었던 돌봄 기능은 점점 사회화되고 있으며, 부모자녀관계의 메신저도 다양해지고 있다. 이로 인해 한편에서는 바쁜 가운데도 부모와 자녀 간에 긍정적이고 개방적인 상호작용을 유지하기 위해 효율적 의사소통, 부모교육 및 양육정보 등에 대해 많은 관심을 쏟는 현상이 나타나고 있다. 또 다른 한편에서는 취업모의 역할과다로 인한 피로누적, 양육 스트레스, 정신건강상의 문제에 대한 우려가 나타나고 있다.[10]

가족과 여성 노동의 변화로 인한 가족관계의 변화는 비단 2세대만의 일은 아니다. 과거에 비해 노부모에 대한 정서적, 경제적 투자는 상대적으로 축소되고 있으며, 타율적이거나 의무적인 성격을 띠는 경향도 나타나고 있다. 세대관계나 가족관계의 축이 부모세대에서 자녀세대로 옮아가고 있으며, 별거, 거주지의 원격화, 접촉과 대화의 감소 등으로 부모부양이 어려워지거나 혹은 부모봉양과 효가 상호의존의 관계로 변화되는 경향도 나타나고 있다.[11]

이와 같이 가족 개념이 다양화되고 변화하는 상황에서 과연 바람직한 부모자녀관계는 어떠해야 하는가? 부모자녀관계에 대한 학자들의 많은 이론과 견해가 있지만, 공통적으로 학자들은 먼저 부모자

---

10 이영 · 전혜정 · 강민주(2009), "부모-자녀관계", 〈아동학회지〉 30(6) : 29~40.

11 이경혜(2001), "사회변화와 부모자녀관계", 〈부모자녀건강학회지〉 4(2) : 43~55.

녀의 관계가 좀더 민주적이고 인간지향적이며, 애정적인 태도에 근거해야 한다고 강조한다. 실제 이와 같은 방식으로 양육된 자녀가 자신의 생각과 감정을 좀더 잘 표현하고 타인의 동기에도 잘 반응하며, 이타적이고 공손하며 아량이 있는 것으로 나타난다.[12] 충분한 애정과 일관적인 태도를 가진 부모에게서 성장한 자녀들이 학교생활이나 교우관계에서도 원만한 대인관계를 맺는 반면, 부모가 권위적이거나 과보호적인 경우는 자녀가 사회생활에 서투르다거나 어려움을 겪는다. 따라서 바람직한 부모자녀관계는 부모중심의 일방적 관계가 아닌 자녀와의 쌍방향적 관계로 자녀들과 원만하고 활발한 대화를 통해서 모든 문제를 해결해 가는 관계라 할 수 있다.

그러면 이런 관계를 형성하고 유지하기 위해 현대의 부모는 어떻게 해야 할 것인가? 부모들은 스스로 자녀의 생애주기에 맞추어 공부를 해야 한다고 말한다. 즉, 어머니 역할도 공부를 해야 하고 아버지 역할도 공부를 해야 한다는 것이다. 자녀가 성장하는 과정에 따라 올바른 부모자녀관계를 만들기 위해서는 부모역할의 본질과 자녀 발달에 대한 지식의 습득이 선행되어야 하며, 시대와 사회적 변화에 조응할 수 있는 유연한 사고가 전제되어야 한다는 것이다.

또한 아버지들도 적극적으로 자녀양육과 교육에 참여해야 한다는데 동조한다. 아버지 역할을 재발견한다는 말이 나올 정도로 아버지 역할에 대한 기대나 실제 역할에 있어 상당한 변화가 있었다. 과거 도구적이고 수단적이며, 자녀를 안전하게 돌보고 생계를 책임지는 모습이 아버지의 이미지였다면, 최근에는 자녀의 동료가 되고 이성적이고 공정한 판단자이며, 자녀에게 용기를 주는 역할로 변모되고

12 신건호(2004), "부모자녀관계 유형이 자녀의 자아개념에 미치는 영향", 〈교육심리연구〉 18(4): 97~113.

있다. 물론 어머니도 좀더 동반자적 역할이 강조되고 의사결정권이 많아지고 있으며, 가족부양자로서의 역할까지 함께 하는 모습으로 달라지고 있다.[13] 이와 같은 사실은 결국 과거의 성별분업 경향은 쇠퇴하고 점점 아버지와 어머니의 역할경계가 완화되고 있음을 의미하는 것이다.

마지막으로, 다양성이 화두인 현대사회에서 부모는 자녀에게 긍정적이고 다양한 모델이 되어주어야 한다. 엄부자모(嚴父慈母), 남성 = 임금노동자, 여성 = 가사노동자와 같이 성역할을 고정하는 전형적 부모역할의 이미지에서 벗어나 좋은 행동의 모범이자 상담자, 교사, 그리고 바람직한 개념과 모델의 전수자로서의 모습으로 자녀를 대해야 한다. 자녀가 발달하는 것처럼 부모와 부모역할 역시 발달하고 성숙해 간다. 이런 변화를 수용하고 그에 맞추어 유연하고 융통성 있는 자세로 자녀를 대할 때, 세계화 속에서 다양성에 직면한 현대사회를 함께 살아갈 수 있는 바람직한 부모자녀관계를 만들어갈 수 있을 것이다.

13 나종혜(2005), "자녀의 발달단계에 맞는 새로운 부모역할 제안: 변화하는 부모역할 개념과 수행을 중심으로", 〈한국생활과학회지〉 14(3): 411~421.

7. 나가며

이 장에서는 부모자녀관계의 의미와 변화 및 영향요인, 그리고 향후 나아가야 할 부모자녀관계의 방향을 다루었다. 이를 위해 부모자녀관계의 의미에서는 이 관계가 다른 관계와 구별되는 특징은 무엇이고 그 유형에는 어떤 것이 있는지 살펴보았다. 또 부모자녀관계가 귀속적 특징을 갖는다 할지라도 생애주기에 따라 변화될 뿐만 아니라 지속적으로 개인적, 가족적, 사회문화적 환경의 영향을 받는다는 것을 제시하는 데 초점을 두었다. 이것은 때로 부모자녀관계가 바람직하지 않은 상황에 놓여있다 할지라도 언제나 개선의 여지가 있다는 점에 주목하기 위함이다. 바람직한 부모자녀관계의 전형적인 유형을 제시하기는 어렵지만, 자유롭고 민주적인 관계여야 한다는 데에는 이견이 없을 듯하여 새로 정립해야 할 부모자녀관계의 방향도 이와 같은 지향점을 제시하였다.

이 장에 담은 부모자녀관계에 관한 이론과 정보를 바탕으로 대학생들이 부모됨과 자녀됨에 대해 자유롭고 다양한 논의를 개진하고 나아가 이를 뒷받침할 수 있는 사회적 분위기와 정책을 모색하기 위해 어떤 것들이 필요한지를 고민해 보기를 바란다. 아울러 부모자녀관계를 정립하는 데 성평등한 관계가 전제되는 방안에 대해서도 많은 논의가 있기를 기대한다.

참고문헌

김승권(2003), 〈저출산 대비 인구정책 개발 및 범정부추진체계 수립 연구〉, 보건복지부 · 한국보건사회연구원.

김신정 · 김영희(2007), "부모의 양육태도에 대한 고찰", 〈부모 · 자녀건강학회지〉 10(2): 172~181.

김현옥(2002), "가족주의 의식의 구성과 변화: 한국사회에서의 연령집단별 차이를 중심으로", 〈가족과 문화〉 14(1): 3~30.

나종혜(2005), "자녀의 발달단계에 맞는 새로운 부모역할 제안: 변화하는 부모역할 개념과 수행을 중심으로", 〈한국생활과학회지〉 14(3): 411 ~421.

문영숙 · 박인숙(2005), "여대생이 지각한 부모-자녀관계가 부모-자녀 애착과 자아개념에 미치는 영향", 〈자녀건강학회지〉 8(1): 75~86.

성정현 · 홍석준(2010), 《인터넷을 통해 본 이혼문화와 사회복지》, 집문당.

손승영(2005), "저출산 · 고령화 사회와 가족관계의 변화", 〈동덕여성연구〉 10: 5~25.

______(2006), "한국의 가족주의와 사회적 과시: 지속과 변화", 〈담론 201〉 9(2): 245~274.

안정신(2005), "중노년기 미국성인들의 심리적 복지감: 전생애 발달과정의 부모자녀관계와 생산감 발달의 영향", 〈한국노년학〉 25(2): 245~266.

이 영 · 전혜정 · 강민주(2009), "부모-자녀관계", 〈아동학회지〉 30(6): 29 ~40.

조소희 · 정혜정(2008), "기혼남녀의 원가족 경험과 자기분화가 핵가족의 부부관계와 부모자녀관계에 미치는 영향", 〈한국생활과학회지〉 17(5): 873~888.

최유정 · 최샛별 · 이명진(2011), "세대별 비교를 통해 본 가족 관련 정체성의 변화와 그 함의", 〈가족과 문화〉 23(2): 1~40.

최인재(2005), "청소년의 정신건강에 미치는 영향에 대한 부모-자녀관계의 문화적 특징-부자유친 성정을 중심으로", 〈한국심리학회지: 상담 및 심리치료〉 17(4): 1059~1076.

〈매일경제〉(2011. 11. 30), "헬리콥터 맘의 최대 피해자-그의 자녀들".

〈토요경제〉(2012. 4. 2), "'슈퍼우먼은 없다' … 저출산의 늪 주출산 연령층 女 20년 새 23만 4,000명 감소".

4부

일

10 직업변화와 취업

민현주

1. 들어가며

직업의 중요성은 과거부터 현재에 이르기까지, 그리고 더 나아가 미래사회에서도 결코 작아지지 않을 것이다. 왜냐하면 인간의 기본적인 생물학적 욕구를 충족하는 것뿐 아니라 자아를 실현하기 위한 가장 중요한 수단이 직업이기 때문이다. 이러한 직업의 중요성은 사회과학 영역 내에서 직업의 특성과 변화에 관한 꾸준한 연구로 이어져 왔으며, 우리의 생활 속에서는 보다 넓은 의미에서 일자리나 취업에 대한 관심으로 연결되고 있다.

직업 또는 일자리의 특성은 우리가 생각하는 것만큼 빠르게 변화하지 않는다. 더욱이 여러 차례의 급격한 경제환경 변화에도 불구하고 사무직, 생산직 또는 전문직과 같은 직업구조와 그 특성은 지난 20~30년 동안 두드러진 변화를 보이지는 않는다. 다만, 직업군 내부의 이질성이 증가하고, 따라서 누가, 어떤 일을, 그리고 얼마만큼의 임금을 받는가와 관련해서 꾸준하게 다양성이 증가하고 있다는 점에 주목할 필요가 있다.

최근에 직업과 관련하여 많은 관심을 받고 있는 주제는 '과연 누가 좋은 일자리에 진입하는가'이다. 20대 청년들, 특히 대학을 졸업한 고학력 청년들의 실업률이 지속적으로 높게 나타나는 현실 속에서 과연 청년들의 취업은 직업구조의 변화와 어떤 관련이 있는가도 우리가 궁금해하는 주제일 수밖에 없다. 더욱이 좋은 직업과 궂은 직업으로 직업의 양극화가 진행되고 있는 노동시장의 현실은 청년들의 직업선택을 더욱 어렵게 하고 있다.

이 장에서는 이러한 문제를 바탕으로 지난 20년간 우리나라 직업구조의 변화를 살펴본다. 특히 전체적인 직업구조의 변화뿐 아니라 직업집단 내부의 변화추이에 대해서도 검토해 본다. 또한 직업 간 이동의 현실과 상향이동 또는 하향이동을 이끄는 주요 요인들에 대해서도 살펴보고자 한다. 끝으로는 취업의 어려움뿐 아니라 불안정한 일자리의 현황을 살펴보고, 고용구조의 다양화와 일자리 불안정화가 우리 청년들의 직업선택 또는 일자리 이동에 어떤 영향이 있는가에 대해서 논의해 본다.

2. 직업구조는 무엇인가?

1) 직업구조는 어떻게 구성되는가?

직업은 인간의 경제적 욕구를 충족시키기 위한 수단이자 사회적 지위를 달성하기 위한 수단으로서도 점점 더 중요해지고 있다. 사람들은 직업에 따라 개인적으로 서로 다른 특성을 가지고 있을 뿐 아니라 수입, 교육수준, 그리고 사회적 위신 등의 차이도 경험한다. 따라서 사람들이 어떤 직업을 갖기 원하는지, 그리고 동시에 각 직업에 종사하는 사람들의 개인적 특성과 사회적 특성을 이해하기 위해서는 개별 직업의 특성과 함께 직업의 구조를 이해하는 것이 필요하다.

직업의 일반적 구조를 이해하기 위해서는 직업의 수직적 차원과 수평적 차원을 동시에 살펴봐야 한다.[1] 직업의 수평적 차원은 일반적으로 각 직업에 종사하는 남성과 여성의 비율, 중위연령, 임금근로자 비율, 평균 근속기간 등으로 구성되며, 직업들 간의 또는 직업에 종사하는 사람들 간의 특성의 차이를 이해하는 데 도움이 된다.

반면, 직업의 수직적 차원을 구성하는 요인들은 일반적으로 각 직업(군)에 종사하는 사람들의 교육수준, 임금수준, 위신, 또는 사회적 영향력 등이다. 이러한 직업(군)들 간에 수직적 요인들의 높고 낮음 또는 많고 적음의 차이가 왜 발생하는지, 그리고 이러한 차이가 각 직업에 종사하는 사람들에게 어떤 결과를 낳는지를 이해하는 것이 직업의 수직적 차원 분석의 주요한 관심사이다. 단순하게 직업들

---

1 Morris, Richard T. & Raymond J. Murphy(1959), The Situs dimension in occupational structure, *American Sociological Review*, 24: 231~239.

간 특성의 차이보다는 어느 직업이 더 많은 보상을 주는지에 대해 사람들이 더 많은 관심을 가지는 이유는 현대사회에서 직업적 보상이 사회적 지위와 삶의 기회에 매우 큰 영향을 미치기 때문이다.[2]

직업의 수평적·수직적 차원을 보다 일관성 있게 이해하기 위한 노력의 결과로 표준화된 직업분류체계가 구성되었고, 우리나라는 통계청의 한국표준직업분류를 가장 일반적이고 대표적인 직업분류로 사용하고 있다. 한국표준직업분류는 1963년 최초로 제정된 이래 그동안 다섯 차례의 개정을 통하여 보완하였으며, 가장 최근의 개정은 2007년도에 실시한 6차 개정으로 산업 및 기술발달에 따른 직업구조의 변화를 반영하고, 우리나라 실정에 맞는 분류체계를 설정하여 통계자료의 정확성을 기하고 각종 정책수립에 효율적으로 사용하는 것을 목표로 하였다.

개별 국가수준의 직업분류표를 구성하는 것 외에 국제적 차원에서도 직업분류표를 일관되게 작성하여 분석하는 연구를 발전시켰다. 이러한 노력으로 구성된 국제표준직업분류는 두 유형으로 구분된다. 하나는 사회경제적 측면을 부각하는 ISCO(the International Standard Classification of Occupations, 이하 ISCO)이며, 이는 직업의 다른 특성들에 비해 직업의 계급적 성격을 강조하는 데 초점을 둔 국제적 분류이다. 반면, 미국의 표준직업분류 SCO(the Standard Classification of Occupations)와 캐나다의 고용직업분류 NCO(National Classification of Occupations)는 직업분류가 지나치게 계층분석의 도구로 이용된다는 비판을 바탕으로 미국과 캐나다가 독자적으로 개발한 직업분류의 대표적 사례이다. 따라서 미국의 SCO와 캐나다의 NCO는

2 홍두승·김병조·조동기(1995), 《한국의 직업구조》, 서울대학교출판부.

기술 또는 직업능력 유형(*skill type*)과 기술 또는 직업능력수준(*skill level*)을 동시에 고려하는 ISCO와 달리 일의 유형에 해당하는 직능유형을 중심으로 직업을 분류한다. 이러한 국제적 표준직업분류체계는 우리나라의 표준직업분류체계와도 일관성을 유지하고 있기 때문에 표준직업분류체계를 활용한 직업연구는 직업의 수직적·수평적 차원에 대한 국가 간 비교연구에 매우 유용한 지표이다.

2) 직업구조 변화는 어떻게 설명하는가?

직업구조의 변화는 한 사회의 다양한 제도적 관계 속에서 개별 직업에 필요한 근로자의 규모와 개별 직업에 진입하기를 희망하는 구직자 간의 상호작용의 결과이다. 한 사회가 특정한 직업의 역할을 더 필요로 하거나 덜 필요로 하는 상황이 반복되는 가운데, 한 직업에 진입하기를 희망하는 사람들의 수와 그 직업에서 필요로 하는 사람의 수 사이의 역동적 관계에 의해서 직업구조는 변화하거나 현재 상태를 유지한다. 직업 변화를 이끄는 설명들 중에서 우선 기술변화와 고학력 인력 간의 관계에 초점을 두는 논의에 따르면, 고학력 인력이 빠르게 변화하는 기술에 더 쉽고 빠르게 적응하고, 컴퓨터나 정보통신기술 등과 같은 새로운 기술은 고학력 인력의 생산성을 증대시킨다. 따라서 과거에 비해 더 많은 고학력 인력을 필요로 하고, 이들 고학력 인력을 필요로 하는 직업들은 더욱 성장하게 되는 것이다.[3] 하지만 우리나라는 급속하게 진행된 고학력화로 인해 노동시장에 진입하고자 하는 고학력 인력의 규모가 시장이 필요로 하는 고

---

3 김승보·최영섭·박인섭(2009), 〈숙련불일치 연구〉, 한국직업능력개발원.

학력 인력의 규모를 넘어서는 결과가 나타났다. 이러한 고학력 인력의 수요 · 공급 간 불일치의 결과는 고학력 인력이 저학력 인력이 취업하는 직업에까지 진입하는 현상을 낳게 되었다.

그러나 이러한 고학력 중심의 숙련편향적 기술변화에 초점을 둔 설명은 최근 우리나라가 경험하고 있는 낮은 임금 근로자에 대한 수요 증가와 직업구조 양극화 문제를 설명할 수 없다는 한계를 가진다.[4] 기술의 발전이 표준화된 직무의 중요성을 감소시키고 따라서 이와 관련된 직업이 줄어드는 반면, 높은 수준의 기술의 도입이 어려운 단순한 서비스 업종에서는 저임금 일자리가 오히려 늘어나게 된다는 것이다.[5] 서구선진국에서는 1960년대 이후 표준화되지 않은 숙련직업이 지속적으로 증가한 반면, 표준화되지 않은 육체적 숙련이 꾸준히 감소하였으며, 1970년대와 1980년대 이후부터는 표준화된 인지적 숙련과 표준화된 육체적 숙련에 대한 수요도 계속 감소한 것을 통해 우리나라의 직업구조의 양극화도 이해할 수 있다.

이러한 직업구조 변화를 설명하기 위해 수요에 초점을 두는 경우 한 사회가 경험하는 직업구조 변화의 유사성을 이해하는 데 도움이 되는 반면, 직업 변화에 있어 사회들 간 차이를 이해하기 위해서는 공급 측면, 즉 근로자와 취업희망자의 인적 특성과 기호에 초점을 둔 설명을 살펴볼 필요가 있다.[6] 기업이 일자리의 규모를 결정하는

---

4 방하남 · 김기헌 · 신인철(2011), 〈한국의 직업구조 변화와 직업이동 연구〉, 한국노동연구원.

5 Daniel Oesch & Jorge Rodriguez Menes(2010), Upgrading or polarization? Occupational change in Britain, Germany, Spain and Switzerland, 1990~2008, *MPRA Paper 21040*, University Library of Munich, Germany.

6 Freeman, R. & R. Schettka(2001), Skill compression, wage

주된 토대는 기업이 도입할 생산기술 선택과 동시에 각 사회에서 공급가능한 숙련된 인력의 규모이다. 숙련된 인력의 공급은 비숙련 인력의 공급에 비해 비교적 안정적이며, 이는 한 사회의 교육수준과 외부에서 유입되는 숙련된 인력의 이민규모에 의해 영향을 받는다. 따라서 공급 측면에 초점을 맞춰 직업구조 변화를 설명하면, 기업의 기술선택과 이에 맞는 숙련인력 공급의 역동적 관계에 따라 직업구조의 유형이 결정되며, 이 두 요인은 한 사회의 직업구조에 영향을 미칠 뿐 아니라 국가들 간의 직업구조 차이를 낳는 주된 원인이 된다고 볼 수 있다.[7]

우리나라 직업구조의 변화를 이해하기 위해서는 앞서 설명한 두 가지 시각들 중에서 어느 설명만을 강조하기보다는 두 가지 설명이 동시에, 그러나 부분적으로 적용될 필요가 있다. 우리나라의 지속적 고학력화는 최근 더욱 가속화되어 2~3년제 대학 이상의 학력집단 규모가 크게 증가하였다. 이러한 가운데 기업 측면에서는 급속하게 진행되는 새로운 기술과 기술수준의 발전에 따라 보다 숙련된 고학력인력을 더욱 많이 필요로 하게 되었다. 따라서 이러한 기업 측의 기술변화와 숙련인력에 대한 수요증가가 우리나라 직업구조를 고학력·숙련인력을 중심으로 변화시키는 것으로 이해된다. 그러나 동시에 고학력화가 반드시 숙련수준을 보장하지 못하고, 기업이 필요로 하는 숙련인력 규모 이상의 고학력 인력의 증가는 고학력 인력의

---

differentials, and employment: Germany Versus the U.S., *Oxford Economic Papers*, 53: 582~603.

7 Goldin, Claudia & Lawrence F. Katz(2007), Long-run changes in the wage structure: Narrowing, widening, polarizing, *Rookings Papers on Economic Activity*, 2: 2007.

숙련직업으로의 진입을 어렵게 하는 장애요인으로 지적된다. 반면, 비숙련 직업은 기술의 발달로 인해 더욱 일상화된 직무로 되면서 직업구조의 양극화는 꾸준하게 진행되고 있다. 최근 우리나라 노동시장이 경험하고 있는 고학력 인력의 실업 문제, 청년실업 문제는 이와 같은 기업의 기술발전에 따른 인력수요와 고학력 인력공급의 규모 간의 불균형과 밀접한 관계가 있다.

3) 직업구조는 어떻게 변해왔나?

(1) 직업별 종사자 구성 변화

기술변화와 서비스산업의 확대는 우리나라 직업구조에도 큰 영향을 미친 것으로 이해된다. 그렇다면 실제로 이러한 경제환경의 변화가 직업구조의 변화도 함께 이끌었는가? 〈그림 10-1〉은 통계청에서 매년 수집하는 경제활동인구조사의 자료를 활용하여 1990년부터 2010년 사이의 직업군 종사자들의 변화를 통하여 직업구조 변화를 분석한 결과를 보여준다. 직업대분류를 적용하여 각 직업군의 종사자 비율의 변화추이를 살펴보면, 전문직의 경우에는 1990년부터 2010년까지 종사자비율이 눈에 띄는 변화 없이 꾸준하게 유지되는 것으로 나타났다. 반면, 전문가 및 준전문가는 1990년 이후 꾸준하게 증가세를 보이면서 2010년에는 1990년에 비해 종사자 비율이 약 13% 포인트 이상 증가하였다. 사무직 종사자의 비율도 약간의 변동은 경험되었으나 대체적으로 더디지만 증가추이를 보이는 것으로 나타났다.

주목할 만한 추이는 서비스 및 판매직이다. 앞서 설명한 것처럼 서비스산업 중심의 산업구조 재편은 서비스 및 판매직의 증가로 이

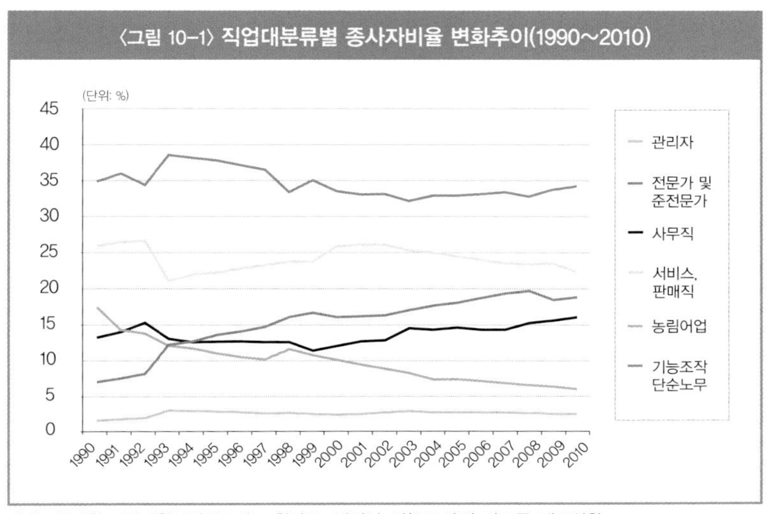

출처: 통계청, 〈경제활동인구조사〉. 원자료: 방하남 외(2010)의 자료를 재구성함.

어질 것으로 전망되었다. 그러나 우리나라의 경우, 1990년 이후 서비스 및 판매직 종사자 비율은 두드러진 변화를 보이고 있지 않으며, 오히려 2010년 기준으로는 1990년보다 약 5% 정도 감소한 추이를 보인다.

기능조작 및 단순노무직은 종사자 비율이 대분류 직종들 중에서 가장 높은 가운데, 1990년에 비해 1993년부터 1997년 경제위기 전까지는 꾸준하게 증가추이를 보였다. 그러나 1997년을 기점으로 관리직 종사자의 비율은 감소하기 시작하여 2010년에는 20년 전인 1990년과 비슷한 수준을 보인다. 마지막으로 농림어업 종사자 비율은 1990년 이후 지속적 감소추이를 나타내면서, 최근 우리 사회가 경험하고 있는 농어업 비중의 감소를 반영하는 것으로 이해된다.

(2) 직업별 인구학적 특성 변화

① 성별 변화

직업구조의 변화를 성별로 살펴보기 위해서 〈그림 10-2〉가 직업군의 여성종사자 비율의 변화추이를 보여준다. 우선 관리직의 경우, 여성비율은 1990년부터 꾸준하게 증가하여, 1990년에는 약 3.8% 수준에 머물렀으나 이후 꾸준하게 증가하여 2010년에는 약 10%선까지 증가하였다. 전문가 및 준전문가의 여성비율 변화는 관리직에 비해 조금 더 변화의 폭이 크게 나타난다. 1990년에는 약 41.2%였으나 1993년에 큰 폭으로 감소하여 약 33.3%였다. 이러한 30% 초반의 여성종사자 비율은 1999년까지 지속되었으나 2000년 이후 증가세로 전환되어 2010년에는 약 42.3% 정도인 것으로 나타났다. 지난 20년간 약 10% 포인트 정도의 큰 폭의 증감추이가 나타나기는 하였으나, 관리직의 여성비중과 비교하면 전문직 및 준전문직의 여성비율은 상대적으로 높은 수준이라 할 수 있다.

전통적으로 여성종사자의 비율이 높은 것으로 이해되는 사무직을 살펴보면, 약간의 감소와 증가추이가 반복되고는 있으나 1990년 이후 비교적 꾸준히 증가하여 1990년 약 39.7%에서 2002년 51.8%까지 증가하였다. 그러나 이후에는 약간 감소추이로 돌아서서 2010년 사무직의 여성비율은 46.1%로 나타났다. 서비스 및 판매직 또한 전통적으로 여성고용의 상대적 비중이 높은 직업군이며, 분석결과에서도 서비스 및 판매직의 여성종사자 비율이 가장 높은 것으로 나타났다. 1990년에는 53.7%였으며, 이후 꾸준하게 증가추이를 보이면서 2007년에는 약 61.7%까지 증가하였다. 그러나 이후 여성비율은 약간 감소하여 2010년에는 약 58.7%의 여성종사자 비율을 보인다.

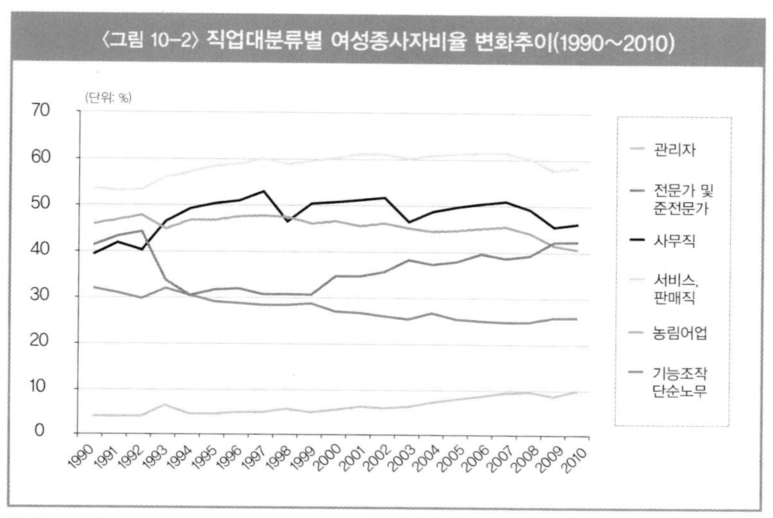

〈그림 10-2〉 직업대분류별 여성종사자비율 변화추이(1990~2010)

출처: 통계청, 〈경제활동인구조사〉. 원자료: 방하남 외(2010)의 자료를 재구성함.

여성종사자의 비율이 상대적으로 낮은 직업군으로 분류되는 농림어업과 기능조작, 단순노무직의 여성비율을 살펴보면, 우선 농림어업은 지난 20년간 큰 변화를 보이지 않으면서 꾸준하게 약 45% 정도의 비중을 보인다. 그리고 기능조작, 단순노무직에서의 여성종사자 비율도 꾸준하게 유지되고는 있으나 2000년 이후 약간의 감소추이를 보인다. 1990년부터 1999년 사이 여성비율은 28~30% 정도의 수준을 나타냈으나, 2000년 이후에는 약 25% 정도의 여성종사자 비율을 보이는 것으로 나타났다.

② 연령 변화

1990년대 이후 직업구조 변화를 연령의 측면에서 분석한 결과는 〈그림 10-3〉에 나타난다. 관리직 종사자의 중위연령 변화추이를 살펴보면, 큰 변화는 없었으나 1990년 이후 미미하나 꾸준한 증가추이

〈그림 10-3〉 직업대분류별 중위연령 변화추이(1990~2010)

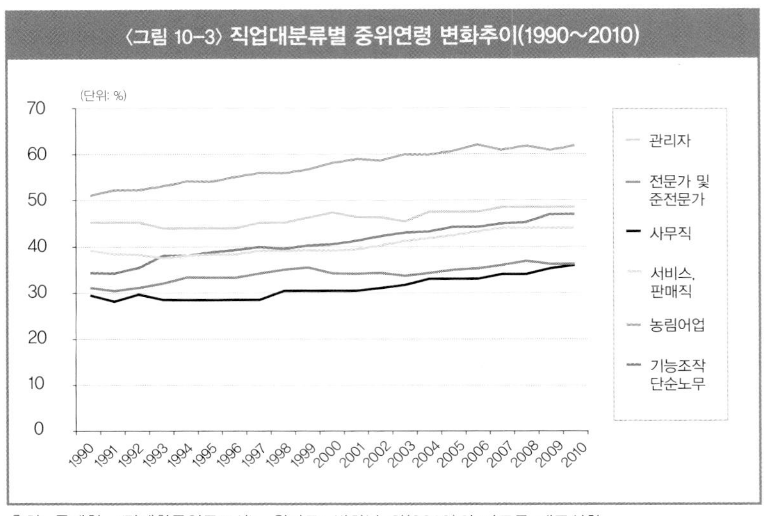

출처: 통계청, 〈경제활동인구조사〉. 원자료: 방하남 외(2010)의 자료를 재구성함.

를 볼 수 있다. 1990년 관리직 종사자의 중위연령은 45세였으나 2010년에는 약간 높아진 48세로 나타났다. 전문가 및 준전문가의 중위연령은 관리자의 중위연령에 비해 평균적으로 낮은 수준이며, 중위연령의 변화도 크지 않다. 1990년 중위연령은 31세였으며, 이후 약간의 증가세를 보이면서 2010년에는 중위연령이 36세로 나타났다.

사무직 종사자의 중위연령도 1990년 이후 꾸준하게 증가세를 보인다. 1990년에는 29세였으며, 2010년에는 36세로 관리직이나 전문직 및 준전문직에 비해 중위연령의 증가추이가 더 강하게 나타나는 것을 알 수 있다. 판매직 및 서비스직도 마찬가지로 지속적인 증가경향을 보이는데, 1990년에는 중위연령이 39세였으며 2010년에는 43세로 약 4세 정도 높아졌다.

전반적으로 모든 직업군의 중위연령이 미미할지라도 꾸준한 증가추이를 보이나, 증가폭은 농림어업과 기능조작 및 단순노무직 종사자의 중위연령이 가장 컸다. 농림어업의 경우에는 1990년 중위연령이 51세였으나 2010년에는 62세로 11년 정도 증가했다. 또한 기능조작 및 단순노무직의 중위연령도 1990년에는 34세에서 2010년에는 47세로 13년 정도 높아졌다. 이와 같이 직업군 종사자들의 중위연령이 크게 증가하였다는 것은 새로운 근로자들의 진입이 매우 적었다는 것을 의미한다. 다시 말해서, 기존 종사자들은 지속적으로 직업군에 남아있는 반면에 신규, 젊은 종사자들은 해당 직업군에 입직하지 않기 때문에 중위연령이 높아지는 것으로 나타난다. 이와 같은 경향은 농림어업과 기능조작 및 단순노무직이 젊은 세대들에게 선호되는 직업이 아니라는 것을 보여준다고 할 수 있다.

③ 학력 변화

직업의 학력수준은 그 직업의 사회적 위신과 금전적 보상(즉, 임금) 수준을 나타내는 주요한 지표이다. 직업대분류별 대학졸업자 비율을 분석한 결과에서도 나타나듯이(〈그림 10-4〉 참고), 대학졸업자 비율로 본다면 직업군은 크게 두 집단으로 구분할 수 있다. 관리자, 전문직 및 준전문직, 그리고 사무직은 대학졸업자 비율이 높은 집단이며, 서비스 및 판매직, 농림어업, 그리고 기능조작 및 단순노무직은 대학졸업자 비율이 낮은 집단으로 볼 수 있다.

우선 대학졸업자의 비율이 가장 높은 직업군은 전문가 및 준전문가이다. 1993년에 약 10% 정도의 급격한 하락이 있었지만, 1990년에는 75%에서 2010년에는 85.5%로 지난 20년간 대졸자 비율이 약 10% 포인트 정도 증가했다. 전문직 및 준전문직 다음으로 높은 대학졸업자 비율을 보이는 직업군은 관리직이다. 1990년에는 59%였으며, 이후 꾸준하게 증가하여(1993년 제외) 74.7%를 보인다.

〈그림 10-4〉 직업대분류별 대학졸업자 비율 변화추이(1990~2010)

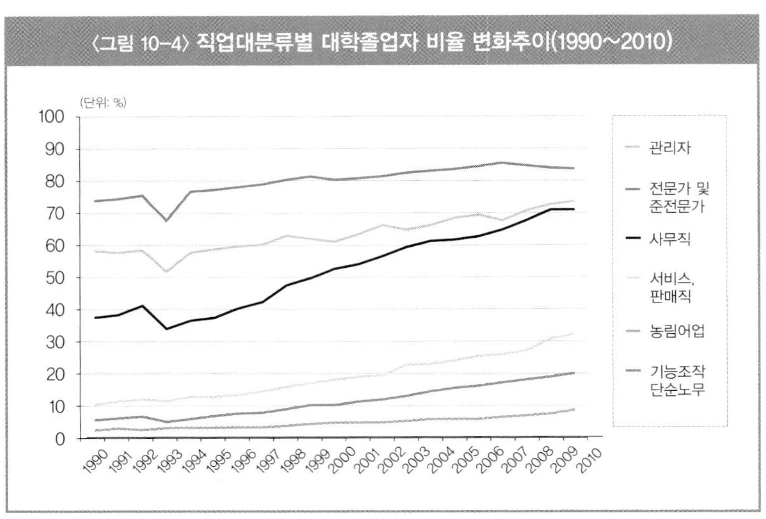

출처: 통계청, 〈경제활동인구조사〉. 원자료: 방하남 외(2010)의 자료를 재구성함.

그러나 전문직 및 준전문직과 관리직보다 대학졸업자 비율의 변화추이에서 주목할 만한 직업군은 사무직이다. 사무직 종사자의 대학졸업자 비율은 지난 20년 동안 급격한 증가세를 보인다. 변화추이를 살펴보면, 1990년에는 38%였으며 이후 꾸준하게 증가하여 2010년에는 72.1%로 약 34% 포인트 증가했다. 거의 두 배에 달하는 사무직의 대학졸업자 비율의 증가는 지속되는 고학력화 현상을 반영하는 것과 동시에 학력수준에 따른 직업선택이 하향화되고 있는 추이를 반영한다.

대학졸업자의 비율이 관리직이나 전문직, 그리고 사무직에 비해 낮기는 하지만 급격한 증가세를 보이는 직업군은 서비스 및 판매직이다. 1990년에는 10.6%였으나 이후 지속적으로 증가하여 2010년에는 32.3%로 20년간 약 22% 포인트 증가했다. 이러한 두 배 이상의 고학력 종사자 증가는 앞서 사무직 종사자들의 학력수준 증가와 마찬가지로, 고학력 인력의 하향취업 경향이 경험된다는 것과 동시에 서비스 및 판매직의 일자리가 부분적으로는 양질화되는 경향을 반영한다고 설명할 수 있다.

④ 임금수준 변화

직업군별 임금수준의 변화추이를 살펴보면, 사무직의 임금을 100으로 기준하여 관리직은 약 두 배 이상의 중위임금수준을 나타낸다. 경기 변화에 따른 사무직과의 임금수준 차이는 나타나지만 전반적으로 사무직 중위임금수준의 두 배 이상의 임금수준을 보인다. 다만, 2003년 이후 사무직과의 중위임금수준의 차이가 감소하는 추이를 보인다는 점이 주목할 만하다. 전문직 및 준전문직의 경우, 사무직과의 중위임금 차이가 관리직보다는 적은 약 1.2~1.5배 정도의 수준을 보인다. 1999년대 초중반에 사무직과의 임금격차가 감소되었으나 2000년 이후 다시 1.5배로 증가하였다. 그러나 2000년대 초반부터 전문직 및 준전문직과 사무직과의 중위임금수준의 격차는 지속적으로 감소하는 것으로 나타난다.

관리직이나 전문직 및 준전문직의 경우 사무직에 비해 전통적으로 높은 중위임금수준의 직업군으로 분류되는 반면, 서비스 및 판매직, 농림어업, 그리고 기능조작 및 단순노무직은 전통적으로 사무직보다 낮은 임금수준을 가지는 것으로 이해된다. 〈그림 10-5〉에서 나타난 것과 마찬가지로, 농림어업은 지난 20년간 대체적으로 지난 사무직의 85~90% 정도의 중위임금수준을 유지하는 것으로 분석되었다. 기능조작 및 단순노무직도 1990년부터 꾸준하게 사무직 중위임금수준의 약 88% 정도의 수준을 나타내고 있다. 그러나 2003년 이후 다른 직업군과 비슷하게 사무직과 비교해서 임금수준의 하향

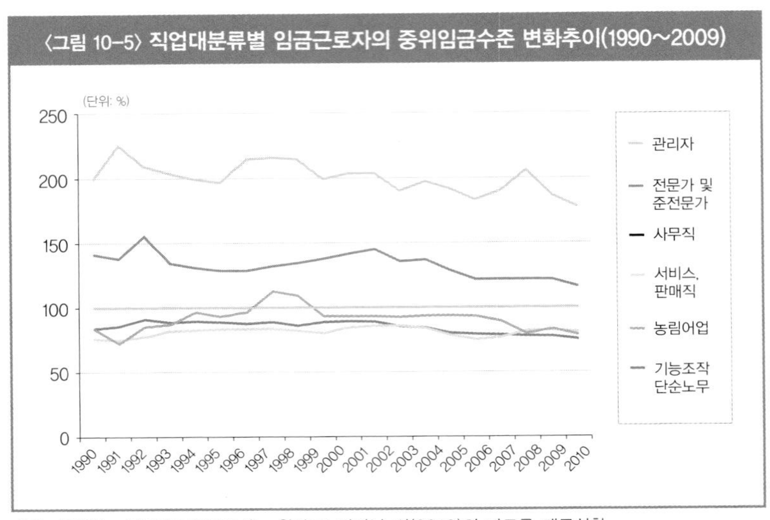

〈그림 10-5〉 직업대분류별 임금근로자의 중위임금수준 변화추이(1990~2009)

출처: 통계청, 〈경제활동인구조사〉. 원자료: 방하남 외(2010)의 자료를 재구성함.

추이가 나타난다.

지난 20년간의 직업군별 중위임금수준 추이에서 주목할 만한 것은 서비스 및 판매직이라 할 수 있다. 사무직을 기준으로 비교해 봤을 때, 서비스 및 판매직은 농림어업이나 기능조직 및 단순노무직보다도 더 낮은 중위임금수준을 보이는 것으로 나타났기 때문이다. 물론 관리직이나 전문직 및 준전문직을 제외한 다른 직업군과의 중위임금수준의 차이가 미미할지라도 서비스 및 판매직의 직업군 규모가 증가하는 직업구조상황에서 이들 직업군의 중위임금수준이 가장 낮다는 점은 전반적으로 저임금 근로자들의 규모가 증가할 위험이 높을 수 있다는 점에서 임금수준의 변화에 주목할 필요가 있다.

⑤ 근속기간 변화

직업군에 따른 근속기간의 변화추이를 살펴보면, 가장 긴 근속기

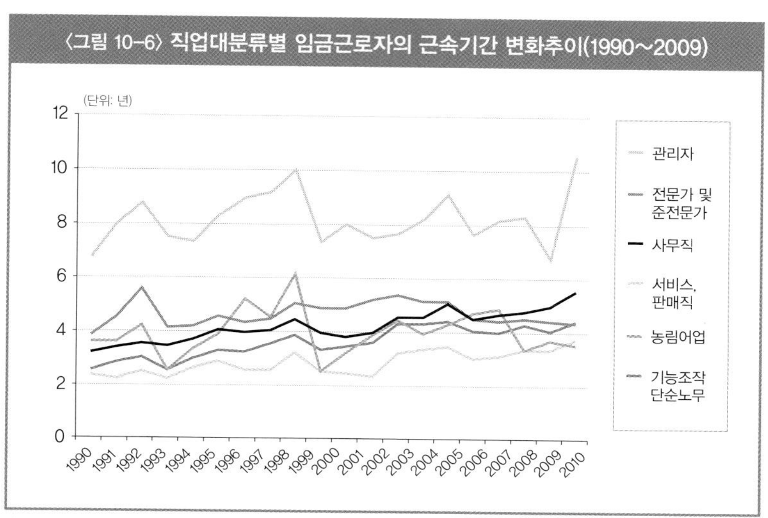

〈그림 10-6〉 직업대분류별 임금근로자의 근속기간 변화추이(1990~2009)

출처: 통계청, 〈경제활동인구조사〉. 원자료: 방하남 외(2010)의 자료를 재구성함.

간을 보이면서 동시에 평균 근속기간의 변화폭이 가장 큰 직업군은 관리직이다. 농림어업의 근속기간 변화의 폭이 큰 것은 직업특성상 계절적 요인과 농림어업 분야가 대외환경의 급격한 변화에 영향을 크게 받는 점이 영향을 미치는 것으로 이해된다. 그러나 관리직군은 이러한 두드러진 환경의 변화가 없었음에도 불구하고 지난 20년간 근속기간의 변화 폭이 비교적 크다는 점을 주목할 만하다. 그러나 그럼에도 불구하고 관리직의 평균 근속기간은 분석 직업군들 중에서 가장 길며, 1997년에 10년이었으며, 2009년에 평균 근속기간은 이보다 오히려 더 길어진 약 11년 정도였다.

그 다음으로는 전문가 및 준전문가 직업군의 평균 근속기간이 길었는데, 대체적으로 5년 정도 근속했다. 직업군들 중에서 가장 짧은 평균 근속기간을 보이는 직업군은 서비스 및 판매직으로, 1990년대에는 평균 2년 정도였으나 2000년대 이후 약간 길어져서 약 3년 정도의 평균 근속기간을 보였다. 이러한 근속기간은 불안정 및 단기 고용이 보편적이라고 이해되는 기능조작 및 단순노무 직업군보다도 짧은 근속기간이다.

3. 직업이동은 누가, 왜 하는 걸까?

1) 직업이동에 대한 일반적 논의

직업이동은 넓은 의미에서 하나의 직업에서 다른 직업으로 옮기는 것을 말한다. 이러한 직업이동의 유형은 크게 수평적 이동과 수직적 이동으로 구분한다. 다시 말해서, 이전 직업에서 새로운 직업으로의 이동을 통해서 이전 직업에서 경험한 보상(임금)이나 근로조건이 비슷한 수준인 경우에는 수평적 이동으로 이해할 수 있다. 이러한 수평적 이동은 다시 크게 두 가지 유형으로 구분할 수 있는데, 첫 번째는 한 직장 내에서 담당하는 직무를 이동하는 경우이다. 예를 들면, 근로조건이 동일한 상황에서 홍보직에서 기획직으로 이동하는 것을 포함한다. 두 번째 유형은 직장 간 이동을 통한 직업이동으로, 예를 들면 근로조건은 동일한 상황에서 한 직장에서 다른 직장으로 옮기면서 동시에 판매직에서 사무직으로 이동하거나, 사무직에서 서비스직으로 이동하는 경우를 포함한다.

반면, 새롭게 진입한 직업의 보상(임금)과 근로조건의 수준이 양적이나 질적인 면에서 이전 직업보다 더 나은 경우에는 일반적으로 수직적 이동이라 할 수 있다. 수직적 직업이동도 수평적 직업이동과 마찬가지로 동일 기업 내에서의 이동과 기업 간 이동으로 구분된다.

동일 기업 내에서의 수직적 이동은 승진을 통한 이동이 가장 보편적이며, 기업 간 수직적 이동은 같은 또는 다른 직종으로 이동을 모두 포함하면서 다만 보상이나 근로조건의 개선이 포함된다.

직업이동에 관한 연구는 앞서 살펴본 직업구조 변화와 관련된 연구에 비해 덜 활발한 편인데, 이는 직업이동의 이론적 개념을 아직 명확하게 정의하지 못하고 더불어 직업이동을 분석하는 단위가 통일되지 않았다는 문제에 기인한다. 즉, 직업이동을 분석할 때 한 국가 또는 사회를 단위로 하는가 아니면 개인을 단위로 하는가의 문제이다. 만약 국가나 사회를 단위로 하는 경우라면 직업군 사이의 이동한 전체 양을 분석하는 문제와 직업군을 분류하는 기준을 설정하는 문제에 직면하게 된다. 아울러, 개인을 단위로 직업이동을 연구하는 경우에는 한 개인의 직업이동을 가장 잘 이해하기 위해서 개인의 노동주기 전반에 걸친 직업이동의 유형과 양상을 모두 분석하는가 아니면 특정 시기를 중심으로 개인의 직업이동을 분석하는가의 문제에 직면하게 된다. 특히 개인을 분석단위로 할 경우에는 중장기에 걸친 개인의 노동이동에 관한 정보를 담은 장기 시계열 자료가 필요하다. 이러한 이유로 개인을 단위로 한 직업이동의 연구가 활발하지 못하다.

그러나 이러한 이론적 개념의 혼재와 가용한 자료의 한계에도 불구하고 최근에는 직업이동 연구의 중요성이 특히 강조되는데, 이는 직업이동이 인적자본의 특성과 밀접한 관련이 있다는 전통적인 시각뿐 아니라 기업특수적 인적자본이 직업이동의 성과와 밀접하게 관련된다는 시각 때문이다. 기업특수적 인적 자본이론(*firm specific human capital*)에 따르면, 근로자들은 입직 후 기업에 적합한 기술습득을 위해서 집중적 훈련을 경험하며, 결과적으로 근로자들은 기업특수적인 인적자본을 획득하게 되어 이직으로 인한 비용이 기업특수적인 인적자본의 수준에 비례하여 증가한다. 따라서 근로자들은 기업특수적 인적자본을 축적하면 할수록 기업 사이의 이직에 필요한 높은 비용으로 인해 이직이 억제될 수밖에 없다는 것이다.

하지만 직업이동에 관한 기업특수적 인적자본을 바탕으로 한 설명과는 달리, 직업이동을 통한 인적자본의 프리미엄이나 손실은 기업과 관련되기보다는 산업변화와 더 깊은 관계가 있다는 점을 강조하는 논의들이 있다. 산업특수적 인적자본(*industry specific human capital*) 이론은 산업구조의 변화가 직업이동을 통한 특정한 인적자본의 손실이나 프리미엄에 큰 영향을 미치며, 이는 최근의 서비스산업 중심으로의 산업구조 변화와 정보통신기술 중심의 산업구조 변화로 인한 특정 인적자본의 손실률 또는 프리미엄률을 통해서 설명할 수 있다고 강조한다.

기업특수적 인적자본의 요소나 산업특수적 인적자본의 요소가 중요하다는 인식에도 불구하고, 우리나라의 직업이동 관련연구는 주로 일자리 이동 여부나 일자리 이동으로 인한 임금수준 변화에 주로 초점을 두어 진행되었다. 특히, 직업이동에 대한 광의의 정의를 바탕으로 직업선택이나 성취에 가족배경이나 교육수준이 미치는 효과를 중심으로 기존 연구들이 진행되었다. 따라서 직업 간 또는 산업 간 이동에 대한 연구는 활발하지 못한 편이며, 특히 근로자들의 생애주기에 걸친 반복적일 수 있는 직업이동에 관한 연구는 매우 미진한 편이다.

우리나라에서 이제까지 직업이동에 관한 연구가 활발하지 못했던 또 다른 이유는 우리나라의 전통적 고용구조에서 특징을 찾을 수 있다. 우리나라는 전통적으로 최종학교 졸업 후 노동시장에 첫 진입하여 가능한 한 일자리 또는 한 직장에서 근속하면서 은퇴를 맞이하는 평생고용제도가 보편적이고 이상적인 고용으로 인식되었다. 물론 '평생고용' 또는 '평생직장'의 개념이 보편적이었던 시기에도 저임금 일자리 또는 일용이나 임시직과 같은 불안정한 일자리는 일자리의 잦은 이동이 발생하였으나, 대체적으로 한 직장이나 한 일자리에 가능한 한 오래 종사하며 근속기간을 늘리고 동시에 이로 인한 임금상승을 함께 경험하던 노동시장제도가 보편적이었다.

그러나 1997년 갑작스러운 경제위기를 경험하면서 우리나라의 '평생고용' 또는 '평생직장'의 개념과 이를 뒷받침하는 노동시장 제도는 급격하게 붕괴되었으며, 결과적으로 근로자들은 한 직업이나 직장에서 평생 머무르기보다는 다양한 유형의 일자리 이동 또는 직업이동을 통하여 고용의 안정성을 유지하고, 또한 경력개발을 통해 더 나은 근로조건을 확보하는 경향이 두드러지게 되었다. 이러한 고용안정성 약화는 기업 측에게는 신규 근로자들에 대한 교육훈련에 투자를 적게 하고, 또 투자를 하는 경우라도 매우 선별적으로 소수의 신규 근로자들에 대한 교육투자를 하는 방향으로 변화하였다. 근로자들도 이전 근로세대들과는 달리 직장에 대한 장기적인 헌신과 투자보다는 자신의 인적자본에 대한 투자에 보다 적극적이며, 아울러 직업이나 직장이동의 가능성을 항상 열어놓게 되었다.

그러나 장기 근속할 수 있는 고용제도의 붕괴와 고용형태 다양화와 더불어 전통적인 정규직(입직부터 퇴직까지의 고용기간이 보장되는 개념)의 규모는 감소하였다. 더불어 비정규직 고용의 증가가 더 나은 경력개발을 위한 직업이동보다는 비슷하거나 더 낮은 일자리로의 비자발적 이동 또는 다른 직업군으로의 어쩔 수 없는 이동의 증가에 따른 결과일 가능성이 더욱 높아지고 있다. 특히, 경제위기 이후 기업들의 근로자에 대한 선별적 투자의 강화는 상승이동을 위한 직업이동을 고학력 또는 고숙련 근로자들에만 한정시키는 경향을 초래하였다.

2) 직업이동과 인구학적 특성

(1) 남성과 여성의 직업이동

직업이동의 유형은 남성과 여성 사이에 차이가 있다. 앞서 직업이동의 가장 일반적이고 포괄적인 유형은 수평적 이동과 수직적 이동이라는 점을 살펴보았다. 이 두 유형의 직업이동을 남성과 여성으로 구분하여 살펴본다면, 수직적 이동은 다시 상향이동과 하향이동으로 세분화된다. 여성은 남성에 비해 직업이동시 수평적 이동 또는 하향이동을 경험하는 경향이 더 강한 반면, 남성은 여성에 비해 수직적 이동, 특히 상향의 직업이동을 경험하는 경향이 더 높다. 그러나 앞서 논의한 것처럼, 직업이동의 유형은 이동의 어느 부분에 초점을 두는가에 따라서 매우 다양해질 수 있다는 점을 고려한다면, 여성은 하향이동, 그리고 남성은 상향이동이라고 단정적으로 이해하는 것은 직업이동의 성별 차이와 그 특징을 제대로 파악하지 못할 위험이 있다.

남성과 여성의 직업활동은 크게 세 가지 논의로 설명할 수 있다. 첫째, 남성과 여성은 초기 사회화 과정부터 여성성과 남성성에 대해 구별짓기를 학습하며, 이는 성장 후 여성과 남성의 직업선택뿐 아니라 경제활동 참여시기와 형태에도 큰 영향을 미친다. 따라서 여성은 여성성이 강조되고 발현될 수 있는 직업(예: 교사, 간호사 등)을 선택하는 경향이 있고, 이에 반해 남성은 남성성이 발현되는 직업(예: 의사, 변호사, 기계·장치조작 등)을 선택한다. 또한 이러한 성역할 사회화는 이후 직업이동에도 영향을 미치며, 여성들이 직업이동을 할 경우에도 여성성이 강한 직업들 간에 이동하게 된다는 점을 설명한다.

남성과 여성의 직업이동을 설명하는 두 번째 설명은 인적자본의 중요성을 강조한다는 것이다. 남성은 여성에 비해 더 오랜 시간을 경제활동을 하고자 계획하기 때문에 여성보다 더 오래 교육훈련을 받으며, 교육훈련의 내용도 여성보다 시장에서 더 높은 임금을 받을 수 있는 교육을 선호한다는 것이다. 따라서 더 높은 인적자본을 축적한 남성은 여성보다 노동시장에서 더 나은 직장, 더 좋은 직업을 가지게 되며, 직업이동을 할 때도 축적된 인적자본을 바탕으로 더 나은 직업으로 이동할 가능성이 높아진다. 이러한 설명은 여성과 남성이 경험하는 직업이동의 유형과 결과가 생애주기에 걸쳐서 남성과 여성이 기대하는 노동시장 참여시간과 깊은 관련이 있음을 의미하며, 또한 노동시장 참여유형과 인적 자원 투자에 대한 결정은 합리적 선택으로 이해할 수 있다.[8]

세 번째 설명은 노동시장에서 여성과 남성이 경험하는 직·간접적 차별을 강조한다. 고용주의 측면에서는 여성근로자는 결혼과 자녀양육으로 인해 노동시장에 전적으로 에너지를 투자하지 못할 것이라 가정하며, 따라서 여성보다는 남성을 선호하는 경향이 있다는 것이다. 이러한 고용주의 인식은 여성근로자들이 직장 또는 직업을 이동할 때 한 직업(장)에서 다른 직업(장)으로 단절 없이 바로 이동하기보다는 노동시장으로부터의 이탈과 재진입을 반복하는 결과를

8 Gary Becker(1991), *A Treatise on the Family*, Harvard University Press.

낮는 경향이 있다. 또한 이러한 직업(장) 이동의 유형은 여성들의 직업이동이 남성에 비해 하향이동의 위험을 더 높일 수밖에 없다.

제도적 차별과 성별 직업이동을 이해하는 데 중요한 또 다른 논의는 노동시장의 분절화이다. 노동시장 분절론에 따르면, 노동시장은 크게 두 부분, 1차 노동시장과 2차 노동시장으로 나뉜다. 1차 노동시장은 고학력, 남성, 그리고 외국의 경우, 백인노동력으로 구성되며, 고용안정성이 보장되고 높은 임금수준과 승진사다리가 제도화되어 있는 노동시장이다. 이에 반해, 2차 노동시장은 저학력, 여성, 외국의 경우, 흑인이나 유색인종으로 구성되며, 고용이 불안정하고 낮은 임금, 승진기회의 부재, 그리고 소규모 또는 영세한 기업으로 구성된다. 여성들은 남성에 비해 1차 노동시장보다는 2차 노동시장에 편입될 가능성이 더 높고, 따라서 이들 여성은 1차 노동시장의 남성이나 다른 여성들에 비해 고용불안정으로 인한 잦은 일자리 이동 또는 직업이동을 경험할 수 있다. 다만, 이러한 직업이동은 더 나은 직업으로의 이동이라기보다는 비슷한 수준이나 더 낮은 수준의 직업으로 이동하는 특성을 가지며, 무엇보다도 직업이동시 같은 직업군에서 이동하기보다는 다른 직업으로 이동함으로써 이전 직업에서 축적된 기술과 훈련이 단절되는 경향이 있다. 따라서 이러한 직업이동은 인적 자원축적을 통한 직업이동과는 그 유형이 내용이 매우 상이하다는 점에 주목할 필요가 있다.[9]

최근 우리나라 여성과 남성의 직업이동유형과 이동률에 대한 연구에 따르면, 남성은 같은 일자리 내에서 직업이동률이 여성보다 높은 반면, 여성은 다른 일자리로 이직하면서 직업을 이동하는 비율이

---

9 Ronald Ehrenberg & Smith Christopher(2001), *Modern Labor Economics: Theory and Public Policy*, 5th ed.

더 높다. 1997년 이후 직업이동에 대한 연구라는 점에서 시기적인 한계가 있음에도 불구하고, 이러한 연구결과를 바탕으로 남성은 직업이동을 하는 경우에 상승이동의 이점을 경험할 가능성이 더 높은 반면, 여성은 직업이동과 일자리 이동이 동시에 발생함으로써 이전 일자리와 직업에서 축적한 훈련과 기술이 임금에 반영되지 못하는 위험을 경험할 가능성이 높다고 말할 수 있다.

(2) 교육수준과 직업이동

교육수준은 직업이동을 결정하는 중요한 요인이다. 교육수준과 직업선택에 관한 논의들이 공통적으로 강조하는 것은 교육수준과 직업지위 또는 직업적 보상 간의 정적 관계이다. 다시 말해서, 교육수준이 높을수록 직업위신도가 높은 직업에 진입할 가능성이 높아지며, 더 나은 임금수준과 근로조건을 제공하는 직업에 진입하는 경향이 있다는 것이다. 이러한 논의는 학력별 임금차이나 학력별 직종분포의 차이에 관한 연구에서도 잘 나타난다. 대학교 졸업 이상의 교육수준을 가진 집단은 고등학교 이하의 학력집단에 비해 월평균 임금수준이 높으며, 관리직과 전문직 또는 준전문직은 대학교 이상의 고학력 집단으로 구성되는 경향이 일반적인 현상이다.

교육수준은 직업선택과 근로조건에만 영향을 미치는 것이 아니다. 노동시장에 진입한 이후 다른 직업이나 직장으로 이동가능성과 직업이나 직장이동의 성과에도 큰 영향을 미친다. 직업이동은 직장 내 직업이동과 직장 간 직업이동으로 크게 나뉜다. 두 가지 경우 모두 더 나은 직업으로 이동하는 경우, 비슷한 직업으로 이동하는 경우, 그리도 더 낮은 직업으로 이동하는 경우로 세분화될 수 있다. 이러한 다양한 경로의 직업이동에서 가장 큰 영향을 미치는 변수가 학력이라는 점에 주목할 필요가 있다. 학력수준이 높을수록 직업을 이동할 때 더 나은 직업 또는 최소한 비슷한 수준의 직업으로 이동하는 경향이 높은 반면, 학력수준이 낮을수록 더 낮은 수준의 직업으로 이동하는 경향이 더 높다.

교육수준과 직업이동의 성과 간의 관계는 교육수준에 의해서만 결정되는 것은 아니다. 현재의 직장에서 축적한 기술과 지식수준도 다음 직업이나 직장으로 이동하는 데 중요한 조건이 되며, 따라서 현재의 직업 또는 직장에서의 교육훈련과 기술축적이 성공적 직업이동의 또 하나의 중요한 조건이다. 그러나 직업이동에서 여전히 교육수준이 가장 중요한 요인으로 지적되는 이유는 직업 간 이동에서 기본 자격요건으로 필요한 인적 자원이 바로 교육수준이기 때문이다. 다시 말해서, 전문직 종사자가 교육훈련과 기술축적을 통하여 다른 직종, 관리자로 직업이동을 하는 경우에는 교육수준보다는 전문직에서 축적한 기술수준과 관리직에 적합한 기술과의 일치 정도를 더 중요한 요인으로 고려하게 된다. 그러나 장치관리직 종사자가 관리직으로 이동하고자 한다면 장치관리직에서 축적된 기술수준도 중요하지만 관리직에서 요구하는 교육수준이 더 중요할 수 있다는 것이다. 즉, 각 직업군에서 요구하는 교육수준이 해당 직업군 진입에 일차적인 필요조건이 되는 경우에는 공식적 학력수준이 현장에서의 기술수준보다 직업이동의 성과를 결정하는 데 더 중요한 요인이 될 수 있다.

이와 같은 교육수준과 직업이동 간의 관계는 고학력 집단의 직업이동은 상향적 직업이동의 성과를 나타내는 반면 저학력 집단의 직업이동은 하향 또는 수평적 직업이동의 성과를 나타내는 것과 밀접하게 관련되어 있다.

3) 직업선호와 직업선택

경제구조가 변화하고, 직업에 대한 가치관이 변화하면서 개인이 선호하는 직업도 변화한다. 산업화 초기에 우리나라에서 일반적으로 선호되는 직업군은 사무직이었다. 많은 사람들은 학력수준이 비교적 높은 사람들이 진입하고 다른 직업군에 비해 상대적으로 근로조건이 우수하다는 사무직과 관리직의 이미지를 생산직이나 농어업 직종과 비교해서 괜찮은 직업으로 생각하였다. 이에 따라 사무직과 관리직을 높은 선호도를 가지는 직업군으로 분류하였다. 그러나 우리나라의 교육수준이 지속적으로 향상되고 산업구조도 제조업 중심에서 서비스 산업과 정보통신 산업 등을 포함하여 다양하게 분화되면서 사무직은 '고학력이면서 괜찮은 직업'이라는 이미지에서 단순한 문서작업을 반복하는 직업군으로 분류되었고, 이를 대체하는 직업군으로 전문직 또는 전문적 서비스 직업군에 대한 선호도가 높아지게 되었다.

직업에 대한 선호도와 직업선택은 특히 세대에 따라 차이가 난다. 세대 간에 나타나는 교육수준의 차이뿐 아니라 가치관의 변화, 그리고 무엇보다 경제환경과 산업구조의 변화는 세대 간의 직업에 대한 가치관과 선택에 변화를 가져오는 원인이 된다.[10] 직업선호도에 대한 이해는 우리나라뿐 아니라 산업사회에 포함되는 모든 국가들에서 공통적으로 직업위신도에 대한 조사를 통한 점수화를 통하여 비교·측정한다. 직업위신도는 개발 직업(군)에 대해서 진입에 요구되는 학력수준, 임금수준을 포함한 근로조건 및 환경, 사회적 가치

---

10 유홍준·김월화(2006), "한국직업지위지수: 과거와 현재", 〈한국사회학〉 40(6): 153~186.

등을 고려하여 점수화하고 마지막으로 서열화하는 작업을 통해서 결정한다. 우리나라뿐 아니라 산업화 사회들의 직업위신도 추이는 상당한 일치하는 경향이 있다. 다만, 개별 국가들이 처한 인적 자원과 자연자원을 포함한 경제환경에 따라서 세부 직업군의 직업위신도에서 차이가 나타난다.

직업선호도를 반영하는 직업위신도에서 가장 높은 점수를 받는 직업군은 의사, 법조인 등을 포함하는 전문직 직업군이며, 그 다음으로는 관리직으로 나타난다. 반면, 단순노무직 등의 육체노동을 포함하는 직업군은 직업위신도에서 낮은 점수대를 나타낸다. 서구 선진국의 경우, 노무직의 임금수준이 우리나라에 비해 상대적으로 높은 수준임에도 불구하고 직업위신도와 직업선호도에서는 우리나라뿐 아니라 서구 선진국에서도 낮은 수준을 나타낸다는 점은 직업위신도와 선호도가 임금수준과 항상 정적 관계는 아니라는 것을 의미한다.

그렇다면 이러한 직업위신도와 직업선호도는 산업화 과정과 경제환경의 변화 속에서 어떻게 변화했는가? 앞서 논의했듯이 세대 간 개인적·사회적 경험의 차이는 각 세대들이 가치를 두는 직업지위에서 차이를 만들고, 결과적으로 이러한 직업지위와 선호도 차이는 직업선택의 차이를 만들어 낸다. 그러나 지난 약 30년간 우리나라 직업구조에서 직업지위와 직업위신도는 큰 변화를 경험하지 않은 것으로 논의된다. 예를 들어, 유홍준과 김월화(2006)의 연구에 따르면, 1975년에 조사된 직업지위 및 직업위신도와 2000년도에 조사된 직업지위 및 직업위신도에 관한 비교분석 결과, 주요 직업군의 직업지위는 크게 변화하지 않았다. 1970년대에 높은 직업적 지위와 위신도를 보였던 고위행정관리직과 전문직은 2000년대에도 여전히 높은 직업지위와 위신도를 가지는 것으로 나타났다. 다만, 사무직과 기술공 및 준전문직은 1970년대에 비해 2000년대에 직업지위가 하락하는 추이를 보였으며, 이는 기능원 및 장치조립직종도 비슷한 것으로 나타났다.

교육수준과 임금수준이 직업지위와 직업선호도에 영향을 미치는 것은 예나 지금이나 일치한다. 다만, 임금수준이나 교육수준이 갖는 큰 영향력에도 불구하고, 오늘날에는 과거와 다른 다양한 요인들에 의해 직업지위와 직업선호도가 결정된다는 점에 주목할 필요가 있다. 경제적 보상(예, 임금 등)의 중요성을 강조하면서도, 더 많은 근로자들은 임금 이외의 근로조건을 직업선택의 중요한 기준으로 생각한다. 특히 세대 간의 직업지위 평가와 직업선호의 차이는 직업을 둘러싼 문화와 근로조건과 밀접한 관계가 있다. 예를 들면, 최근 세대들은 이전 세대들에 비해 쾌적한 근로환경과 일과 가족을 양립할 수 있는 직업문화 등을 직업위신과 직업선호도에 반영하는 경향이 강하며, 또한 직업결정 과정에서도 고려하는 주된 요인인 것으로 지적할 수 있다.

4. 청년들의 일자리가 왜 불안정한 걸까?

1) 비정규직의 증가

우리나라뿐 아니라 전 세계적으로 일자리 불안정은 비정규직 증가와 동의어로 혼용되어 사용되는 경향이 있으며, 이러한 노동시장의 현상은 마치 거역할 수 없는 흐름인 것으로 보인다. 우리나라의 경우, 1997년의 경제위기를 경험하면서 노동시장에서 평생일자리라는 말이 사라지기 시작하였다. 전통적으로 우리나라는 평생고용의 이념이 강했고, 학교를 갓 졸업한 신입직원들이 기업에 입사하여 기업에 맞는 직업훈련을 이수하고 기업의 문화를 익히면서 은퇴할 때까지 한 직장에서 일하는 것을 미덕으로 생각하는 문화가 강하였다. 그러나 갑작스러운 1997년의 경제위기로 인해 노동시장의 평생고용제도가 붕괴되기 시작하였고, 이후 반복되는 급격한 경기변동은 일자리의 안정성보다는 경기변화에 따른 유연한 인력활용을 더욱 강화하는 방향으로 노동시장 제도를 변화시켰다.

이러한 과정에서 비정규직의 규모는 크게 늘어났으며, 특히 청년, 여성, 그리고 노인들을 대상으로 하는 일자리들의 대부분이 비정규직의 형태로 변화하였다. 비정규직의 증가를 기업과 관련해서 생각해 보면, 기업 입장에서는 경제환경이 과거에 비해 변화의 속도도 빠르고 그 내용도 매우 예측하기 어렵기 때문에 단기적이고 비용절감에 초점을 둔 인적 자원 활용전략을 통해서 경기 변화에 적극적으로 대응한 결과라 할 수 있다. 그러나 다른 한편으로 근로자 입장에서는 평생일자리 또는 안정된 일자리가 고학력이거나 희소성이 높은 기술을 가진 한정된 근로자들에게만 제공되는 노동시장 상황에서, 제한된 선택으로 비정규직 일자리로 진입하는 것일 수 있다.

비정규직의 증가는 직업에 따라, 또 기업의 규모와 전략에 따라 두드러진 차이를 보인다. 단순하고 반복적인 일을 하는 직업들은 비정규직의 비중이 급속하게 증가한 반면, 첨단기술이나 지식을 필요로 하는 직업들은 오히려 더욱 좋은 일자리로 자리매김하면서 안정적일 뿐 아니라 높은 보상을 보장하는 일자리가 되었다. 일자리의 비정규직화는 기업의 비용절감전략에 의해서 더욱 가속화되고 있다. 예를 들면, 1990년대 중반까지만 해도 기업의 단순한 전산업무를 담당하거나 건물관리와 청소를 담당하던 근로자들도 정규직으로 기업에 직접 고용되었으나, 1990년대 후반 이후부터 이들 일자리에 종사하는 근로자들은 대부분 비정규직으로 전환되거나 특수고용형태의 근로자로 전환되었다. 기한을 정해놓고 고용을 하는 일자리에 종사하는 근로자들을 넓은 의미에서 비정규직 근로자로 이해한다면 이들의 규모는 매년 증가추세에 있다.

2) 청년취업과 비정규직

기업들이 예전과는 달리 신입직원에 대한 교육훈련 투자를 줄이고 정규직보다는 비정규직 채용을 보다 적극 활용하는 인적 자원관리 전략은 청년들의 취업전망을 더욱 어둡게 하고 있다. 높은 교육열과 대학교육기관의 확대는 대학 진학률을 크게 증가시켰고, 따라서 과거에 비해 더 많은 양질의 노동력이 노동시장에 진입하고 있다. 특히 최근의 고학력 청년구직자들의 일자리 눈높이는 이들 세대가 성장하면서 경험한 사회적 · 문화적 수준만큼이나 높아졌다. 그러나 예전에 비해 더욱 열악해진 노동시장 환경은 일자리와 청년구직자들 간의 성공적인 조합을 만들어내지 못하고 있으며, 많은 청년들이 실업을 경험하거나 어쩔 수 없는 선택으로 비정규직 일자리로 진입하고 있다.

많은 청년들이 비정규직 일자리로 취업하는 것 자체가 반드시 문제인 것은 아니다. 보다 근본적인 청년일자리와 고용불안정의 문제는 비정규직에 취업한 청년들이 경력을 쌓은 후에도 정규직이나 더 나은 일자리로 이동하는 것이 매우 어려운 현실에 있다. 경험이 부족한 청년들이 비정규직 일자리를 통해서 숙련을 쌓아서 정규직이나 더 나은 일자리로 이동하는 것이 아닌, 한번 비정규직 근로자는 반복되는 비정규직 근로자로 낙인찍히는 비정규직의 덫에 걸리는 상황이 지속되고 있다. 결과적으로 비정규직 증가는 바로 청년취업을 더욱 어둡게 하는 주된 문제가 될 수밖에 없다.

청년일자리의 확대를 위한 많은 정책적 노력이 이뤄지고 있으나, 정규직과 비정규직 간의 이동이 자유롭지 못하고 청년들에 대한 직업훈련 투자가 부족한 것 등과 같은 노동시장의 문제는 여전히 큰 숙제로 남아있다. 이러한 상황에서 비정규직의 고용불안정성을 사회적으로 보완하는 제도마련은 비정규 일자리의 질을 제한적으로나마 개선함으로써 청년들의 구직기간을 줄이고, 비정규직 경험을 통한 더 나은 일자리로 이동을 촉진하는 계기가 될 수 있다.

5. 나가며

이 장에서는 넓은 의미의 우리나라 일자리 특성 및 변화추이에 대해서 살펴보았다. 대분류로 살펴본 직업구조와 직업내용의 변화, 그리고 일자리 이동의 특성을 남성과 여성의 차이와 교육수준에 초점을 두어 자세하게 살펴보았다. 또한 이 장은 최근 청년들의 취업과 밀접하게 관련된 비정규직 증가의 배경을 논의하였으며, 지속적으로 증가하는 청년일자리 문제에 대해서도 간략하게 살펴보았다.

그러나 이 장에서 소개한 우리나라 일자리의 특성과 변화, 그리고 직업이동의 현황은 개괄적이며 일반화된 설명을 소개하는 데 초점을 두었다. 특히 이 장에서 청년들의 취업과 일자리 문제에 대한 논의는 우리나라 노동시장의 전반적인 현황을 소개하고 문제점을 지적하는 것을 목적으로 하였다. 따라서 청년취업 및 일자리 선택과 관련하여 구체적이고 최신의 정보를 얻고자 한다면 매년 발표되는 청년 유망직종과 노동시장의 변화에 대한 전망 등과 관련된 자료들을 꾸준하게 접하는 것이 중요하다. 특히 청년들에 적합한 새로운 전문직종의 개발이 어느 때보다도 적극적으로 추진되고 있기 때문에 전통적으로 좋은 일자리로 인식되는 직종에만 관심을 가지기보다는 미래전망이 긍정적인 직종에 보다 많은 관심을 가지고 정확한 직업정보를 습득하는 것이 성공적으로 취업하는 데 도움이 될 것이다. 아울러, 일자리 정보만으로 취업에 성공하는 것이 현실적으로 어렵기 때문에 희망하는 직종에 대한 정확한 정보를 바탕으로 적합한 직업훈련 경험을 쌓아야 하며, 이를 위해서도 청년들은 유망직종의 직업정보에 대해 꾸준히 탐색해야 한다.

참고문헌

김승보 · 최영섭 · 박인섭(2009), 〈숙련불일치 연구〉, 한국직업능력개발원

방하남 · 김기헌 · 신인철(2011). 〈한국의 직업구조변화와 직업이동 연구〉, 한국노동연구원.

유홍준 · 김월화(2006), “한국직업지위지수: 과거와 현재”, 〈한국사회학〉 40(6): 153~186.

통계청, 〈경제활동인구조사〉, 원자료.

홍두승 · 김병조 · 조동기(1995), 《한국의 직업구조》, 서울대학교 출판부.

Autor, David H. & Frank Levy & Richard J. Murnane(2003). The Skill content of recent technological change: An Empirical investigation, *Quarterly Journal of Economics*, 118(4): 1279. 1333.

Becker, Gary(1991), *A Treatise on the Family*. Harvard University Press.

Ehrenberg, Ronald. & Smith, Christopher(2001), *Modern Labor Economics: Theory and Public Policy*, 5th eds.

Freeman, R. & R. Schettkat(2001), Skill compression, wage differentials, and employment: Germany Versus the U.S. *Oxford Economic Papers*, 53: 582~603.

Oesch, Daniel & Rodriguez Menes, Jorge(2010), Upgrading or polarization? Occupational change in Britain, Germany, Spain and Switzerland, 1990~2008, *MPRA Paper*, 21040, University Library of Munich, Germany.

Richard T. Morris & Raymond J. Murphy(1959), The Situs dimension in occupational structure, *American Sociological Review*, 24(2): 231~239.

11 진로의 선택과 개발

황매향

1. 들어가며

사람들은 살아가면서 여러 가지 선택을 한다. 커피를 한 잔 마시러 커피숍에 들어섰을 때에도 메뉴판에 빼곡히 적힌 다양한 종류의 커피 중 하나를 골라야 한다. 잘 몰라서 "그냥 커피요"라고 말했다가는 망신을 당하기 일쑤다. 그러나 내가 선택한 한 잔의 커피가 나의 인생에 미치는 영향은 미미하다. 반면 인생 전체에 영향을 미칠 만큼 중요한 선택들이 있는데 아마 배우자의 선택과 진로의 선택이 그럴 것이다. 프로이트도 인생은 바로 '일과 사랑'이라고 언급하듯이, '어떤 일을 할 것인가'와 '어떤 사람과 함께 살아갈 것인가'를 결정하는 것은 중요한 문제다. 이 장에서는 '어떤 일을 할 것인가?'의 결정, 즉 진로선택에 대해 알아볼 것이다.

80%를 웃도는 세계 최고의 대학진학률을 기록하고 있는 우리나라의 경우, 대학졸업 후 첫 직장을 결정하는 진로선택이 많은 사람

들의 관심사다. 실제 대학의 선택도 중요한데, 대부분 대학은 개인의 꿈이나 특성보다는 성적이 중요한 준거가 되어 깊이 있는 자기탐색이 없이 결정된다. 이러한 대학 및 학과선택은 대학에서의 진로미결정이나 진로혼란의 문제를 야기하는데, 최근에는 대학 및 학과선택에 대한 비판보다는 발달적으로 당연히 경험하는 문제로 받아들이라는 주장도 나타나고 있다. 이 장은 이러한 배경을 염두에 두고, 현재 한국의 대학생들이 자신의 다음 진로를 결정하기 위해 생각해 보고, 알아보고, 정리해야 할 과제들을 제시하려고 한다.

이를 위해 이 장에서는 진로인식, 진로의사결정, 진로개발이라는 진로의 선택과 개발단계의 핵심적인 세 가지 주제를 '왜 일하는가', '나에게 맞는 직업찾기', '행복한 일꾼'이라는 제목으로 각각 소개하고 있다. '왜 일하는가'에서는 다양한 직업의 의미를 소개하고, 이러한 직업의 의미를 내면화한 자신의 직업관, 즉 직업의식에 대해 점검해 볼 수 있는 내용으로 구성될 것이다. '나에게 맞는 직업찾기'에서는 자신의 꿈을 확인하는 과정과 의사결정의 과정에 대해 소개하면서, 자신이 진정으로 원하는 일을 합리적 과정을 통해 찾아나가는 구체적 실천전략을 다룰 것이다. '행복한 일꾼'에서는 목표설정의 중요성, 일과 다른 역할의 조화, 미래사회에서 요구하는 역량 등의 내용을 통해 변화하는 사회에서 오랫동안 일하고 행복한 삶을 살아가기 위해 무엇을 준비해야 하는지 안내할 것이다. 각 절마다 개별 활동을 포함시켜 학습한 내용을 자신의 진로에 직접 적용해 볼 수 있으니, 자기탐색 활동을 통해 개인적 진로발달의 과제가 성취되기를 기대한다.

2. 왜 일하는가?

1) 직업이란?

많은 사람들은 생계유지에 필요한 돈을 벌기 위해 하는 일을 직업으로 생각하지만, 직업이라는 뜻 속에는 돈을 버는 활동 이외의 의미가 내포되어 있다. 한국직업사전에서는 직업을 '개인이 계속적으로 수행하는 경제 및 사회활동의 종류'라고 정의하고 있고, 직업이란 '생계를 유지하기 위하여 일정한 기간 동안 계속해서 종사하는 일의 종류로 경제적 소득을 얻거나 사회적 가치를 이루기 위해 참여하는 계속적인 활동'이라는 정의가 보편적으로 통용되고 있다. 이러한 직업에 대한 정의를 살펴보면, 직업에는 돈을 벌기 위한 활동이라는 의미 외에 사회활동에 참여하여 사회적 가치를 이룩하는 데 기여한다는 의미가 더 포함된다. 뿐만 아니라 어떤 사람들은 일을 통해 보람과 긍지를 맛보고 만족스런 삶을 살아가는데 이것은 직업을 통해 자신의 욕구를 충족하고 자아실현을 이루어낼 수 있기 때문이다. 이에 따르면 직업에는 개인의 개성발휘와 만족의 수단으로써의 의미도 내포되어 있다.

즉, 직업을 갖는다는 것, 쉽게 표현하여 일을 한다는 것은 돈을 벌기 위한 수단에 지나지 않는 것으로 생각하는 경우가 많지만, 실제 직업은 돈을 버는 것 이외에도 우리에게 중요한 의미를 갖는다. 일반적으로 직업은 한 개인에게 경제적 의미, 사회적 의미, 심리적 의미 등 3가지 의미를 갖는다. 첫째, 경제적 의미는 생계를 유지하고 경제생활이 가능하도록 하는 수단이 된다는 점이다. 많은 사람들이 생각하는 돈을 벌기 위한 수단으로서의 의미라고 할 수 있다. 따라서 사람들은 자신이 일한 만큼 보상을 받고 있다고 느낄 때 만족하고, 그렇지 않을 경우 불만이 생긴다. 둘째, 사회적 의미란 직업을 통해 개인은 자신이 속한 사회의 구성원으로 역할을 할 수 있다는 것이다. 주어진 일을 잘 해냄으로써 사회에 공헌한다. 내가 이 일을 함으로써 '누구에게 도움이 될까?' 또는 '무엇에 도움이 될까?'라는 질문을 스스로에게 던질 때 자신 있게 답할 수 있다면 이 부분이 충족되고 있는 것이다. 셋째, 심리적 의미에서 직업은 개인의 자아실현을 이루는 데 도움을 주어야 한다. 사람은 자신이 원하는 일을 하면서 자신의 가치를 발견할 수 있고 그 일을 통해 자신이 성장하는 것을 느낄 수 있다. 아무리 일을 해도 흥이 나지 않고 무료함을 느껴 왜 사는지 그 의미를 찾을 수 없다면 현재 하는 일은 자신의 직업으로 부적합하다고 할 수 있다.

직업이 무엇을 의미하는지 정확하게 이해하기 위해서는 어떤 일을 직업이라고 명명하는지, 즉 직업이라는 일의 속성을 알아야 한다. 첫째, 직업은 수입이 수반되는 일이어야 한다. 많은 사람들이 돈을 벌기 위해 하는 일이 직업으로 알고 있듯이 돈을 벌 수 없는 일은 직업에 포함시키지 않는다. 직업으로 명명되지 않는 일의 대표적인 예는 주부의 가사노동이다. 반대로 수입은 창출하지만 육체적·정신적 노동이 따르지 않는 이자소득의 경우도 직업이라고 명명하지 않는다. 무엇인가를 이루기 위해 육체적으로나 정신적으로 노동하지 않는다면 그 자체를 일이라고 명명할 수 없고, 따라서 직업에도 포함되지 않는다. 또한 직업의 중요한 의미 중 하나는 위와 같은 목적을 가지고 계속적으로 수행하는 활동이라는 점이다. 직업이란 일시적으로 어떤 일을 하는 것이 아니라 매일, 매주, 매월 지속적으로 하는 일을 뜻한다. 따라서 다음과 같은 활동은 수입 수반, 노동행위 수반, 계속성 등의 조건을 갖추지 못해 직업에 포함되지 않는다(김봉환 외, 2008).

- 이자 · 주식배당 · 임대료 · 소작표 · 권리금 등과 같은 재산수입을 얻는 경우
- 연금법이나 사회보장에 의한 수입을 얻는 경우
- 경마 등에 의한 배당금의 수입을 얻는 경우
- 보험금 수취 · 차용 또는 자기 소유의 토지나 주권을 매각하여 수입을 얻는 경우
- 자기 집에서 가사에 종사하는 경우
- 정규 주간교육기관에 재학하고 있는 경우
- 법률 위반행위나 법률에 의한 강제노동을 하는 경우

직업과 유사한 의미를 갖는 용어들이 있는데, 이를 구분해 보면 직업이 무엇을 의미하는가가 보다 명료해진다. 직업을 수행해 나가는 가장 작은 일의 단위인 직무부터 일과 관련된 전생애의 여정을 일컫는 진로까지 유사 용어들의 정의를 정리해 보면 이해가 쉽다.

여기에서 한 가지 짚어볼 점은 최근에는 직업이라는 개념보다 진로라는 개념으로 자신의 일에 접근한다는 점이다. 진로란 영어의 career에 해당하는 말로 직업과 관련하여 가장 광범위하게 사용되는 용어다. 영어를 그대로 읽어 '커리어'라고 명명하기도 하고 경험의 축적을 강조하는 의미에서 '경력'이라고도 한다. 진로란 일생 동안 일과 관련해서 경험하고 거쳐 가는 모든 체험으로 정의되는데, '요람에서 무덤까지'라는 비유를 사용하기도 한다. 예전에는 성인이 되어 한 직업에 입문하면 은퇴할 때까지 계속 종사하고 은퇴 이후에는 휴식을 하며 생애 마감을 준비한다는 것으로 생각했다.

직업과 유사한 용어

- 직무(job): 어떤 직업에서 수행되는 구체적 일의 내용으로 생산활동을 위해 계속적으로 수행되도록 설정, 교육, 훈련된 업무.
- 직업(occupation): 일반적으로 보수를 받는 것을 전제하는 일로 계속적으로 수행하는 경제 및 사회활동이며 동일하거나 유사한 직무의 집합체.
- 천직(vocation): 창조주(조물주)로부터 소명받은 것(즉, 선천적으로 타고난 재능)을 실천하는 사회적 활동.
- 일(work): 무엇을 이루려고 몸이나 정신을 쓰는 활동.
- 진로(또는 경력, career): 일생 동안 일과 관련해서 경험하고 거쳐 가는 모든 체험들로 생애의 모든 단계에서 쌓아가야 할 행로.

즉, 생애 속에서 일이란 바로 개인이 갖는 직업을 의미했다. 그러나 최근에는 평생직업이라는 개념이 사라지고 있을 만큼 노동시장이 유연해지고, 수명의 연장으로 은퇴 이후에도 많은 시간이 남아있기 때문에, 어떤 한 직업에 종사하는 것만을 자신의 일이라고 볼 수 없다. 따라서 일과 관련된 생애 전체를 조망하면서 꾸준히 준비하고 참여하고, 이동하고, 전진하는 과정을 반복하는 전생애적 관점의 진로라는 개념이 더욱 필요하다.

2) 직업의식

앞서 살펴봤듯이 직업이 다양한 의미를 내포하고 있기 때문에 직업을 무엇이라고 생각하는가에 대해 서로 다른 생각들을 갖게 되는데, 이와 같이 직업에 대한 개인의 서로 다른 생각을 직업의식 또는 직업관이라고 한다. 그리고 그중 직업에서 무엇을 가장 중요하게 생각하는가를 직업관이라고 명명하기도 한다. 직업을 바라보는 다양한 관점 가운데 가장 대표적인 예는 생업으로서의 직업관, 신분과 사회적 지위로서의 직업관, 소명으로서의 직업관, 자아실현의 수단으로서의 직업관 등이다.

직업에 대한 개인의 태도와 가치관을 나타내는 직업의식은 개인에 따라 차이가 있지만, 같은 시대를 살아가는 사람들끼리 공유하는 부분도 있다. 또한 직업의식은 사회·경제적 상황의 발달과 변화와 함께 달라지기 때문에 세대차도 존재할 수 있다. 사회변화와 함께 직업관이 어떤 변천과정을 거쳐 왔는지 살펴보면서 미래의 직업관을 예측해 볼 수 있고, 나아가 앞으로 직업세계로 나아갈 개인들이 어떤 직업의식을 갖추어야 할지에 대해 이해할 수 있다.

아주 옛날 사람들은 직업을 무엇이라고 생각했을까? 인류가 처음 지구상에서의 삶을 시작했을 때도 직업이 존재했을까? 인간의 삶의 모습이 어떠했는지에 대한 정보는 인류가 정착생활을 시작했을 때부터이다. 그 당시는 수렵과 채집에 의존한 생활이었고 남성과 여성에게 주어진 역할분담 정도가 직업이라고 할 수 있는데, 그 당시를 살았던 사람들에게 직업의 개념이 존재했을 리 없다. 인간의 삶의 단위가 커지면서 각자가 다른 일을 맡는 것이 효율적이라는 개념이 생기고 직업이라는 것이 등장했다. 국가라는 큰 조직이 구성되면서 더 확실한 역할 구분이 시작되었는데, 당시의 직분은 모두 대대로 승계되는 신분과 밀접히 관련되었다. 왕의 아들은 왕이 되고, 대장장이의 아들은 대장장이가 되었다. 살아가기 위해서는 주어진 어떤 일이든 해야 한다는 의미에서 생업으로서의 직업관도 가졌을 것이고, 무슨 일을 하는가가 자신의 신분을 나타내 준다는 의미에서 신분과 사회적 지위로서의 직업관은 신분제도가 지속되는 동안 계속

이어졌다. 뿐만 아니라 이 당시 직업은 태어나면서부터 주어지는 것으로 여겨져 소명으로서의 직업관도 함께 있었을 것이다. 즉, '하늘이 내린 일' 또는 '신이 정한 일' 등의 생각을 했을 것이다.

근대사회가 등장하면서 신분제도가 무너지자 이제 더 이상 아버지가 하던 일을 대물림하지 않아도 되는 세상이 도래했지만 하는 일에 있어서의 획기적 변화는 일부에 머물렀다. 대량생산이라는 산업화의 전개는 혁명이라 일컬어질 만큼 커다란 사회변화를 초래하는데, 직업세계의 변화가 그 중심에 있다. 기계조작을 비롯하여 지금까지 없던 일(직무, 역할)이 생기면서 부모로부터 세습되던 일에서 벗어나 새로운 일을 할 수 있게 되었다. 또한 대량생산이라는 효율적인 방식이 도입되면서 부모가 하고 있던 일이 없어진 경우도 있어 부득이 새로운 직업을 찾아나서야 하는 사람들도 많았다. 태어나면서부터 자신에게 주어진 일을 무조건 해야 하던 시대에서 스스로 자신이 할 일을 정하는 새로운 시대가 시작된 것이다. 이때부터 사람들은 직업이 무엇인가에 대한 생각을 하기 시작했고, 어떤 직업을 선택할 것인가를 고민하기 시작했다.

자유롭게 자신이 원하는 직업을 선택할 수 있게 되면서 성인이 된다는 것의 의미는 직업을 갖는 것이고, 그것은 곧 부모로부터의 독립을 의미했다. 직업이 주는 경제적 의미가 그 어느 때보다 강력해진 시기라고 할 수 있다. 이 시기에는 직업을 생업으로 여기는 생업으로서의 직업관을 가진 사람들이 많았다. 1960~70년대의 우리나라 상황을 생각해 보면 가장 잘 이해할 수 있을 것이다. 또한 이 시기에는 성인이 되면서 선택한 직업에 평생 종사하는 것이 특징이었다. 따라서 한 번 진입하면 바뀔 수 없다는 면에서 어느 정도는 소명이라고까지 생각하기도 했고, 자신의 직업이 사회에서 차지하는 지위의 높고 낮음에 따라 계층이 정해지는 경향 때문에 신분이나 사회적 지위로서의 직업관도 여전히 남아 있었다.

경제발전을 이룬 국가들은 모든 국민들의 생계유지 보장을 표방하게 되고 각 개인이 경제적으로 풍요해지면서, 생계유지를 위한 목적으로의 직업에 대한 시각이 변화하기 시작했다. 일을 한다면 어떤 일을 할 것인가에 대한 질문에 '나는 왜 일을 하는가', '나에게 맞는 일은 무엇일까', '일을 통해 내가 이루고자 하는 것이 무엇인가'라는 질문을 추가하기 시작한 것이다. 즉, 자아실현의 수단으로서의 직업관이 확대되는 시기라고 할 수 있고, 지금 우리나라는 이 단계에 와 있다.

사회는 급속도로 변화하면서 일의 세계도 하루가 다르게 변화하는 가운데, 노동시장은 전문화, 다각화, 유연화, 세계화의 방향으로 변화하기 시작했다. 그 가운데 직업을 무엇으로 바라볼 것인가에 대한 관점도 혼재되어 각자가 직업을 어떻게 바라보고 있는가를 명료화하지 않으면 혼란에 빠지기 쉽다. '뭐니 뭐니 해도 돈이 최고지', '누구라도 알아주는 일을 해야지', '너만이 할 수 있는 일을 찾아야지', '네가 원하는 삶을 추구해야지' 등에 모두 흔들리게 되는 것이다. 뿐만 아니라 '유행하는' 직업의 영향은 직업선택과 적응을 더 힘들게 한다. 따라서 지금은 어떤 직업을 선택할 것인가의 과제를 풀기 전에 직업을 무엇이라고 생각하는가, 무엇을 위해 일을 하고 싶은가, 일이 얼마나 중요한가 등에 대한 자신의 생각을 분명히 해야 하는 시기이다.

우리 사회에 가장 유행하는 직업관 중 많은 사람을 불행에 빠뜨리는 것은 돈을 중시하는 경향이다. 직업이 개인에게 주는 의미에 대한 설명을 들은 사람들은 가끔 '돈을 벌기 위해 직업을 갖는 것인데

우리 사회의 그릇된 직업관

1. 일을 천시하는 경향

아직도 우리 사회에는 일을 천시하거나 싫어하는 풍조가 남아 있다. 그러나 현대사회에 있어서 일이란 부를 창조하는 원천이며, 직업은 생계의 수단이자 사회에 봉사와 자아실현의 수단으로써 그 중요성이 더욱 증대되고 있다.

2. 사무 및 관리직에 대한 지나친 선호경향

예로부터 선비 의식과 인문 숭상의 전통이 강했던 우리나라의 경우 아직도 화이트칼라에 대한 편견이 진로선택에 장애요소로 작용한다. 그러나 현대사회는 고도의 과학과 기술의 발달로 인한 전문화의 시대로 점차 직업의 평등화가 이루어지고 있다.

3. 일류대학이 출세라는 의식

일류대학 출신은 모두 빠짐없이 입신출세하였는가? 사실 우리 사회는 인물을 평가하는 데에 어느 학교 출신인가가 중요하게 작용해 왔다. 그러나 앞으로의 사회는 더욱 전문화 · 다양화됨에 따라 어느 학교 출신인가보다는 무엇을 배웠고, 어떤 일을 얼마만큼 할 수 있느냐가 출세의 관건이 될 것이다.

4. 부모가 선호하는 직업을 선택하길 강요하는 경향

부모들은 자신이 선호하는 직업에 자녀가 종사하기 바란다. 이는 자녀의 인생보다는 부모 자신이 자녀를 통해서 어떤 보상을 받으려는 심리라 할 수 있다.

5. 유행을 따르는 직업의식

최근에 나타나는 현상이지만 자신의 흥미나 적성보다는 유행처럼 특정 직업에 지나치게 집착하는 경향이 있다.

6. 남성, 여성의 성 고정관념으로 인한 편견에 사로잡힌 직업관

우리 사회는 아직까지도 남성과 여성이 해야 할 일을 지나치게 규정하는 전통이 있어 직업에 대한 성별 편견이 많이 남아 있다.

출처: 〈CDP-H Career Development Program 교사용 매뉴얼〉, 한국고용정보원, p.146.

돈만 많이 벌면 되지 왜 다른 의미까지 생각해야 하느냐'는 질문을 한다. 거기에 대한 가장 간단한 답은 돈만으로는 인간이 행복해질 수 없기 때문이라는 것이다. 돈 자체는 목적이 될 수 없고, 돈도 분명 무엇인가를 위한 수단이라는 데에는 대부분이 동의할 것이다. 무엇을 위해 돈을 벌고 돈을 쓰는가? 아마 좀더 행복해지기 위해서가 아닐까? 돈은 분명 인간의 행복을 위해 필요한 요소이다. 어느 정도의 절대적인 수치는 인간의 행복에 필수적이기도 하다. 그러나 돈만으로 인간은 행복해지기 어렵다는 점에 주목할 필요가 있는데, 그것은 인간에게는 돈으로는 채우기 어려운 중요한 욕구가 있기 때문이다.

3. 나에게 맞는 직업찾기

1) 나의 꿈을 이루어줄 일

우리나라 대부분의 대학생들은 고등학교까지 대학을 목표로 달려오면서 자기 꿈을 상실하고 무엇을 해야 할지 모른다. 이럴 때는 '무슨 직업을 가질 것인가보다 어떤 삶을 살 것인가를 먼저 정하자'고 생각하는 것이 바람직하다. 지금까지 우리가 해왔던 것처럼 직업의 이름으로 꿈을 명명하기보다 어떤 삶을 살고 싶은지의 내용으로 꿈을 정의해 보는 것이다. 그러나 대부분의 사람들은 "어떻게 살기를 원하나요?"라는 질문을 받을 때 바로 답하지 못한다. 당혹스럽기도 하고, 혼란스럽기도 하고, 아득하기도 하다. 쉽게 답을 구할 수 없을 것 같아 도망가고 싶은 질문이다. 그래서 지금까지 우리는 계속 도망친 것인지도 모르겠다. 다음에 소개하는 방법들은 무엇을 해야 할지 모르는 사람들에게 삶의 방향을 정해주는 데 도움이 되는 활동들이다.

첫째, 자신의 역할모델을 찾기 위해 노력한다. 사람들은 다른 사람이 살아가는 것을 보면서 '저 사람처럼 살면 행복할 거야', '나도 저렇게 살 수 있을까?', '나도 저런 사람이 되어야지'라는 생각을 하곤 한다. 지금까지 어떤 사람들을 보면서 그런 생각들을 했었는지 그 사람들의 목록부터 만들어 보자. 그리고 그 사람들의 어떤 점들을 닮고 싶었는지 구체적으로 적어보는 것이다. 지금까지 그런 사람이 별로 없었다면 지금부터 찾아보는 노력을 할 수 있다. 자신의 역할모델을 찾기 위해서는 먼저 주변사람들을 보다 면밀히 관찰할 필요가 있다. 그리고 보다 많은 모델을 보기 위해 생활영역을 넓히고, 경험의 폭을 확대해 나가는 것도 하나의 방법이다. 예를 들면, 여행, 봉사, 동아리, 독서 등이 좋은 활동이다. 가능한 다양한 곳에서 다양한 사람들의 삶을 바라보면서 '다른 사람들은 어떻게 살아가고 있나'를 관찰하다 보면 자신의 역할모델을 찾게 된다.

둘째, '나는 누구인가?'라는 제목으로 일기쓰기 또한 꿈 찾기의 좋은 방법이다. 일기를 통해 자기 내면세계로의 여행을 시작하는 것이다. 매일매일 내가 누구인가에 대한 답을 찾는 글을 쓰는데, 처음부터 길게 쓸 필요는 없다. 현재의 나에 대해 쓰기가 어려운 사람은 이전의 나의 모습부터 시작하는 것도 방법이다. 자신의 자서전을 쓰듯이 내가 어떤 사람으로 자라왔는지를 써내려간다. 간단하게 자신이 좋아하는 것과 싫어하는 것의 목록을 적어보는 것도 출발점으로 나쁘지 않다. 그리고 그것들을 왜 좋아하는지, 왜 싫어하는지 하나하나 적어가면서 자신을 발견할 수 있다. 이렇게 자신에 대한 이해가 깊어지면 자신이 어떤 삶을 살고 싶은지에 대한 답도 얻게 된다.

셋째, 나에게 중요한 사람들의 기대를 들어보자. 가족, 친구, 이성친구(또는 배우자), 동료들은 나에 대해 가장 잘 알고 있는 사람들이다. 그들이 '내가 어떤 삶을 살 것'이라고 기대하는지는 때로 짐이 되기도 하지만, 내가 살고자 하는 삶을 안내하기도 한다. 그들의 기대가 어떤지 먼저 적어보면서 자신이 그들의 기대에 대해 어떤 생각을 가지고 있는지부터 정리한다. 다음으로 가족이나 친구에게 내가 어떤 삶을 살게 되기를 바라는지, 또는 어떻게 살아갈 것이라고 예상하는지 직접 물어본다. 평소에 이런 이야기를 잘 나누지 않기 때문에 얘기를 꺼내기도 어렵고, 질문을 받는 상대방도 조금은 어색해할 수 있다. 그러나 우리의 장래를 위해 매우 중요한 일이라면 그 정도의 불편함은 극복할 수 있을 것이다. 때로는 그들의 기대에 대해 잘못 알고 있을 때도 있고, 기대에 대한 부담을 덜 기회가 되기도 하고, 자신의 미래에 대한 좋은 대안을 제안받을 수도 있다. 나아가 그들과 더 친밀한 관계를 맺게 될 것이다.

넷째, 자신의 미래상을 그려보면서 꿈을 찾을 수 있다. 5년 후의 나의 모습, 10년, 20년 후의 나의 모습 또는 30세, 40세를 맞는 나의 모습, 자녀를 키우는 나의 모습, 죽음을 맞이하는 나의 모습 등 미래의 나를 상상해 보는 것이다. 가정, 직장, 여행지 등 여러 장면에서의 나에 대해서도 상상해 본다. 여러 연령과 여러 장면에서 각각 나는 어떤 활동을 하고 있고, 어떤 사람들과 함께 있고, 어떤 생각을 하고 있고, 또 어떤 느낌일까를 상상해 보고, 상상한 내용을 적는다. 물론 이 많은 것을 한꺼번에 할 수는 없으므로, 틈틈이 조금씩 상상해 보고 적어보면서 나의 미래에 대한 나의 바람이 구체화되어 갈 것이다.[1]

1 부록 1_꿈을 찾는 활동(378쪽)을 참조할 것.

2) 후회 없는 결정

진로에 있어 의사결정은 매우 중요한 과정이다. 전통적으로 진로와 관련된 의사결정이라고 하면, 고등학교나 대학교를 졸업할 때 어떤 직업을 가질 것인가를 정하는 것으로 여겨져 왔다. 처음 직업을 갖게 되는 것, 즉 입직(入職)은 진로에서 가장 중요하고 핵심적인 일이고, 이때의 결정은 전체 인생에 큰 영향을 미치게 된다. 그러나 조금만 더 깊이 들여다보면, 자신의 첫 직업을 선택하기 이전에도 이와 관련된 많은 결정을 했고, 그 이후에도 결정의 과정은 계속된다.

우리나라 사람들이 공통적으로 느끼는 중요한 진로관련 의사결정의 시기를 보면 다음과 같은 중요한 단계들이 있다. 먼저, 예체능 쪽을 계속할 것인가의 여부는 초등학교 시기부터 결정에 대한 부담감을 갖는다. 학교체제가 다양해지면서 중학교나 고등학교 진학을 앞두고 어떤 중·고등학교에 진학할 것인지를 결정해야 하는 경우도 있다. 인문계 고등학교로 진학한 학생들은 고등학교 1학년말이 되면 계열을 선택해야 한다. 그리고 전문계 고등학교로 진학한 학생들은 졸업 후의 진학과 취업을 미리 결정하고 서로 다른 교과과정을 이수하게 된다. 이러한 공교육체제 내에서의 선택만이 아니라 조기유학이나 장·단기 어학연수, 대안학교 등을 고려하는 경우 또 다른 결정의 단계들을 거친다.

무엇보다 많은 사람들이 결정할 수밖에 없는 상황은 자신이 진학할 대학 및 학과를 선택하는 것이다. 대학진학률이 80%를 넘는 현재의 우리 현실을 볼 때 거의 모든 사람들이 이 결정에 참여한다고 볼 수 있다. 예전에는 대학입학 당시에 학과를 결정하기 때문에 대학에 들어오고 나면, 졸업을 할 때까지 크게 결정할 일이 별로 없었다. 그러나 최근에는 학부제가 생기고 복수전공 · 부전공 · 전과 · 편입 등 대학 내 학과이동이 유연해지면서 대학에 입학한 이후에도 여러 가지 결정을 할 수밖에 없다. 또한 취업난이 심각해지면서 빨리 결정하고 빨리 준비해야 한다는 불안감도 높아지고 있다. 남학생들의 경우는 군입대를 언제 할 것인가라는 중요한 결정이 한 가지 더 기다리고 있다. 이와 같이 취업을 위한 선택 이전에도 수없이 많은 중요한 의사결정의 과정을 거치게 되고, 각 의사결정들은 서로 관련되면서 영향을 주고받는다. 따라서 이전에 했던 많은 의사결정의 결과 현재의 자리에 있다는 점을 알고 있어야 또다시 당면한 결정을 잘 할 수 있다.

앞으로 후회하지 않는 결정을 내리기 위해서는 조금 어려운 내용이지만 의사결정의 중요한 원리들에 대해 알아야 한다. 진로의사결정 이론의 선구자라 불리는 티드만(Tiedeman)과 오하라(O' Hara)는 의사결정단계를 "탐색 ⇒ 구체화 ⇒ 선택 ⇒ 명료화 ⇒ 적응"의 다섯 단계로 구분하여 제안한다. 많은 사람들이 선택만이 의사결정의 전부인 것처럼 좋은 선택을 하기를 원하지만, 좋은 선택은 그 이전 단계인 탐색과 구체화가 잘 되어야 가능하고, 그 이후 단계인 명료화와 적응에 의해 정말 좋은 선택이었음이 입증된다. 이러한 의사결정의 단계는 어떤 특정한 시기의 특정한 진로관련 의사결정과도 관련될 뿐만 아니라 전생애를 통해 밟아가는 과정이기도 하다.

(1) 탐색단계

먼저, 탐색단계는 의사결정의 첫 번째 단계로 전체 의사결정 과정의 기초가 되는 중요한 단계임에도 불구하고 시간이 부족하다는 이유로 소홀하기 쉽다. 그러나 결정을 내리기 위해 정보를 수집하는 탐색단계를 제대로 거치지 않으면 이후 결정이 어려워지거나 결정에 대해 후회하는 일이 많아진다.

탐색단계는 무엇보다 자기탐색에서부터 시작한다. 어떤 것을 좋아하는지, 어떤 것을 중요하다고 느끼는지, 어떤 것을 더 잘 하는지, 주변의 기대는 어떤지 등에 대해 탐색한다. 앞서 설명한 자신의 꿈을 찾기 위한 노력은 이러한 자기탐색의 한 가지 방법이다. 자신에 대해 알아가기 위해서는 많은 노력과 시간을 기울여야 하지만, 때로는 조금 더 효율적인 방법으로 자신을 파악해야 할 때가 있다. 이때는 진로심리검사를 활용하여 자신의 특성을 알아보면 도움이 된다. 각 대학의 경력개발센터, 상담센터, 지역사회의 고용센터에서 대부분 무료로 검사를 받아볼 수 있고, 워크넷(worknet, www.work. go.kr)을 통해서는 온라인 검사를 받아볼 수도 있다. 진로와 관련된 자신의 특성을 알아볼 수 있는 온라인 검사를 정리하면 〈표 11-1〉과 같다.

자기탐색의 다음 단계는 직업정보탐색이다. 자신이 지향할 수 있는 대안들을 전부 고려해 보고, 각 대안에 대해 자신이 과연 밀고 나갈 만한 능력과 여건을 갖추고 있는지 자신을 예비평가해 본다. 아울러 각 대안이 충분한 가치를 지녔는지, 어떤 장점과 단점이 있는지 알아본다. 많은 사람들이 성공적인 직업선택의 과정을 지피지기 백전백승(知彼知己 百戰百勝)이라는 병술로 표현한다. '적을 알고 나를 알면 백 번 싸워도 백 번 다 이긴다'는 의미로 직업선택에서 자신에게 맞는 직업을 선택하기 위해 자신의 특성만 고려할 것이 아니라 '적', 즉 직업세계의 특성을 잘 파악해야 한다는 점을 강조하는 말이다. 자신이 관심을 가지고 있는 직업에 대한 정보를 찾기 위해서는 가능한 한 다양하고 정확한 정보원을 활용해야 한다. 심리검사 부분에서 소개한 워크넷은 고용노동부에서 구축한 사이버공간으로 구직-구인을 연결해 주는 일자리 정보에서부터 한국직업사전이나 한국직업전망과 같이 다양한 직업관련 정보를 제공해 주는 곳이다.

또한 이러한 객관적인 정보만이 아니라 그 직업에 종사하고 있는 사람을 만나 직접 물어보거나 일을 하는 현장에 가서 관찰하거나 실제 일에 참여해 보는 것 등을 통해 정말 자신에게 맞는 일인지를 판단해 보아야 한다.

〈표 11-1〉 온라인 진로심리검사 목록

영역	검사명	내용	제공처
직업적성	성인용 직업적성검사	16개 하위검사로 11개 적성요인 측정 언어력, 수리력, 추리력, 공간지각력, 사물지각력, 상황판단력, 기계능력, 집중력, 색채지각력, 사고유창력, 협응능력	워크넷
직업흥미	홀랜드 적성탐색검사	6개의 직업적 성격유형[(실재형(R), 탐구형(I), 예술형(A), 사회형(S), 기업형(E), 관습형(C)]을 측정	한국가이던스
	스트롱 직업흥미검사	일반직업분류(GOT): RIASEC 측정 기본흥미척도(BIS): 25개 세부척도가 GOT하에 배치 개인특성척도(PSS): 업무유형, 학습유형, 리더십유형, 모험심유형	어세스타
	직업선호도검사	활동, 유능성, 직업, 선호분야, 일반성향 등 5개의 하위영역의 평가를 통해 6개 흥미유형(RIASEC) 제시	워크넷
직업가치	직업가치관검사	13개 하위요인 프로파일에 적합한 직업군 제시: 성취, 봉사, 개별활동, 직업안정, 변화지향, 몸과 마음의 여유, 영향력 발휘, 지식추구, 애국, 자율성, 금전적 보상, 인정, 실내활동	워크넷
	직업가치관검사	11개 직업가치목록 제시: 능력 발휘, 다양성, 보수, 안정성, 사회적 인정, 지도력 발휘, 더불어 일함, 사회봉사, 발전성, 창의성, 자율성	커리어넷

(2) 구체화단계

다음 구체화단계에서는 자신이 나아갈 수 있는 여러 개의 방향(즉, 목적) 및 각 방향을 취했을 때 나타날 수 있는 결과를 충분히 고려하고, 또한 자기의 가치관이나 목적 및 실용성에 비추어 적합한 어느 하나를 밀고 나갈 준비를 한다. 이때가 되어야 어느 한 가지를 선택할 수 있는데, 이런 탐색과 구체화를 거친다고 해서 나에게 완벽하게 맞는 대안을 선택했다고 장담할 수는 없다. '나에게 완벽하게 맞는 진로'라는 것은 사실 존재하지 않고, 그런 것을 찾고 있다면 그것은 진로에 대한 비합리적 신념(진로미신)에 사로잡혀 있는 것이다.

구체화단계에서 해야 할 가장 중요한 일은 현재 자신에게 주어진 대안에는 어떤 것들이 있고, 그 특성들이 서로 어떠한가에 대한 구체적이고 현실적인 정보를 확보하는 것이다. 뿐만 아니라 자신이 바라는 진로대안들의 특성이 어떠해야 하는가에 대해서도 명확한 그림을 가져야 하는데, 어떤 점들이 중요하고 또 각각 얼마나 중요한지 알아야 한다.

(3) 선택단계

이제 구체화단계를 통해 명확해진 진로의 청사진을 가지고 자신에게 맞는 진로대안 한 가지를 선택하는 단계로 넘어간다. 선택의 과정은 포기의 과정이라고 해도 과언이 아니다. 마치 일상생활에서 내리는 수많은 결정들처럼 진로에서의 의사결정도 자신이 원하는 것을 모두 충족시켜주지 못한다. 예를 들면, 날씨가 추워져 따뜻한 스웨터를 하나 사고 싶을 때, 색상, 디자인, 소재, 가격, 기능, 세탁방법, 크기 등에서 어느 한 가지도 빼놓지 않고 내 마음에 드는 것으로 사려고 한다면 아마 아무것도 사지 못할 것이다. 대부분의 사람들은 한두 가지는 마음에 들지 않지만, 나머지가 마음에 들면 그것을 구매한다.

이와 같이 진로선택에서도 자신이 원하는 모든 것을 충족시키는 대안을 찾을 수 없다. 흥미, 적성, 능력, 가치 등 자신의 특성과도 잘 맞으면서, 자율성, 돈, 휴가, 근무환경, 사회적 지위, 사회봉사 등 모든 요구를 충족시켜주는 직업은 존재하지 않는다. 몇 가지를 만족시켜 준다면 나머지는 내가 포기해야 하는 부분이다. 즉, '최고의 선택'이란 거의 불가능하기 때문에 '최선의 선택'(*good enough*)을 해야 하는 것이다. 이 과정을 타협의 과정이라고 부르고, 보다 합리적인 타협을 하기 위해 진로대안의 장점과 단점을 비교·분석해야 한다. 가장 간단하게는 각 진로대안에 대해 장점과 단점의 목록을 작성해 보고 서로 비교해 보는 것이다. 또한 진로대차대조표 작성을 통해 여러 개의 진로대안의 특성을 한눈에 비교해 볼 수도 있다.[2]

(4) 명료화단계

어떤 한 가지 대안을 선택한 다음에는 그 선택에 대한 명료화단계로 넘어간다. 어떤 선택에서든 누구나 최고의 선택이 아닌 최선의 선택을 하게 되기 때문에 선택 이후의 과정이 그 선택을 잘한 선택으로 만들기도 하고 잘못된 선택으로 만들기도 한다. 지금 한 선택이 잘된 선택이 되도록 하는 것 역시 자신의 책임이다. 이를 위해 먼저 해야 할 일은 내가 무엇을 선택했는가에 대한 명료화를 하는 것이다. 이미 내린 선택을 보다 신중히 분석·검토해 보고 미흡한 점이나 의심스러운 사항이 있을 때는 이를 명확히 한다. 어떻게 실천할

2 부록 2_합리적 의사결정 연습(380쪽)을 참조할 것.

것인지 계획을 세우고 앞으로 예상되는 어려움에 대해서도 대책을 세운다. 이 과정을 거치게 되면 적응이 좀더 수월해진다.

앞서 연습한 합리적 의사결정 과정을 이미 선택한 대안에 적용해 보면서 자신의 선택을 보다 명료화할 수도 있다. 어떤 다른 대안들을 고려했고, 그 대안들에 비해 내가 선택한 대안은 어떤 면에서 강점이 있으며 어떤 면에서 약점이 있는지 다시 한 번 확인할 수 있는 방법이다. 생각에 머물기보다는 직접 표로 정리하면 더욱 분명히 할 수 있고, 이를 통해 앞으로 어떤 점 때문에 힘들 것인가도 예상할 수 있다.

(5) 적응단계

자신이 선택한 것에 잘 적응해 나가는 적응단계는 선택의 성패를 좌우하는 중요한 단계다. 적응이란 새로운 상황, 이를테면 학교나 직장에 들어가서 인정과 승인을 받기 위해 노력하는 과정이다. 새로운 집단이나 조직의 요구 또는 풍토에 적응하기 위해 자신의 어떤 부분을 수정하거나 아예 버리기도 한다. 즉, 새로운 상황의 요구에 대해서 수용적인 태도를 갖는 것이다. 어려움이 생기면 내가 혹시 잘못 선택한 것은 아닐까 의구심을 갖기 쉽다. 특히 내가 선택한 영역에서 성과를 내지 못할 때 더욱 그렇다. '축구를 포기하고 공부를 하기로 한 게 정말 잘한 걸까?', '특목고를 오고 보니 내신이 문제네', '이과를 갔으면 더 나았을 걸', '전공이 내 적성에 맞지 않나봐', '이 회사는 나랑 잘 안 맞아', '이런 일 하려고 대기업에 들어온 게 아닌데', '그냥 친구들처럼 공무원 시험이나 볼 걸', '인턴으로 일했던 회사에 갈 걸', '지난번 다니던 회사가 더 나았던 것 같아', '결혼하면서 일을 그만두지 말았어야 했는데', '지사로 갈 기회가 있을 때 갔어야 하는 건데' 등. 이런 의문이 들 때는 결정을 잘못했다고 후회하기보다는 좀더 적응을 잘 하기 위해 노력해 보는 것이 일차적으로 해야 할 일이다. 의구심이나 후회 때문에 진로를 변경하는 경우 다른 분야에서도 동일한 고민을 하게 되는 경우가 많다.

4. 행복한 일꾼

1) 목표를 가진 사람이 성공한다.

삶의 주인공이 되어 진정한 자신의 가치를 발휘하기 위해 인생을 어떻게 설계해 나갈 것인가? 무엇보다 먼저 해야 할 일은 삶의 목표를 정하고 그에 따르는 실천을 해 나가는 것이다. 인생목표를 정하는 것이 사람들의 생활에 변화를 준다는 것을 잘 알면서도 실제로 목표를 설정하는 사람은 매우 드물다. 이미 목표를 가지고 있다고 하는 사람의 목표를 들어 보아도 '행복해지고 싶다', '돈을 많이 벌고 싶다', '행복한 가정을 이루고 싶다'와 같이 추상적인 소망에 불과하다. 목표는 소망과 다르기 때문에 명확하고 구체적으로 기록해야 하고 다른 사람에게 언제든지 쉽게 설명할 수 있으며 성취 여부를 측정할 수 있는 것이어야 한다. 그러나 그런 목표를 가지고 있는 사람은 드물고 그래서 성공한 사람도 드물다. 다음은 목표설정이 얼마나 중요한지를 일깨워주는 잘 알려진 일화 중 하나다.

1979년 하버드 경영대학원 졸업생들에게 "명확한 장래목표를 설정하고, 기록한 다음 그것을 성취하기 위한 계획을 세웠는가?"라는 질문을 해보았더니 졸업생의 3%만이 목표와 계획을 세웠다고 하였다. 나머지 13%는 목표는 있었지만 그것을 종이에 직접 기록하지는 않았고, 나머지 84%는 학교를 졸업하고, 여름휴가를 즐기겠다는 것 이외에는 구체적인 목표가 전혀 없었다고 답하였다. 10년 후인 1989년 연구자들이 이들을 다시 만나보았다. 목표는 있었지만 그것을 기록하지 않았던 13%는 목표가 전혀 없었던 84%의 학생들보다 평균적으로 2배의 수입을 올리고 있었고, 명확한 목표를 기록했던 3%는 나머지 졸업생보다 평균 10배의 수입을 올리고 있었다. 그들 사이의 유일한 차이는 졸업할 때 얼마나 명료한 목표를 세웠으며, 이것을 글로 적었는가 하는 점이다.

그렇다면, 목표를 어떻게 세워야 하는가? 다음의 목표설정 원리를 적용하여 자신이 목표를 갖게 된다면 성공적인 삶으로 나아갈 수 있을 것이다.

먼저, 성공한 사람들의 사례를 통해 그들이 어떻게 목표를 세웠는가를 살펴본다. 산에 올라갈 때, 먼저 산을 올라갔다가 내려오는 사람에게 정상이 얼마나 남았는지, 어떻게 가야 하는지를 물으면 정확한 답을 들을 수 있다. 그들이 어떤 과정을 통해 그런 위치에 도달하였는지 알 수 있다면 자신의 목표점에 도달하는 것이 한결 쉬울 것이다. 성공한 사람들의 사례를 통해 그들이 어떻게 목표를 세웠는가를 살펴봄으로써 무엇에 집중하고, 어디로 향해야 하는가를 배울 수 있다. 그러나 다른 사람들의 목표설정 방법을 그대로 따라 할 수는 없다. 개인의 목표는 자신의 욕구, 가치, 경험에서 생기는 고유한 것이기 때문에 자신의 강점이나 능력을 정확히 평가하는 것이 중요하다.

둘째, 장기목표를 달성하기 위한 단기목표를 세운다. 목표는 언제 달성하는가의 시간적 차이에 따라 단기목표와 장기목표로 분류된다. 어떤 삶을 살고 싶은가라는 큰 인생의 이정표가 정해지면 이를 위해 무엇을 할 것인가에 관한 장기목표를 세울 수 있을 것이다. 장기목표를 이루기 위해서는 그에 도달하는 작은 계단에 해당하는 단기목표가 필요하다. 그리고 이 단기목표의 달성을 위해서는 이를 위한 하루하루의 구체적 실천계획도 필요하다. 장기목표를 세우고, 이를 위한 단기목표를 세우고, 또 이를 위한 실천계획을 세워 실천하는 사람들은 이러한 과정 속에서 새로운 가능성을 탐색하고, 자신이 세운 목표를 더 잘 이해할 수 있다. 실천계획을 세운다는 것은 최종적인 결정을 의미하는 것은 아니다. 이는 새로운 영역과 선택에 대해 자신의 강점을 활용하고, 개발하는 체계적 탐색과정을 뜻한다. 비록 자신의 가능성을 체계적으로 탐색하지 못할지라도 자기확신이나 자기효능감을 증대시킬 수 있다.

셋째, 여러 가지 목표들 사이의 우선순위를 정한다. 성공하는 사람들의 성격 특성을 분석한 앨버트 그레이도 성공하는 사람들의 가장 두드러진 특징 중 하나가 '중요한 일을 먼저 하는 것'이라고 하였다. 인생의 주인이 되고 싶다면 소중한 일을 먼저 선택해야 한다. 이를 위해서는 자기 자신에게 가장 중요한 것이 무엇인지 분명하게 알고, 우선순위를 고려하여 장기목표와 단기목표를 정해야 한다. 목표설정이라는 것을 다양한 크기의 돌로 항아리를 채우는 것에 비유한 스티븐 코비의 이야기는 장기목표와 단기목표의 우선순위를 정하는 것이 얼마나 중요한지를 잘 보여준다. 주먹만 한 크기의 돌에 해당하는 목표라면 단지 몇 개만을 항아리에 넣을 수 있을 것이다. 또 자갈이나 모래알처럼 작은 목표를 계획한다면 항아리 안에 더 많이 담을 수 있겠지만 주먹만 한 크기의 돌을 넣기 어렵다. 그러므로 커다란 돌에 해당하는 가장 중요한 장기목표가 무엇인가를 우선적으로 고려해야 한다는 것이다. 장기목표를 설정하지 않은 사람은 자같이나 모래알처럼 자잘한 목표에 시간을 허비하기 쉽다. 그러나 장기목표를 설정한 사람은 지금 당장은 시련이나 고통을 겪어도 미래에 이루고자 하는 명확한 그림이 있기 때문에 쉽게 포기하지 않을 수 있다.

넷째, 자신의 강점을 활용하여 목표를 세운다. 가치관이나 인생목표가 인생이라는 여행의 방향을 정해주지만, 이동거리가 얼마나 되며 어떻게 가야 하는가를 알려주지는 않는다. 이동거리나 목적지를 정하는 것은 자신의 강점, 결단력, 재정적인 자원을 어떻게 조직하고 활용하는가에 달려있다. 그러므로 최종목표에 도달하기 위해서는 자신의 강점을 알고, 자아정체성과 통합할 수 있어야 한다. 일반적으로 사람들은 생애과정의 경험을 거치면서 자신의 능력을 부정하고, 평가절하하는 경향이 있다. 예를 들어 어린 시절에 부모에게 받은 비난, 꾸중, 학대, 또는 청소년 시절의 저조한 성적, 왕따 경험, 어른이 되어 겪은 실패 등을 경험하면서 자신을 깎아내린다. 이는 크게 두 가지로 구분할 수 있다. 첫째, 과거의 부정적인 평가 때문에 자신의 강점을 부인하는 것이다. '넌 도대체 도움이 되질 않는 아이구나, 성가시게만 하고, 뭐 제대로 할 줄 아는 게 있어야지'라고 핀잔을 들은 학생은 '전 아무것도 잘 하는 게 없어요. 학점이래야 겨우 3.4점이고, 토익은 700점이 조금 넘고, 기사자격증이 있지요. 다른 아이들도 다 그 정도는 하는데요, 뭐'라고 자신을 평가한다. 둘째, 자랑하는 것은 나쁜 것이고, 겸손은 미덕이라고 배워왔기 때문에 자기 능력을 부인하거나 낮춰서 말하는 것을 훌륭하게 여기는 것이다. 예를 들어 발명대회에서 우승을 한 학생의 경우, '뭐, 제가 한 게 있나요? 조금만 배우면 누구나 할 수 있는 거예요. 그리고 운이 좋았지요.' 그러나 자신의 강점과 능력을 정확하게 아는 것은 허풍쟁이의 허세와는 다르게 내적 자신감을 이끌어내므로 자신의 강점을 정확하게 평가할 필요가 있다.

마지막으로 목표를 세울 때 주의할 점이 있다. 단 하나의 목표를 추구하는 것에 자신의 삶을 바치는 사람은 거의 없다. 하나의 목표에만 집착하면 고통받기 쉽다. 한 가지 목표만 가지고 있으면 이를 달성했을 때 이전 목표가 주었던 힘과 중요성을 단번에 잃고, 침체 상태에 빠지기 쉽다. 예를 들어, 새로운 직장을 원한다는 목표를 정한 후 새 직장을 얻은 사람에게 직장을 얻는 목표는 더 이상 의미가 없다. 그리고 학업, 직업, 일상생활, 가족에 대한 책임, 친구관계, 건강 유지, 행복 추구 등이 하나의 목표에 매진하는 것을 어렵게 할 수 있다. 때로는 하나의 목표만을 따라가는 것이 다른 일을 수행하는 데 지장을 준다. 어떤 사람들은 다른 사람들에 비해 여러 가지 일을 동시에 잘 처리할 수 있다. 그런데 다른 사람들은 동시에 수행하는 것을 힘들어하고, 좌절하며, 낙담하여 결국 목표를 포기하기까지 한다. 하나 이상의 중요한 목표를 달성하기 위해 노력하는 것은 마치 묘기를 하는 것처럼 어려울 수 있지만 각 목표들의 우선순위를 고려하여 균형을 잡고, 조화를 이루는 것이 필요하다.

2) 직장에서만 행복하면 될까?

진로를 생각할 때 직업만을 생각하는 시대는 지나갔다. 직업은 자신의 진로라는 긴 여정 중 하나로 어떤 한 직업에 오랫동안 종사할 수도 있고, 다른 직업으로 옮겨갈 수도 있고, 직업을 갖지 않은 상태로 살아가는 기간도 짧지 않다. 뿐만 아니라 어떤 직업에 종사하는 동안에도 직장만이 아니라 가정과 사회에서 맡은 다른 역할도 직업인으로서의 역할 못지않게 중요하다. 따라서 지금 다니고 있는 직장에 만족한다고 해서 반드시 행복해질 수는 없다. 진로발달이론의 아버지로 불리는 수퍼(Super)는 직업선택 과정을 다른 생애역할의 맥락 속에서 이해하려고 하였고, '살아가면서 자신의 인생을 만드는 것'이라고 표현한다. 수퍼는 대부분 사람들은 자녀, 학생, 가사종사자, 직업인, 시민, 여가인 등 6가지 중요한 역할을 동시에 수행하게 되는데 이 역할들은 서로 영향을 미친다고 하였다.

수퍼는 "다양한 역할은 삶을 풍부하게 할 수도 있고 과중하게 할 수도 있다"고 언급한다. 즉, 삶에서 중요한 역할들의 상호작용은 스트레스를 줄여줄 수도 있고 스트레스를 더 가중시킬 수도 있다. 자신에게 주어진 다양한 역할들 때문에 스트레스를 받는 경우를 '다중역할갈등'이라고 한다. 예를 들면, 내일이 학교시험인데 오늘이 엄마의 생신이라면 저녁시간을 어떻게 써야 할지 갈등하게 되는데 이때는 '학생'이라는 역할과 '자녀'라는 역할이 서로 상충하는 것이다. 또는 아들의 축구시합에 가기로 약속한 토요일에 회사 야유회가 잡힌다면 어느 쪽을 선택해야 할지 고민하게 되는데 이때는 '부모'로서의 역할과 '직장인'으로서의 역할이 상충하는 것이다.

이러한 다중역할갈등 가운데 대표적인 예는 일과 가정 사이에서의 갈등으로, 전통적으로 여성의 진로문제라고 여겨졌다. 여성들은 어린 시절부터 다중역할갈등을 미리 예상하고 그 갈등을 최소화할 수 있는 진로선택을 함으로써 진로선택 및 발달의 폭을 제한하는 경향을 보였다. 여성들은 미래의 결혼 및 육아에 수반되는 책임을 고려하여 사회적으로 덜 유망하고, 임금이 낮은 진로방향을 선택하는 것으로 조사되기도 한다. 그러나 취업자 중 여성의 비율이 40%를 넘고 맞벌이 부부의 비율이 40%를 넘어서면서 가사는 여성만의 책임이라는 고정관념이 무너지고 있다. 이에 따라 남성이 가사를 돕는다는 입장이 아니라 가사도 남성이 책임져야 할 일의 일부로 자리 잡았고, 일과 가정 사이에서의 갈등은 남성들도 겪는 보편적 현상이 되었다. 뿐만 아니라 고령화사회로 진입하면서 부모를 책임져야 하는 자녀의 역할도 더욱 가중되어서, 다중역할갈등은 미래사회에서 더욱 큰 과제가 될 것으로 예상된다.

어떻게 하면 이 많은 역할들을 조화롭게 수행할 것인가? 나아가 다양한 역할로 자신의 삶을 살찌우고 더 행복해질 수 있을까? 우리는 다중적 역할 수행이 일어나는 문화라는 무대에서 살아가고 있는데, 대부분 2~3개의 역할이 중심에 자리 잡고 있고 나머지는 주변에 머문다. 현재 자신이 수행하고 있는 역할들을 규정하고, 다양한 역할의 상대적 중요성을 파악하여 거기에 잘 적응한다면 행복할 수 있다. 이를 위해 진로선택의 단계에서부터 역할 간의 조화를 고려해야 하고, 직업전환기에는 더욱 중요하게 고려해야 할 사항이다. 직업을 바꾸면서 어떤 새로운 역할을 수행하게 되는지, 어떤 역할은 더 이상 하지 않아도 되는지, 지금까지 하고 있던 역할에서 어떤 변화가 예상되는지 등 자신의 삶을 다시 설계하는 것이다.

이런 의미에서 '나의 생애역할' 활동은 현재 자신에게 주어진 역할과 미래의 역할을 비교해 볼 수 있는 한 가지 방법이다. 다양한 역할과 각 역할들의 중요성에 대해 어떻게 생각하고 있는지 명료화해 줄 것이다. 현재 여러 역할들 사이의 균형에 대해 어떻게 생각하는지, 역할들 사이의 이상적 균형을 무엇이라고 생각하는지, 현재의 균형과 이상적인 균형 사이의 불일치는 얼마나 되는지 등을 탐색할 수 있다. 자신에게 주어진 다양한 역할들을 적극적으로 받아들이고, 어디에 우선순위를 두고 서로 상충하는 부분들을 어떻게 해결해 갈 것인가를 미리 대비한다면 다중역할로 인한 갈등을 막을 수 있고 나아가 삶을 풍성하게 할 수 있을 것이다.[3]

3) 변화하는 미래에 대처하기

미래의 특성을 표현하는 가장 대표적 키워드는 '변화'다. 고용상태의 변화, 직업의 종류와 구조의 변화, 직무의 내용 및 요구되는 직업능력의 변화 등 직업세계에서 일어나는 변화는 이미 많은 사람들이 경험하고 있다. 따라서 자신의 진로에서 성공하고 만족하기 위해서는 이러한 직업세계의 변화에 잘 적응할 수 있어야 한다. 이러한 변화에 대한 개인의 적응력을 구성주의 진로발달이론에서는 진로적응도라고 명명하는데, 진로적응도(*career adaptability*)는 일이 자신에게 맞도록 자신을 일에 맞춰 나가는 과정에 동원되는 개인의 태도, 능력, 행동을 말한다. 이를 구체적으로 살펴보면, 관심(*concern*), 통제(*control*), 호기심(*curiosity*), 자신감(*confidence*) 등이다. 즉, 적응적인 개인은 일하는 사람으로서 자신의 미래에 대해 관심을 가지고, 자신의 직업적 미래에 대한 통제력을 높이고, 가능한 자신의 모습과 미래의 일에 대해 호기심을 갖고, 자신의 포부를 추구함에 있어 자신감을 키워나가는 사람이다. 또한 진로적응도에는 태도(*attitudes*), 신념(*beliefs*), 역량(*competencies*)의 세 측면이 있는데, 태도란 대처행동을 할 때 느끼는 감정(정서)적 측면을, 신념은 행동을 이끌어가는 능동성 측면을 의미한다. 역량은 이해력과 문제해결력을 포함하는 인지적 능력으로 진로관련 선택과 그 수행에 필요한 자원을 의미한다.

---

3 부록 3_나의 생애역할(382쪽)을 참조할 것.

미래에는 직업의 선택방식도 달라질 수 있다는 주장도 있다. 진로사회학습이론가인 크롬볼츠(Krumboltz)는 인간이 살아가면서 만나게 되는 다양한 우연적인 사건(*happenstance*)이 개인의 진로에 미치는 영향에 주목한다. 한 개인의 진로발달 과정에는 예상하지 않았던 일들이 일어날 수밖에 없고, 이러한 우연은 진로에 긍정적으로 작용하기도 하고 부정적으로 작용하기도 한다. 이 우연히 발생한 일이 진로에 긍정적으로 작용하는 경우가 '계획된 우연'(*planned happenstance*)이고, 자신에게 일어나는 우연한 사건들을 계획된 우연으로 만들어갈 때 성공할 수 있다는 것이다. 다음은 계획된 우연을 잘 보여주는 사례이다.

> A씨는 경영대학원에 진학하게 되었는데 기숙사 배정이 잘못되어 운동선수들이 모여 사는 기숙사에 살게 되었다. 이 기숙사에 사는 사람들은 룸메이트를 비롯해서 모두 대학에서 운동선수로 뛰고 있는 학생들로 처음에는 낯설고 외톨이가 된 기분이 들었다. 그러나 시간이 지나면서 서로 친해지게 되었고, 룸메이트가 알고 지내는 선배의 세금관련 문제를 도와주면서 기숙사에 살고 있는 많은 운동선수들과 친해지는 계기가 되었다. A씨는 자신이 공부한 경영학 지식으로 운동선수들의 계약문제를 비롯한 재정문제를 도와줄 수 있었고, 진로문제도 도와줄 수 있게 되었다. 이런 일을 하면서 운동선수들에게 이런 전문적 도움이 필요하다는 걸 알게 되어 스포츠 에이전트라는 새로운 분야를 개척하게 되었다.

A씨처럼 살아가다 보면 우연한 기회로 어떤 일을 하게 되는 경우가 많은데, 이것을 자신의 진로발달의 기회로 삼는 사람은 매우 드물다. 기회가 오지만 모르고 지나갈 뿐이다. 크롬볼츠는 삶에서 일어나는 우연한 일들을 자신의 진로에 유리하게 활용하기 위해 도움

이 되는 기술로 호기심, 인내심, 융통성, 낙관성, 위험감수 등을 제안하고 있는데, 그 정의를 살펴보면 다음과 같다.

호기심(*curiosity*) : 새로운 학습기회를 탐색하는 것.
인내심(*persistence*) : 좌절에도 불구하고 노력을 지속하는 것.
융통성(*flexibility*) : 태도와 상황을 변화시키는 것.
낙관성(*optimism*) : 새로운 기회를 긍정적으로 보는 것.
위험감수(*risk taking*) : 불확실한 결과 앞에서도 행동화하는 것.

이러한 특성은 어떤 직업에서만 특별히 요구되는 것이 아니라 미래를 살아갈 모든 사람들에게 요구된다고 할 수 있다. 또한 호기심, 인내심, 융통성, 낙관성, 위험감수라는 개인적 특성은 각자의 타고난 성격이나 기질과도 관련되지만 자신의 노력으로 충분히 습득할 수 있는 특성들이다. 따라서 앞으로 직업을 구하는 사람이든 이미 직업인으로 살아가는 사람이든 누구나 미래사회가 요구하는 이와 같은 역량과 특성들을 함양하기 위한 노력을 기울여야 할 것이다.

끊임없는 경력개발은 변화무쌍한 직업세계를 살아갈 모두에게 필요하다. 예전처럼 일생 동안 한 직업에 종사하던 때는 직업발달의 단계를 '성장기 ⇒ 탐색기 ⇒ 확립기 ⇒ 유지기 ⇒ 쇠퇴기'로 구분하였다. 단계의 이름이 나타내고 있듯이, 성장기에는 앞으로 갖게 될 직업에 필요한 여러 가지 역량을 키워나가고, 탐색기에는 가능한 대안들을 찾아보고 자기에게 맞는 직업을 한 가지 선택한다. 확립기에는 자신이 선택한 직업에서 자신의 자리를 확고히 하기 위해 열심히 일하고, 유지기엔 어느 정도 이룬 상태를 유지하다가 쇠퇴기에 은퇴를 준비하고 때가 되면 일을 떠난다. 그러나 지금은 이런 과정을 거쳐 최종 은퇴에 이르는 경우는 거의 없고, 대부분 직장이나 직업을 바꾸게 된다. 새로운 직업으로 전환할 때마다 성장기 ⇒ 탐색기 ⇒ 확립기 ⇒ 유지기 ⇒ 쇠퇴기의 순환을 거치게 되는데, 이것을 수퍼는 소순환 및 대순환이라고 구분하여 명명한다.

한 직업에서 쇠퇴기까지 보내고 나서 다음 직업의 사이클(소순환)을 시작하면 실제 일에서 많은 공백기간을 갖게 된다. 이 기간 동안의 경제적 어려움을 도와주기 위해 고용보험제도가 운영되고 있다. 그러나 가능한 실업이라는 공백기간 없이 다음번 일로 옮겨가는 것이 효율적일 것이다. 이러한 이행을 위해서는 현재의 직업의 유지기에 들어가면 다른 직업에 진입하기 위한 성장기를 시작하는 것이 좋고, 쇠퇴기에는 적극적인 일자리 탐색에 나서야 한다. 즉, 한 직업에 진입했다고 해서 이제 모든 것을 이루었다고 생각하고 휴식에 들어갈 것이 아니라 끊임없는 자기계발에 정진해야 하는 것이다.

5. 나가며

진로의 선택과 개발에서는 진로인식, 진로의사결정, 진로개발이라는 세 가지 주제를 '왜 일하는가?', '나에게 맞는 직업찾기', '행복한 일꾼'이라는 제목으로 각각 다루었다. 이 주제들은 진로개발의 거의 모든 범위를 포괄하는데, 여기에서는 변화하는 직업세계에 잘 대처하면서 어떻게 자신의 진로를 성공적으로 개척해 나갈 것인가에 초점을 두었다. 또한 각 절마다 간단한 활동을 포함시켜 학습한 내용을 자신의 진로에 직접 적용해 볼 수 있도록 구성하였다.

그러나 여기에 소개한 활동들은 다양한 진로탐색 및 진로개발 활동의 일부에 지나지 않으므로 진로탐색 수업, 진로발달 프로그램, 취업지원 프로그램, 전직지원 프로그램, 경력개발 워크숍, 취업지원 동아리 등에 참여하여 자신의 진로개발에 힘쓰기 바란다. 또한 진로개발을 촉진하는 다양한 프로그램 가운데 그 효과가 가장 높은 것으로 입증된 것은 교과로 수강하는 것으로 밝혀졌다. 중·고등학교에 다니는 학생들은 선택과목으로 제공되는 '진로와 직업' 교과목을 수강하는 것이 가장 효과적이고, 대학생들이라면 각 대학에서 운영되는 진로탐색 관련 수업을 수강하는 것이 가장 효과적일 것이다. 이와 함께 대학의 경력개발센터, 고용센터를 비롯한 공공기관, 민간 고용지원기관 등에서 운영하는 다양한 프로그램들 중 자신에게 맞는 프로그램을 찾아보기 바란다.

참고문헌

김봉환 · 정철영 · 김병석(2008), 《학교진로상담》, 개정판. 학지사.

한국고용정보원(2009), 〈CDP-H Career Development Program 교사용 매뉴얼〉, 한국고용정보원.

황매향 · 김연진 · 이승구 · 전방연(2011), 《진로탐색과 생애설계: 꿈을 찾아가는 포트폴리오》, 개정판. 학지사.

Brown, S. D. & Lent, R. W. (2005), *Career Development and Counseling: Putting Theory and Research to Work*, eds., Hoboken, NJ: Wiley.

Krumboltz, J. D. (2008), The happenstance learning theory, *Journal of Career Assessment*, 17: 135~154.

Krumboltz, J. D. & Levin, A. S. (2004), *Luck is No Accident: Making the Most of Happenstance*, Ataseadero, CA: Impact.

Mitchell, K. E. & Levin, A. S. & Krumboltz, J. D. (1999), Planned happenstance: Construction unexpected career opportunities, *Journal of Counseling and Development*, 77: 115~124.

Savickas, M. L. (2005), The theory and practice of career construction, in S. D. Brown & R. W. Lent, eds., *Career Development and Counseling: Putting Theory and Research to Work*(pp. 42~70), Hoboken, NJ: Wiley.

______& Nota, L. & Rossier, J. & Dauwalder, J. & Duarte, M. E. & Guichard, J. & Soresi, S. & Esbroeck, R. V. & van Vianen, A. E. M. (2009), Life designing: A paradigm for career construction in the 21st century, *Journal of Vocational Behavior*, 75: 239~250.

Super, D. E. & Savickas, M. L. & Super, C. M. (1996), The life-span, life-space approach to careers, in D. Brown & L. Brooks Associates, eds., *Career Choice and Development*(3rd ed., pp. 121~178), San Francisco: Jossey-Bass.

Tiedeman, D. V. & O'Hara, R. P. (1963), *Career Development: Choice and Adjustment*, New York: College Entrance Examination Board.

부록 1_내 꿈의 변천사

"내 꿈의 변천사"는 자신이 어린 시절부터 지금까지 꿈꾸어온 직업에 대한 모든 이야기를 적어보는 활동이다. 여러분들이 아주 어릴 적 기억의 첫 출발점에서 시작하여 자신의 가슴 속에 품어 온 것들에 대한 기억을 더듬어서 적어보자. 유치원, 초등학교, 중학교, 고등학교, 대학교 등의 시기를 거치면서 가졌던 꿈들을 적으면서 왜 그런 꿈을 갖게 되었나, 어떤 계기로 꿈은 바뀌었던가, 이런 꿈을 갖는데 영향을 준 사람들은 누구인가 등도 함께 적어본다. 글로 적거나, 그림으로 그리거나, 표나 그래프를 사용해 표현할 수 있다.

그리고 작성한 '내 꿈의 변천사'를 보면서, 다음 질문에 답해보자.

- 이 꿈은 여전히 중요한가? 아니면 어떤 이유 때문에 빛이 바랜 흥미로 남아있는가?
- 나 자신을 위한 꿈인가? 아니면 나를 위한 다른 사람의 꿈인가?
- 이 꿈은 현실적으로 얼마나 가능성이 있는 꿈인가?

부록 2_합리적 선택을 위한 진로대차대조표 작성하기

합리적 선택을 위한 진로대차대조표는 자신이 원하는 것을 최대한 충족시켜 줄 '최선의 선택'을 할 수 있는 하나의 방법이다. 다음 안내하는 절차를 따라 '나의 진로대차대조표'를 작성하면서 합리적 선택의 과정을 거쳐보자.

나의 진로대차대조표			
보상 / 진로대안	매력 (100)	기대 (100)	효용 (매력X기대)

진로대차대조표 예시								
보상 / 진로대안	남을 돕는다 (30)	돈을 많이 번다 (30)	자율적으로 일한다 (20)	안정적으로 일한다 (10)	부모님이 원한다 (10)	매력 (100)	기대 (100)	효용 (매력X기대)
대학원	20	5	15	5	10			
공무원	25	20	10	10	10			
여행가이드	25	20	20	7	3			
사회복지사	30	15	20	7	2			

① 현재 고려하고 있는 여러 가지 대안을 '진로대안' 열에 적어본다.

② 진로선택에 있어 자신이 중요하다고 생각하는 사항들을 '보상' 행에 적은 다음, 각 사항들이 자신에게 중요한 정도를 고려하여 점수를 부여한다. 이때 총점은 100점이 되도록 점수를 배분해야 한다.

③ 각 진로대안들이 자신이 원하는 바를 얼마나 충족시켜줄 수 있는지 그 정도를 예상하여 각 칸을 채운다. 이때 진로대안 각각이 각 보상에서 정한 점수를 만점이라고 볼 때 어느 정도 충족시켜주는지 고려해 점수를 부여한다. 진로대안에 대한 정보가 부족하여 점수 부여가 어려울 때는 먼저 정보를 찾아보고 가능한 한 정확한 점수를 예상해야 한다.

④ '나의 진로대차대조표'가 위의 예시와 유사한 형태가 되었다면 이 과정까지 잘 작성한 것이다.

⑤ 각 점수를 가로로 합산하여 '매력'란에 적는다.

⑥ 각 진로대안을 성공적으로 성취할 가능성을 예상하여 '기대'란에 적는다.

⑦ 매력 점수와 기대 점수를 곱하여 '효용'란에 적으면 진로대차대조표는 모두 완성된다. 효용점수에서 가장 높은 점수를 보인 진로대안이 현재 자신에게 최선일 가능성이 높다.

부록 3_다양한 생애역할

생애역할의 변화를 원으로 그려보는 활동을 통해 자신에게 현재 주어진 역할의 경중을 비교해 볼 수 있다. 나아가 미래(5년 후, 10년 후, 20년 후 등)에 변화될 역할을 예상해 봄으로써 어떤 진로선택을 하는 것이 바람직한지 예상해 볼 수도 있다.

먼저, 현재에 자신이 지금 하고 있는 역할들의 동그라미를 그려본다. 예시와 같이 역할비중에 따라 비중이 클수록 원의 크기를 크게 그리는데, 가능한 한 자신에게 주어진 모든 역할을 포함시키도록 한다. 미래의 역할도 예상하여 미래에 나타내 보고, 현재의 생애역할과 미래의 생애역할을 비교해 본다.

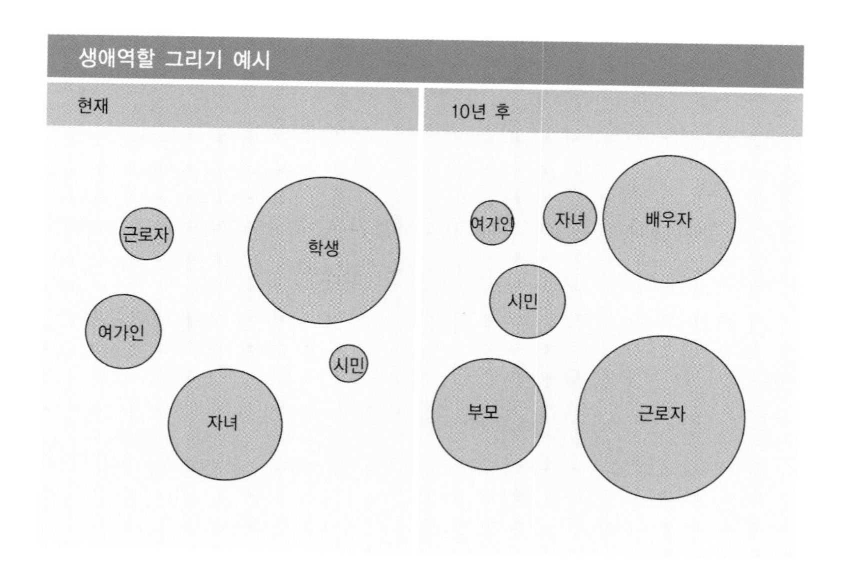

나의 생애역할들	
현재	미래

완성된 '나의 생애역할들' 그림을 보면서 다음에 답해보자.

- 지금 나에게 가장 중요한 역할은 무엇이고 그 이유는 무엇인가?
- 지금 나에게 두 번째 중요한 역할은 무엇이고 그 이유는 무엇인가?
- 지금 나를 가장 어렵게 하는 역할은 무엇이고 그 이유는 무엇인가?
- 미래에 나에게 가장 중요한 역할은 무엇이고 그 이유는 무엇인가?
- 미래에 나에게 두 번째 중요한 역할은 무엇이고 그 이유는 무엇인가?
- 미래에 나를 가장 어렵게 할 역할은 무엇이고, 이를 위해 어떤 준비가 필요한가?
- 지금보다 더 커지는 역할은 무엇이고 그 이유는 무엇인가?
- 지금보다 더 작아지는 역할은 무엇이고 그 이유는 무엇인가?
- 미래의 역할변화가 어떤 점에서 나에게 좋을까?
- 미래의 역할변화가 어떤 점에서 나를 어렵게 만들까?

12 일과 가족의 양립

류연규

1. 들어가며

'일'과 '직장'은 학업을 마친 후에 자연스럽게 따라오는 발달과업이다. 또한 일을 시작하고 직장생활이 어느 정도 안정되면 '결혼'을 통해 '가족'을 이루고 자녀를 '돌보는' 일이 또 다른 과업으로 다가온다. 그런데 문제는 이 모든 것을 다 잘 해내기가 쉽지 않다는 것이다.

저출산 · 고령화라는 사회적 위험에 대한 다양한 해결책이 논의되고 있다. 특히 여성의 경제활동 참여율이 높아지고 노동시장 경쟁이 심화되면서 일과 가족, 즉 직장생활과 가정생활을 동시에 만족스럽게 영위하기 어려워지는 상황이 저출산 문제의 가장 큰 원인이라 여겨졌다. 이에 따라 정부와 사회는 일과 가족을 양립할 수 있도록 지원하는 다양한 정책수단들을 마련하고 시행하게 되었다. 이는 비단 우리 사회뿐만이 아니어서 이미 여러 복지국가들에서 매우 다양하고 포괄적인 정책과 제도를 운영하고 있다.

이 장에서는 일 · 가족양립의 개념적 정의, 일 · 가족양립제도의 의미, 일 · 가족양립제도가 도입된 사회경제적 배경과 논의, 일 · 가족양립제도의 구체적 내용과 정책효과를 설명하고 이를 통해 일 · 가족양립제도에 대한 우리나라와 다른 국가들의 이론적 논의와 경험을 소개하고자 한다.

2. 일 · 가족양립제도의 개념

1) 일 · 가족양립이란?

'일 · 가족양립'이란 말 그대로 '일'(*work*)과 '가족'(*family*), 이 두 범주에서의 생활을 모두 잘 영위한다는 의미이다. 이 개념을 보다 구체적으로 말하자면, 노동시장에서 이루어지는 노동, 즉 근로자의 '유급' 노동과 가족 내에서 이루어지는 노동, 즉 '무급' 노동 또는 '돌봄'(*care*)을 모두 수행하는 것이 가능하도록 한다는 것이다. '일 · 가족양립'이란 개념이 현대사회에서 중요해지는 것은 그동안 '일'과 '가족', '시장'에서 이루어지는 노동과 '가족' 내에서 이루어지는 노동이 양립 불가능했다는 것을 의미한다. 일 · 가족양립제도는 영어로 'work-family reconciliation' 또는 'work-family balance'라고 표현하는데, 'reconciliation'은 '화해', '조정'을 의미하고 'balance'는 '균형'을 의미한다. 일과 가족이 '양립', '화해', '조정', '균형'의 대상이란 말에는 일과 가족, 즉 노동시장의 유급노동과 가족 내에서 이루어지는 무급노동이 갈등과 불균형 상태라는 것이 전제되었다.

우리나라의 맞벌이 부부들은 많은 경우 평일에는 가정에서 함께 식사를 하기 어렵다. 업무시간은 9시부터 6시까지라고 하지만 과중한 업무와 야근으로 정해진 업무시간을 초과하여 일하는 경우가 많지 않다. 게다가 어린 자녀가 있는 경우 맞벌이 부부 중 한 명은 아이를 어린이집이나 조부모의 집에 맡기기 위해 조금 일찍 집을 나서야 한다. 또 퇴근하면 다시 부부 중 한 명은 어린이집이 끝나는 시간에 맞춰 업무를 부랴부랴 끝내고 어린이집에 자녀를 데리러 가야 한다. 자녀를 어린이집이나 친척에게 맡긴다 해도 어린 자녀가 업무시간에 갑자기 아프거나 다치는 상황이 되면 직장동료나 상사의 눈치를 보며 발을 동동 구르거나 업무에 집중할 수 없어 그야말로 일과 가족 사이의 긴장과 스트레스를 안고 업무를 할 수 밖에 없다. 그나마 믿을 수 있는 어린이집이나 친척 등에게 자녀를 맡길 수 있으면 다행이지만 그럴 수 없는 경우에는, 특히 여성의 경우, 직장생활을 계속 할 수 있을지, 그만두어야 할지 끊임없이 갈등하거나 결국 육아를 위해 직장을 그만두는 경우도 비일비재하다.

왜 근로자의 일과 가족이 갈등과 불균형상태에 있는 것일까? 현대 자본주의 사회에서 인간은 생계를 위해 일을 해야 했고, 가정을 이루어 자녀를 양육해야 했기 때문에 실상 '일'과 '가족'의 양립은 가족이 있는 모든 근로자들에게 주어진 과업이었을 것이다. 그런데 정작 '일 · 가족양립'이 중요하게 논의되기 시작한 것은 여성경제활동 참여율이 높아지면서부터이다.

근대화가 되고 시민권이 확대되면서 여성의 교육수준도 높아지고 근로기회도 많아졌으나, 남성 생계부양자 중심의 노동시장이 확립되면서 여성의 가족 내 역할으로 여겨졌던 '돌봄'은 여전히 여성의 몫으로 남겨졌다. 여성의 노동시장 참여가 증가하면서 가족 내 돌봄 기능이 약화되고 다른 한편으로 가족 내 돌봄 기능으로 인해 근로자, 특히 여성 근로자의 고용기회와 근로시간이 제한되는 현상이 나타났다.

이러한 일·가족 갈등의 양상은 노동시장 또는 직장에서의 업무에만 해당되는 것이 아니라 가족의 영역에서도 나타난다. 특히 우리나라와 같이 경쟁적인 노동환경과 장시간 근로에 시달리는 생활에서는, 직장일로 가족을 소홀히 하게 되거나 심지어 가정에 돌아와서도 직장일에서 완전히 벗어나지 못하는 갈등과 긴장상태에 있게 된다. 직장과 가정에서 나타나는 이러한 미시적 갈등·긴장 양상은 사회구조적인 갈등과 불균형을 초래한다. 결혼·출산 기피, 가족갈등, 스트레스 유발 등 갈등과 불균형이 초래하는 역기능은 저출산, 가족해체 등의 사회구조적 현상으로까지 영향을 미친다. 따라서 일과 가족의 갈등과 불균형 상태를 해결하는 것은 현대사회의 중요한 과제가 되고 이러한 일과 가족의 갈등과 불균형이 해결된 상태가 바로 '일·가족양립'이라 할 수 있다.

'일·가족양립', '일·가족균형' 개념과 유사한 의미로 많이 쓰이는 것이 '가족친화', '일-생활균형' 등의 개념이다. '가족친화'는 '가족친화제도', '가족친화기업', '가족친화사회환경' 등에서 쓰이는 말로, 우리나라는 저출산·고령화 현상이 심화되면서 직장과 일 중심으로 편재된 사회환경에 대한 비판의 목소리가 커지고 '가족'의 중요성을 강조하기 시작하면서 널리 사용된다.

'일-생활 균형'이란 '일·가족양립'이 '직장'과 '가정' 생활의 균형을 의미하는 것에서 더 나아가 가족, 가정뿐만 아니라 근로자의 여가, 건강 등의 요소까지 전반적 생활의 균형을 이루는 것을 의미한다. 이는 근로자의 생활이 일 중심으로 편재되면서 근로자의 스트레스가 가중되고, 건강문제가 생기고, 생산성이 낮아지는 것에 대한 문제의식에서 비롯되기도 한다. 우리나라에서는 일·가족양립, 일-가족균형이 강조되는 반면 유럽연합(EU, European Union)에서는 일

-생활균형을 보다 보편적으로 사용한다. EU는 리스본 협약의 내용 가운데 고용률(특히 여성과 노인의 고용률) 증가에 중점적 목표를 두었는데 이러한 목표 달성을 위해서는 근로자의 일과 다른 생활이 양립할 수 있어야, 즉 일-생활 균형이 이뤄져야 한다고 보았던 것이다. 일례로 2007년 아일랜드의 일-생활균형정책위원회는 일-생활 균형을 '개인의 근로와 근로 이외의 삶의 균형'으로 정의하고 이 균형이 건강하고 개인의 성취감을 높일 수 있도록 유지되어야 하며, 근로 이외의 삶에서의 만족감은 근로자의 생산성을 높일 것이라고 하였다.

2) 일 · 가족양립제도란?

앞에서 논의했듯이 일·가족양립이 근로자의 일과 가족, 직장생활과 가정생활, 유급노동과 가족돌봄이 조화를 이루는 것이라면 일·가족양립제도란 근로자의 일과 가족이 조화를 이루고 양립 가능하도록 지원하는 제반 제도와 프로그램들을 가리킨다. 여러 문헌에서 일·가족양립제도(*work-family balance policy, work-family arrangements, family-friendly policies*)의 조작적 정의는 다양하게 사용된다. 킹스턴(Kingston, 1990)은 일·가족양립제도의 개념이 인사정책 2가지를 가리킨다고 한다. 하나는 보육서비스, 부모휴가 등 부가급여이고 다른 하나는 유연근로, 시간제근로, job-sharing과 같이 전형적인 근로시간을 변경하는 것을 말한다. 일·가족양립제도를 직접/간접 정책으로 구분하기도 하는데, 직접 정책은 유급, 무급 노동을 원활히 하는 것인 반면 간접정책은 직접적인 정책 목표는 아니지만 결과적으로 그런 효과를 갖는 것이다.

덜크 등(Dulk, Doorne-Huiskes & Schippers, 1999)은 일·가족양립제도는 의도적 또는 비의도적으로 유급노동과 가족책임의 결합을 지원하는 것으로, 유연근로형태, 휴가, 돌봄, 지원정책(정보제공, 인식개선 등) 4가지로 나눌 수 있다고 하였다. 또한 공식적 또는 비공식적 정책으로 구분되기도 하며 비공식적 정책은 고용주 재량에 따라 달라진다고도 하였다. 어떤 경우는 정규직 근로자, 여성 근로자와 같은 특정 집단만을 대상으로 하기도 한다.

경제협력개발기구(OECD) 보고서(OECD, 2007: 13)에 따르면 가족친화정책(*family-friendly policies*)에는 양질의 풍부한 보육서비스 제공, 아동에 대한 재정적 지원, 일하는 부모를 위한 휴가, 유연한 근로환경 등을 포함한다. 그런데 이 정책에는 비단 일과 가족생활의 양립을 위한 정책뿐만 아니라 일과 관계없이 실직한 부모에 대한 재정적 지원도 포함되어 있어 일·가족양립제도로 규정하기에는 너무 광범위하다. 이 장에서는 일·가족양립제도를 '근로자'의 직장생활과 가족생활이 균형을 이룰 수 있도록 지원하는 제도로 구분하여 서술하고자 한다.

이렇게 볼 때 일·가족양립제도는 크게 3가지 제도로 분류된다. 첫째, 돌봄(*care*)서비스를 제공하는 정책과 프로그램들로 보육서비스, 직장보육시설, 보육료지원, 바우처, 방과후 보육, 노인돌봄서비스 등이 있다. 둘째, 가족돌봄을 사유로 근로자에게 유급 또는 무급의 휴가를 제공하는 것으로 출산휴가(유사산휴가), 입양휴가, 부모휴가, 부성휴가, 가족간호휴가 등이 있다. 셋째, 가족돌봄의 사유로 근로시간과 장소를 유연하게 사용할 수 있도록 하는 것으로 육아기 근로시간 단축(단시간근로), 탄력근무제, 재택근무(*telecommuting*) 등이 있다.

〈표 12-1〉 일 · 가족양립제도의 유형

분 류	정책과 프로그램
돌봄서비스	보육서비스, 직장보육시설, 보육료지원, 방과 후 보육, 노인돌봄서비스
휴가제도	출산휴가(유사산휴가), 입양휴가, 부모휴가, 부성휴가, 가족간호휴가
유연근로시간	육아기 근로시간 단축(단시간근로), 탄력근무제, 재택근무

이러한 일·가족양립제도의 목표는 일·가족양립제도의 범위와 정의만큼이나 다양하다. 경제협력개발기구(OECD)에서는 일·가족양립제도를 포함한 가족친화정책의 목표를 출산율 회복, 여성경제활동 참여율 증가, 아동 발달, 젠더 평등으로 제시한다. 루이스(Lewis, 2008)는 성인 남녀의 가족과 고용 책임의 균형은 사적 책임으로 여겨져 왔지만, 이제 여러 유럽 국가들은 국가가 '일'과 '가족'의 '화해', '양립'을 지원하는 것을 국가의 책임으로 받아들여야 하며 저출산 해결, 아동빈곤 해소, 아동교육 성취까지도 일·가족양립제도의 정책 목표로 제시하고 있다. 이외에도 여성의 노동시장 참여 증가, 2인 생계부양자 가구 확산 등을 목표로 할 때 남성 근로자의 돌봄 책임 증가도 하위 정책 목표에 포함될 수 있다.

3. 일과 가족의 양립과 사회경제적 환경

3절에서는 2절의 일·가족양립, 일·가족양립제도의 개념에 대한 논의에서 더 나아가 일·가족양립제도가 중요한 사회정책으로 자리매김하게 된 사회경제적 배경에 대하여 설명한다. 서구 선진 복지국가들은 1980년대 이후부터 일·가족양립제도에 대한 논의가 활발하게 이루어졌으나 우리나라의 경우, 다른 사회정책들에 비해 늦게 발달하기 시작하여 2005년 이후 본격적으로 도입, 추진되고 있다.

우리나라와 서구 선진국 모두 일·가족양립제도가 발달하게 된 배경은 크게 3가지로 나눌 수 있다. 첫째, 가족의 변화이다. 가구원 수 감소, 이혼율 증가, 단독가구 비율 증가 등 가족구조의 변화, 여성 노동시장참여 증가에 따른 가족돌봄 기능 약화, 1인 생계부양자 가구에서 2인 소득자 가구로의 변화 등이 일·가족양립제도 발달의 배경 요인이 된다. 1인 생계부양자 가구에서는 남성 가장이 시장 노동에 참여하고 여성은 돌봄이 필요한 가족 구성원(예를 들면 아동, 노인, 장애인 등)을 돌보는 것으로 가정되지만 여성의 경제활동 참여율이 증가하고 2인 소득자 가구 비율이 증가하면 가족 내에서 돌봄이 필요한 가족 구성원을 돌보는 기능은 약화될 것이므로 돌봄에 대한 사회적 지원이 필요하다. 둘째, 노동시장 변화이다. 여성의 노동시장 참여율이 높아지고, 노동시장 유연화에 따라 근로시간, 근로기간, 임금 유연화가 가속화되고 근로형태가 다양화된 것도 일·가족양립제도 발달의 배경이라 할 수 있다. 셋째, 출산율의 저하가 제도 발달의 배경이 된다. 출산율 저하는 가족구조 변화와도 연관되지만 인구학 지표 중 출산율의 변화는 특별히 국가가 정책적 개입을 하게 된 결정적 계기가 된다. 출산율 저하는 장기적 노동인구 감소, 산업

〈그림 12-1〉 자녀수별 가구 비율

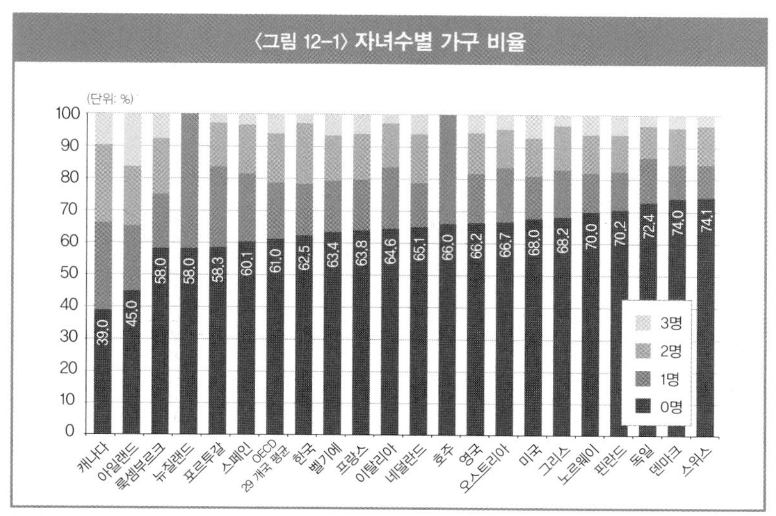

출처: OECD(2011), *Doing better for families*.

구조 변화, 생산능력 감소, 부양부담 증가 등과 직접적으로 연관되어 있어 국가 정책을 통한 개입의 요인이기 때문이다.

1) 가족의 변화와 일 · 가족양립

가족의 변화는 크게 구조의 변화와 구조 변화에 따른 기능 변화로 구분하여 볼 수 있다. 가족구조 변화 중 가장 두드러진 변화는 가구원 수 감소이다. 일 · 가족양립제도가 발달한 OECD 국가들의 평균 가구원 수는 2000년대 중반 기준으로 2.63명인데, 이는 1980년대 중반에 비해 평균 0.13명 감소한 수치이다. 평균 가구원 수 감소는 핵가족화, 출산율 감소, 이혼율 증가, 단독가구 증가 등 다양한 요인에 의해 나타난다고 볼 수 있다. 우리나라는 2000년대 중반 기준으로 평균 가구원 수가 2.97명으로 다른 OECD 국가들에 비해 많은 편

〈그림 12-2〉 이혼율의 변화

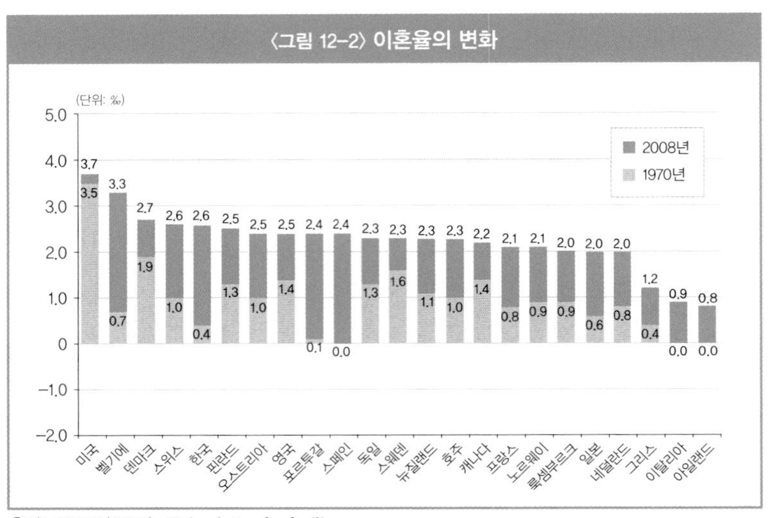

출처: OECD(2011), *Doing better for families.*

이다. 2010년 인구총조사에 의하면 우리나라의 평균 가구원 수는 2.76명으로 2000년대 중반에 비해 0.2명 이상 감소하였다.

이렇게 가구원 수가 감소한 여러 가지 이유 중 주요한 요인으로 출산율 감소에 따른 자녀 수 감소, 이혼율 증가에 따른 가족해체 등을 들 수 있다. OECD 국가들 중 자녀가 한 명도 없는 가구 비율이 61% 내외일 정도로 가구당 자녀수가 매우 적다. 한국은 자녀가 한 명도 없는 가구 비율이 62.5%이고, 스위스와 덴마크는 74%를 상회하는 반면, 캐나다는 39.0%에 불과하다.

〈그림 12-2〉는 OECD 국가들의 1970년과 2008년의 이혼율 차이를 보여준다. 미국, 덴마크, 스웨덴, 캐나다는 다른 국가들에 비해 1970년과 2008년의 이혼율 차이가 상대적으로 작지만, 벨기에, 한국, 포르투갈, 스페인은 각각 1970년 이혼율은 0.7‰, 0.4‰, 0.1‰, 0.0‰이었지만, 2008년에는 3.3‰, 2.6‰, 2.4‰, 2.4‰로 큰 폭으로 올

랐다. 우리나라는 2008년 이혼율이 미국, 벨기에, 덴마크, 스위스 다음으로 높았다.

가구원 수 감소의 또 다른 요인은 핵가족화이다. 우리나라 역시 3세대 가구 비율이 급속도로 감소하고 1세대 가구와 단독가구 비율이 증가하고 있다. 3세대 가구 비율이 감소하고 2세대 가구, 단독가구 비율이 증가한다는 것은 가족의 돌봄 기능이 약화되고 있다는 것을 의미하기도 한다. 전형적인 핵가족 형태로 여겨졌던 부부와 미혼자녀로 이루어진 가구 비율도 1995년 이후 급격히 감소하였고 1세대 가구와 단독가구 비율이 증가하였다.

이혼율과 단독가구 비율이 증가하는 등 가족해체가 증가하면 가

〈표 12-2〉 세대구성별 가구 비율 변화

연도	전체 가구 수	1세대 가구	2세대 가구					3세대 이상 가구	1인 가구
			전체	부부+미혼자녀	한부모 가구		조손가구		
					부+미혼자녀	모+미혼자녀			
1970	5,576,277	6.8%	70.0%	55.5%	10.6%		-	23.2%	-
1975	6,647,778	6.7%	68.9%	53.2%	9.7%		-	20.1%	4.2%
1980	7,969,201	8.3%	68.5%	53.0%	9.3%		-	17.0%	4.8%
1985	9,571,361	9.6%	67.0%	52.8%	8.9%		-	14.8%	6.9%
1990	11,354,540	10.7%	66.3%	51.9%	7.8%		-	12.5%	9.0%
1995	12,958,181	12.7%	63.3%	50.4%	1.3%	6.1%	-	10.0%	12.7%
2005	15,887,128	16.2%	55.4%	42.2%	1.8%	6.8%	0.4%	7.0%	20.0%
2010	17,339,422	17.5%	51.3%	37.0%	2.0%	7.2%	0.7%	6.2%	23.9%

출처: 통계청, 〈인구총조사(1970~2010)〉. 통계청 조사관리국 인구총조사과.

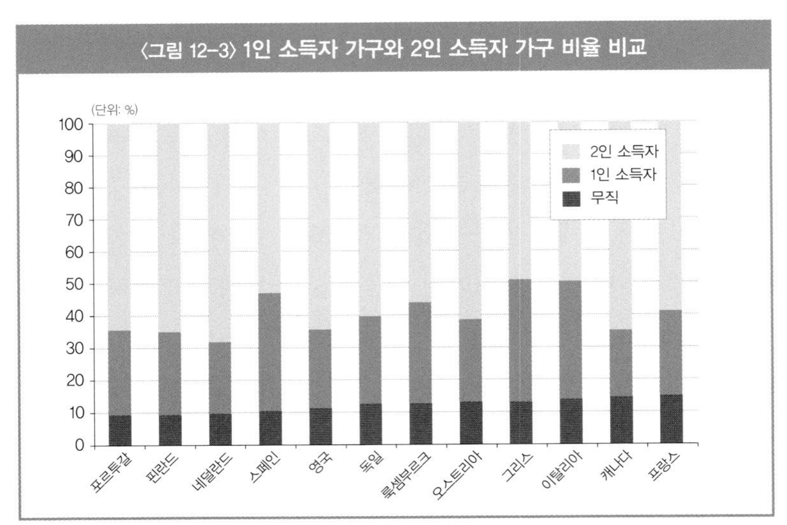

출처: OECD(2011), *Doing better for families*.

족 내에서 돌봄이 필요 없거나 불가능하기 때문에 가족의 돌봄 기능이 약화된다. 가족해체뿐 아니라 가족의 돌봄 기능이 약화되는 또 다른 이유는 가족 형태가 '1인 생계부양자 모델'이 아닌 '2인 소득자 모델'로 변화하기 때문이다. 가족의 돌봄 기능이 약화되는 것은 일·가족양립제도가 발달하는 중요한 요인이다. 〈그림 12-3〉에서 볼 수 있듯이 대부분의 OECD 국가들은 이미 2인 소득자 가구 비율이 높아졌다. OECD 국가들의 가족 모델이 '1인 생계부양자 모델'에서 '2인 소득자 모델'로 변화한 데는 여성의 경제활동 참여율을 비롯한 노동시장의 변화에서 기인한다. 우리나라도 통계청이 발표한 2011년 '맞벌이 가구 및 경력단절 여성 통계 집계결과'를 보면 배우자가 있는 1,162만 가구 중 맞벌이는 507만 가구로 전체의 43.6%였다(2011년 6월 기준). 홑벌이는 491만 가구(42.3%)로 맞벌이보다 적었다. 나머지 가구는 부부가 모두 실업자거나 비경제활동인구인 경우이다.

2) 노동시장 변화와 일 · 가족양립

지난 30여 년간 일 · 가족양립제도 발달과 밀접하게 관련되어 나타난 노동시장의 변화는 크게 2가지로 나눌 수 있다. 하나는 여성의 경제활동 참여율 증가이고 다른 하나는 노동시장의 근로시간 유연화이다. 먼저, 여성의 경제활동 참여율 증가는 위의 가족의 변화에서 언급한 가족의 돌봄 기능 약화의 직접적인 요인이 된다. 가족 내에서 돌봄의 역할을 담당했던 여성이 노동시장에 참여하면서 가족의 돌봄 기능이 약화되고 가족이 제공했던 돌봄 기능을 시장 또는 국가에서 제공해야 하는 것도 일 · 가족양립제도가 발달하게 된 배경이 된다. 지난 50여 년간 우리나라의 성별 경제활동 참여율을 살펴보면 〈그림 12-4〉와 같다. 〈그림 12-4〉에서 나타나는 것과 같이 남성의 경제활동 참여율은 서서히 감소하고 여성의 경제활동 참여율은 서서히 증가하는 추세이다.

그러나 우리나라의 여성경제활동 참여율은 여전히 다른 OECD 국가들보다 현저히 낮은 수준이기 때문에 일 · 가족양립제도의 발달은 가족의 돌봄 기능 약화 때문이기도 하지만 다른 한편으로는 여성의 경제활동 참여율을 높이기 위한 정책적 개입이라고도 볼 수 있다. 실제로 EU의 여러 국가들은 여성경제활동 참여율 증가를 목표로 다양한 일 · 가족양립제도를 도입하였으며 일 · 가족양립제도 수준이 높을수록 여성경제활동 참여율을 높인다는 실증 연구결과도 많이 있다. 〈그림 12-5〉를 보면, 일 · 가족양립제도가 일찍부터 발달했던 스칸디나비아 국가들과 뒤늦게 발달한 남유럽 국가들의 여성경제활동 참여율의 차이를 쉽게 알 수 있다.

우리나라는 일 · 가족양립제도가 유럽 국가들보다도 늦게 발달하

〈그림 12-4〉 성별 경제활동 참여율 변화

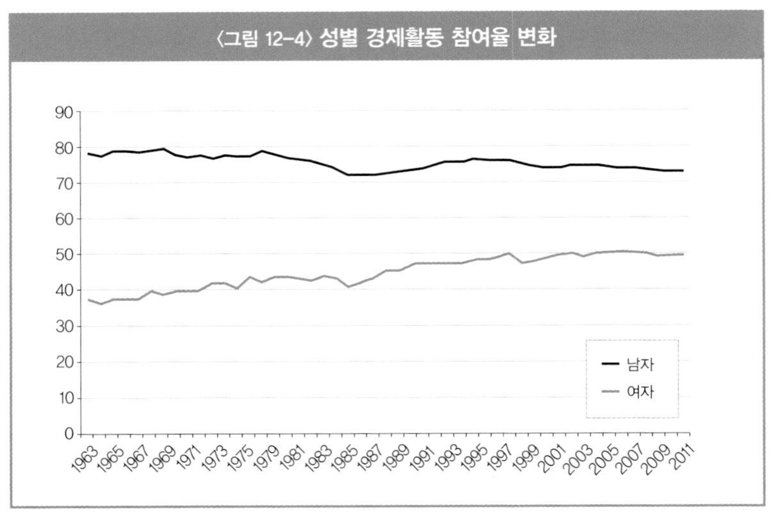

출처: 통계청(2012.1), 〈경제활동인구조사〉.

〈그림 12-5〉 여성 경제활동참여율 비교(스칸디나비아 국가군/남유럽 국가군)

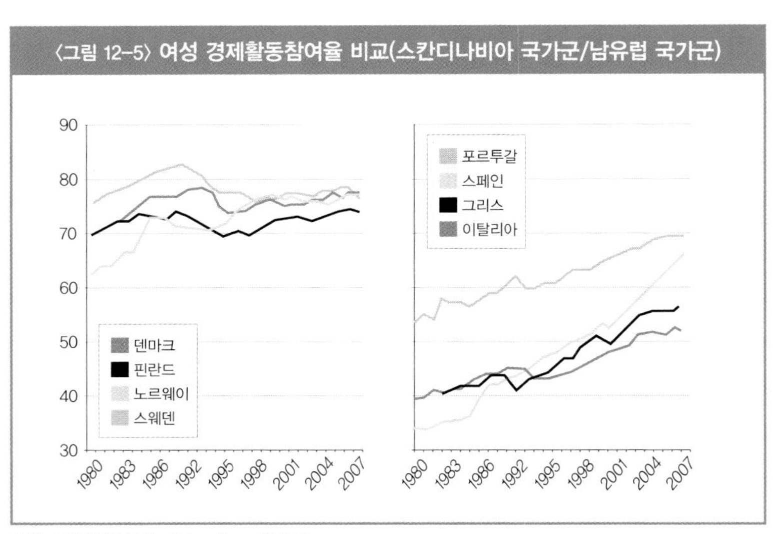

출처: OECD(2010), *Labor Force Statistics*.

〈표 12-3〉 2009년 파트타임 · 임시고용 성별 비율						
	고용률		총고용 중 파트타임비율		피고용인 중 임시고용비율	
	여성	남성	여성	남성	여성	남성
호주	72.1	86.3	33.9	6.4	6.6	4.3
오스트리아	79.5	88.5	33.0	4.2	5.1	4.0
벨기에	73.8	85.7	30.4	5.0	7.9	4.6
캐나다	77.2	83.5	19.7	5.6	9.7	8.6
덴마크	82.9	87.2	15.0	5.7	8.0	5.0
핀란드	80.4	84.4	9.6	4.6	16.6	8.1
프랑스	76.6	87.6	21.1	4.0	11.6	7.9
독일	75.4	86.1	38.9	5.6	9.9	8.8
그리스	62.2	88.4	14.0	3.9	13.2	9.9
아일랜드	67.1	78.0	34.8	7.7	7.1	5.2
이탈리아	59.1	84.7	30.2	4.5	13.3	8.7
일본	67.6	91.3	30.5	5.0	19.7	4.3
한국	59.8	86.3	11.0	4.0	22.9	13.6
룩셈부르크	71.4	90.8	31.0	3.4	5.9	4.0
네덜란드	79.6	90.7	55.5	6.0	15.0	11.1
뉴질랜드	74.2	87.5	30.4	5.3	:	:
노르웨이	83.5	88.3	22.2	5.4	10.6	4.2
포르투갈	74.9	84.5	8.9	2.2	21.2	18.6
스페인	63.8	77.3	20.0	3.3	25.9	22.8
스웨덴	81.9	86.9	14.1	5.1	13.2	8.9
스위스	80.6	92.9	47.4	5.4	7.0	6.2
영국	74.4	85.4	35.1	5.5	4.9	3.8
미국	70.2	81.5	13.6	4.1	3.4	3.5
23개국 평균	73.4	86.2	26.1	4.9	11.8	8.0

자료: OECD(2010). *Labor Force Statistics.*

기 시작하여 15세 이상 여성경제활동 참여율도 2010년 현재 49.6%로 다른 OECD 국가들에 비해 낮은 편이다. 생산가능한 노동력의 경제활동 참여율이 국민총생산을 늘릴 수 있고, 통계청 사회조사 결과 여성의 취업에 대해 미혼여성 94.1%와 기혼여성 90.5%가 '직업을 갖는 것이 좋다'고 응답할 정도로 직업에 대한 열망이 높지만 출산·육아 시기 경력단절로 인해 우리나라 여성경제활동 참여율은 다른 OECD 국가들에 비해 매우 낮은 수준이다. 이는 일·가족양립제도를 통한 여성 고용지원이 필요한 상황임을 말해 준다.

다음으로 일·가족양립제도 발달의 직접적 요인은 아니지만, 근로시간유연제 등 일·가족양립제도 도입과 관련된 사회경제적 배경으로 근로시간 유연화를 꼽을 수 있다. 돌봄이 필요한 가족이 있을 경우 일시적으로 근로시간을 조정하거나, 시간제 근로형태로 노동시장에 참여하는 근로자가 증가함에 따라 근로시간을 조정하는 일·가족양립제도가 발달하게 된 측면도 있다. 아직까지 여성의 돌봄 책임이 남성보다 크기 때문에 자발적 파트타임 고용 여부와 관계없이 여성의 파트타임 고용 비율이 높은 편이다.

3) 출산율 변화와 일·가족양립

국가가 정부 정책으로서 일·가족양립제도를 발달시키고, 이 제도의 중요성을 촉구하게 된 계기는 무엇보다도 저출산 문제 때문이다. 우리나라의 합계출산율이 2005년 사상 최저출산율인 1.08명을 기록하며 정부의 저출산 고령화 대책의 확대를 더욱 촉진시킨 계기가 되었다. 저출산 현상은 그 사회가 사회구성원의 출산·양육이 쉽지 않은 사회라는 것을 나타내는 사회문제이기 때문에 출산·양육

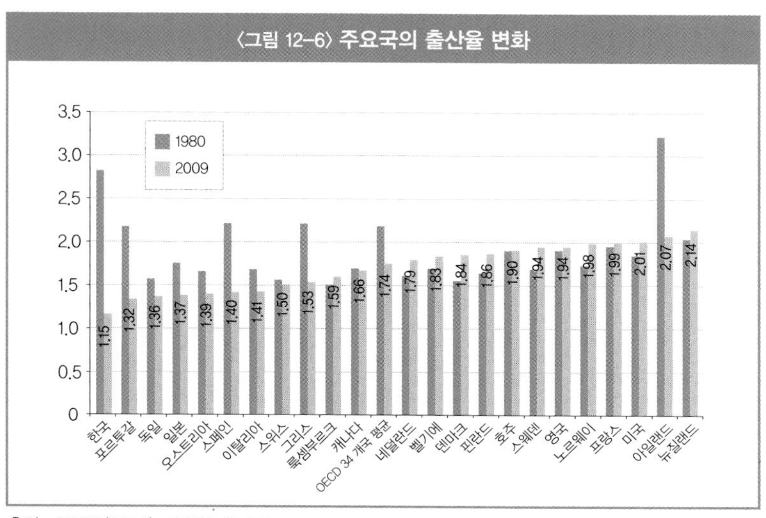

〈그림 12-6〉 주요국의 출산율 변화

출처: OECD(2012), *OECD Statistics*.

의 장애요인들을 없애는 정책적 개입이 필요한 것이다.

이러한 대책들 중 가장 많이 제시되는 것이 바로 일・가족양립제도이다. 근로자가 일과 가족의 책임을 양립시킬 수 없으면 어느 하나를 포기할 수밖에 없는데, 노동시장의 경쟁이 심화되고 여성의 경제활동 참여율이 높아지면서, 출산과 양육을 포기하는 근로자들이 증가하고 있기 때문이다. 상대적으로 출산・양육의 부담이 큰 여성 근로자들에게는 일과 가족의 양립 가능성이 근로와 출산에 있어 모두 중요한 요인이므로 이러한 부담을 완화시켜 주기 위한 정책들에 국가와 시장 모두가 개입할 필요가 있다.

〈그림 12-6〉에서 보면 알 수 있듯이 지난 30년간 우리나라의 출산율 감소폭은 다른 OECD 국가들에 비해 매우 큰 편이고 2009년 현재 출산율도 OECD 국가 중 최저치를 기록하고 있다. 저출산 고령화는 장기적으로 생산인구 감소, 산업구조 변화, 생산성 저하, 부양부담

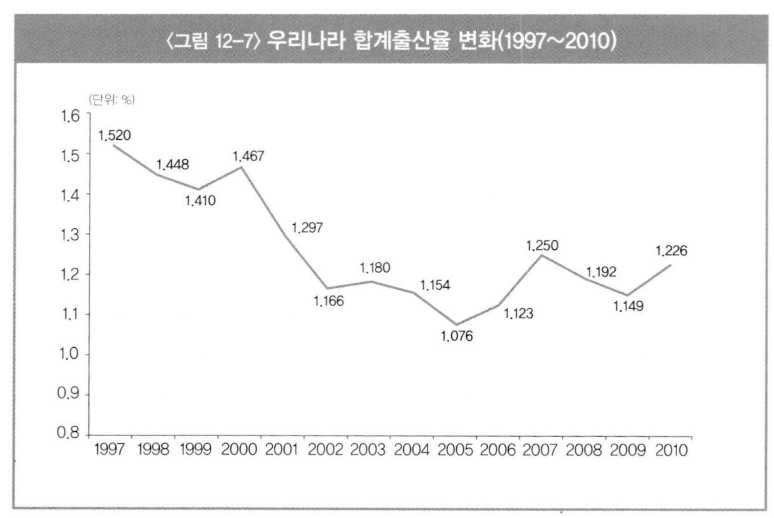

〈그림 12-7〉 우리나라 합계출산율 변화(1997~2010)

출처: 통계청(2011), 〈인구동향조사〉.

증가 등의 또 다른 문제를 낳게 되며 일·가족양립제도는 출산율 증가뿐만 아니라 청년, 여성, 이주민 등 노동인구 증가를 위한 대책도 될 수 있기 때문에 저출산 현상은 일·가족양립제도 발달의 중요한 배경요인이 된다.

우리나라의 출산율 변화 동향을 살펴보면, 1980년 이후 꾸준히 출산율이 감소하여 2005년 1.08명의 최저출산율을 기록하고 이후 저출산 고령화 대책들이 다양하게 발달하면서 출산율이 소폭 증가하는 추세를 보이고 있다. 이러한 출산율 증가현상이 일·가족양립제도를 비롯한 저출산 대책들의 효과인지는 아직까지 실증적으로 검증되지 않았다.

4. 일 · 가족양립제도의 특성과 효과

1) 일 · 가족양립제도의 특성

OECD(2002; 2007)는 일 · 가족양립제도(*work-family balance policy*)를 가족친화제도(*family friendly policy*)와 거의 같은 개념으로 사용하고 있고, 가족친화정책을 모성보호정책과 일 · 가족양립정책을 통틀어 일컫는 것으로 정의하기도 하며(김혜원, 2008), 가족친화정책을 기업이 제공주체가 되는 가족친화적 프로그램들로 보기도 한다. 4절에서는 2절에서 논의했듯이 일 · 가족양립제도를 크게 3가지(돌봄 서비스를 제공하는 정책과 프로그램, 가족 돌봄을 사유로 하는 유급 또는 무급의 휴가 제공, 유연근무제도 운영)로 구분하고 정책과 프로그램의 구체적 특성과 현황을 제시한다. 주요한 일 · 가족양립제도는 아동 양육지원 중심으로 발달했지만 일 · 가족양립제도는 아동 외에도 돌봄이 필요한 노인과 장애인에 대한 돌봄 지원까지 확대하여 가족간호휴가 등의 제도를 포함하기도 한다.

(1) 돌봄서비스

① 보육시설/직장보육시설

보육시설은 영유아기 자녀를 둔 근로자의 일 · 가족양립을 지원하기 위한 주요한 서비스 체계로, 여성경제활동 참여율이 높아지면서 보육시설 수와 이용률이 증가했다고 볼 수 있다. 우리나라의 보육시설은 운영주체에 따라 국공립어린이집, 법인어린이집, 민간어린이집, 부모협동어린이집, 가정어린이집, 직장어린이집으로 구분된다. 이 중 직장어린이집은 사업주가 사업장의 근로자를 위하여 설치·운영하는 어린이집으로, 기업에서 제공하는 일·가족양립프로그램이다. 우리나라는 민간어린이집의 비율이 가장 높고, 직장어린이집의 비율이 가장 낮아 보육시설 중에서는 기업에서 제공하는 일·가족양립 프로그램 비중이 가장 낮다.

직장어린이집에 대한 정부의 지원은 크게 어린이집 설치비용 융자 및 무상지원, 보육교사 등에 대한 인건비 지원 등으로 구분되며 고용보험을 통해 지원된다. 직장어린이집을 설치하고자 하는 사업주 또는 사업주 단체에게 시설 설치에 필요한 시설건립비, 매입비, 임차비, 개·보수비, 전환비 등을 장기저리로 융자하고, 영아·장애아 시설 설치 여부에 따라 시설전환비 및 유구비품비를 지원받을 수 있다. 직장어린이집을 설치하기 어려운 중소기업 근로자의 육아부담 완화와 여성근로자의 고용안정을 위해 공공어린이집(2012년 2월 전국 24개소)을 운영하고 있다.

② 보육료 지원

우리나라의 어린이집 이용률이 높아진 이유는 무엇보다 정부의 보육료 지원정책 때문이다. 1995년 어린이집 이용 아동 수는 293,747명이었는데 2010년에는 1,279,910명으로 4배 이상 증가했다. 2012년 2월 정부는 어린이집 이용 아동에 대해 영유아보육료를 지원하고 있다. 어린이집을 이용하는 만 0~2세 영유아에 대해서는 소득·재산수준에 상관없이 보육료를 지원하고 있다. 만 3~4세 영유아에 대해서는 소득인정액(가구의 '소득'에 '재산을 소득으로 환산한 금액'을 합한 금액)이 영유아가구 소득 하위 70% 이하인 경우 보육료를 지원한다. 그 밖에 다문화 보육료, 장애아 무상보육료 등 다양한 형태의 보육료 지원정책을 운영하고 있다. 이러한 보육료 지원정책은 부모의 근로 여부에 관계없이 제공되고 있어 엄밀한 의미에서 '일·가족양립제도'라고 보기 어렵지만, 보육료 지원정책이 확대되어 어린이집 이용률이 증가한 것은 사실이다. 또한 2012년 3월부터는 보육료 지원대상 가구 중 만 3~4세 아동이 있는 맞벌이 가구를 대상으로 완화된 소득인정액 산정방식으로 지원 여부를 재선정하여 맞벌이 가구에 대한 보육·교육비 지원을 확대했다.

③ 방과 후 보육·교육

보육시설 및 보육료 지원이 학령 전기 영유아를 대상으로 하는 정책인 반면 방과 후 보육·교육은 취업모 자녀를 포함하여 방과 후 보호를 필요로 하는 아동을 안전하게 보호하고 학교교육을 보완하는 기능을 한다. 많은 취업모들이 영유아기에는 어린이집을 이용하거나 친족의 도움을 받아 어떻게든 보호방안을 마련하지만, 정작 취학 이후 자녀의 이른 귀가시간과 대리 보육인력의 부재로 직장을 그만두는 경우가 많이 생긴다. 이러한 점에서 볼 때 방과 후 보육·교육은 매우 중요한 일·가족양립제도에 해당한다. 현재 방과 후 보육·교육은 보건복지부와 교육과학기술부가 지역아동센터·초등학교 등을 중심으로 운영하고 있다.

초등학교에서 이루어지고 있는 초등돌봄교실은 2004년에 도입되어 2011년 전국 5,430개 초등학교(전체 학교의 92.4%)에서 6,639개 교실을 운영 중이며, 주로 초등학교 저학년(초1~3) 학생을 대상으로 방과 후부터 부모 귀가시까지 보육 및 교육지원 학교의 유휴교실을 활용하여 실시되고 있다. 초등돌봄교실 중 천 개의 교실은 방과 후 뿐만 아니라 아침돌봄과 저녁돌봄까지 제공하는 '온종일 돌봄교실'로 지정되어 운영하고 있다.

(2) 휴가

① 산전후휴가/배우자출산휴가/유사산휴가

일과 아동 돌봄의 양립을 지원하기 위한 주요한 제도로는 산전후휴가(출산휴가), 배우자출산휴가, 육아휴직제도가 있다. 출산휴가는 여성이 출산(혹은 입양)시 사용할 수 있는 복직이 보장된 휴가로서, ILO에서는 최소 14주의 기간이 보장되어야 한다고 규정하고 있다. 출산휴가는 많은 국가들에서 유급휴가로 규정하고 있으며 일부 국가들(독일, 노르웨이, 스웨덴)에서는 출산휴가 규정이 육아휴직 규정에 통합되어 있다. 아버지출산휴가는 자녀 출산시 아버지가 사용할 수 있는 복직을 보장하는 휴가제도로 대부분 국가에서 출산휴가 기간보다 아버지출산휴가 기간이 훨씬 짧다.

우리나라는 임신 중인 여성 근로자에게 산전후 연속된 90일의 휴가를 주고, 고용보험기금에서 대기업은 30일(최대 135만원), 우선지원대상기업은 90일(최대 405만원)까지 산전후휴가급여를 지원한다. 임신 16주 이후 유산・사산한 경우 30~90일의 휴가가 보장되며 유사산휴가급여를 지원한다. 배우자출산휴가는 아내가 출산한 남성 근로자에게 부여하는 휴가로서 2012년 하반기부터는 5일의 휴가 중 3일의 유급휴가가 제공된다.

② 육아휴직

육아휴직은 근로자가 자녀양육을 위해 사용할 수 있는 휴직제도로, 육아휴직기간은 국가마다 그 편차가 크고, 육아휴직급여는 육아휴직기간 전체에 고르게 분배되기보다는 기간에 따라 급여액이 다른 경우가 많다. 평균적으로 휴가기간 동안 급여액이 많이 지급될수록 육아휴직 이용 유인이 커지기 때문에 육아휴직기간은 짧고 육아휴직급여율을 높게 운영하는 국가도 있고, 육아휴직기간이 길고 육아휴직급여율이 낮은 국가도 있다.

육아휴직제도에서 육아휴직급여가 지급되는 휴직기간 외에 정책 효과성을 높이는 중요한 요소는 유연사용가능성과 아버지할당제 여부이다. 유연사용가능성이란 육아휴직을 분할해서 사용하거나 파트타임 근로를 활용할 수 있는 것인데 이는 휴직기간 동안 노동시장에서 이탈하지 않고 육아와 근로를 병행할 수 있게 하는 제도이기 때문에 일·가족양립을 용이하게 하는 제도 요소이다. 아버지할당제는 육아휴직 이용의 성별 형평성을 높이도록 하는 제도 요소이다. 두 가지 모두 보장하는 국가는 스웨덴, 독일, 핀란드이고, 아버지할당제만 실시하는 국가는 노르웨이, 유연사용만 가능한 국가는 한국이다.

우리나라의 육아휴직제도는 만 6세 이하 취학전 자녀가 있는 경우 최대 1년 동안 사용할 수 있는 제도로, 통상임금의 40%인 육아휴직급여(상한액 100만 원, 하한액 50만 원)가 고용보험 가입기간(피보험단위기간) 180일 이상인 근로자에게 제공된다. 맞벌이 부부의 경우 부부가 교대로 육아휴직을 할 때에 동일한 자녀에 대해 2년간 육아휴직을 할 수 있다. 부부가 동시에 육아휴직을 이용할 경우에는 부부 근로자 중 1인에 대해서만 육아휴직급여가 지급된다. 육아휴직은 1회에 한하여 분할하여 사용할 수 있고 1년 이내에서 전일제 휴직 대신 육아기 근로시간 단축제도를 이용할 수 있다. 즉, 1년 내내 직장을 쉬는 휴가를 사용하지 않고 1년간 직장을 다니되 근로시간을 줄여서 육아를 병행하도록 할 수도 있고, 육아휴직과 육아기 근로시간 단축제도를 병행하여 사용할 수도 있다.

③ 가족돌봄휴가

자녀양육뿐만 아니라 노인, 장애인, 환자인 가족을 돌보는 것도 일·가족양립 어려움의 요인 중 하나이다. 여러 OECD 국가들은 근로자가 아프거나 장애가 있는 가족을 돌볼 수 있도록 제공하는 휴가 또는 휴직제도를 운영하고 있으며 그 기간, 자격조건, 제공주체 등은 다양하다. 아픈 자녀나 가족을 돌보기 위해 2일에서 17주까지 휴가를 이용할 수 있고, 아프거나 장애가 있는 가족을 돌봐야 하는 근로자들은 더 오랜 기간 휴가를 사용할 수 있으나 오랜 기간 휴직할 경우 대개는 무급으로 제공된다. 스웨덴은 예외적으로 3~12개월의 휴가를 사용할 수 있고 이때는 실업급여를 받을 수 있다.

우리나라는 2012년부터 남녀고용평등과 일·가족양립 지원에 관한 법률을 개정하여 가족돌봄휴직제를 의무화함으로써 일·가족양립제도의 일환으로 가족돌봄휴가·휴직을 사용할 수 있게 되었다. 이전까지는 가족의 돌봄이 필요한 경우라 하더라도 사업주의 배려가 없으면 휴직하기 어려웠으나 가족돌봄휴직제가 의무제도로 바뀌면서 가족이 아파서 일시적으로 돌봄이 필요한 경우에 가족돌봄을 위한 휴직을 할 수 있다. 가족돌봄휴직은 근로자의 개인적 사유로 신청하는 휴직이기 때문에 기본적으로 무급으로 운영되고 1회 사용 시 30일 이상 사용하여야 한다.

(3) 유연근무제도

유연근무제도란 일반적으로 기업에서 근로자들의 일하는 시간과 장소에 대한 유연성을 제공하는 제도를 말한다. 유연근무제도는 육아, 가족돌봄, 자기개발 등 개인생활과 일을 조화롭게 배분할 수 있도록 근로시간을 유연하게 적용하며, 정보기술을 활용하여 근로자의 편의에 따라 업무수행이 가능한 장소를 선택할 수 있기 때문에 근로자에게 일과 가정의 양립, 나아가 일과 삶의 조화를 추구할 수 있는 수단으로 부각되고 있다(양인숙 · 문미경, 2011). 이 절에서는 우리나라에서 제도화되고 기업에서 많이 활용되고 있는 단시간 근로(근로시간 단축), 탄력근무제, 재택근무 등에 대해 설명한다.

① 육아기 단시간 근로/근로시간 단축

근로기준법 제2조에 의하면 단시간근로자는 '1주 동안의 소정근로시간이 그 사업장에서 같은 종류의 업무에 종사하는 통상 근로자의 1주 동안의 소정근로시간에 비하여 짧은 근로자'라고 정의한다. 단시간 근로는 일 · 가족양립제도의 일환으로뿐만 아니라 기업주의 근로 수요에 따라 조정이 될 수 있다.

육아기 근로시간 단축은 육아 등 돌봄 노동이 필요한 시기 동안 노동시간을 단축할 수 있는 제도이다. 일하는 부모의 필요에 따라 노동시간을 조정할 수 있는 유연노동시간제도와 같은 가족친화적 근로환경 조성은 가족정책의 일환으로서도 중요하다. OECD 국가들은 임신 · 출산기간 근무교대, 수유 · 양육을 위한 근로시간 변경, 가족 사유의 유연근로시간, 시간제 근로 신청 등의 제도를 운영하고 있다. 전일제 육아휴직은 아동 양육기간 동안 전일제로 휴직하게 하여 양육부담을 완화하는 데는 도움이 될 수 있으나 휴직 후 복귀율이 낮다는 것이 큰 문제점 중 하나이다. 또한 어린이집이나 아이돌보미 서비스를 사용할 수 있는 경우 휴직까지 필요하지 않을 수도 있다.

우리나라는 육아기 근로자들이 전일제 육아휴직 대신 사용할 수 있는 육아기 근로시간 단축제를 운영하고 있다. 사업주가 근로자에게 육아기 근로시간 단축을 허용하는 경우 육아휴직과 마찬가지로 만 6세 이하 초등학교 취학전 자녀의 육아를 위해 자녀 1인당 최장 1년간, 주당 15~30시간 이하로 근무하도록 할 수 있다. 이제까지는 육아기 근로시간 단축은 사업주가 근로자의 신청을 허락하는 경우에만 사용할 수 있었는데, 2012년부터는 근로시간 단축 청구권이 도입되어 특별한 경영상의 사유가 없는 한 허용해야 한다. 사업주는 근로시간 단축기간 동안 대체할 수 있는 인력의 채용이 불가능하거나, 정상적인 사업운영에 중대한 영향을 미치는 경우 등 대통령령으로 정하는 사유가 아니면 육아기 근로시간 단축을 허용해야 한다.

② 탄력근무제

육아기 단시간 근로 혹은 근로시간 단축이 육아를 위해 근로시간을 줄이는 것이라면, 탄력근무제는 1일 법정 근무시간인 8시간의 근로시간을 유지하면서 근로자가 자신의 출퇴근시간을 결정할 수 있게 하는 제도이다. 일반적으로 모든 직원이 의무적으로 근무해야 하는 공동근무 시간대(*core time*)와 자유로이 근무 여부를 결정할 수 있는 탄력적 시간대(*flexible time*)로 나누어 운영된다(양인숙·문미경, 2011). 탄력근무제는 육아기 근로자들이 어린이집이나 아이돌보미 운영시간에 맞추어 출퇴근해야 할 때 유용하게 이용되는 제도이다.

행정안전부(2010)의 행정기관 유연근무제 운영지침에 의하면 오전 7시부터 10시까지 가급적 1시간 단위로 출근유형을 정하고 운영하는 것을 원칙으로 하되, 필요한 경우 30분 단위로 출근유형을 보다 세분화하여 운영할 수 있으며, 대민서비스 확대, 행정수요 탄력 대응, 에너지절약 등이 필요한 경우에는 출근유형을 좀더 다양하게 운영하는 것이 가능하도록 하였다. 원거리 육아·간병 등의 사유가 있는 경우(예: 지방에 아이를 맡겨놓은 경우) 등에는 요일별로 시차출퇴근제를 신청할 수 있는 요일별 시차출퇴근제(예: 화~목요일은 9~18시, 금요일은 7~16시, 월요일은 10~19시 근무)도 가능하도록 하였다.

③ 재택근무제

앞에서 언급한 육아기 근로시간 단축이나 탄력근무제가 근로시간의 유연성을 위한 제도라면, 재택근무제는 근로장소의 유연성을 꾀하는 제도이다. '정보통신기술을 활용하여 부여받은 업무를 집에서 수행하는 근무형태' 또는 '정보통신기술을 활용하여 부여받은 업무를 주거지·교통요지에 마련된 장소(스마트워크센터)에서 수행하는 근무형태'를 말한다. 재택·원격근무제는 국민과의 대면접촉이 거의 없고, 결재·보고가 적어 독립성이 강하며, 기관 간 업무협조가 적어 조직운영의 독립성이 높은 업무, 업무실적 평가의 계량화가 용이한 업무 등에 적용된다(행정안전부, 2010).

재택근무는 주 5일 전체를 재택근무 형태로 유지하거나, 주 1~2일 사무실에 출근하거나, 회의나 필요시에만 출근하는 등의 형태로 운영되는데, 육아나 학업 등의 이유로 한 정규직 근로자가 많이 활용하고 있다(양인숙·문미경, 2011). 재택근무제의 운영형태는 다양한데, 정해진 근무시간에 반드시 근무를 해야 하는 경우도 있고, 근무시간을 정해 놓지 않고 해당 일까지 해야 하는 업무량을 달성하기만 하면 되는 경우도 있다.

2) 일 · 가족양립제도의 효과

일 · 가족양립제도의 효과는 근로자 개인, 기업, 국가 등 다차원적으로 나타날 수 있다. 먼저 근로자 개인 차원에서는 근로자 개인의 삶의 질 향상, 불안과 같은 부정적 정서 감소, 스트레스 감소, 직무만족도 · 몰입도 증가, 경력개발 등의 효과가 있다. 기업 차원에서는 기업의 생산성 증가, 이직률 감소, 우수인력 확보 등의 효과가 있으며, 국가 차원에서는 여성경제활동 참여율 증가, 아동빈곤율 감소, 출산율 증가 등의 효과가 있다.

(1) 근로자 경력개발 및 삶의 질 제고

일 · 가족양립제도는 근로자들의 일-가족 갈등을 완화하기 때문에 업무만족도를 향상시키고, 스트레스를 감소시키며 삶의 질을 높일 수 있다. 일과 가족의 양립이 가능하도록 근로환경을 조성함으로써 근로자의 결근이나 이직과 같은 부정적 행동을 감소시킨다. 특히 여성근로자의 경력단절 가능성을 감소시켜 여성근로자의 장기재직이 가능하도록 한다.

선행연구에 따르면 가족친화적 고용정책이 근로자의 사기(*morale*)를 진작시키고, 직무만족도를 향상시키며, 직무몰입도를 높이고, 스트레스수준을 완화시키는 것으로 나타났다. 가족친화적 제도를 시행하는 기업에서는 근로자의 일과 가족에 대한 요구를 모두 충족시키기 때문에 근로자의 근로생활과 가족생활에 긍정적인 영향을 미치리라 예상할 수 있다.

일 · 가족양립제도의 지원 없이 근로자가 주어진 시간에 일과 가족생활을 모두 감당해야 하는 상황에 처하게 된다면 근로자는 쉽게 갈등과 스트레스를 느끼게 되는데 이러한 갈등은 근로자의 직무몰입도에 부정적 영향을 미치게 된다(Adams, King & King, 1996; 김혜원 외, 2007에서 재인용). 그러나 일·가족양립제도의 지원이 있다면 근로자들(특히 여성 근로자들)은 출산 및 육아로 인한 경력단절을 극복하여 지속적인 경력개발이 가능해질 수 있으므로 업무 만족도가 높아질 것이다(김태홍 외, 2009). 덱스와 스미스(2002)의 연구에서도 일·가족양립제가 시행된 이후 근로자들이 과거보다 더 행복감을 많이 느끼고 있다고 보고한다. 특히 부양가족을 위한 프로그램(탁아제도, 탁노제도, 간병인 알선 등)을 시행하게 되면 자녀양육 및 돌봄에 대한 스트레스를 감소시켜 근로자가 체감하는 삶의 질이 더욱 높아지는 것으로 나타났다(김태홍 외, 2009에서 재인용).

(2) 기업의 경쟁력 강화

일·가족양립제도를 실시하는 기업들은 이들 정책과 프로그램들이 개별 종업원들뿐 아니라 조직 전체에도 긍정적인 결과를 가져다 줄 것으로 기대한다. 일·가족양립제도의 시행이 기업에게 적지 않은 비용부담을 부과하지만, 기업은 이러한 투자를 통해 내부고객인 근로자의 만족도를 증가시키고, 소비자, 시민단체 등 외부고객의 기업에 대한 인식을 개선시키며, 궁극적으로 미래의 신규인력에게 긍정적인 기업이미지를 심어줄 수 있다(김태홍 외, 2009).

일·가족양립제도가 기업성과에 미치는 직접적 효과로는 우수한 인력의 확보 및 유지, 기업의 이미지 개선을 들 수 있다. 일·가족양립제도가 우수한 인력의 채용 및 확보·유지에 긍정적인 영향을 미친다는 것은 선행연구를 통해 입증되었다(김혜원 외, 2007). 와이즈와 본드(Wise & Bond, 2003)의 연구결과에 따르면 탄력근무제의 시행은 여성 우수인력의 채용에 긍정적 효과가 있었다(김혜원 외, 2007에서 재인용).

이외에도 일·가족양립 프로그램을 사내에서 실시하는 기업에서는 근로자의 결근율, 이직률을 낮춰 이직으로 인한 채용 및 훈련비용이 발생하지 않도록 함으로써 기업의 생산성을 향상시키는 효과가 있다. 국내 연구에서도 모성보호제도에 적극적인 기업일수록 근로자 1인당 생산성이 높고, 일과 가정의 양립지원 조치가 잘된 기업일수록 시장 내 경쟁력이 높은 것으로 나타났다. 일부 선진기업이 일·가족양립정책을 적극 도입하는 이유는 그것을 통해서 근로자들의 사기를 향상시키고 우수인재를 보다 많이 확보·유지할 수 있으며 기업이미지와 생산성을 높이고, 이직률 감소, 스트레스 완화, 사고예방에 도움이 되기 때문이다(김태홍 외, 2009).

(3) 여성고용 증가, 출산율 제고, 아동발달

여성고용 증가는 일·가족양립제도의 주요한 목표이자 성과라고 볼 수 있다. 여러 OECD 국가에서 여성고용, 특히 자녀가 있는 여성의 고용증가는 경제성장, 연금급여, 사회보호체계 확립을 위해서도 국가의 중요한 정책목표가 된다. EU에서도 여성고용 증가는 중요한 정책목표이며, 2010년까지 여성고용률 60% 이상을 목표로 하였다(OECD, 2007: 14). 일·가족양립제도는 여성과 남성 근로자 모두의 고용증가를 위한 정책이지만, 출산·양육·부양 등 가족의 돌봄부담이 주로 여성에게 주어졌기 때문에 일·가족양립지원의 결과, 여성고용의 증가효과가 나타난다. 결과적으로 일·가족양립제도는 여성인력 활용을 통해 급속하게 진행되는 우리 사회의 저출산 및 고령화 문제를 해결하는 열쇠가 될 수 있다.

'여성고용 증가'와 함께 '출산율 회복'은 한국, 일본 등에서 주요한 일 · 가족양립제도의 목표가 되고 있다. 주요 연구결과에서도 일 · 가족양립정책 · 프로그램이 잘 되어 있는 국가일수록 출산율이 높은 것으로 나타났다. 한국, 일본 등 저출산 국가들은 출산율이 인구대체율을 밑도는 수준으로 하락하여 출산율 저하에 대한 국가적 우려가 높아짐에 따라 일 · 가족양립정책의 목표를 출산율 회복으로 삼고 있다. 특히 출산 · 양육의 부담을 주로 담당하고 있었던 여성들의 고용이 증가함에 따라 출산 · 양육에 대한 사회적 지원이 부족하여 출산율이 저하되었다고 진단하고 일 · 가족양립제도를 통해 낮아진 출산율이 회복되기를 의도한다는 점에서는 출산율 회복 역시 일 · 가족양립정책의 효과라고 볼 수 있다.

아동발달은 대부분의 국가 정책목표에서 그 중요성이 점차 강조되고 있다. 아동기 빈곤 경험은 아동발달에 부정적 영향을 미칠 수 있으므로 여러 국가에서 아동빈곤 퇴치를 정책의 주요한 목표로 제시한다. 그런데 아동빈곤 퇴치에 대한 해법은 국가마다 상이하게 나타난다. 아동이 있는 가족의 소득이 증가하여 아동빈곤을 감소시키기 위해서는 부모의 고용을 통한 가구소득 증가가 필요하다. 특히 여성 가구주 가구일 경우 여성 가구주의 고용이 아동빈곤 감소를 위한 중요한 소득원이 될 수 있다. 또한 일 · 가족양립정책인 보육서비스나 일하는 부모에 대한 아동양육 급여 또는 세제혜택 또한 아동발달을 위한 중요한 정책수단이 된다(OECD, 2007). 일 · 가족양립제도는 여성고용을 증가시킴으로써 아동발달에 간접적 영향을 미칠 수 있고, 보육서비스나 일하는 부모에 대한 (조세) 급여를 통해 직접적 영향을 미칠 수도 있다. 따라서 아동발달 부문 역시 일 · 가족양립정책의 직 · 간접적 효과 중 하나로 볼 수 있다.

5. 나가며

이 장에서는 일·가족양립제도의 개념, 배경, 특성과 효과에 대해 설명하였다. '일·가족양립'이란, 노동시장에서의 노동, 즉 근로자의 '유급' 노동과 가족 내의 노동인 '무급' 노동 또는 '돌봄'을 모두 하는 것이 가능하도록 한다는 의미로, 일·생활 균형제도, 가족친화제도 등의 용어와 혼용되어 사용된다. 일·가족양립제도란 근로자의 일과 가족이 조화를 이루고 양립 가능하도록 지원하는 제반 제도와 프로그램들을 일컫는다.

다른 OECD 국가들과 기업들이 일찍부터 일·가족양립제도를 발달시키고 그 효과를 거둔 것과 달리 우리나라는 비교적 늦게 이 제도가 도입되고 발전되었다. 근대화 이후 20세기까지는 직업을 통한 만족, 직장에의 몰입, 일 중심의 생활이 보다 중요했다면 향후에는 직장생활과 가족생활의 균형, 직장에서의 성과와 개인적 성취감의 조화 등이 중요해졌다. 이제는 일하는 사람과 돌보는 사람이 별개로 여겨지거나 일에 몰두하는 사람은 개인 및 가족생활의 여유를 찾을 수 없는 시대가 아니다. 일과 가족의 영역이 조화를 이루고, 기업 성과와 근로자 성취감이 함께 제고되는 사회가 진정한 복지사회이다.

우리나라의 일·가족양립제도에 대하여 더 구체적으로 알고 싶다면 남녀고용평등과 일·가정양립지원에 관한 법률, 시행령, 시행규칙을 참고하고, 고용노동부와 여성가족부의 '일과 가정의 양립' 관련정책을 검색할 수 있다. 외국의 일·가족양립제도를 학습하기 위해서는 OECD(2011)의 *Doing Better for Families* 또는 OECD(2007)의 *Babies and Bosses-Reconciling Work and Family Life: A Synthesis of Findings for OECD Countries*를 참고하는 것이 좋다.

참고문헌

김태홍 · 홍승아 · 류연규 · 임희정 · 강민정(2009), 〈지속가능한 발전과 일가정양립 정책연구〉, 한국여성정책연구원.

김혜원 · 김경희 · 김향아 · 유계숙(2007), 〈가족친화적 고용정책의 기업수용성 연구〉, 한국노동연구원.

양인숙 · 문미경(2011), 〈기업의 유연근무제 도입실태 및 활성화방안〉, 한국여성정책연구원.

통계청(2011a), 〈인구총조사(1970~2010)〉.

_____ (2011b), 〈인구동향조사〉.

_____ (2012), 〈경제활동인구조사〉.

행정안전부(2010), 〈행정기관 유연근무제 운영지침〉.

Dulk, den. L. A. van Doorne-Huiskes & J. Schippers(1999), *Work-Family Arrangements in Europe*, Amsterdam: the Lathesis.

Kingston, P. W. (1990), Illusions and ignorance about the family-responsive workplace, *Journal of Family Issues*, 11(4): 439~453.

Lewis, J. (2008), Work-family balance policies: issues and development in the UK 1997~2005 in comparative perspective, in J. Scott, S. Dex, and H. Joshi, eds., *Women and Employment: Changing Lives and New Challenges*, Edward Elgar Publishing Ltd.

OECD(2007), *Babies and Bosses-Reconciling Work and Family Life: A Synthesis of Findings for OECD Countries*, OECD.

_____ (2010), *Labor Force Statistics*, OECD.

_____ (2011), *Doing better for families*, OECD.

저자소개
(게재순)

최진호

서울대학교 사회학과 졸업. 서울대학교 행정대학원 도시계획학 석사. 미국 브라운대학 사회학박사. 국토연구원 선임연구위원 역임. 현 아주대학교 사회과학부 교수. 아주대학교 사회과학대학장, 학생처장, 대학원장. 한국인구학회장. 한국지역학회장.
주요 논저: 《한국의 인구와 가족》(공저), "대도시 지배와 한국의 도시체계", "한국 지역 간 인구이동의 선별성과 이동이유" 등.

김중백

연세대학교 사회학과 졸업. 연세대학교 사회학과 석사. 미국 텍사스 주립대학교 사회학 박사. 미국 테네시 주립대학교 사회학과 조교수 역임. 현 경희대학교 사회학과 조교수. 한국인구학회와 한국보건사회학회에서 이사로 활동 중. *Population Research and Policy Review* 편집위원.
주요 논저: "Volunteering and Trajectories of Depression", "The Complex Relationships between Parental Divorce and the Sense of Control" 등.

박희영

서울대학교 문리대 철학과 졸업. 서울대학교 대학원 석사. 프랑스 파리 제 4(소르본) 대학원 철학박사. 공군 제2사관학교, 경남대학교 교수 역임. 현 한국외국어대학교 인문대 철학과 교수. 서양고전학회 회장.
주요 논저: 《플라톤 철학과 그 영향》(공편), 플라톤의 《향연》, 장 피에르 베르낭의 《그리스인들의 신화와 사유》, 프랑수아 줄리앙의 《사물의 성향》(역서), "그리스 철학에서의 To on, einai, ousia의 의미", "도시국가(Polis)의 형성과 진리(*Aletheia*) 개념의 형성" 등.

고영건

고려대학교 심리학과 졸업. 고려대학교 심리학과 석사 및 박사(임상심리 전공). 정신보건임상심리사 1급. 임상심리전문가. 건강심리전문가. 미국 예일대학교 심리학과 박사후 연구원. 현 고려대학교 심리학과 교수. 고려대학교 학생상담센터장. 한국임상심리학회 부회장. 병무청 자문위원.
주요 논저: 《인디언 기우제》, 《심리학적인 연금술》(공저), 《멘탈 휘트니스 긍정심리 프로그램》(공저).

안귀여루

고려대학교 심리학과 졸업. 고려대학교 일반대학원 심리학 석·박사.
심리상담센터 호연 공동대표 역임. 현 강남대학교 교육대학원 교수.
주요 논저: 《임상심리학》(공저), 《문제유형별 심리치료 가이드북》(공저). "스트레스에 대한 인지 상호 교류모형과 인지적 평가의 개념", "스트레스의 종류와 인지적 평가에 따른 생리적 반응 및 수행", "이성교제 폭력행동과 관련된 개인적 변인들에 대한 연구", "여교사의 취업 및 결혼의 질과 정신건강의 관련성에 관한 연구".

이선이

이화여자대학교 사회학과 졸업. 미국 에모리대학교 대학원 사회학 석사 및 박사. 아주대학교 사회학과 교수. 아주대학교 여성센터장, 에모리대학교 사회학과 객원교수, 수원시 여성발전위원회 부위원장, 통계청 통계위원, 한국 가족학회 편집위원장, 한국사회학회 부회장 등 역임.
주요 논저: 《일과 가족 사이》(공저), "청소년 자녀와 어머니의 교환관계 분석", "부모와 청소년 자녀의 성별에 따른 지지적·통제적 양육행동: 5개국 비교 연구" 등.

이여봉

이화여자대학교 영어영문학과 졸업. 미국 사우스캐롤라이나 대학교 사회학 석사 및 박사. 현 강남대학교 교양학부 교수.
주요 논저: 《가족 안의 사회, 사회 안의 가족》, 《탈근대의 가족들: 다양성, 아픔, 그리고 희망》, 《21세기 여성과 남성: 수렴과 확산의 미학》, 《우리 시대 이혼이야기》(공저), 《변화하는 사회, 다양한 가족》(공저), 《가족의 사회학적 이해》(공저). "부양지원과 세대 갈등: 딸과 친정부모 그리고 며느리와 시부모", "부부역할과 여성의 결혼만족도: 연령범주별 분석", "부부간 평등 및 형평 인식에 관한 연구", "자원교환이 청소년 자녀와 어머니 관계에 미치는 영향에 관한 연구"(공저), "청소년자녀와 부모간 긍정적·갈등적 상호작용: 국가 및 성별 차이를 중심으로"(공저) 등.

신은주

이화여자대학교 사회학과 졸업. 서울대학교 대학원 사회복지학과 석사. 서울대학교 대학원 문학 박사. 국가인권위원회 성평등조정 위원, 한국여성단체연합 복지분과 위원, 한국여성재단 배분위원, 한국사회복지학회 이사. 한국다문화가족학회 회장 역임, 현 평택대학교 사회복지학과 부교수. 다문화가족센터 소장, 한국가족사회복지학회 회장.
주요 논저: 《가족복지학》(공저), 《나의 선택, 나의 꿈》(편저), 《인간행동과 사회환경》(공저) 등.

성정현

연세대학교 사회사업학과 졸업, 서울대학교 사회복지대학원 석·박사. 현 협성대학교 사회복지학과 교수. 한부모가족복지시설평가위원장 역임.
주요 논저: 《가족복지론》(공저), 《인터넷 자료를 통해 본 한국의 이혼문화와 사회복지》(공저), "이혼공동체의 현황과 특징: 온·오프라인을 중심으로", "동남아시아 조기유학 청소년의 유학 결정과정과 유학경험"(공저) 등.

민현주

이화여자대학교 사회학과 졸업. 이화여자대학교 사회학과 석사. 미국 코넬대학교 사회학 박사. 경기대학교 직업학과 조교수. 사회통합위원회 세대분과 위원. 한국여성정책연구원 연구위원.
주요 논저: 《It's About Time》(공저), "자녀출산과 양육시기동안의 여성취업 유형화: 집단중심추세모형(Group-based Trajectory Model)의 적용", "여성취업의 두 갈래 길: 상위와 하위수준 일자리 진입결정요인을 중심으로" 등.

황매향

서울대학교 제약학과 및 교육학과 졸업. 서울대학교 사범대학 교육학과 석사 및 박사(교육상담 전공). 서울대학교 대학생활문화원 전임상담원, 미국 미주리대 커리어센터 초빙연구원, 한국기술교육대학교 테크노인력개발전문대학원 대우교수 역임. 현 경인교육대학교 교육학과 교수.
주요 논저: 《진로탐색과 생애설계》(공저), 《진로의사결정에서 나타나는 타협과정》, "직업별 RIASEC 코드의 수렴타당도" 등.

류연규

서울대학교 사회복지학과 졸업. 서울대학교 대학원 사회복지학과 석사. 서울대학교 대학원 사회복지학 박사. 한국여성정책연구원 연구위원 역임. 현 서울신학대학교 사회복지학과 교수.
주요 논저: "복지국가의 탈가족화에 대한 이론적 논의와 탈가족화 수준 비교", "일가족양립정책과 노동시장 젠더 형평성의 관계에 대한 연구", "복지국가의 아동가족복지지출 결정요인에 대한 비교연구-OECD 국가를 중심으로", "복지국가의 아동가족복지지출과 아동빈곤율의 관계-OECD 국가를 중심으로" 등.